所有的牺牲都是不朽
谨以此书献给抗战中的女兵
献给世界反法西斯战争胜利七十周年

东北抗联女兵

刘　颖 ○ 著

黑龙江人民出版社

图书在版编目（CIP）数据

东北抗联女兵/刘颖著—哈尔滨：黑龙江人民出版社，2015.6
ISBN 978-7-207-10381-9

Ⅰ.①东… Ⅱ.①刘… Ⅲ.①纪实文学—中国—当代 Ⅳ.①I25

中国版本图书馆CIP数据核字（2015）第151377号

责任编辑：龚江红 李智新
封面设计：恒润设计/佟玉

东北抗联女兵
刘颖 著

出版发行	黑龙江人民出版社
通讯地址	哈尔滨市南岗区宣庆小区1号楼
邮　编	150008
网　址	www.longpress.com
电子邮箱	hljrmcbs@yeah.net
印　刷	北京万博诚印刷有限公司
开　本	787×1092　1/16
印　张	24.5
字　数	380千字
版　次	2015年8月第1版　2021年1月第2次印刷
书　号	ISBN 978-7-207-10381-9
定　价	49.80元

版权所有　侵权必究　　　举报电话：（0451）82308054
法律顾问：北京市大成律师事务所哈尔滨分所律师赵学利、赵景波

出 版 策 划

张效廉　刘春波　龚江红　沈　娟

序言

传承历史 铭刻记忆

　　历史留给我们的是无尽的力量和启示。1931年日本帝国主义入侵我国东北，英勇的东北人民奋起反击，在中国共产党的领导下，进行了艰苦卓绝的对日斗争。东北抗日联军作为抗击侵略的先锋队，在极端恶劣的条件下，英勇不屈，百折不挠，前赴后继，不畏牺牲，与日寇浴血奋战十四年，为中华民族的解放和世界反法西斯战争的胜利付出了巨大牺牲，做出了突出贡献，创造了永垂不朽的光辉业绩，谱写了气壮山河的英雄史诗，铸就了光耀千秋、彪炳史册的东北抗联精神，涌现出众多家喻户晓的英雄人物，不仅有杨靖宇、赵尚志、李兆麟、周保中等英勇豪迈的热血男儿，更有赵一曼、冷云、陈玉华、张宗兰、金凤英等侠骨柔情的巾帼英雄，这些抗联女战士以她们坚定的信仰信念、高尚的爱国情操、伟大的牺牲精神筑就了中华民族杰出女性自强不息、勇赴国难的时代丰碑。

　　历史需要传承，更需要铭记。《东北抗联女兵》首次以纪实手法系统、全面地记述了东北抗战全程中百余位抗联女兵的战斗、生活、奉献和牺牲，以群体的形象，大事件的发生、发展呈现了在民族遭受危难之时，中国女性自觉投身民族解放斗争的坚贞不屈、勇于献身的爱国主义情怀和不畏艰苦、百折不挠的革命斗争精神。这其中许多人物事迹都是作者深入挖掘、首次披露的历史史实，有较高的史料价值和研究价值，是一部不可替代的歌颂抗联女兵的力作，是进行爱国主义教育的良好教材。

身为东北抗联女战士的女儿，刘颖女士以铁肩担起书写历史的使命和责任，以人性化、女性化的视角来阐述战争与人性、战争与和平、战争与女性的关系，关注战争中普通女兵、女性的生活、命运，读来感人至深，催人泪下。

回首沧桑百年，一个时代的苦难与悲壮，一个民族的觉醒和崛起，都已深深印刻在我们的心里。在世界反法西斯战争暨中国人民抗日战争胜利七十周年到来之际，出版《东北抗联女兵》一书，对于继承和弘扬抗联精神、激发爱国热情、振荡民族血脉，感召中华儿女团结奋斗、开创进取，朝着中华民族伟大复兴的"中国梦"奋勇前进，具有重要意义。衷心祝愿《东北抗联女兵》一书广为流传，为凝聚中国力量、弘扬中国精神贡献不竭之力。

张效廉

2015年1月

东北抗联女兵
目　录

第一章　烈女标芳

中华民族的自由女神　赵一曼 /2

牺牲，仅隔一个月　李秋岳 /19

东满、南满的女兵　朝鲜族女子英烈传 /27

折翅的天使　金锦女　崔玉珠 /34

乌斯浑河，水有殇　八女投江 /38

你们在哪里　金碧荣　沈英信　金凤淑　张玉春 /48

抗联大姐　裴成春 /55

第二章　妇女团，向前进

没有建制的第五军妇女团 /64

一朵早开的金达莱　林贞玉 /68

冲锋陷阵　巾帼不让须眉 /71

妇女团的骄傲　英烈千秋 /77

可以死，投降不行　妇女团的六位女兵 /86

妇女团里面的指导员　李志雄 /92

冲出包围圈　徐云卿 /96

险为"九女投江"　胡真一 /103

第三章　被服厂，女兵的阵营

密营里面有女兵 /108

战斗在东满南满　第一军被服厂 /112

长白雪，美人松　第二军被服厂 /115

那里叫作糖梨川　第三军被服厂 /121

舍弃孩子的母亲　第四军被服厂 /135

战士们的感谢信　第五军被服厂 /138

被焚毁的印记　第六军被服厂 /142

"土顶子山"密营　第七军被服厂 /149

鲜为人知　第八军被服厂 /154

遗踪难觅　第九、第十、第十一军被服厂 /157

一定要找到她们　朝阳山被服厂 /160

第四章　战斗在隐蔽战线

黑夜里有你　张宗兰 /164

宁折不弯是为"刚"　金成刚 /170

行走在夜幕下的哈尔滨　薛　雯 /176

传奇的交通员　田仲樵 /181

一匹烈马一杆枪　关丽华 /190

抗联之母　梁树林 /195

如此惨烈，如此悲壮　刘翠花 /201

第五章　战士自有战士的爱情

女兵们的爱情 /208

无情未必真豪杰 /214

将领遗孀 /217

那一场婚礼 /223

十二载的守望 /227

我心永恒　刘志敏 /231

第六章　教导旅里的女兵们

异国他乡　等着我，我会归来 /238

永不消逝的电波　陈玉华　/252

开在远东上空的白莲花　中国第一批女空降兵　/259

教导旅最高军衔的女兵　王一知　/265

"马露霞"的电台联络是最出色的　李在德　/272

她曾经有两个国籍　申连玉　/279

真实的潜伏　冯淑艳　/285

她扛着"小马盖子"走了　吴玉清　/292

第七章　幸存者的记忆

从东满到北满　金伯文　/298

普通一兵　朴英善　/306

舍不得孩子，怎么打鬼子　庄凤　/309

从童养媳到机枪手　邢德范　/317

军长的女儿　夏志清　/325

部队里长大的孩子　李小凤　/332

地主家的千金　李英根　/341

三个孩子三个爹　金玉坤　/348

抗联"一枝花"　吕庆芳　/357

伪满监狱里的女囚　李桂兰　/363

结语　从宜宾到依兰　/371

参考文献及资料来源　/374

致谢　/377

第一章 烈女标芳

　　1931年九一八事变的时候,我的母亲李桂兰还是个刚满十三岁的小丫头,当时她们一家住在萝北县的七马架,一个离黑龙江边不远的地方。那一年庄稼收成好,她和妹妹们整天围着她的妈妈老宋太太,也就是我的姥姥,嘀嘀咕咕地要扯花布,做新衣服。

　　李桂兰的父亲,我的姥爷,一个外号叫作李老蔫的老实巴交的农民,则扳着手指头算计着又该买几匹骡马,拴几挂大车。

　　这个时候,一家子人还不知道,他们的老家奉天省(今辽宁省)已经让日本人给占了。

　　他们不知道,自己的国家已经到了生死的边缘。

　　在民族危亡的时刻,1931年9月19日,中共满洲省委发出《为日本帝国主义武装占据满洲宣言》;9月20日,中共中央发表了《中国共产党为日本强暴占领东三省事件宣言》;9月21日,中共满洲省委召开紧急会议做出决议,号召:"全东北的共产党员、爱国志士和士兵,立即武装起来,参加到抗日救国的行列里去,和东北人民同生死共命运,发动广泛的游击战争,保卫祖国的每一寸土地。"党的优秀儿女杨靖宇、赵尚志、周保中、李兆麟、魏拯民、冯仲云、赵一曼等一大批干部奔赴抗战最前线,转战于白山黑水,血洒大小兴安岭。

　　而这其中的赵一曼,则堪称是中华女子的楷模。

　　那,就从赵一曼说起吧。

赵一曼

中华民族的自由女神　赵一曼

1936年8月2日凌晨,黑龙江省珠河县(今尚志市)小北门外,传来了一阵低沉沙哑的歌声:

> 民众的旗,血红的旗,
> 收敛着战士的尸体。
> 尸体还没有僵硬,
> 鲜血已染红了旗帜。
> 高高举起啊!
> 血红旗帜,
> 誓不战胜终不放手
> …… ……

歌声由远而近,随着歌声,在人们视野里,看到的是被敌人绑在一辆马车上"游街示众"的赵一曼。

赵一曼秀美的脸庞,苍白得没有一点血色,唯有那目光坚定地望着远方。此时,她强撑起了重伤的身体,用嘶哑的嗓音唱着她最喜爱的《红旗歌》。

敌人心虚了、害怕了,害怕这位女共产党员的歌声,他们吆喝着,不许她再唱,而得到的回答则是冷峻的神情和蔑视的目光。

面对这位大义凛然勇赴刑场的女子,刽子手们亦无可奈何。站在道路两旁受苦受难的乡亲们,则默默用袄袖擦着那奔涌的泪水。再看一眼吧,"瘦李子""李姐"……我们的区委书记就要上路了,乡亲们舍不得,舍不得……

马车来到小北门外,刑场就在这片荒地上。赵一曼衣衫褴褛,脚上的镣铐琳琅作响,她勉强站稳了身躯,目光坚定地对着刽子手。罪恶的枪声响起,南国女儿的一腔碧血喷洒在了苦难深重的东北大地上,小北门外茵茵的绿草上开出了一朵朵血花……

赵一曼走了,她的生命短暂,三十一个年轮还没有画圆。

叛逆的女孩

1905 年发生了好多事情,这第一件事是日本战胜了俄国,他们两个国家打仗却把战场设在了中国东北。东北人民在长达 19 个月的时间里惨遭兵燹之灾,丧亡无计其数。这第二件事是中国第一个资产阶级政党——同盟会在日本东京成立。再有就是"废科举,兴学堂"了,这项教育改革在当时具有进步意义,是中国走向近代化的重要举措之一。其他的事和这几件事相比较就是小事了。

这一年的 10 月 25 日,在四川省宜宾县北部白花场伯阳嘴村的一个封建地主家庭里,有一个叫作李坤泰的女孩出生了。女孩字淑宁,乳名端女儿,笔名李一超,后化名赵一曼。

这个出生在动荡年代里的女孩天生有些叛逆,十岁时,她温良贤淑的母亲制备缠足布和尖尖鞋,要为她裹出三寸金莲。尽管哭闹不止,但在家人的协助下,她的双脚还是被无情地捆绑起来。在当妈的心里,这应该是对女儿最大的爱,女孩子若不裹足,日后如何见人,又怎能嫁个好人家?可万万没有想到,女儿却一瘸一拐倔强地找出柴刀愤然把缠足布、尖尖鞋砍烂。在她拼死的抵制下,父母亲最后只有无可奈何地听之任之。这个女孩所做的一切,完全有悖于封建家庭的思想与道德规范,她没有尊崇大家闺秀的三从四德。

而命运又合该这个女孩不会被禁锢在这个封建的家族之中。在她还是一个懵懂女孩的时候,一个男人走进了她的世界,这个人就是她的大姐夫郑佑之。郑佑之是早期接受马克思主义思想的一名中共地下党员。他是赵一曼灵魂的引领者,在他的影响下,赵一曼逐渐窥看到大千世界里万事万物的奥秘与演变。

通过郑佑之寄来的《新青年》《妇女杂志》《向导周报》等进步刊物,赵一曼知道了俄国的十月革命已取得了胜利,第一个社会主义国家——苏维埃共和国已诞生。她接受了反帝爱国的进步思想。她在给郑佑之的信中写道:"我立志学习德国的女革命家卢森堡、中国的秋瑾,做革命的女先锋。"1923年,通过郑佑之与团员何必辉介绍,她加入中国社会主义青年团。

在郑佑之的帮助下,她曾经把控诉兄嫂不让她读书的文章投寄给上海的《妇女周报》和天津的《女星》。1924年8月,这篇文章以不同标题分别在上述两种杂志上发表后,赵一曼接到各地的声援信,备受鼓舞,她第一次认识到自己的力量和价值。从此,她把自己的命运与中国妇女的命运连接在一起,她走出了家门,在白花场办起女子学校。

几千年形成的封建势力是不会在一群长期在精神上与物质上被压在底层的妇女面前认输的,赵一曼在乡间变成了异类,她遭遇了封建势力的顽固抵制。

看来争取妇女的彻底解放还有待时日,正所谓"路漫漫其修远兮"。

寻找光明的路上

1926年正月初五,在大姐夫郑佑之、二姐李坤杰的帮助下,赵一曼终于挣脱了封建家庭专制的枷锁,来到宜宾城。

离家别母的那一刻,赵一曼内心百转千回,她是母亲最小的女儿,母亲对她倾注了太多的爱,养育之恩还没来得及去报答,如今却要远行。而此一别,这个家是再也回不去了。她不敢看母亲流泪的双眼,她不敢回头,唯有一直向前、向前,一任泪水流满脸颊。

到了宜宾,她顺利地考进宜宾女中。她深知这学习的机会来之不易,为了读书,她背叛了自己的家庭,她没有回头的路,只有努力、再努力。

2月,在社会主义青年团宜宾地方第一次代表大会上,赵一曼当选团地委候补委员。

3月,中共宜宾特支建立,赵一曼转为中共党员,从此,她走上一条职业革命者之路。

6月,狂风裹挟着暴雨,赵一曼根据党团组织的指示,率女中同学奔赴金沙江、岷江汇合处的码头,抵制为英帝国主义商人贩运洋油的奸商李伯衡的船只进港。她和同学们似暴风雨中的海燕,坚持斗争三天三夜,终于取得了这场爱国学潮的胜利。年轻的赵一曼在反帝斗争中经受了锻炼和考验。

这次运动过后,赵一曼等十三名同学被学校斥退。

11月,赵一曼考进黄埔军校武汉分校。谁说女子不如男,那一年她戎装掩霓裳,投笔从戎恰似那替父从军的花木兰。

入校后,赵一曼被编入政治大队女生队第一区队,与罗瑞卿同为军校政治部宣传组成员。当时黄埔军校政治部主任周恩来,政治教官恽代英等人时常到武汉分校做报告、授课。赵一曼在这里接受了严格的军事训练。在紧张而有序的生活中,赵一曼上课、出操、站岗、放哨、打扫卫生、街头宣传,文化学习刻苦认真,军事训练严格要求,这为她以后成为"红枪白马"的政治部主任奠定了坚实的基础。

1927年4月12日,以蒋介石为首的国民党新右派在上海发动了反对国民党左派和共产党的武装政变,顿时黑云压城,白色恐怖笼罩全国。在"宁可错杀一千,不可错放一人"的口号下,共产党员尸横遍野,血流成河。危急时刻,国民革命军第四军参谋长叶剑英将军将在校生改编为第二方面军军官教导团。女生大队中的党团员留队,其余不愿者遣资回家。经党组织分配,赵一曼随张发奎部队赴九江。途中,她因肺病复发,隐蔽在老乡家治疗。当南昌起义枪声震响的时候,赵一曼正乘船秘密转往上海。

遥远的莫斯科

1927年9月,按照党组织的安排,赵一曼到苏联莫斯科中山大学学习。这一次远行,又有一位男人走进了她的生命,这个男人带给她的是爱情和婚姻。

陈达邦,1900年出生于湖南长沙县一户书香门第,黄埔军校第六期学生,是一位政治上比较成熟的共产党员。

在去往莫斯科的轮船上,陈达邦见赵一曼身体瘦弱,还晕船呕吐,便一边安慰鼓励她,一边给她讲故事分散痛苦,百年修来的同船一渡,令年轻的姑娘心存感激。到学校后,赵一曼被编入相当中学水平的第六班,学生证号码为807号。她给自己起了个苏联姑娘的名字叫科斯玛秋娃。由于在国内没有学过外语,初进中山大学学俄语,不得要领,进步较慢,后在陈达邦的启发下,改变了学习方法,提高很快。

陈达邦大赵一曼五岁,儒雅而俊朗。在"红莓花儿开"的国度里,不缺的是浪漫,他们经常在一起交流和散步,怀着对未来美好的期许,二人成为一对红色恋人。

1928年五一国际劳动节期间,经党组织批准,二十三岁的赵一曼与二十八岁的陈达邦结为伉俪,并举行了简朴而热烈的婚礼,不久赵一曼怀有身孕,那时的她,心应该是软软的。

由于赵一曼异常珍惜这次学习的机会,所以过于劳累,原有的肺病又复发加重了,但此时国内革命形势迅速发展,非常需要干部,特别是妇女干部。组织上决定让她提前回国。赵一曼坚决地服从组织的决定。而此时的陈达邦却难以放心患有重病、怀有身孕的妻子,他含泪为赵一曼打点行装。正所谓"相见时难别亦难",他拿出结婚时的金戒指和手表,深情地望着妻子:"你带着,做纪念吧,也许在困难的时候可能会有帮助……"

对于这位既是丈夫又像兄长一样的爱人,一曼的内心得有多少的依恋与不舍? 这一别,岂止相隔千山万水? 他们想不到,这就是永诀。

赵一曼踏上了回国之路,可这条路并不平坦。已有五六个月身孕的她步步维艰,可谓历尽凶险,1928年11月辗转回到了上海。适逢党中央准备在湖北宜昌建立一个交通联络站,沟通四川和大西南与上海党中央的联系。身体条件已十分不好的赵一曼硬是主动担负起这项艰巨的任务。她在宜昌一条狭窄、闹杂的街上租下一间木板屋,开始了新的工作。

1929年1月21日,赵一曼即将临产。可此时封建迷信的房东老太太却不准她把孩子生在家里。一月的宜昌,阴湿寒冷,赵一曼艰难地徘徊在租下的木板屋门前,十分的无助。邻居一位好心肠的搬运工人见状,和妻子商量把赵一曼接到了家中。就在这天晚上,赵一曼生下一个男孩,取名宁儿。

旧社会女人生孩子是在过鬼门关,赵一曼那天是遇上了贵人,如果没有这位好心的工人,她们母子的境遇真是不堪设想。

　　生产后赵一曼一直住在这位工人师傅家里,师傅的妻子待她如亲人。为减轻这个家庭的困难,她忍痛将金戒指交给大嫂卖了钱。可这件事引起特务的怀疑:一个穷苦的女人哪来的金戒指?于是准备抓捕。赵一曼得到消息后,拖着虚弱的身子,抱着未曾满月的婴儿离开宜昌,乘上去往上海的客轮。到上海后向党组织汇报了情况,被安排留在中央机关工作。

　　同年9月,党组织又派赵一曼与一王姓的男同志去往南昌江西省委工作,他们假扮夫妻以作掩护。

　　深夜,风雪交加,匆匆传来情报,"有叛徒出卖,省委机关遭到破坏"。十万火急之中,赵一曼没有片刻的犹豫,她抱紧宁儿急速离开机关回上海向党中央报告情况。不久,赵一曼在上海见到陈达邦的堂妹、任弼时同志的夫人陈琮英。

　　再也不能让孩子过这种颠沛流离的日子了,更何况,赵一曼的工作时刻充满变数和风险,大家最后商定把孩子送到武汉陈达邦哥哥陈岳云家里抚养。

　　风也萧萧,雨也萧萧,瘦尽灯花又一宵。想今夕何夕,天涯海角母子何时再能相见,赵一曼的心中充满了不舍与惆怅。

　　这世间最深的情,莫过母与子,刚满周岁的孩童,就要寄养于人,让她情何以堪,不是一曼的心冷硬,是她心里装着天下孩子,天下百姓。

夜幕下的哈尔滨

　　1931年9月18日,日本军国主义者制造了震惊中外的九一八事变。

　　1932年春,苦难的东北在沉沉暗夜中悲愤伤痛,赵一曼这位南国女儿临危受命被派到抗日斗争的最前沿。她先到奉天(沈阳),后被派到哈尔滨担任满洲省总工会组织部部长。1933年10月,兼任哈尔滨总工会代理书记。

　　哈尔滨素有东方莫斯科的美誉,充满了异国风情,有各种造型的俄罗斯式的房屋,有整齐的道路和波光潋滟的松花江。但在日本侵略者的占领下,日寇、伪军、伪警察横行于市,这座美丽的城市变成了恐怖之都,被称之为"夜幕下的哈尔滨"。来到东北的赵一曼来不及去领略北国名城的万种风情,她通过党内交通员结识了时任哈尔滨《国际协报》副刊编辑、年轻的共产党员方未艾,利用

《国际协报》副刊这块阵地宣传革命、团结进步人士、报道哈尔滨人民反满抗日的消息。赵一曼不时创作一些文艺作品在地下刊物上发表。她在一首《滨江述怀》的诗中抒发了坚定的抗日意志:

誓志为国不为家,涉江渡海走天涯。
男儿岂是全都好,女子缘何分外差?
未惜头颅新故国,甘将热血沃中华。
白山黑水除敌寇,笑看旌旗红似花。

诗中语意慷慨,气势如虹,豪情与诗情迸发其中。焕发出炙热如火的爱国主义激情,给广大读者以鼓舞和激励,她像高尔基笔下的"丹柯"一样,托举着一颗赤子般的心,照亮民众前行的路和一部分人麻木的灵魂。

关于赵一曼在哈尔滨,作家方未艾曾有过一段回忆:

她着一身古铜色的西式衣裙,穿一双深褐色的高跟皮鞋;她坐在一条长椅上,一只手拿着打开的手提包,对着里面的镜子,一只手拢着鬓边的短发,黄色微白的脸颊泛起微笑。她给人最初的印象很像书香门第的小姐,有一种高贵飘逸的风度……

衬托着华美的欧式建筑,这场景多像一幅油画,而图画中的人物又有着那么动人的气质,没有人会想到这画中的美丽女郎会是一位经验丰富的职业革命家。

哈尔滨是美的,但侵略是无处不在的,斗争是残酷的。为方便工作,在这里赵一曼与满洲总工会书记"老曹"组成了一个临时的"家庭"。

1933年4月,因伪宪兵王文昌身着便衣乘坐电车非但不买票,还动手殴打售票员张鸿渔一事,赵一曼和老曹连夜赶到电车厂,成立以党、团员为骨干的罢工委员会,指导电业局党支部领导工人举行大罢工。此次电车工人的大罢工得到哈尔滨各行业工人的拥护。"三十六棚"铁路工人纷纷捐款声援电车工人。

斗争坚持了两天,日伪当局不得不答复并同意工人们的罢工条件。

此伏彼起的罢工罢市搅得敌人惶惶不可终日,日伪当局认定大罢工一定有人在指挥和领导,便派出大批特务警察进行侦查,想尽办法破坏党的组织,一霎时风声鹤唳。

1934年2月26日,因叛徒告密,老曹等多名同志被捕,哈尔滨党团组织受到严重破坏。老曹同志被捕后,不久牺牲在狱中。

此时赵一曼的处境也十分危险,党组织决定她转移到外地工作。中共满洲省委组织部长何成湘找赵一曼谈话,鉴于她的身体状况,计划安排她到另外一个城市。然而,赵一曼坚定地表示要到生活条件十分艰苦的抗日游击区去搞武装斗争。她说,我学过军事,到那里有我的用武之地。后满洲省委研究决定,派赵一曼去往珠河县(今尚志市)抗日根据地开展工作。

这一次,赵一曼从一名地下工作者走向了对敌厮杀的战场。

"红枪白马"的政治部主任

1934年7月,田野上的青纱帐起来了,好似南国的甘蔗林,青纱帐起的时候,也是打游击的好时候。

赵一曼赴哈尔滨以东的抗日游击区后,任中共珠河中心县委委员、县委特派员和妇女会负责人。后任珠河铁北区委书记,她曾和赵尚志同志一起并肩战斗,曾被战士们误认为是赵尚志的妹妹,其实她比赵尚志还大三岁。

到了游击队,赵一曼对自己的人生角色进行了彻底的颠覆,她换上了农妇的衣裳,走在乡间的泥石路上,她坐在农家的土炕上用粗瓷大碗喝着井凉水,她给乡亲们讲抗日救国的道理,组织妇女做军衣、军鞋支援前线,并带领妇救会员们护理伤病员、递送信件。她还根据当地流行的民间小调,改编成抗日歌曲来教大家传唱。乡亲们亲切地把她称为"瘦李子"。

她曾机智、勇敢地巧用大粪车运送武器。她曾脸抹锅灰,假装哑姑,在妇救会员的掩护下,走乡串户地开展工作。

1935年初,天还是寒的,地还是冻的,人们期盼的春天远未到来,日伪军却迫不及待地向哈东游击根据地进行春季"讨伐"了。

县委决定分兵两路,组织地方武装进行反击,铁道北由赵一曼负责。为了有效保护群众,打击敌人,赵一曼组织自卫队扒铁道、炸桥梁,破坏敌人的交通线。一天,得悉鬼子要"讨伐"关门嘴子的情报后,赵一曼这位在黄埔军校学习过的军人,看准时机,决定打一场伏击战。

赵一曼带队隐蔽在敌人必经的树林中,当耀武扬威的鬼子进入伏击圈后,她指挥拿快枪的队员先发制人干掉了骑马的指挥官,手持大刀、长矛的自卫队员们迅猛地出现在毫无准备的鬼子面前。这些鬼子被原始武器杀得晕头转向,只好仓皇地丢下十几具尸体和许多枪支弹药从原路逃走。

1935年9月,珠河中心县委召开会议,对部队进行整编,赵一曼兼任东北人民革命军第三军第一师第二团政治部主任,战士们亲切地称她为"我们的女政委"。当时的日伪报纸也捕风捉影大为惊叹,哈尔滨报纸刊登了题为《共匪女头领赵一曼,红枪白马猖獗于哈东地区》的报道。

其实,"红枪白马的女共匪",是很难与赵一曼这样一位外貌清秀、端庄,有着南国女人温婉气质和书卷气的才女联系在一起的。据战友们回忆,赵一曼身形消瘦且带有病态。可就是这样一位弱女子,在猎猎北风的黑土地上,却成为一名骑白马挎双枪的军人,并用她最大的人格力量,教育和温暖着我们的战士,用子弹和游击战震慑着敌酋。

1935年10月,秋风渐起,天气转凉,赵尚志率领大部队离开珠河,去开辟新的游击区。赵一曼主任和王惠同团长则带领全团指战员坚持在珠河根据地同讨伐的日伪军周旋,以完成策应第三军大部队转移的战斗任务。

11月,冬的初雪盖满了山川,这雪对于战士们来说,没有一点诗情画意,只是给人难以抗拒的寒冷。而此时,敌人也加紧了对东北人民革命军的战略围剿。赵一曼与团长王惠同率领第二团在转移中被逼困在密林之中。存粮吃完了,战士们只能靠猎取野兽来度日。

11月14日,第二团五十余官兵从铁道南县委驻地返回道北,试图向延寿方向挺进和我军主力会合。

当日部队来到道北五区春秋岭左撇子沟的安山屯,在这里被丧尽民族良心的汉奸朱景才发觉,密告了驻乌吉密的日伪军。

15日上午十时许,赵一曼和王惠同发现日军横山部队一部、冈田正木部队预备队一部、吉田部队一部以及珠河县伪警察大队第三中队等日伪军三百余人异动后,部队紧急集合抢占南山有利地形同日伪军展开激战。

这是一场硬仗,战斗持续进行了六个多小时,官兵们在赵一曼和王惠同的指挥下英勇无畏地打退了日伪军数次进攻,但我军在对方几倍于我的兵力和精良装备的压迫下亦伤亡惨重,战士们的鲜血染红了皑皑白雪。

黄昏时分,日伪军在炮火掩护下,又一次张牙舞爪地向我军阵地压来,两个骄狂的日军指挥官挥舞着指挥刀在敌军身后督战。赵一曼看准时机,在一名神枪手的配合下,击毙了这两个武装到牙齿的日寇。

天渐渐黑了下来,我军的子弹即将告罄,再不突围就要全军覆没。在这危急时刻,赵一曼主动提出留下来掩护大部队转移,团长王惠同坚决反对,但他终于没能拗过赵一曼主任,只得率领部队冲向西北方向。

负责掩护任务的战士们在赵一曼的指挥下,抱定必死信念顽强阻击大呼小叫的日伪军。子弹打光了,战士们就用石头砸向敌军,石头用光了,战士们端着没有子弹的步枪和敌军展开了肉搏战,那真是一场"死与死的厮拼,刀与刀的相啃,肉与肉的残杀,声与声的相混"。

激战中,赵一曼被敌军击中左臂,她忍着剧痛将最后一颗手榴弹投进敌群,在手榴弹的轰鸣声中,机智地滚进茂密的草丛。

此时,向西北方向突围的王惠同团长则身先士卒,带头冲锋,不幸被敌军子弹击中,身负重伤被俘后被敌人杀害。在这次血战中,我军仅突出重围十余人,其余的指战员全部牺牲。

敌人也付出惨重的代价。是役,我军击毙横山部队机关枪队长古谷清一大尉、小队长芹泽等三十余人。

当手腕负伤的赵一曼从山沟里清醒过来后,先后与负伤的战士老于、十六岁的妇救会员杨桂兰、交通员刘福生碰到一起。大家互相搀扶着来到侯林乡西北沟的一个窝棚里。

11月22日,汉奸廉江和米振文在侯林乡西北沟发现赵一曼和二团失散战士隐藏的窝棚,立即密告日军远间重太郎和伪警察队长张福兴。

实在是令人叹息和愤慨,中国的抗日战争为何进行得如此艰难,是与众多背叛祖国、卖祖求荣的汉奸、特务们分不开的。

上午 9 时 30 分,三十余名伪警察包围了小窝棚,战斗中,交通员刘福生和战士老于牺牲,赵一曼左腿被伪警察的"七九"步枪击成重伤,顿时血流如注,昏死过去,铁北区宣传部长周伯学和妇救会员杨桂兰同时被俘。

革命者的魅力

被俘后的赵一曼从"红枪白马"的女政委,变成了一名"女囚"。伪滨江省公署警务厅特务大野泰治对赵一曼连夜进行突审。

关于这次审讯,战后作为日本战犯的大野泰治在关押期间于 1962 年写有如下供词:

这个妇女,穿着一件黑棉衣,腰下被血染着,脸伏在车台上,一个十八九岁的姑娘坐在她的身旁照料她。伤者头发散乱,大腿的裤管都被血灌满了,在不断往外渗。

我担心她马上死掉,得不到口供,从而失掉可能的情报,急忙走到她的身旁,叫喊道"起来!"她从容地抬起头来看着我,看见她那令人望而生畏的面孔,我情不自禁地倒退了两三步。我让远间(伪珠河县首席警务指导官远间重太郎)找个适当的场所。远间同县公所的翻译詹警卫商量之后,决定在马料房的高粱垛上进行。从审讯中,知道她叫赵一曼,二十七岁,在妇女抗日会工作,家庭是个富户,本人受过中国女性的最高教育。在以上这些问题上,她态度坦然,答语明快。

当问她关于赵尚志部队的事时,她回答:"关于抗日联军的事,我不知道。"
我问她是不是共产党员,在党内是什么地位。她回到说:"我同共产党没有关系。"我问她:"为什么进行抗日活动?"一听这问题,她一下子提高了声调作了义正词严的回答,与其说是回答我的问题,不如说是对日军的控诉。她说:"我是中国人,日本侵略中国以来的行动,不是几句话所能道尽的。如果你是中国人,对于日军目前在珠河县的行动将怎样想呢?中国人民反抗这样的日军难道还用得着解释吗？我们中国人除了抗战外，别无出路……"

在珠河一无所得的大野只得在11月27日将赵一曼押解回哈尔滨，关押在伪滨江省公署警务厅地下室。此时，赵一曼的伤口已化脓溃烂危及生命，敌人幻想得到口供，便把赵一曼送进哈尔滨市立医院监视治疗。经主治医生张柏岩三个月的精心诊治，赵一曼的伤势不断好转。敌人把她从大病房转移到单人的第六病房二号室。

此时的赵一曼清楚地知道敌人是不会轻易放过自己的，她不能坐以待毙，她要寻找牢笼里的缝隙。

医院里三个伪警察二十四小时轮流值勤看守赵一曼。经观察，赵一曼凭着直觉选中了忠厚善良的年轻伪警董宪勋。

董宪勋生于1909年，山东省肥城人。读过几天书，1935年来哈尔滨，为了生活，托人介绍当了伪警察，在南岗伪警察署邮政街派出所任职。

赵一曼用自己特殊的语言向董宪勋讲述人民革命军战士们的战斗和生活，讲山区的风光，并向他讲民族大义，讲日本鬼子的罪行和抗日道理。通过交谈董宪勋深受教育，对赵一曼由同情而变为钦佩。赵一曼还把日军侵略东北的罪行编成图文写在药纸上，董宪勋对这些纸片很有兴趣，更着迷于赵一曼所画的图片，可他并不知道这是专门写给他看的。在赵一曼的循循教导下，一幅自由、清新的画面展现在董宪勋的面前，他决定放弃目前的生活，奔向大山，成为一名抗日战士。

赵一曼对董宪勋的争取，共用二十天时间，这是一个奇迹，以此能够看到她强大的人格魅力，也是一名革命者的魅力。

而赵一曼对十七岁的小护士韩勇义采取的则是女人之间的心灵沟通。韩勇义生于1920年，辽宁省桓仁县人。这是个活泼开朗，敢说敢做，性格爽朗、刚烈的姑娘，为此，父亲的同学孙一峰便给她取了"勇义"这个名字，意指"见义勇为"，也许起这个名字的当初就暗含着她的宿命。

1935年夏，韩勇义进入哈尔滨市立医院办的二年制"看护妇养成所"插班学习。毕业后来到市立医院，成为见习护士。经过接触相处，年青的姑娘对赵一曼已经十分信赖。她敞开心扉向赵一曼讲述了自己恋爱受挫、工作中因是见习护士而受欺负等事。赵一曼对这位直爽的姑娘用富有感情和诗意的语言,描述了东北抗日部队里的生活和斗争,极大地激发了她的民族自尊感和对自由生活的向往,使这位女青年认识到自己的血脉里流的是中华民族的热血,一定要把日本人从东北驱逐出去。

赵一曼的伤势在逐渐好转,敌人又加紧了轮番审讯,尽管董宪勋、韩勇义竭力地保护她,但赵一曼深知这种保护是有限的,是时候该逃离虎口了。

经过精心准备,1936年6月28日晚,在大雨滂沱中董宪勋和韩勇义背着赵一曼上了汽车,沿山街(今一曼街)向东驶去。但当众人来到阿什河边时,却发现横跨在河上的"万缘石桥"被洪水冲断了,董宪勋只好到屯里请来轿人,抬着赵一曼绕道涉水过河。

29日晨,警务厅得到报告知道赵一曼失踪,顿时炸开了锅。这还了得,如此重要的犯人竟在他们的眼皮底下逃脱。暴怒中的敌人抓来白俄司机,在酷刑下供出了赵一曼的去向。于是,驾车、骑马的日伪宪兵、特务们开始追踪。很快,敌人的车队、马队逼近了赵一曼等人。

面对即刻就要扑过来的敌人,危急关头,赵一曼仍能沉着地叮咛众人:"不要慌!大家记住口供,就说是我用钱雇请你们送我走的,一切与你们无关。"

奈何,苍天不佑,万缘桥断,赵一曼再次陷入敌手,从此走向了她人生最悲壮的一篇。

甘将热血沃中华

什么是地狱?地狱什么样?地狱是鲜血?地狱是白骨?地狱是生不如死?都说地狱十八层,而赵一曼的再次被捕就是陷入了地狱的第十九层。此时的刽子手们已经到了丧心病狂的地步,赵一曼的出逃无疑是对他们最大的嘲讽。他们把那阴森的刑讯室,变成了法西斯刑具的试验场,轮番使用吊拷、鞭打、竹签刺指甲、烙铁、坐老虎凳、用铁条刺她腿上的伤口,往她嘴里灌汽油和辣椒水等无所不用其极的严刑,但这一切都没能让赵一曼屈服,她怒斥敌人:"你们这些强盗可以让整座村庄变成瓦砾,可以把人剁成烂泥,可是,你们消灭不了共产党人的信仰。"

信仰,这一人们灵魂的标注,正是它支撑着赵一曼在炼狱里熬成了钢。

当普通的刑具再也无法征服赵一曼时,敌人动用了从日本本土专门运来的一张电椅,想用这种最新的法西斯刑具来动摇她的意志,正是这张电椅,令赵一曼遭受了世上最难以忍受的剧痛,我们不能也不忍去描述这旷古未闻的极刑。

在哈尔滨市南岗区一曼街二十一号东北烈士纪念馆的地下室里,也就是当年刑审赵一曼的地方,手铐、脚镣、皮鞭、装辣椒水的铁壶、烙铁、电刑器具……一件件复制的刑具,让我们依稀能够看到当年的情景。

人啊,哪一个不是血肉之躯,是什么让赵一曼能挺得过那痛彻骨髓的酷刑?不怕死,并不等于不怕痛,赵一曼挑战了人类受刑的极限。

是民族大义,使她如此的坚定,使她充满了韧性,使她勇于承担那热辣辣的血腥。是对苦难中祖国母亲的那份忠诚,让最崇高的灵魂在与魔鬼抗争。

而同时被捕的董宪勋和韩勇义,也表现得十分坚强。董宪勋因审讯时受刑过重惨死狱中。韩勇义在哈尔滨伪警察厅刑事科亦受尽各种折磨。敌人在一份写给伪中央政府的报告材料中说:"目前在哈尔滨警察厅拘审中的韩护士,她仅是在很短的时间受了赵一曼的宣传,已具有根深蒂固的抗日思想。"报告中引了韩勇义的一段话:

在自己的五体之中所流着的热血,是中华民族的热血。我期待着将来的抗日战线得到扩大,把日本人从东北驱逐出去……

韩勇义的义举获得了社会各界人士的佩服与尊重,经多方努力,终于使她由"政治犯"降为"纵匪逃走"的刑事犯。1937 年 6 月,伪南岗区法院判处她有期徒刑四个月,于 7 月 8 日释放出狱,由其母接回呼兰县。但狱中的折磨,令她患上了肋膜炎、脓胸,后转为慢性病。日本投降后,东北的同志们找到了她,她终于进入了革命阵营。只可惜两年后肺病复发,终告不治,29 岁的韩勇义于 1949 年 2 月 12 日离世。

当残酷的刑讯终究无法征服一个人的信仰时,敌人只能以毁灭赵一曼不屈的肉体而告终，可以说在这场人与鬼的较量中，他们输得彻底。

最后的时刻来到了。赵一曼被日伪武装军警由哈尔滨押解去往珠河，执行死行。

珠河，那里曾是赵一曼战斗过的地方。当死亡来临之时，当需要有人用鲜血去装点战旗的时刻，她坚信离开肉体的生命当会有更好的存在形式。

赵一曼要走了，此时，她的心中是否在思念着自己的丈夫？那个像兄长一样的爱人，自从莫斯科一别就再也不曾见到他了。丈夫知道自己殉难在这遥远的北方吗？永别了，今生没有再见的机会了。而更令她放心不下的则是她的宁儿，孩子应该七岁了，多少年她虽然无法去看他，无法去找他，但毕竟舐犊情深、母子连心啊。赵一曼在车上要来了纸笔，她用心之血给儿子留下了最后的遗言：

宁儿：

母亲对于你没有尽到教育的责任，实在是遗憾的事情。

母亲因为坚决地做了反满抗日的斗争，今天已经到了牺牲的前夕了。

母亲和你在生前是永远没有再见面的机会了。希望你，宁儿啊！赶快成人，来安慰你地下的母亲！我最亲爱的孩子啊！母亲不用千言万语来教育你，就用实行来教育你。

在你长大成人后，希望不要忘记你的母亲是为国而牺牲的！

一九三六年八月二日
你的母亲赵一曼于车中

赵一曼一生的母爱和寄托最后都凝结在这封遗书之中。她不知道日本侵略者何时能打倒，她不知道胜利会在哪一天，这封遗书应是对后来者的一种企盼，是留给宁儿，更是留给我们整个民族的遗产。

北门云愁，珠河秋悲，赵一曼走了。她爱故乡那万顷修竹，她爱冰封雪国的妖娆风情，她爱大东北那质朴的百姓，她思念血脉相连的亲人。为了这一切，她舍去只有一次的生命。

赵一曼走了,她以一己遍体伤残之躯,孤身一人战胜了残暴的日本杀人机器,她永远是精神上的胜利者,当敌寇罪恶的枪声响起之时,她已羽化为一尊争取独立与自由的女神!

日本投降以后,作为战犯的大野泰治曾在战犯管理所泪流满面,他跪在地上忏悔,他说:"我一直崇敬赵一曼女士,她是真正的中国的女子,作为一个军人我愿意把最标准的军礼给我心目中的英雄,作为一个人,我愿意下跪求得赵女士灵魂的宽恕。"

1946年松江省和哈尔滨市各界二十余万人隆重集会,纪念"七七"全国抗战九周年暨庆祝抗战胜利。那一天阴霾散去,白云在自由翱翔。会上,省政府决定,把哈尔滨市"山街"改名为"一曼街",永远纪念这位抗日女英雄。

赵一曼的故乡亦建有纪念馆,位于宜宾市翠屏山腰的翠屏书院,馆前矗立着烈士的汉白玉雕像,广场上是健身的市民和奔跑嬉戏的儿童。天是那样的蓝,树是那样的绿。远处赵一曼带领民众抵御"仇油"的三江汇合口处,波澜不惊。赵一曼这位宜宾的女儿,魂兮归来,看到这一切,应是何等的欣慰。而家乡的父老如今也还在念想着,念想着赵一曼当年的神情。

宜宾的女儿赵一曼,三十一年的人生,被她书写得大气磅礴,她是那个不肯缠足的八岁小姑娘,她是那个奋笔疾书,控告兄嫂不让她读书的少女,她是黄埔军校飒爽英姿的女兵,她是莫斯科大学里勤奋的学员,她是在哈尔滨与地下党员接头时,掩护在高贵飘逸外表下的地下特工,她是"红枪白马"身披长风驰骋于白山黑水之间的女杰,她是脸上抹着锅灰的哑姑,她是在日寇刑讯室里九死不悔的"囚犯",她是身带重镣,遍体鳞伤,带着对胜利的渴望,带着对强敌的嘲笑,从容走向刑场的女英雄。她是我们的集体记忆,她是民族魂!

当远在大洋彼岸的美国自由女神雕像俯瞰着过往的车船,当法国人不吝篇幅歌颂自己历史上传奇式的民族英雄圣女贞德之时,当俄罗斯的二战老兵们仍旧每年都在祭奠女英雄卓娅·科斯莫杰扬斯卡娅,我们也要大声地向全世界宣告,赵一曼,是我们中华民族的自由女神!

赵一曼与儿子(宁儿)合影

李秋岳

牺牲,仅隔一个月 李秋岳

赵一曼烈士是1936年8月2日在珠河就义的,时隔一个月零一天,也就是1936年9月3日,又有一位被称为"黑李"的李秋岳烈士殉难于黑龙江省的通河县。

从现今仅存的一张照片看,李秋岳像赵一曼一样有着端庄秀美的容颜和知识女性的气质。

李秋岳,原名金锦珠,曾化名张一志。1901年生于朝鲜平安南道中条郡一个贫苦的农民家庭里。这是个薄命的女孩,七岁的时候,父亲就不幸病故了,只留下了寡母弱女,苦度光阴。

凄风苦雨中,时间来到了1919年,李秋岳长成了漂亮的大姑娘。此时,朝鲜爆发了著名的"三一"反日起义,斗争的浪潮迅速地席卷了整个朝鲜。

说起朝鲜的"三一"反日起义,还得从1904年说起。这一段历史很重要,因为在本书后面所记述的许多朝鲜族英烈们之所以背井离乡来到中国的东北,几乎都与这段历史有关。

1904年至1905年间,日本与俄国为了侵占中国东北和朝鲜半岛,在中国东北的土地上进行了一场战争,战争以沙皇俄国的失败而告终。俄国战败后,朝鲜政权彻底被日本控制。1905年,《日韩保护协约》签订,朝鲜成为被日本"保护"的国家。1906年,日本在朝鲜设立"统监府"。1907年,日本强迫高宗退位,由皇太子继位。

1910年8月22日,日本强迫大韩帝国签订《日韩合并条约》,正式吞并了朝鲜半岛,并设立朝鲜总督府以进行殖民统治。殖民当局用"武断统治"的方式,剥夺了朝鲜人民的一切政治权利和自由,实施赤裸裸的经济掠夺,并鼓吹"内鲜一体"(内,指日本本土),强制实行同化政策。日本首任朝鲜总督寺内正毅一上任就公开宣称:"朝鲜人顺我者昌,逆我者亡!"日本在朝鲜常驻两个师的兵力,而警察和宪兵在朝鲜更是具有生杀予夺的权力,成为维持殖民统治的重要力量。日本当局残暴的殖民统治陷朝鲜人民于苦海,沦为亡国奴的朝鲜人民对日本统治者的不满和仇恨与日俱增。

到了1919年1月22日,朝鲜国王高宗李熙突然去世。他生前因反对1905年的《日韩保护协约》而被废黜、软禁。传说这位亡国之君是被日本人毒死的,这引发了朝鲜人民的反日独立斗争。此次运动为朝鲜宗教界人士组成的"民族代表"33人和青年学生发起,决定在3月1日高宗国葬日时,发起全国性的独立运动。当日,成千上万的青年学生和市民举行示威游行。参加罢工、罢课和罢市的工人、学生和商人达到30万。全国各地纷纷爆发的示威和起义,是惨遭日本侵略者政治压迫和经济剥削的朝鲜人民长期郁积在心中的忧愤和怨恨的爆发,是为争取国家独立而展开的反日斗争。虽然起义最终被日本殖民当局残酷血腥地镇压了,但却从此揭开了朝鲜民族独立运动的序幕。

在这场声势浩大的起义运动中,年轻的李秋岳毅然投身到示威游行的队伍里,她要用自己年轻的热血去与侵略者抗争。斗争中她结识了一位叫作金勋的爱国青年,也就是后来牺牲在中国的革命烈士杨林。

金勋,朝鲜族,曾化名毕士悌、杨宁、杨林,他大李秋岳三岁,1898年生于朝鲜平安北道。

共同的信仰与亡国之恨,使这一对年轻人结成了伴侣,在残酷血腥的斗争中开出了一朵绚烂的爱情之花。这次起义虽遭到日寇的镇压,但李秋岳和杨林却就此接受了俄国十月革命传来的马克思主义。1920年,当敌寇搜捕杨林的通缉令发出时,他跨江过界来到中国寻求救国之路,妻子李秋岳仍留在国内开展活动。

杨林到中国后曾于1921年在云南讲武堂第十六期炮兵科学习,又于1924

年在广州黄埔军校毕业后任教官和在第三期学生第四队任上尉队长。1925年加入中国共产党。1926年又再次回黄埔军校任第四期教官。他参加过东征,曾任叶挺独立团三营营长。

丈夫一走四年,这四年间国土沦陷的朝鲜一直笼罩在血雨腥风之中。1924年,在日寇进行大搜捕、疯狂屠杀革命者之际,李秋岳也只好告别寡母,亡命他乡。所幸的是,她在组织的帮助下于年底踏着鸭绿江面的坚冰来到了中国,并在广州找到丈夫杨林。

故国早已是不堪回首,李秋岳开始了在中国的革命生涯。

李秋岳夫妻在中国的革命斗争中可谓风生水起,这从李秋岳和杨林的简历中可以得知。

1925年2月,李秋岳参加了广东国民革命军第一次东征,在宣传队工作。经过大革命的洗礼,李秋岳已成长为一名坚定的无产阶级国际主义战士,同年秋加入中国共产党。1927年,李秋岳入黄埔军校武汉分校学习,黄埔军校武汉分校第六期女生队名单上记有她的名字。

1927年,"四一二"蒋介石叛变革命,开始屠杀共产党人。党组织为了保护杨林和李秋岳,于8月派他俩去苏联学习。1930年,他们夫妇返回中国,被派到北满地委机关工作。

1931年"九一八"事变后,日本军国主义又把战火烧到中国的东三省,李秋岳夫妇被组织派往东满特委工作。在此期间他们二人广泛发动延吉等地群众,积极组织农民武装抗日。

1931年冬,杨林调到满洲省委任省委军委书记,李秋岳在省委妇委工作。

1932年,杨林奉调中央苏区任红一方面军补充师师长,李秋岳调至中共珠河中心县委工作,这一对革命夫妻,从此一别南与北,千里迢迢隔音讯。

李秋岳被派到珠河后,将出生不久的儿子托一农户照料,她自己经常活动在河东、侯林乡、黑龙宫、乌吉密、石头河子及三股流等地。

在珠河,乡亲们亲切地称她"黑李子",她先后任县委委员、妇女部部长、铁北区委书记等职,成为珠河抗日游击区的领导者和组织者之一。

1934年初,在江西瑞金中共苏维埃代表大会上,毛主席向中共满洲省委代表何成湘询问李秋岳,并要求将李秋岳送往中央苏区,为的是他们夫妻能够团聚。后因苏区遭国民党"围剿"而未能成行。李秋岳在得知毛泽东主席对她如此关心时,曾感动得热泪盈眶。

在珠河游击区,李秋岳率铁北的群众支援哈东支队,在她的领导组织下,百姓们为支队送子弹、送鞋、送粮、做衣服,组织救护队抢救伤员。可就在这时,一个巨大的不幸降临到她的头上,她与丈夫患难中的爱情结晶,年幼的孩子因疏于照料不幸夭折了,多年的革命生涯令她与丈夫杨林聚少离多,能有个孩子实在不易。

劳累和伤悲令她患上严重的肺病,孩子没了,丈夫又不在身边,疾病缠身和失子之痛几乎要将她压垮,但那斗争还得继续,日本强盗一天不打倒,就一天不能放下武器。于是,这位坚强的女性,以惊人的毅力,把伤痛埋在心底,强支撑着患病的身体,仍旧坚持在对敌斗争的前沿。

她曾与当时著名的抗日女英雄铁北区委书记赵一曼共同发动群众,组织武装,配合抗日部队同日寇作战。这一对巾帼英豪,在百姓中享有极高的威望,群众亲切地称李秋岳为"黑李"、称赵一曼为"瘦李"。也有称她们为"黑白"二李的。其实,二李都长得端庄秀气,是美女更是英雄。

1935年春,当游击区遭到敌人破坏时,李秋岳按珠河中心县委的指示,来到延寿、方正一带开展抗日活动,担任中共延方特支书记。她到任后,便着手成立反日会组织,发展党员,积极为部队传递情报,筹措弹药、枪支和给养。李秋岳好似一团燃烧的火焰,走到哪里,哪里的抗日斗争烽火就被点燃,而且越烧越旺。

她还是一位足智多谋、胆识超群的女性。在她任职延方特支书记期间,曾设计把一批薄皮靰鞡巧妙地转移到抗日军部队中。

1936年2月,珠河中心县委决定把延方特支书记李秋岳调往通河,由刘士武接替李秋岳的职务。在延寿夹信子欢送她的秘密会议上大家提出了如何把特支为抗日军买的薄皮靰鞡转移出去的问题,同志们绞尽脑汁设计了一个个方案,可又觉得都不妥当。

这时,聪明的李秋岳想出了一个令所有人都意想不到的办法。

第二天早晨,料峭的春寒中,灰蒙蒙的天空下,夹信街大门口打着哈欠的日本鬼子哨兵和几个东张西望的伪军哨兵懒洋洋地搜查着过往行人。

突然,一个披头散发疯疯癫癫的女人抱着一床破棉絮,没命地向城门跑来,后面,一个凶神恶煞般的壮汉挥舞着木棒紧紧追赶着。

女人跑到大门口,一把鼻涕一把泪地哀求伪军哨兵:"大哥行行好,我男人要打死我。"

女人说完,也不等哨兵发话,就一溜烟逃出城门。

壮汉紧跟其后,来到城门口,这时几个"看热闹"的紧紧拉住他,七嘴八舌地劝着。不一会儿,又来了一大群的闲杂人等,吵吵嚷嚷,有的要出城,有的跟着起哄。

日本哨兵恼怒地看着闹哄哄的场面,咒骂着问伪军:"八嘎,什么的干活?"

伪军慌慌张张地回答:"太君,是老爷们打老娘们的干活。"

日本哨兵不屑地看着壮汉,鄙夷地说:"幺西,满洲人的野蛮大大地。"说罢,转过身去,摇摇晃晃地回到了温暖的岗楼。

看到日本鬼子走远了,壮汉大骂一声:"臭娘们,我就这一床被也拿走了,看我不打断她的腿。"

话音刚落,他也一阵风似的跑出大门,其他看热闹和出城的人也一窝蜂似的吆吆喝喝地跑出城门。

其实这哪里是老爷们打老娘们的闹剧,而是李秋岳精心设计的出城妙计。前面跑的女人就是足智多谋的李秋岳,后面假扮她男人的是特支宣传部长刘士武,看热闹和混出城的众人也是特支工作人员和爱国群众。在这场"闹剧"中,李秋岳抱着包裹文件的破棉絮和其他同志一道把皮靴鞍全部裹带出日伪戒备森严的夹信街。

李秋岳到通河后,化名张一志,她重建了中共通河特别支部,任书记期间,仅六个多月,就在通河西北河南屯、北六方、漂河西南屯、二道河子等地建立了抗日游击根据地,以及反日会组织,尤其是西北河抗日游击根据地,对东北抗联赵尚志部给予了有力的支持。

她深入到各村搞抗日宣传,培养了一批骨干分子,在西北河的南屯、北屯等九处地方成立了反日区委。经过几个月的工作,反日会的会员发展到三百七十多名,反日会会员每人自愿缴五分钱作为反日活动经费,同时,还动员了六名青年参加了抗联队伍,惩办了几名罪大恶极的汉奸走狗。

李秋岳点燃了通河的抗日烈火,只待燎原。

敌占区的春天,没有明媚的春光,在青黄不接的日子里,日伪军开始到处抢粮。李秋岳带领当地百姓把粮食藏起来,敌人白费心机到处扑空,一粒粮食也未得到。李秋岳带领妇女们一齐上山挖野菜充饥,把节省的粮食积攒起来,并亲自指挥送粮群众乘夜绕过敌人的封锁线,把粮食及时地送到部队战士手中。

李秋岳不仅胆识过人,还是位才华横溢的才女。1924年李秋岳来中国时已二十三岁,她刻苦学习汉语,最后做到精通,可见下了多少工夫。她曾亲自起草过《反日会章程》,并印发《东北民众抗日联军临时政府宣言》《中国人对日军战斗的基本纲领》等传单。

同年8月,通河地区抗日斗争声势日炽,引起敌人恐慌,称通河"已陷入不治之境""通河是一难治的癌症"。

为根治这一"癌症",敌人开始磨刀霍霍。

1936年8月,日伪当局重金悬赏搜捕李秋岳。他们组成"通河县治安肃正宣抚工作班",并且网罗一些地方反动势力进行盯梢,收集抗日活动情报,破坏抗日活动。

8月27日,一个惨淡的黎明,李秋岳在祥顺南之北六方屯正在为部队赶制军鞋之时,不幸被伪祥顺警察署署长孙凤周率部逮捕。

被捕后,敌人对她先是诱降,可李秋岳岂是能诱降之人。诱降失败,敌人开始严刑拷讯并劝其写"反满抗日悔过书",但伎俩使尽,均未能奏效。当敌人再度逼迫她写"悔过书"时,她挥笔写道:"中国东北得到解放,祖国朝鲜也能解放,自己能为此出一把力感到非常光荣!要改变我的思想是绝不可能的。因为亡国奴要求解放自己的祖国是没有错误的。"

在通河监狱中,敌人只知道她是张一志,是反日会的负责人。在审讯时,曾伪善地劝降于她:"你不考虑你的前途,总还想想孩子吧!他们可不可以没有母亲啊!"李秋岳坚决地说:"什么自身前途呀,为了子女呀,这些都没有考虑的余地,我们就是要打倒日本帝国主义,把日寇赶出去,解放全中国。"

历史的档案里永远记录着这段铿锵的话语。

见软的不行,敌人终于撕下了伪装,对李秋岳再次实施惨无人道的毒刑拷打,酷刑下李秋岳几次昏死过去,但她咬紧牙关,严守党的机密,敌人始终不知道她的真实姓名。

对于这样的革命者,敌人终究无可奈何。1936年9月3日,在刑讯中一无所获的日伪军将李秋岳枪杀在通河县城西门外的一片荒野上,那汩汩流淌的热血洇湿了凋零的秋色,那一年女英雄三十五岁。

三十五岁的人,如何能不贪恋人生,故乡有她倚闾而望的寡母,红军里有她生死相恋的丈夫,可是亡国之恨超越了这一切,她走的义无反顾。

　　青山仍是古青山,流水却非当年水。
　　昼夜淌 日日流,当年流水岂能返回。
　　似流水 人杰亦如此,离开此地至今不归。

这是16世纪韩国著名女诗人黄真伊写的一首时调,仿佛是跨越时空写给一去不回的李秋岳。

李秋岳从被捕到就义,前后八天,烈士牺牲后,头颅被敌人残忍地割下,悬挂在通河县城头,用以震慑抗日的民众。

她应该是在东北抗日斗争中死后被敌寇枭首的第一位女性。

由李秋岳烈士被日寇枭首而想到一句抗联战士刻在树上的标语:"抗联从此过,子孙不断头。"

中华人民共和国成立后,当地人民政府将其遗骸安葬于黑龙江省通河县烈士陵园。

直至牺牲,李秋岳也许都不知道,她的丈夫,曾任中共满洲省委军委书记、东北抗联第一军前身——"磐石反日游击队"的创始人之一,曾任红一方面军补充师师长、参加过红军长征的东北抗日将领之一杨林同志于1936年2月23日在红军东渡黄河战役中牺牲。

李秋岳走了,当年她离家别母来到中国时,曾撰写过一首《流尽最后一滴血》的歌,这首歌凄楚、悲壮,歌中有对故国深深的眷恋,又有对敌人坚决斗争到底不惜流尽最后一滴血的殉国之心。

再也回不去的是家园,再也见不到的是母亲。留下的唯有这一首歌⋯⋯

别了!风光绮丽的祖国。别了!碧波荡漾的鸭绿江。别了亲爱的母亲和朋友,别了祖国被压迫的人民。你们同我们一样是一群失去祖国受压迫的奴隶,你们同我们一样是一群无辜的可怜虫。长期的奴役唤醒了我们的觉醒,我们要光复故国,我们要摆脱这无尽的苦刑。我们要求翻身,我们要求解放!我们要挣脱这无情的锁链,起来!祖国被压迫的奴隶们,我们的热情如海潮,我们的力量似钢铁,我们团结一致,握紧拳头,打倒万恶的日本侵略者。

李秋岳烈士纪念碑

许成淑

东满、南满的女兵　朝鲜族女子英烈传

李秋岳是朝鲜族女英雄。在艰苦的十四年抗战中,朝鲜族妇女的鲜血和汉族妇女的鲜血流在了一处。

1910年8月22日,日本强迫大韩帝国签订《日韩合并条约》,正式吞并了朝鲜。入室的强盗们烧杀抢掠,无恶不作,用武力没收了农民的土地,交给日本的移民耕种,这样就致使大批的朝鲜人无家可归,无地可种。奋起反抗的民众遭到日本侵略者的残酷镇压,这批带着亡国之恨的朝鲜人只好陆续来到了中国的东北。流亡的人本以为到了中国可以安居乐业,没想到1931年九一八事变后,日本侵略者又把战火烧到了中国的东三省。新仇旧恨凝聚在一起,朝鲜族的民众同中国人民团结在一起,共同抗击日本强盗的侵略和暴行。

东满和南满居住着大批流亡来的朝鲜人,在侵略者的刺刀下,他们有着坚定的意志,他们有着用生命和鲜血与敌人相搏的勇气。这当中涌现出了一大批朝鲜族女英烈。这些年轻、美丽的姑娘,在一朵花刚刚绽放的季节,倒在了血泊之中。没有火炬,她们勇敢地点燃了自己。

我们现在已经无法还原她们的青春、她们的抗争,故纸堆里只有简单的名和姓,记述着简单的生平,可她们当年却是水灵灵的女子,秋千架上,曾经的彩衣妩媚,裙裾飞扬。战争把她们变成了复仇女神,赴汤蹈火为的是民族的独立,家国的兴亡。

她们中大部分加入了中国共产党。本章节只能重点记述其中一位资料留下还算较多的英烈,而其余的烈士我也只能满怀愧疚之心,用寥寥数语去面对那不屈的、高贵的灵魂和那血染的名字。

"女将军"八面威风

东北抗联第二军第一师许成淑是一位相貌端庄的女战士,丰满、圆润的脸庞另有一种风采。她有一个"女将军"的绰号,是什么样的女兵,才能成为"女将军"？这一称呼自然有它的来历。

1937年6月,千余名日伪军从三面将东北抗联第二军第一师第一团围在间三峰上。许成淑怀抱一挺机关枪或长射、或点射,跳动的火焰下,冲在前面的敌人非死即伤。机枪从来都是敌人炮击的重点目标,可还未等炮弹落下,或者在她刚才隐身的地方爆炸,她的机枪已在另一处开始给敌人"点名"了。那挺笨重的机枪在她手中挥动自如,此战后,官兵送她绰号"女将军"。而她那怀抱机枪,战斗中威风凛凛怒射群敌的样子,也真像大将军八面威风。

从游击队到抗联,机枪从来都是宝贝,有时一场战斗的胜负都可能由一挺机枪来决定。战场上的机枪手不光要射击技术好,还得政治可靠,而许成淑因为长得高大、健壮,被选为机枪手。游击战争中,翻山越岭钻林子,有时还要跟敌人抢山头,三十来斤一挺机枪压在肩上,对男子汉来说都不是易事,何况是位女子。

正是这位女将军的飒爽英姿和勇武,令行军中看到她的身影、枪炮声中听到她那挺歪把子鸣叫的抗联战士们,感到振奋与鼓舞。

许成淑,朝鲜族,1915年生于延吉县茶条沟仲坪村,在读完小学三年级后便进入朝鲜革命者办的夜校。1930年她参加了村里的反日活动,第二年加入少年先锋队。1933年,许成淑光荣地加入了共产主义青年团,从此,她更加积极地参加反日斗争。

许成淑有一身为伪自卫团团长的父亲,经常配合日伪军攻打抗日游击队,年轻的许成淑与她的父亲势不两立。1933年8月,许成淑毅然、决绝地和生身之父一刀两断,彻底脱离家庭,到瓮区参加了延吉游击队。

1934年7月的一天,游击队与许成淑父亲的伪自卫团在仲坪村附近的山上相遇,许成淑怒不可遏,厉声喊道:"把枪口转向敌人,和游击队联合起来抗日吧!"面对生身之父,她爱恨交织在一起,射出了一排子弹,那一刻民族大义战胜了骨肉亲情,可她的心一定是痛的。虽然枪弹没能让许成淑那个身为伪自卫团长的父亲毙命,但许成淑深明大义、爱憎分明的坚定立场,受到组织和同志们的赞扬。

1934年冬,许成淑同志因病留在延吉县四方台青年团区委做妇女工作。

1935年,她回到东北人民革命军第二军独立师一团一连当机枪射手。就在这一年,她在革命队伍里收获了爱情,她和连长朴光奎结为夫妻。

1936年,她加入了中国共产党。同年6月,她参加了临江庙岭战斗,7月参加了安图战斗,1937年参加了间三峰战斗。二十一岁的许成淑浴血奋战在抗敌斗争的最前线,战火中的青春熠熠生辉。

1937年9月,她挚爱的丈夫朴光奎连长在战斗中英勇牺牲,许成淑强忍悲痛,她向部队领导恳请留自己在原来的战斗岗位上,她要为丈夫报仇。领导同意了她的请求,许成淑继续留在机枪班当班长。

1938年,许成淑曾出色地完成了桦甸木棋河、敦化大蒲柴河战斗的战前侦察任务。1939年4月,在安图西北岔战斗中,她冲锋在前,打死了许多敌人,并缴获了一挺机枪。

1939年8月,许成淑所在的第一路军攻打大沙河,计在引诱安图县城及明月沟方面的敌人出援,以便在大酱缸南边的南沟里和小沙河将敌军全歼。战斗中,她为了掩护部队,迎着敌军的方向,开枪阻击敌人前进,密集的枪战中她腿部负伤不幸被俘。

被俘后,许成淑被押解到安图县城。敌人用各种酷刑折磨她,但勇猛如"铁将军"的她怎肯屈服。敌人无奈,只好把她父亲搬出来劝降,这是另一种痛苦的较量,父女间定有一场严酷的对话。当一切都折服不了这位"女将军"的钢铁意志,动摇不了一个共产党员对党的忠诚、对共产主义的信仰的时候,敌寇最后只能判处许成淑死刑。他们也许永远不明白,消灭一个人的信仰比消灭一个人的肉体要困难得多。

"女将军"临行之时亦慷慨激昂,是高喊着"打倒日本帝国主义!""中国共产党万岁!"的口号而英勇就义的。

八面威风的"女将军",殉难之时二十四岁。

南满、东满部分牺牲的女烈士

金确实 朝鲜族,生于1916年,延吉县太平区人,1932年加入共产主义青年团。1936年7月加入东北抗日联军第一路军第六师。她在多次战斗中机智勇敢,英勇顽强,冲锋在前。1939年2月在濛江县战斗中壮烈牺牲,时年二十三岁。

李桂顺 朝鲜族,生于1914年,龙井德新乡金谷村人,1930年加入中国共产党,在金谷村妇救会工作,后加入药水洞赤卫队。1933年担任和龙县委秘书。1937年,她所在的游击队营地被敌人团团围住,她在突围中被捕,1938年1月被敌人杀害,时年二十四岁。

金顺姬 朝鲜族,生于1910年,1930年加入中国共产党,曾受党组织的委派到中共和龙县委所在地药水洞负责妇女会工作。1932年10月被捕。审讯中,敌人在已怀孕七个多月的金顺姬身上放上一块木板,然后使劲压住两头,她被折磨得昏死过去。她怕在昏迷中泄露秘密,便咬断了自己的舌头,最后被敌人活活烧死,时年二十二岁。

吴铁顺 朝鲜族,生于1918年,延吉县依兰乡人,十七岁参加反日自卫队,1939年参加东北抗联第三方面军,在后方密林被服厂当战士。1940年日军"讨伐"抗日根据地时壮烈牺牲,时年二十二岁。

李贞淑 朝鲜族,1912年出生于苏联沿海洲,1927年迁居龙井,1930年加入中国共产党,曾担任中共延(吉)和(龙)县委第一任妇女委员。1936年2月牺牲,时年二十四岁。

金花子 朝鲜族,生于1908年,别名金贞淑,延吉县依兰乡人。1931年加入共青团,同年加入中国共产党,负责妇女工作。1934年4月夫妻同时被捕,在敌人的严刑拷打面前坚贞不屈,严守党的秘密,最后夫妻都被杀害,时年二十六岁。

金贞吉 朝鲜族,生于1910年,延吉县八道区双峰村人,1928入大成中学读书,读书期间加入中国共产党。在枫林洞以教员身份开展地下工作。1931年不幸被捕入狱。在监狱中,她把自己的革命信念绣在朝鲜族妇女出嫁时携带的苦被单上,用汉字绣了"延吉县第四监狱金贞吉呻吟苦痛之结品,解放世界的高唱"二十四个字。这个珍贵的遗物现陈列在"中国革命历史博物馆"。九一八事变后获释,出狱后继续参加战斗。1933年冬季在敌人"大讨伐"中牺牲,时年二十三岁。

金英植 朝鲜族,生于1903年,延吉县枫林洞人,曾担任中共枫林洞支部妇女委员。1931年担任八道区区委妇女委员。1932年与丈夫一同创建小汪清抗日根据地,同年在反突围战斗中壮烈牺牲,时年二十九岁。

金野玉 朝鲜族,生于1917年,延吉县大兴洞人,1929年参加儿童团并积极投身于游击队活动。1932年11月在反"围剿"斗争中不幸被捕,穷凶极恶的敌人用刺刀乱刺她的身躯;她在生命的最后时刻,不畏强暴,怒斥敌人,高呼"共产党万岁""打到日本帝国主义"的口号英勇就义,时年十五岁。

金玉珠 朝鲜族,生于1906年,延吉县细鳞河人,1925年入龙井东兴中学读书,1929年加入中国共产党,1931年担任和龙县平江区委妇女委员。1935年牺牲,时年二十九岁。

卜正顺 朝鲜族,生于1910年,延吉县人,1931年加入中国共产党,以药水洞反日同盟会员身份从事党的地下工作。1933年8月在一次战斗中牺牲,时年二十三岁。

崔仁镇 朝鲜族,龙井开山屯厚洞村人,1930年加入中国共产党。她是一位伟大的母亲,全家四口人都是中共党员,她在后方全力支持丈夫、儿子、女儿的抗日活动,并亲自投身于抗日斗争。在残酷的斗争中,她们一家四口人全部牺牲。

方珠玉 朝鲜族,生于1912年,龙井开山屯厚洞村人,1930年参加革命,1931年加入共青团,参加延吉县反帝同盟会。1933年6月在开山屯厚洞村牺牲,时年二十一岁。

金正淑 朝鲜族,生于1909年,1910年移居和龙大碇子,1930年加入中国共产党,担任金谷村妇女委员。1932年被捕,在敌人严刑拷打面前,她坚贞不屈。敌人把她的十个手指全部砍断,最后将她活活烧死,时年二十三岁。

朴贞子 朝鲜族,生于1907年,龙井智新人,1931年夫妻双双加入中国共产党。她担任大砬子支部农民协会妇女部委员,1932年调入药水洞负责平江区农民协会妇女工作。1932年,担任中共平江区委第六任书记的丈夫被敌人杀害,她化悲痛为力量,全身心投入抗日斗争。为了斗争的需要,她忍痛把刚满四岁的女儿送给别的人家。1933年敌人第二次"讨伐"根据地时壮烈牺牲,时年二十六岁。

金贞玉 朝鲜族,生于1915年,龙井德新乡金谷村人,1931年加入和龙县游击队,1932年和龙游击大队改编为东北人民革命军第二军独立师第三团,金贞玉成为第三团战士。在1934年5月的一次战斗中,她成功地爆破了敌人的碉堡,确保了这次战斗的胜利,而她却壮烈牺牲,时年十九岁。

许贞淑 朝鲜族,生于1916年,延吉县头道沟人,十七岁参加革命,担任平岗区委联络员,1932年加入中国共产党,1933年在一次突围战中身负重伤不幸被捕。狱中,她与敌人顽强战斗,最后被敌人活活烧死,时年十八岁。

李京姬 朝鲜族,生于1915年,延吉县八道沟富岩长财村人,1932年加入共青团,同年参加八道沟抗日突击队,号称"女神枪手"。1936年加入中国共产党,1937年6月牺牲,时年二十六岁。

李 淑 朝鲜族,生于1909年,延吉县朝阳川吉成村人,1930年负责细鳞河大兴洞妇女工作,1931年加入中国共产党。1932年11月16日,由于叛徒告密,被捕入狱。在敌人的严刑拷打面前,坚贞不屈,最后被敌人烧死,时年二十三岁。

金贞淑 朝鲜族,生于1909年,延吉县德新金谷村人,1930年参加金谷村抗日斗争,负责妇女会工作。1932年5月,金谷村群众在党的领导下,召开斗争地主狗腿子大会,她组织七十多名妇女参加。由于密探告密,会场被敌人包围而被捕入狱。在敌人的严刑拷打面前,她始终坚贞不屈,后被敌人推进一间屋子里,用机枪狂扫并放火焚烧,壮烈牺牲,时年二十三岁。

金香兰 朝鲜族,生于1916年,延吉县依兰春兴人,儿童团团长,少年英雄。1933年春牺牲,时年十七岁。

安熙淑　生于1904年,延吉县人,中共党员,抗联第二军第一团裁缝队队长,1941年牺牲,时年三十七岁。

太英淑　朝鲜族,生于1908年,延吉县磨盘村人,中共党员,曾负责中共延吉县委妇女工作,1934年3月牺牲,时年二十六岁。

文斗赞　朝鲜族,生于1912年,延吉县人,1930年加入共青团,任儿童团支部宣传委员、妇女会主任等职,同年被捕入狱。1931年加入中国共产党,1932年出狱后继续参加抗日斗争,同年秋在掩护其他战友的战斗中第二次被捕,在狱中坚贞不屈,英勇牺牲,时年二十岁。

金寿福　朝鲜族,生于1915年,抗联某部战士,在"血洗朱景洞惨案"中被杀害,时年二十二岁。其忠骸后被移葬于朝鲜平壤大城山烈士陵园。

李顺姬　朝鲜族,生卒年不详,共青团干部,曾在汪清地方任儿童团长。李顺姬被捕后,虽遭到严刑拷打,但她坚贞不屈,始终没有泄露秘密,被敌杀害。其忠骸,后被移葬于平壤市大城山革命烈士陵园。

崔贤淑　朝鲜族,生年不详,东北人民革命军游击队女战士。1935年2月3日,崔贤淑和女战士安瑞芝、黄贞信在执行完任务,返回马滴达密营时,突遭日伪"讨伐队"包围。三人紧紧相拥,从三米多高的石头砬子纵身跃向下面的水池,但池水结冰,敌人再度将其围困,逼迫其投降。她们宁死不屈,遂被敌枪杀。

金丽玉　朝鲜族,东北抗联第一路军战士。1936年7月,执行探察三源浦伪警察署敌情任务时不幸被捕。敌人威逼利诱,软硬兼施,企图通过她了解当地抗日组织的行动计划,金丽玉坚贞不屈,毫不畏惧,直言揭露日本帝国主义侵华罪行,凶残的敌人把她推进已挖好的大坑,在坑内放进炸弹,金丽玉不幸殉难,年仅十八岁。

金锦女

折翅的天使　金锦女　崔玉珠

十四年抗战中涌现出了大批的女英烈,这其中不乏可爱的孩子。东北抗联女兵里面的李在德、李敏(李小凤)、王铁环当年都是十几岁的小战士。这些小战士一般都是孤儿,她们的父母大多牺牲在抗日的战场上。本文要说的是东北抗联第一路军第二军里最出名的小烈士。小烈士的殉难据说当年震动中外,多国报纸都给予了报道。

游击区的云雀

这是一位有着一双大大眼睛的女孩子,紧抿的嘴唇和眼神中的刚毅与她小小的年纪并不相符。她就是被誉为"游击区小云雀"的金锦女。

金锦女,1922年生于吉林省延吉县王隅沟松林洞村,抗联第一路军第二军里最小的战士,汪清儿童团演艺队著名的红色小歌手。

金锦女幼年时就读于王隅沟游击区北洞儿童团学校,曾参加区、县演艺队,投身于群众启蒙活动。1933年,接受组织上交给的任务——到革命群众集结的汪清一带,向根据地人民普及歌曲和舞蹈,同时进入汪清游击根据地马村儿童团学校学习。

金锦女曾亲眼目睹家乡沦陷,她忘不掉弟弟被"讨伐"的日伪军投入火堆烧死的惨状,她更忘不了自己的父母先后牺牲于抗击日寇的斗争中。

成为孤儿的金锦女随队转移至东满机关所在地腰营沟游击区。1934年,应绥宁反日同盟军办事处主任周保中派遣,她随汪清儿童演艺队赴北满抗日部队进行文艺宣传;后接受腰营沟革命组织交给的任务,成为一名向敌占区转达绝密文件的联络员。

1934年10月,本该是一个灿烂的锦秋,可在日本强盗统治下的东北却是一片暗无天日的地狱。金锦女在完成一次送信任务后,在小汪清十里坪和二十多名群众一同被日伪军抓捕。当时,日本人见其年龄最小,且来自腰营沟游击区,就企图从她身上探出游击队的秘密。

一名日本军官嬉皮笑脸地走到金锦女面前,一手握着手枪,一手托着糖果,对她说:"小孩,共产党哪边的有?游击队哪边的有?粮食哪边的有?说出来糖的吃,不说就死啦死啦的,你明白?"

望着这个日本军官,金锦女大大的眼睛里充满的是仇恨,她忘记了害怕,忘记了恐惧,斩钉截铁地对这个军官说:"狗东西,你想吓唬我诱骗我都办不到,别想从我嘴里得到半点情报。你们是我不共戴天的仇敌,我早就知道你们要杀我,要杀赶快杀我。"说完她咬紧牙关,紧握双拳,一头猛向日本军官撞去。

这个日本人无论如何也想不到一个小小的女孩会有如此的举动,他一个大日本皇军的军官竟然连一个孩子都征服不了,气愤令他兽性暴发,旋即痛打金锦女。小女孩被打得皮开肉绽,血肉模糊,但那不屈不挠的骂声仍不绝于口。十二岁的孩子是经不起这暴戾摧残的,金锦女被敌人痛打致死。

再也听不到小云雀清脆嘹亮的歌声,再也看不到小姑娘轻盈曼妙的舞姿。

金锦女牺牲后,汪清抗日游击区为她举行了隆重的追悼仪式,缅怀她的英雄壮举。多国报刊以"小烈女传略"为题,赞扬她的英雄事迹。

小英雄崔玉珠

周保中将军在其所著《战斗在白山黑水》一书中,也记述过一个孩子,一个可爱的抗日小英雄崔玉珠。小英雄殉国于年少,曾有学者认为,这位小英雄应是金今顺,又称金锦女。笔者将两位烈士的事迹都在本书中载述,即使是同一人也是两种不同的记述方式,周保中将军的文章原文转载如下:

崔玉珠，1923年生于吉林省汪清大百草沟。参加革命之初是一个刚满八岁，聪明伶俐，能歌善舞的"小姑娘"，是"东满文艺宣传队"的核心人物。

崔玉珠全家六口人，因参加朝鲜"三一"运动失败后，逃亡到中国吉林省汪清。1930年至1932年间，小玉珠的父母、伯父、叔叔、长兄、姐姐均为共产党员，是日寇通缉的"革命案犯"，后为延吉日本总领事捕杀。

1932年初，崔玉珠参加了中国共产党领导的汪清荒沟儿童团。她把家中六口人，为革命而全被日寇捕杀的事迹编成词曲，形象地融化与表现在舞蹈和歌唱中，无论什么样硬心肠的人，一听到小姑娘的歌唱，一看到她的舞蹈，就会由衷地激动起来，潸然泪下。1934年春，小姑娘随从"东满文艺宣传队"远到北满牡丹江地区，到为党所争取和改造的抗日部队中进行宣传活动。她的演出给那一带武装抗日部队以很大教育，使党的抗日统一战线政策、团结、争取工作得到落实。党和抗日联军的领导机关，把小姑娘的成就珍视为"奇迹"。

1935年日寇派遣大兵力长期"围剿"延吉、汪清一带游击根据地，血洗山林地区，大批搜捕抗日组织的人们，小姑娘也在汪清游击区被敌人捕去了，押解到延吉龙井村敌人的东满特务巢穴。日寇"总领事"亲自提审，满以为弱小女孩可欺，甜言蜜语地哄骗她，诱降她投降做"顺民"。小姑娘破口大骂："你们侵占我祖国，杀我全家，对我东北人民实行血腥镇压，我决不投降。你们杀了我吧！总有一天你们会被抗日人民消灭干净的！"寇酋哈哈大笑，站起来离开座位，走向小姑娘，伸手拍拍她的双肩说道："你不要被共产党的欺骗蒙住了，快快觉醒还来得及呢……"小姑娘勃然大怒，挣脱了寇酋的双手，推翻了公案桌，全身用力，一头撞去，几乎将"总领事"撞倒。日寇立刻露出狰狞面目，将小姑娘捆绑起来吊打，施以酷刑。小姑娘遍体鳞伤，死而复苏则好几次，最后高喊："打倒日本帝国主义！中朝人民亲密团结万岁！"直至气绝身亡。

十二岁的小姑娘就这样走了，虽然够悲壮，可更令人心碎。

是什么使孩子变成了战士？是因为她们看到了家园被侵略者烧杀抢掠，看到了燃烧的村庄，看到了残缺的肢体，看到了抱着孩子哭泣的女人，看到了悲惨的流亡。

鲜血弄脏了她们纯真的童年,战争使她们衣不蔽体,食不果腹。

这么小的孩子,生活在农庄里的孩子,本应该享受她应有的欢乐,炊烟袅袅、稻菽花香,老牛走在田埂上,蛐蛐在墙角鸣唱,而日寇的侵略却使她们走上了战场。

小姑娘固然可以成为英雄,但天使般的女孩毁于魔爪之下,不能不说这是人类的悲剧,孩子不该有仇恨,孩子不该参与战争。

但当一场战争已经变成妇孺皆兵之时,那魔鬼的末日也就不远了。

周保中遗著《战斗在白山黑水》

乌斯浑河,水有殇　八女投江

"乌斯浑河畔牡丹江岸,将来应有烈女芳标。——周保中"

乌斯浑河本是一条名不见经传的河流,位于黑龙江省林口县境内。"乌斯浑"是满语——凶狠的河流之意,它发源于锅盔山东侧,自林口县境东南部流向西北部,于大屯村对岸注入牡丹江。

可这又是一条注定要写入历史的河,不是因为它有多宽,不是因为它有多深,皆因曾有八位抵抗外辱的女杰殉难于此。

穿越历史的烽烟,让我们且回到1938年乌斯浑河畔那个阴冷、肃杀的秋天。

西征路上

北方的十月,秋天尚未离去,那寒冷却迫不及待地来了。这是个反常的秋天,阴雨连绵,河水暴涨,而此时东北抗日联军第五军第一师二团的百余人部队正赶向乌斯浑河,这是一支西征折返的部队。

日本关东军为了巩固其在东北的统治,于1936年3月制定发布了《治安肃正三年计划》,对抗日军民实行"篦梳式"的"大扫荡",大肆毁林清乡,归大屯,设保甲,搞连坐,制造"无人区",从此东北的抗日斗争进入了最艰苦的阶段,东北的老百姓堕入了更苦难的深渊。

1938年初，风雪、严寒、饥饿像瘟疫一样缠绕着与日寇苦战了数年的东北抗联将士，指战员们"常常陷于弹尽粮绝，饥疲困乏，断指裂肤的苦境"，冻饿而死的战士甚至超过了战斗减员。与此同时，日本关东军司令部也成立了一支以大汉奸于琛澂为总司令、北部大佐为顾问的"讨伐军"，开始对松花江下游地区大规模"讨伐"。他们企图用强大的兵力，将东北抗联逼到北方国境线一带，将活动在松花江下游地区的抗联部队"聚而歼之"。这样，刚刚成立的第二路军就面临着能否冲破敌人这次大规模"讨伐"的严峻考验。

从1938年开始，虽然第二路军取得了一些反"讨伐"作战的胜利，但由于敌人越来越疯狂的进攻和越来越严密的封锁，使得他们的处境一天比一天艰难。在这种情况下，中共吉东省委决定活动在富锦、宝清的第二路军的第四军和第五军一部，向黑龙江省西南方向的五常和与吉林省接壤的舒兰地区进行远征，开辟新的游击区。此次军事行动史称西征。

1938年4月，在桦川、富锦、宝清、密山、勃利等地活动的第四军一、二师及第五军二师积极做西征准备。5月1日，第四军、第五军领导干部在宝清召开会议。会议根据中共吉东省委确定的西征方针，制定了具体的行动计划。第一阶段要求分散在松花江下游地区的抗联第四、五、八军参加远征的部队，赴刁翎地区与在那里活动的抗联第五军一师部队集结在一起，然后南进，越过中东铁路牡绥线到绥宁地区与第二军五师部队会合，建立宁安、东宁根据地；第二阶段，要求以绥宁地区为依托，越过老爷岭，向五常、舒兰等县伸展，以恢复哈东旧游击区，并打通与东满、南满抗日部队的联系。

这一决策也许出于两点考虑，一是现有的根据地已经处于日军包围之中，远征是最可行的办法，实际上就是突围；二是把几股抗日力量集结到一起，统一调度指挥，攥成拳头才能更有力地打击敌人。

决策是好的，可敌人的"围剿"太过残酷，这注定是一次悲壮的远行。

当春风带着冬的余威扫荡着田野和村庄，当青草在返青、江河在解冻时，西征军开始行动了。

西征军中有许多女同志，她们同男战士一起，跋山涉水，肩并肩地进行战斗。在战斗中她们是铁血战士，在战斗结束后，她们又是宣传员，在行军途中，她们还要照顾伤病员,承担着医护人员的作用。对于那些离别亲人,随时面临冻死、饿死、战死的战士们来说,她们是姐妹,她们是母亲。女性给战争中的男人带来不一样的温暖,而女人在战争中所做出的牺牲更超过男人。妇女团指导员冷云,刚刚牺牲丈夫,为了这次远征行动方便,又忍痛将刚生下两个月的小女儿,请求军部副官谢清林抱着送给了依兰县土城子的一位朝鲜族农民抚养。

1938年5月间,本应该是艳阳高照、春暖花开,但远征部队刚一集结就遭到敌人的阻击,出发后又受到围追堵截,他们一路苦战,不久便处于"内无给养,外有追兵"的困难境地。部队且走且打,直到6月下旬才克服重重困难,到达远征集结地牡丹江下游的刁翎地区。

1938年盛夏季节,部队来到了珠河(今尚志市)楼山镇,在这里妇女团参加了攻打楼山镇的战斗。

楼山镇是日伪的重要木材采伐集散地,有轻便铁路与中东路上的亚布力车站相连接,镇内驻有一个伪军守备中队、一个白俄组成的铁道守备中队和数十名伪警察,镇外围设有防御工事。7月8日当晚,西征部队各主要领导干部连夜开会研究攻打楼山镇方案,决定将部队分成奋勇队、没收队、收容队三部,各负其责。7月12日拂晓,奋勇队出其不意攻下楼山,没收队、收容队相继跟进,全部占领楼山镇。此役共俘敌军中队长以下六七人,缴获机枪两挺、步枪近百支,弹药四万发以上,粮食和其他物资一大批。

楼山镇战斗的胜利使我军得到了给养和弹药补充,但也令日寇万分惊恐。他们从哈尔滨等地调集重兵对西征的部队进行"围剿",企图对西征军形成包围,将抗日联军消灭在西征途中。

乌斯浑河畔

1938年的这个夏天,对于东北抗联第五军和妇女团来说过得极为艰难,战斗的激烈混合着牺牲的惨烈,考验着每一名指战员。

为了摆脱穷追不舍的敌人,粉碎其阴谋,西征军决定分路行动。护送西征的第五军军长柴世荣率教导团及部分队伍返回刁翎地区活动,第四军、第五军则分兵两路继续西进。两军妇女合并起来,原属第四军的女同志并入冷云所在的第五军妇女团,随第五军第一师行动。

8月,抗联西征部队抵达苇河、五常县境内,在活动时被日军发现,遭到敌人重兵围追堵截。空中有敌机侦察、扫射、轰炸,地面有三千多日伪军围攻,几乎每天都有大大小小的战斗发生,战斗空前的激烈,我军损失很大,但比牺牲减员更加严重的危险则是叛变。

7月30日,中共吉东省委书记、第五军政治部主任宋一夫借巡岗查哨之机与他的随从副官一起携款叛逃,宋投敌后,使西征队伍遭到敌人致命打击。

9月份,第四军远征部队在五常冲河地区遭敌包围。在部队被打散、六十四人被俘的情况下,第四军第一师师长曲成山向敌人举起了双手,在最艰苦的时刻,上层领导人的叛逃无疑是雪上加霜。

在日寇的围追堵截下,11月20日,第四军军长李延平、副军长王光宇与七名队员在五常错草顶子宿营,半夜时分,三名叛徒偷出李延平的手枪,开枪打死了李延平,打伤王光宇后逃走。

负伤的王光宇率领其他几名战士在寻找第十军汪雅臣部未果,在九十五顶子山被敌军包围,在突围战中壮烈殉国。

抗联第五军第一师拼到最后也只剩下一百余人,艰苦的西征又怎一个"惨"字了得?即使这一百多人也随时有被全歼的可能。

西征不成,这支队伍决定返回牡丹江下游刁翎地区寻找军部,进行休整。

返回的路上,部队穿行在莽莽苍苍的原始森林,因为只有走这里才能避开敌人的追踪。战士们过着野人一样的生活,衣服和鞋子早已破烂不堪,二十七天里野菜、野果、树皮和河沟里的鱼虾、蛤蟆是他们充饥的食粮。

这时原有三十余人的妇女团,经过多次激烈的战斗,大部分都牺牲了。妇女团只剩下指导员冷云,班长杨贵珍、胡秀芝,原第四军被服厂厂长安顺福(朝鲜族),战士郭桂琴、黄桂清、李凤善(朝鲜族)和王惠民等八名同志。她们年龄最大的是指导员冷云二十三岁,最小的战士王惠民才十三岁。八名女战士都经过西征的严峻考验。此时,她们的身体虽然极度地虚弱,但是她们的精神变得更加硬朗。

山一程,水一程,湿云低暗,蚊虫叮咬,风餐露宿。历尽千辛万苦的妇女团八名女兵终于随军回到了牡丹江边。部队在海林截获了敌人水营的三只木船，渡过了牡丹江，然后又顺山道向北走到了山东屯。

在山东屯（今林口县莲花镇东兴村，即烈士杨贵珍家乡东柳树河子），部队受到了群众的热情欢迎，百姓们杀了一口猪招待这些抗日将士，这天正是八月十五中秋节（10月8日）。

终于又见到老百姓了，鱼儿又回到了水里，那袅袅的炊烟，那熟悉的柴草味，那热乎乎的炕头让战士们找到了久违了的回家感觉。可"月有阴晴圆缺，人有悲欢离合"。不是每个人都会沉浸在这节日的气氛中，妇女团的指导员冷云，此时一定仰望着天上的那一轮明月，悲从中来。这位知识女性，想起牺牲的丈夫周维仁，想起自己两个月大的女儿，如今一家人阴阳相隔，天各一方，月圆人难圆，那流过脸庞的泪水定是苦涩的。

过完节，天气转凉，秋风扫落叶，北雁向南飞。这支部队也略洗征尘，告别乡亲，又上路了。他们经东柳树河子北沟，继续往东北方向走，攀过了寒葱岭等几座大岭，从小锅盔山绕过，最后到了三家子村。

1938年10月19日（农历八月二十六），队伍夜里来到乌斯浑河边，那天晚上的月亮好似一条线，一天的星斗在寒风中闪烁。饥困疲乏的战士们露宿在刁翎县（今林口县）三家子屯附近乌斯浑河西岸柞木岗山下的河滩上。乌斯浑河是牡丹江的支流，距牡丹江入口处只有七八里路，一师宿营的柞木岗子山，位于乌斯浑河西岸，东岸是大小关门嘴子山，这里是渡河的道口，平时水浅，车马人等都能涉过。部队准备从这里渡过乌斯浑河，向北经马蹄沟、碾子沟，到依兰县土城子一带的喀上喀山区，寻找抗联第二路军总部和第五军联络部。

到了这里，女兵们应该是兴奋的，就要到军部了，中间只隔着那么一条河，一条平日里那么温顺的河。这一夜她们不知道，不知道所有的希望将会在黎明到来时被残忍地切断，永远地切入到历史的远端。

深秋季节，树树秋声，山山寒色，有些水坑已结成薄冰。而夜晚的寒风也更加肆无忌惮，奔腾着，呼啸着，狂躁地卷着冰冷而来。战士们腹中无食，衣不遮体，在这肃杀的秋风里，他们周身的血液在凝固，寒流中仅有的一点体温骤然冻结，骤然干涸。那冷一直进入人的骨髓。战士们的手脚麻木了，紧接着心也随之麻木了,牙床不由自主"嘚嘚"地发抖。

于是,在乌斯浑河畔的柞木岗柳条丛中点燃了一堆堆取暖的篝火。跳动的火焰烤暖了一张张饥肠辘辘的脸,由于长期饥饿和行军战斗,战士们极度衰弱、疲乏,一躺下很快就进入了梦乡,梦中他们想不到危险即将来临。

小姑娘王惠民,身体单薄瘦弱,如何经得住这夜寒露冷,尽管身在火堆前,但还是蜷曲着身子瑟瑟发抖,是冷云把她搂在怀里用体温暖着她入睡的。

女兵中有四人是刁翎镇人,胡秀芝的家距离这里也只有十五华里,对于近在咫尺的家乡她们也只能在星空下远远地遥望。

夜已深,风更凉,树枝在火堆里噼啪作响。

可就是这一堆堆在寒夜里带给战士们温暖的火堆,却被一双罪恶的眼睛所发现。日伪特务葛海禄从附近的样子沟下屯去上屯找一个叫"豆腐西施"的女人寻欢作乐返回时,他远远看见西南柞木岗子山下的火光。凭着他做特务的嗅觉和多年的山林生活经验,他立刻意识到了什么,他在心中窃喜,升官发财的机会来了。在金钱的诱惑下,他悄悄转身去了样子沟日本守备队,向日军报告了这一消息,他出卖了东北抗联第五军第一师的指战员。

葛海禄,汉族,胡子出身,曾经的抗联战士,在第九军当过副官。他深知抗日联军密营的情况和抗日队伍活动规律,这个数典忘祖的败类,无论干什么,钱才是他的最爱,为了钱他可以出卖这世上的一切。

日本守备队的桥本得到消息后立即向刁翎日本守备司令官、大佐熊谷汇报,熊谷接到电话后欣喜若狂,他亲率三十多名骑兵,并命令桥本和关景(驻后岗)两个队长各率本部人马即刻出动。同时又调遣了警察指导官岛田、教官佐佐木带领刁翎街伪警察大队、黑背金矿矿警、东岗子山林伪警察队及伪军赫奎武团共计千余人的"讨伐队",趁着夜幕驰奔柞木岗。但熊谷不明底细,根据葛海禄报告的火堆数量,他推断抗联战士人数不少,所以未敢轻举妄动,遂先将队伍在周围部署、潜伏下来,想待天亮后看个究竟,再行动作。

一江秋水葬英魂

东方泛白,乌斯浑河升腾的白雾漫过山岗,队伍准备出发了。师长关书范命令会泗水的师部参谋金世峰带领八名女战士先行渡河。从这一安排上是能够看到师部对于女兵的照顾与关爱。可天不假时,当他们走到河边时,发现由于河水暴涨,原来的渡河道口已经被淹没,这年的秋汛很猛,河水很宽,也很深。百十来米宽的河面,湍急的河水泛着浑浊的浪花滚滚流去。

金世峰参谋只得先下河探水,向对岸游去。他让冷云等跟在后边,可还没等冷云她们下河,岸上骤然响起了惊悚的枪声。突然响起的枪声在这清冷的早晨里分外的刺耳,原来是夜里包围上来的敌人,开始向我军发起进攻。

由于事发突然,战士们只得仓促应战,抗联的部队此时处于不利位置,于是大部分战士边打边向西边的密林中撤退。

女兵们此时处在与部队分开的状态。东北的大小河流,两岸都是柳树丛,关东人把这叫作柳条通,其间夹杂着膝盖高低的茅草,细细的柔软的枝条倒垂下来,密密麻麻。战斗打响后,八个女兵就隐进这样的柳条通里,敌人并没发现她们,他们的目光和火力,都被向山上退去的官兵所吸引了。

千余名敌人的火力死死地咬住撤退的战士们,想要突围困难重重。而河边的女兵们过河也是不可能的,因为都不会游泳。但她们这时可以在那柳条通里隐蔽不动,待敌人追击战友远去后,在柳条通里逆流而上,或顺流而下,择机进入山林,这就有了生存的机会。可女兵们会这么做吗?

令所有人没有想到的一幕发生了,柳条通里突然射出了愤怒的子弹。原来,在此生死关头,冷云果断地选择了从背后袭击敌人,吸引日军火力,掩护大部队突围。因为女兵们明白,那边的部队有指挥作战的领导,那边是主力,那边有更多的战友。这突如其来的枪声令敌人一下子慌了神,以为中了埋伏,慌忙抽出一部分兵力向她们还击,大部队乘机突出了日军的包围圈。

此时,天逐渐亮了起来,远山近水变得清晰,敌人连连用迫击炮向河边射击,柳条丛被炸,八女们隐身的屏蔽物几乎被毁。狡猾的敌人趁着炮火掩护发起了冲锋。他们兵分三路,一批正面突击,另两队迂回侧翼,形成三面包剿之势。八名抗联女战士在冷云的指挥下,一边射击,一边向敌群中投掷手榴弹。猛烈的爆炸使敌人抱头鼠窜,这次进攻被打退了。

已突围的抗联第五军一师领导人发现冷云等八名女战士为掩护大队突围,

仍据守在河边牵制敌人,处境异常险恶,于是率队折转回来,想杀开一条血路,把冷云等八名女战士接出去。但敌人用凶猛的炮火死死控制住山口,接应队伍伤亡很大。八名女战士目睹这一切,立即运用抗联传统的齐声喊话方式对着青山密林高喊:"同志们,不要管我们！保住手中枪,抗日到底！"女战士们在冷云指挥下一连喊了三次话。战友们听到了她们的喊声,但还想再作一次努力。然而,敌人装备精良,人多势众,抗联队伍伤亡越来越多。指挥员只得忍痛下令,队伍向西山柞木岗的密林里撤去。

被抗联第五军一师甩掉的日军气急败坏地掉转枪口,向岸边扑来。已被阻隔在河边的八女看到在她们的掩护下,主力部队虽有伤亡,但大部分已顺利脱险,抗日的力量保存了下来,在感到欣慰的同时也许已经预感到她们把危险和死亡留给了自己。想办法去杀伤更多的敌人吧,为保证主力部队安全转移赢得更多一点的时间。

而此时,密密麻麻的敌兵蜂拥而上,他们妄图凭借优势兵力活捉女兵。冷云等识破了敌人的"羊群战术",就以茂盛的柳条通为屏障,等敌人挨近前沿阵地时,四颗手榴弹同时飞入敌群,敌人被炸得血肉横飞,惊恐万状。他们一时摸不清柳条丛里的底细,没敢再发动冲锋,只能趴在地上向柳条丛里一通乱打。

这是一场惨烈的恶战,八位女战士,人少力单,使用的又都是轻武器,弹药也很少,面对敌人的猛烈火力,只能且战且退。她们所在的地势很不利,三面是凶残的日军,后面是湍急的河水,隐身的柳条已被敌人的机枪子弹削平了,那些能够遮身的荒草,有几处也被炮火烧着,冒着浓烟四外蔓延。而女兵们每个人只剩二三十粒子弹,是不能和敌人对射拼消耗的。她们只能分散开,隐蔽好,这一枪,那一枪,枪枪瞄准,使敌人误以为她们有很多人。

敌人也更加疯狂,连连用迫击炮向河边轰击,柳条丛和荒草燃烧得更炽烈了。炮击停止后,敌人又发起了冲锋。女兵们一边向冲上来的敌人猛射,一边又投出几颗手榴弹。敌人退却了,暂时停止了进攻,战场上出现了短暂的沉寂。

打退敌人的这次冲锋后,冷云转头看看战友们,见黄桂清、郭桂琴负了伤,冷云撕下了自己的衣襟,和杨贵珍一起给伤员包扎。安顺福、胡秀芝、李凤善、王惠民正脱下自己的衣服扑打着烧向身边的大火,冷云让她们架起负伤的战友,借着荒草燃烧的浓烟,迅速地撤到河边的土坎下。

到了这里应该就是生与死的临界点,战友们听到了最后手榴弹的轰鸣,也许就在这几颗手榴弹撇出去以后,八女们已经站在了大河的边缘。

面对站在大河边上的女兵们,敌人也终于看明白了,与他们周旋抗衡的只是几个抗联女战士,现在这几名女战士已经走投无路了,她们只有投降,她们也只能投降,敌人不住地叫喊着:"你们跑不了啦,赶快投降!捉活的!捉活的呀!"

随着喊声,敌人越来越近,刺刀在清晨的日光下闪着野蛮的寒光,呈扇形围拢而来的是日军骄横的、令人憎恶的狰狞面孔,狼一样的眼神里是淫邪的目光。

至于冷云最后是如何给女兵们下的命令,尽管现在有好几个版本,其实我们已不可得知。也许她什么都没说,只是把空匣枪插进腰里,就带头步入了冰河,那就是命令!

在最后的时刻里,冷云和战友们互相搀扶着下到河里。突然远处飞来了几颗子弹,小战士王惠民身子一歪倒了下去,殷红的鲜血从胸口涌了出来。

冷云刚要去抱倒下的小惠民,一颗子弹打中了她的肩头,她一个趔趄,险些跌倒,胡秀芝连忙把她扶住。安顺福抱起小惠民,冷云用手捂着伤口,胡秀芝搀扶着冷云,杨贵珍和李凤善背起负伤的小黄和小郭,她们迎着初升的太阳,走向河心。

面对慷慨赴死的八名抗联女战士,敌人幻想用金钱和活命引诱她们,于是在河边喊道:"回来!上河岸来!回来,金票大大的,生命的保障!"

水深浪急,波涛汹涌,走在冰冷河水里的八女互相搀扶着,此时,尽管她们衣衫褴褛,脸上身上布满了血污,但她们的目光是坚定的,她们的脸上闪现着圣洁的光辉,这光辉来自心底。

一步、两步,她们此时也许已经感觉不到那江水是如此的刺骨,感觉不到那水有多深,浪有多急,她们的心里唯有赴难前的悲壮与决绝。低沉雄壮的《国际歌》响了起来,

……满腔的热血已经沸腾,要为真理而斗争……

这歌声回荡在乌斯浑河上空,令河边的敌兵瞠目结舌,日伪军们想不到把他们数百兵马拖在河边三四个小时,并击毙了他们十多个人的抗联女战士竟有如此的气节与胆魄,气得发昏的日军小队长桥本歇斯底里地狂叫:"打!统统的死了死了的有!"呼啸的子弹从女战士的头上、身边飞过,她们忽而倒在水里,忽而又挣扎起来。又一颗迫击炮弹,飞出了最后的疯狂,那炮弹在女兵们的身旁急落,掀起了一股冲天巨浪,巨浪过后,水面上不见了八女们的身影,消失了那低沉的歌声。

天地间仿佛一切都已静止,那一刻,唯有乌斯浑河在呜呜地悲咽,它在为八女花一样的年华而哭泣。那一刻,八女们用生命之火沸腾了冰冷的波涛。那一刻,八女已走进了为人类争取和平而献身的最神圣的殿堂。

抗联女战士投江殉国的壮烈场面强烈地震撼了日本侵略者。亲眼目睹这一切的熊谷沮丧地说:"中国的女人地这样的顽固,死了的不怕,中国的灭亡不了哇!……"

中国当然不会灭亡,一个民族如果连女人都能够拿起枪,连孩子都能上战场,那还有谁能够打败她?

抗日战争中中国女性所付出的牺牲,由"八女投江"做出了最凝练的升华,自古以来,慷慨赴死的女子能有几人,八女们的沉江超越了一般的牺牲,中国的历史上永远有她们的一页,在世界反侵略战争史上也是感天动地的篇章。

乌斯浑河水不舍昼夜,继续流淌,它不断地冲刷着流逝的岁月,但却永远不能冲刷掉人民对英雄的怀念。八位抗联女战士的英灵,在乌斯浑河的河水里长存。

乌斯浑河水,记录着国之殇。

你们在哪里　金碧荣　沈英信　金凤淑　张玉春

在东北抗联的部队里面,曾经有四位美丽的女兵,像那闪烁的流星,划过了夜空,绚烂之后,却再也找不到她们的踪影。

金碧荣,东北抗日联军第六军第四师被服厂女战士。

张玉春,东北抗日联军第六军第四师被服厂女战士。

金凤淑,东北抗日联军第六军第一师被服厂女战士。

沈英信,东北抗日联军第六军第一师被服厂女战士。

说起这四名女战士,还得先从1938年的那场战斗说起。

1938年11月,宝清县张家窑的那场战斗可谓鬼泣神惊,多少抗日英雄在那一天离去。

任什么样的笔墨也难还原那一天战斗的残酷与壮烈。

1938年11月里寒冷的一天,东北抗联第六军第一师政治部主任徐光海带着警卫员小萧、排长刘昌友、战士刘宝树、马贵、马云峰和一个外号叫陈罗锅的交通员,风尘仆仆地来到了锅盔山被服厂。这时的徐光海已兼任富锦县委书记,他来通知大家,日伪军"讨伐队"正展开大规模的拉网式"围剿",这里不能待了,需要紧急转移。

被服厂地窖子里住着裴成春、李小凤、金碧荣、张玉春、金凤淑、沈英信、朴英善等几名女战士。天寒地冻,同志们刨开了积雪和冻土,把缝纫机等一些设备埋了起来,又做了转移的准备。

第二天拂晓,天色阴沉,风狂雪暴,徐光海主任带领着这支小部队出发了。

可是他们不知道,一个巨大的危险正潜伏在前面,因为这支队伍里隐蔽着一个可耻的叛徒,他的名字叫陈传和,外号陈罗锅。

部队顶风冒雪地走了一天,黄昏时来到田家窑,队伍将在这里宿营。一排烧炭的空窑洞,刚好作为战士们的营房。

风雪交加的夜晚里,寒冷的空气令跳动的篝火发着蓝光,同志们分成了两伙钻进了炭窑,铺上一些枯树枝,互相挤着取暖,不一会儿就睡着了。

第二天,天刚放亮,二十来人的小部队又开始出发了。裴大姐像过去一样,当队伍走后,她唯恐丢掉什么东西,总要到各个火堆旁检查一遍,然后才放心走开。

部队踏着没膝的积雪,穿过密密的丛林,爬过一个又一个的山峰,当跨过一个又宽又长的沟塘子后,向一座光秃秃的雪峰走去。

狂风呼啸着,飞雪打得人抬不起头来。正午时分,大家开始爬山了,徐主任站在雪地上同志们新踩出的小道旁,向后看有没有掉队的同志,嘴里催促着:"快跟上队!"裴大姐在中间,注视前边尖兵小马和稍落后的刘排长。

队伍离大山的最高处还有一百米左右,小马已经爬上了山头。他忽然发现山那边敌人的一个大个子尖兵也上来了。小马来不及多想,他猛扑过去,但他个子太小了,被那个敌兵压在了下面。当敌兵拔刀要向小马猛刺的时候,刘排长已经赶到,"砰"的一枪,敌人的脑袋就开了花。刘排长向自己的队伍挥了挥手,表示发现敌人。徐主任、裴大姐知道敌人从北山上来了,立刻命令大家飞速抢占山头。小马卧下来,以敌人的尸体为掩护体,向冲上来的敌人不停地射击,第一枪就把挥舞指挥刀的敌人撂倒了,其他战士也都爬上山头就地卧倒,一场激战打响。

三百多名敌人企图抢占山头,他们在迫击炮的掩护下,嗷嗷叫着,像一群野兽似的向上爬来。

大敌当前,徐主任观察一下地形后爬到裴大姐身边说:"我领十个人,从东山迂回到北山袭击敌人,你们在这先顶着,等听到北山枪响,就撤向东山!"裴大姐连忙回答"是!"眼睛仍然望着敌方。

"跟我来抢东山!"徐主任向右翼的十多名同志说。

十多名同志立刻提着枪,向东山飞奔而去。

敌人以越来越密集的火力掩护冲锋,迫击炮弹在裴大姐和同志们身后爆炸,白雪和土块一起飞起,落在同志们的身上,身体被埋没了,但很快又爬了出来。这时,东山的枪声响了,而且可以听得出是双方对打的。这表明敌人也去抢东山了,裴大姐已经明白战势是很紧张的,她的脸变得异常严峻,她要大家节省子弹,敌人太多了,超过我们十多倍。

敌人继续冲上来,战士们对敌人的射击也更猛烈。小马从腰间摸出几颗手榴弹接连甩了出去,十几个敌人一起送了命,机枪也哑了。不幸的是,就在小马扔出第三颗手榴弹的一刹那,一颗子弹从他的腹部穿过,他手捧着肚子,殷红的鲜血顺着手指淌了下来,小马倒了下去,他永远闭上了眼睛。

就在敌人机枪哑了的同时,刘排长立刻滚下去夺取机枪,待裴大姐想劝阻时,他已经爬过去了。大家就以更加紧张的心情注视着刘排长的每个动作,集中火力掩护着他。

枪声仍旧在激烈地响着,敌人又嘶喊着开始猛攻了。这时刘排长已经爬到机枪跟前了,他刚伸手去抓机枪时,敌人又扣上一排枪,子弹像雨点似的落在他身边。刘排长趴在那,可能是负伤了。过了片刻,他重新抬起头,抓起了机枪,但又一排机枪子弹落在他身上,他又趴下了。大家集中火力掩护刘排长,等待着他再爬起来,盼望着他能活着回来,可他再也没有抬起头来,刘排长也牺牲了!

裴大姐看见刘排长牺牲了,含着泪沉默了一刹那激动地喊:"同志们,为牺牲的同志们报仇啊!"她组织大家发射排枪又打退了敌人的几次冲锋。

东山的徐主任也被敌人包围了,他们打的更为激烈。这时,金碧荣向裴大姐报告说:"子弹打光了。"但裴大姐仍注视着冲上来的敌人,向同志们高喊:"开枪!"同志们把最后一粒子弹放了出去。但敌人更狡猾,开始匍匐前进,已离大家四十来米远。裴大姐喊:"手榴弹!"同志们扔出了最后一颗手榴弹,刚爬上来的日本兵滚下去了。这时,敌人又从三面向大家冲来,子弹已经打光了,在这种情况下坚持不退就等于甘心被擒:"快退!向南山!"裴大姐脸色发白,声色俱厉地发出转移的命令。

其实,突围的可能性已经很小了。同志们顺着上山的原路向山下撤退,裴大姐还在掩护着大家,金凤淑在前面带路,快到山口了,她回身喊小凤:"小李子,你在前面趟路。"听到喊声,小凤慌不择路地跑在前面,山下的雪太深了,直没膝盖,这只脚刚拔出来,那只脚又陷了进去。到山口了,往左侧是东北,右侧是东南,她不知道往哪边跑,就费力地转过身喊:"往哪跑啊?"金凤淑说:"往东南。"小凤跑着,跑着,啊!身后怎么没动静了?她回身喊道:"你们,你们……"就在她喊的同时,咔咔咔——敌人子弹射了过来,她就势倒在了地上,钻进了倒木下的一个雪坑,积雪掩盖了她瘦小的身躯。

没有几分钟,小凤在雪坑里听到裴大姐高呼:"打倒日本帝国主义!中国共产党万岁!……"最后一声被机枪声淹没了,一定是敌人杀害了裴大姐……

敌人的骑兵从小凤的身旁飞奔而过,她觉得马蹄好似踩到自己的头上。

"快快的!快快的!"这是敌人的督促声,接着响起了同志们激昂的歌声:

"高高举起啊!血红旗帜……"啪!啪!这是用马鞭子打人的声音,但歌声还在继续:"宁战死,不愿国亡!!……"

"巴格呀路!"敌人的叫骂声,接着又是同志们的歌声,是金碧荣她们的声音。

歌声和敌人的叫骂声渐渐远去,直到四野寂静无声,小凤才钻出了雪窝。

天已黄昏,小凤四下查找,声嘶力竭地喊着战友们的名字,可是听到的只有呼呼嚎叫的北风……

就是这场战斗,金碧荣、张玉春、金凤淑、沈英信等同志被俘,裴成春,徐光海、刘排长、小马等同志壮烈牺牲。

李小凤死里逃生,后来经过三天两夜风雪中的奔波,终于找到了第六军第四师政治部主任吴玉光的部队。

被俘的四名女战士都很年轻,在以后的岁月里,李小凤深情的回忆让她们的形象更加鲜活。

金碧荣,六军被服厂的女战士,中共下江特委书记黄成植的爱人。她矮矮的个子,长得娇小玲珑,有一副银铃一样的嗓音,一天到晚总是咯咯地笑个不停。别人觉得不好笑的事情她能笑,而要碰到好笑的事情,她会抑制不住地笑个没完,她的笑声有极大的感染力,不由你不跟着一起笑。

张玉春,原是地方上的一名干部,后来去了六军被服厂。几乎翻遍了所有的资料,还是没能找到她的名字,可她是真实存在的。她是一名下江地区的妇女干部,1938年初夏随高禹民来到梧桐河东北抗联教导队,在李兆麟将军带领下,渡过松花江,后来到了位于宝清县的东北抗联五军被服厂。

这是一位寡言少语、沉静的女性。

女战士金凤淑(朝鲜族),二十四岁,她是五军一位领导的妻子,在锅盔山被服厂时已怀孕。

她分娩的那一天,李小凤清楚地记得。

1938年的晚秋,山里被服厂断了粮,同志们都出去找粮食,因为小凤的脚前几天被扎伤,裴大姐留她在家照顾怀孕的金凤淑,可是她们不知道,当时才十四岁的小凤根本就不懂女人生孩子的事。

同志们走了以后,小凤掏出课本开始学习。过了一会儿就看到金凤淑一趟趟地出去小便,小凤问:"你怎么啦?"她说:"不舒服,总想去尿。"小凤以为她着凉了,就说:"你烤烤火吧,兴许能好点。"她答应了。

又过了一会儿,金凤淑哎哟、哎哟地哼哼了起来,小凤问她:"你咋啦?"她说肚子疼,小凤说那你上炕趴一会儿吧。

她真的上炕躺着了,过了一会儿说:"不太疼了。"小凤知道她怀孕,可不像别的孕妇有那么大的肚子,只是腹部鼓起了一个小包。

过了没多久,她又开始哎哟了,折腾了一会儿,如此反复了好多次。

到了下午,她开始挺不住了,哎哟声也大了起来,汗水湿透了头发。看到她这个样子小凤毛了,这是咋的了:"金姐,金姐,你咋了,喝点热水好不?"

"小李子,我好像要生孩子了。"

啊!要生孩子,小凤更懵了,这可咋办啊? 小凤说:"我把裤子给你解开吧。"

小时候,每当邻居家的姐姐、大嫂要生孩子,小凤就跑回去问妈妈:"妈妈,小孩是从哪里出来的啊?"

妈妈告诉她:"小孩是从妈妈的肚脐眼出来的。"

小凤解开了金凤淑的裤腰带,露出了肚脐眼,找了块毛巾给她盖上,就在旁边等着小孩出来。

金凤淑折腾的更厉害了,豆大的汗珠从脸上滚了下来,两只手死死地攥住小凤的手,把她的手攥得生疼。

金凤淑的喊叫声更厉害了:"小李子,小李子,我不行了,你快给我脱裤子……"

脱裤子?"脱裤子干嘛呀?"

"咳,小李子,你咋啥都不懂啊?你快给我脱吧!"

听了她的话,小凤赶紧给她拽裤子,裤子刚拽到腿弯,只见咕咚一下子,羊水、血水和孩子一起流了下来……

看到孩子出来了,小凤就更慌了,扎撒着两手,不知道做什么是好。

那个孩子太小了,红红的,皮肤绉绉的,也不会哭。金凤淑这时指挥她:"小李子,你去找把剪子,给孩子把脐带剪了。"

小凤赶紧拿来把剪子,可手抖擞着不敢剪,她想,往哪剪啊?那个小孩该多疼啊?

这时,背粮食的老王先到家了,听说屋里生了孩子,就没进屋,他在屋外也喊,快给孩子剪脐带。狠了狠心,小凤一剪子下去剪断了脐带,这时才看清是个小男孩。她找块布把孩子包了起来,外面裹上大棉袄,孩子这时才哭出了声,不过声音小小的,像小猫叫。

背粮食的人都回来了,看到金凤淑生了孩子,厂长和指导员都十分后悔。

"咳,那么小的肚子,哪知道你会生孩子啊,要是知道说啥也不能把小李子留家啊。"

大家赶紧熬大楂子米汤喂孩子。山里除了大楂子,啥粮食都没有了,金凤淑一点奶都下不来。那个孩子也只活了三天就死去了,金凤淑把孩子紧紧地抱在怀里,泣不成声,说啥都不撒手。同志们看着也心疼,都落下了眼泪。

战友们在山包上的一棵树下,挖了一个小小的坑,堆起了一座小小的坟,埋葬了那个小小的生命……

女战士沈英信(朝鲜族),十九岁,原第七军战士,是第一师第二团金主任的爱人，人长得挺漂亮，还爱说、爱唱、爱跳，她会跳一种从苏联传过来的集体舞。用的是抒情歌曲《红叶锦秋》的曲调。闲暇时，她就教被服厂的姐妹们跳舞蹈。

至于被俘后四名女兵的下落，有的只是传说。

传说一：部队路过窦家围子时听到了金碧荣、张玉春、金凤淑、沈英信等女兵的消息，据老乡讲，敌人曾经把她们押到过这里，就在老乡家的北炕上住过一夜，老乡们说："几个女兵不停地唱抗联歌曲，第二天早上就让敌人押到马车上拉走了，在马车上还在不停地唱。"

传说二：据押送这几位女兵，以后哗变过来的伪满兵班长杨清海和另几个一同过来的士兵说："这四个女俘虏上了车就不停地唱，她们唱《红旗歌》：'民众的旗，血红的旗，收敛着战士的尸体。尸体还没有僵硬，鲜血已染红了旗帜……'她们唱的我们心突突直跳，佩服啊！真是勇敢。日本关东军指导官，八嘎八嘎地喊，不让她们唱，她们停了一会儿，还是接着唱，唱了一路啊……"

传说三：据黑龙江省妇联原组织部长、副秘书长刘志敏说，她在哈尔滨监狱曾经看到过两个穿军装的女战士，不知道是不是她们中间的两个。

传说四：关于金碧荣、张玉春、金凤淑、沈英信等四名女同志可能被日军"特别移送"去了"731"部队，做了日本细菌武器的试验品。

"731"那可是个魔窟，只要想一想都让人不寒而栗。这四位女兵如果真的去了那里，其命运可想而知。战友们也曾在"731"的"哭墙"上寻找过，可是没有一点踪迹。

最后留下的也只有传说。

这个故事说到最后，还有一段尾音。东北光复后的一天，在伊春林区的一列小火车上，东北抗联战士朱学成同志一把拽住了一个人的衣领，这个人正是叛徒陈传和，真是天网恢恢啊。

叛徒最终得到了应有的下场，血祭了牺牲的烈士和失踪的四名女兵。

抗联大姐 裴成春

母亲李桂兰说:"裴大姐是我的领导,我和吴玉光的婚事,就是她促成的,婚礼也是她张罗的。认识裴大姐那年我十五岁,还是在地方上。鸭蛋河缴枪那会儿,她已经是汤原游击队的一名战士了。裴大姐干活麻利,说话爽快。说起她来,在东北抗联第六军中几乎无人不知,无人不晓,上到军长,下到士兵,比她大的,比她小的,都喊她裴大姐。"

这位人人知晓的裴大姐名叫裴成春,1902年出生于朝鲜庆尚道清道郡云文面一个贫苦的农家。她原名裴敬昌,曾化名孙明淑。

日本侵略朝鲜后,民不聊生。1911年,裴成春全家流亡到安东(今辽宁省丹东),后迁至汤原县太平川区为大地主耿子修当佃户。生活本来就艰辛,其父又染上赌博恶习,家里生活越发难以维持。1917年,父母包办将她嫁给一个四十岁左右的男人做童养媳,十五岁的女孩变成了女人。裴成春何尝不想反抗,但看看身下三个弱小的弟弟,她只能将眼泪咽进肚子里。命啊,女人的命,穷人的命,让她身不由己。

那个男子,论年纪可做她的父亲,本该善待于她,可他却认为买来的妻,任他打、任他骂,他想不到孩子总有一天要长大。

十年的光阴,在琐碎与无奈中过去。1927年裴成春一家来到萝北县梧桐河村,受雇于福丰稻田公司。

当1930年的春风吹来时,裴成春已二十八岁,这时,封建买卖的婚姻再也锁不住想飞的翅膀,她终于冲破家庭的羁绊,带领大弟裴锡哲、二弟裴锡久、三弟裴敬天参加了由中国共产党组织的军政干部培训班。

在培训班里,裴成春接受了早期的共产主义思想教育,明白了很多道理。她认定只有在共产党的领导下,才能解放和自己一样被压在社会最底层的劳动妇女,就在这一年她加入了中国共产党。

1931年九一八事变后,当战火还没烧到黑龙江之时,裴成春就在中共北满省委的号召下,积极参加抗日斗争,在太平川等汉族村屯进行演讲,发动和组织群众奋起抗争,当时的口号是"宁做战死鬼,不做亡国奴"。

1932年冬,在汤原中心县委第四次扩大会议上,三十岁的裴成春化名孙明淑,被补选为中共汤原中心县委委员。

1933年农历八月,日寇在鹤立岗七号屯这个地方,逮捕并杀害了十二名共产党员和革命志士。此次事件,导致地方组织遭到严重破坏。

劫后余生的裴成春,手拉着烈士金成刚的遗孤、年仅十五岁的李在德上了山,从此走上了武装抗日之路,裴成春和李在德也就此成为汤原游击队的创始人之一。

1934年2月9日,裴成春在汤原县游击总队队长戴鸿宾同志的带领下,在鸭蛋河(今萝北凤翔)区委书记李凤林的配合下,智缴了鸭蛋河区伪自卫团的枪械,从此壮大了汤原游击队。这支队伍亦是东北人民革命军第六军暨东北抗日联军第六军的前身。

1934年夏,裴成春受命组建汤原游击队被服厂,任厂长、党支部书记。厂址选在老白山,也称岔巴旗河沟里或汤东密营。1936年初,裴成春被任命为第六军被服厂厂长。同年春末,被服厂搬迁到汤原县(现属依兰)帽儿山四块石,裴成春继续任厂长、党支部书记。

东北抗联第六军被服厂从无到有、从小到大的发展过程中,裴大姐起到了重要作用。她总是能把大家团结起来,克服一切困难,出色地完成上级交给的任务。

这是一位像母亲和大姐一样的女人,她比战士们大十多岁,在以后漫长的岁月里,战友们常常回忆起她的点点滴滴。她的宽厚与真诚,曾经温暖和照亮了很多人远行的路程。

女兵李在德说:"参加游击队后,我和裴大姐从没分开过。对我来说,她是妈妈、姐姐、战友为一体。我对她无话不说,她也从不隐瞒自己的心里话。裴大姐中等个子,身体很棒,说话大嗓门,好像生怕别人听不懂似的,干起活儿来像男同志一样,放木头、背粮食、做衣服、煮饭,样样活儿都干得非常麻利。妈妈牺牲后,我身边已没有一个亲人。建立汤原游击队前后的那段时间里,裴大姐对我特别照顾。当时我许多事情都不会做,裴大姐就像对自己的孩子一样耐心地教我。刚参加游击队时,我汉语讲得很不好,裴大姐就当我的翻译。在游击队里,她体贴关心每个战士,部队行军打仗,她和男同志背的东西一样多;休息宿营时,她又忙着给大家做饭洗衣、缝缝补补;夜里,她还要查哨,很少休息。她的刚强、毅力和吃苦精神,赢得了同志们的广泛尊敬和爱戴。"

令李在德终生难忘的是1936年那个寒冷的秋夜,在德找到独自坐在山坡上的裴大姐。此时她正靠着一棵大松树,默默地流泪。李在德轻轻走到她跟前,她见是在德,就一把将她抱住,失声痛哭。原来,裴大姐刚刚得知三弟裴敬天牺牲的消息。自从大弟裴锡哲和二弟裴锡九为抗日牺牲以后,敬天就是她唯一的亲人了。

裴敬天不只是裴大姐最小的弟弟,还是李在德两小无猜的未婚夫。尽管裴大姐不忍心让李在德难过,但还是把敬天不幸牺牲的消息告诉了她。仿佛是晴天霹雳,李在德扑在裴大姐怀里痛哭不止,裴大姐又忍着悲痛反过来安慰她。不知过了多久,战友们才把她们从深秋寒夜中找回营房。大家的心情都很沉重。

自从裴敬天牺牲以后,李在德无意再谈婚嫁的事情。残酷的环境给她的打击太多了,裴大姐虽然不希望她这样下去,但也从来没有劝过她,也许在耐心地等待机会。

1937年6月,中共北满临时省委扩大会议在帽儿山召开。在这次会议结束前,领导们提议大龄男女可结为革命伴侣,当时三军政治部宣传科科长于保合(化名"万内")看中了李在德,冯仲云委托裴大姐作为娘家人找李在德谈话。

裴大姐开始和在德谈话时,在德说:"我谁也不嫁,就跟着你。"裴大姐劝她:

"现在部队里男同志多。成天打仗钻山沟,女同志单身一人不方便,结婚就能有个照应。你都十九了,还能跟我一辈子?这次赵司令和老冯亲自做媒,万内也是个好小伙子,又有文化,我看挺合适的。"在裴大姐的说服下,李在德与于保合在这次会议期间结成了革命伉俪,枪林弹雨中携手走过了半个世纪。

反过来想想,裴大姐在做李在德的工作时,内心该是多么悲伤,如果弟弟裴敬天没有牺牲,那在德会是自己的兄弟媳妇。可为了在德的幸福,裴大姐把这一切都深藏在心底。

说起裴大姐,当年才十二岁的李小凤(李敏)说:"裴大姐大我二十来岁,我叫她妈妈也不为过。"

最让小凤佩服的事情是在建立被服厂时,裴大姐和李在德两人带领大家拉锯放树,她们的动作是那样的协调和熟练,你一下我一下,拉来拉去,不一会儿工夫一棵挺拔的大树就被放倒,那震撼山岳的倒树声,看得小凤目瞪口呆。小凤说:"这活好像是男人干的,她们也太了不起了。"

在裴成春的带领下,同志们都加入到伐木、建房的行列里。工地上,战士李小凤和穆书勤干的是用刀剥树皮的活。一天休息时,她俩到树林深处去解手。春天来啦,两个小姑娘发现朝阳处已冒出了绿草和小花,就好奇地前去采摘,正说笑着往前走,突然,她们听到了奇怪而可怕的声音!啊!抬头一看,是一群黑色的野猪!

"不好啦——野猪来啦——!"

两个小姑娘扯开嗓子呼喊着没命地跑,耳边听到野猪的叫声,她们不敢回头看,也顾不上是什么方向。

"叭、叭!"清脆的枪声突然爆响,小凤被什么东西绊倒了,待她翻身坐起来时,野猪已不见,一颗惊恐的心还在怦怦乱跳。醒过神来时,小凤才明白,是裴厂长和李在德开枪赶跑了野猪群,还打中了其中的两口猪。

被打中的两口野猪好大啊!被服厂的同志们自己留了一头,把另一头送给了前哨卡部队。前哨卡的男同志们乐得不得了,已经好久没有闻到荤腥味了。欢喜之余,男战士觉得女兵都能打到野猪,咱大老爷们差啥呀,就也派几个人到山上去打猪。

去打猪的战士在柞树林里发现了不少野猪的粪便和用嘴拱过的痕迹,接着是遇上了一大群野猪,能有二十来头。遇上野猪不就得打吗?谁曾想,打死了一头野猪,其余的野猪呼啦一下向人冲过来,弄得他们几个猎手拼命爬上大树才幸免于祸。打那以后,大家更佩服一下子打中两头野猪而安然无恙的裴成春和李在德了。都夸她俩是受老天爷保佑的一等猎手。好长一段时间,每遇上吃野味的机会,战士们总爱谈起那段故事。

野猪事件发生后,裴大姐抓紧了被服厂人员的射击训练,她亲自手把手地教大家。

"不学好射击,打起仗来,你打不中敌人,敌人会打中你。这是事关生死和胜败的大事,做一名游击队员,首先要成为一个神枪手。"

第六军被服厂的李桂兰在回忆裴大姐时说:1937年冬,被服厂接到命令临时改为后方医院,裴成春组织同志们,重新搭了板铺,把好的位置都留给了伤员。紧接着上山砍柴打草,把床铺都用草铺的厚厚的。

二十多名伤员送来了,随来的还有六军军医官王耀钧,工房顿时变成了病房,全厂人员都成了护理员。

山里的冬天冷啊,门前的小河结了厚厚的一层冰,大家凿冰挖雪,化水煮药、做饭,同时还要为伤员们洗衣服、绷带。

为了解决医药缺少的问题,在王医官的指导下,裴大姐带领被服厂的同志顶风冒雪、翻山越岭去采集苦藤、冬青、五味子、山花椒、老乌眼树枝等中草药,回来给伤病员医治伤病。

敌人的冬季"讨伐"也越来越紧,山外已经好久没有人来了。药品没有了,粮食也马上就要断流。

被服厂的全体人员背着伤员开了一个会,会上决定,把仅有的一点粮食留给伤员,自己上山去剥树皮,挖野菜根回来充饥。

伤员们看到被服厂的同志吃草根树皮,心里都过意不去,非要和她们吃一样的。做好的饭菜被服厂的人不吃,他们也不吃。这个时候,裴大姐就像哄小孩一样跟他们说:"你们负伤了,药又没有了,再要不吃点粮食,过不去这一冬咋办啊?咱被服厂的人身体棒,以前也经常吃草根,吃树皮,大家一定要听话,为了革命,为了抗日,你们要养好身体。"

伤员们捧着饭碗,眼泪吧嗒吧嗒地落在碗里。

由于断了粮、断了盐,同志们和伤员们的身体越来越虚弱。裴大姐、李桂兰、王医官都急得团团转,他们三人合计,准备派人冒险出山。

山外终于来人了。傍近年底,地方组织派人冒险绕开敌人的封锁线,送来了一袋苞米楂子、半袋冻山梨,几斤盐和一袋面粉。看到有吃的了,同志们干瘦的脸上露出了笑容。

1938年4月15日,因交通员赵老七(赵洪生)叛变,被服厂遭到敌人偷袭,裴成春沉着机智,一边应战,一边组织人员掩护伤病员撤退,使伤病员无一伤亡。在这次战斗中,夏嫂、张世臣等人牺牲,李桂兰、夏志清被俘。敌人随后放火焚毁了帽儿山被服厂。

这一年的5月,树叶儿快封门的时候,裴成春调任第六军教导队做政治工作。雨季来临时,在张寿篯(李兆麟)的带领下,远征到梧桐河畔老等山,组织部队西征。在此期间,裴成春带领女兵们为西征部队缝制子弹袋、帽子、绑腿等。天上的大雁开始向南飞了,裴成春调任第六军第一师负责后勤处工作,她带领教导队留守人员来到锅盔山。

四季变换中,严寒的冬天不顾战士们身单衣薄,准时来到了人间。1938年11月23日,一个大雪飘飞的中午,徐光海和裴成春在率队转移途中,因叛徒陈传和透露消息,与伪军三十五团在张家窑附近发生激战。

这是一场敌我悬殊的遭遇战,敌人的兵力大于我方十倍,突围时裴成春为掩护战友,英勇阻敌,在弹尽援绝时被机枪击中。像大姐和妈妈一样的女兵,把一腔热血洒在了苍茫的雪山,那一年她三十六岁。

几天后,第六军第四师政治部主任吴玉光带队找到了牺牲的烈士,裴成春的尸体已经被野兽糟蹋得不像样子。同志们的心碎了,眼泪伴着仇恨,用干树枝火化了他们最崇敬的大姐。

裴成春生前连一张照片都没留下,但战友们对她的记忆却最为深刻,这是一位一生没有做过母亲的女人,但却把母爱的温暖无私地奉献给身边的战友,她集母亲、大姐于一身,用一点一滴的爱积攒起来了伟大。

在她的带领下,参加革命的三个弟弟裴锡哲、裴锡久、裴敬天也都先后战死在抗日疆场上,裴氏一家可谓满门忠烈!

一位平凡而又伟大的女性,最终走向了永恒!

七十多年转瞬即逝,侵略者已被赶跑,共和国是人民的天下。今天,她的墓碑,静静伫立在汤原县的烈士陵园里,无语地面对着前来祭奠的人们。

裴成春烈士纪念碑

第二章　妇女团,向前进

"向前进,向前进,战士的责任重,妇女的冤仇深。古有花木兰,替父去从军,今有娘子军,扛枪为人民……"

这首红色娘子军连歌,曾广为流传。歌颂的是第二次国内革命战争时期海南红色娘子军连的斗争。

有多少人知道,在东北抗联第五军里,也曾有过一支没有建制的妇女团,在第七军、第二军有过妇女连。

妇女团、妇女连里面的女兵,不仅承担着随时战斗,被捕牺牲的可能,还要承受着生理方面的困扰。她们是女人、是妻子、是母亲,可更是军人。战争使她们失去了家园、孩子、丈夫、亲人,但女兵们没有人倒下,没有人放弃,她们的韧性甚至超过了男人,绕指柔淬成了百炼钢。

东北抗联鼎盛时期女兵大约七八百人,东北光复后,在苏联整训的女兵,只有三四十人回到祖国,大部分的女兵牺牲在了抗日战场。

为国家、为民族她们献出了如花的青春,赤诚的热血和宝贵的生命。

没有建制的第五军妇女团

高粱叶子青又青,九月十八来了日本兵!先占火药库,后占北大营,杀人放火真是凶!中国的军队好几十万,"恭恭敬敬"让出了沈阳城!

上面这首民谣唱的是日本发动侵略战争的真相和烧杀抢掠的野蛮暴行,还有国民党政府的妥协退让、不抵抗。

1931年九一八事变后,奋起反抗的东北人民在中国共产党的领导下进行各种形式的抗日斗争。随着斗争形势的发展,农会、妇女救国会、抗日救国会、儿童团、识字班等组织相继建立。黑土地上的女人们走出了篱笆小院,千百年来被压在社会底层的妇女们终于有机会参加各项活动。在共产党的宣传教育下,这些整日围着锅台转的妇女们明白了,日本子已经占了咱们的东三省,不把他们打跑了,咱就都成了亡国奴,而要打跑小鬼子,就只有跟着共产党,因为共产党是为穷人打天下的。

觉悟了的妇女们,迸发出了极大的革命热情。她们在地方上缝制军装、军鞋,护理伤病员,侦察敌情,传送情报,成为一支抗日的有生力量。

虽然妇女们在地方上做了大量的工作,但是她们更向往的是能当一名女兵。可要真的参军上部队,还是要经过一番周折的。因为参加地方工作,已经突破了旧道德的防线,如果要从军打仗那就更难了。老百姓的口头语,历来说的是"骒马上不了阵",女人家就该在家相夫教子生孩子。可接受了新思想的一批农村女干部和具有爱国热情的女青年学生上队的愿望却是极其强烈的。她们说:"古有花木兰、穆桂英,她们可以在国家危亡之际,披挂上阵,我们为什么不能参加打日本鬼子的战斗呢?"

关于妇女参军上队的问题,周保中将军在1940年2月2日—3月19日《关于东北抗日救国运动底新提纲草案》中,曾予以说明:

无疑义的,东北青年和妇女,在以往的抗日救国运动表现了积极要求和斗争中的革命性。现在处于转变时期,青年和妇女不堪忍受压迫和革命的要求是在增长着,而党的领导和游击队的实现情形不能满足他们的要求。党必须在宣传策略中进行凡有可能的鼓动,不论学生青年或是协和青年团、少年爱路队、妇女会,以至农民青年和妇女,指示斗争道路和方法,以至简选相当的干部到他们中去进行有组织的领导。在不成为游击队行动重累的条件下,可以吸收他们参加游击运动,培养成大批的青年和妇女的工作人材。抗日救国青年团、妇女救国会等,我们为了团结和领导青年群众斗争的组织,必须广大的积极的开展这一工作,尤其应该注意学生及知识分子中的工作,反对奴化教育及各种反动宣传,如大亚细亚主义等,吸收他们参加游击队。

在部队领导的支持下,从游击队时期到组建抗日联军各部队,队伍中一直有女兵,而第五军的领导对于妇女们要参军的呼声更为重视和支持,所以第五军不但有女兵,且队伍在不断地发展壮大。

在东北抗联历史上,东北抗日联军共十一个军,其中的第五军曾有一个没有建制的妇女团。第二军和第七军曾有过妇女连。

事实证明,东北抗日联军里面的女战士们不但能打仗,她们还在各种残酷的环境中搞侦察、送情报、掩护伤员、搞炊事、缝制军装,有时起到男同志起不到的作用。她们自始至终英勇顽强地活跃在抗日战场上。凡抗联部队所到之处,大多都留下了女战士的足迹。

……　……

木兰女,远出征,

看!自古以来,巾帼英雄层出不穷,

东北抗联多妇女,她们作战更英勇,

愿同胞姊妹齐奋起,

去冲锋!

这是东北抗联里流行的一首《妇女反日歌》,唱的就是军中花木兰。

著名的抗日将领周保中将军在《回忆抗日战争中的东北妇女》一文中还曾这样记述过东北抗联里面的女兵:

妇女同志的坚忍奋发,吃苦耐劳,经得起残酷考验的表现,也是很出色的。在那游击战争处于挫折和艰难的岁月里,我们的游击战士,除了作战伤亡以外,还有饿死的、冻死的。在基干部队里也有个别人逃亡叛变的,每个战士的身上负荷是很重的,除了携带枪械弹药,还得背上自己的给养、预备服装、小帐篷、小火炉、锹、镐、斧、锯和炊具等等。妇女同志除上述东西以外,还要携带药包、尺、剪、补衣碎布和针线。如果男同志背包重四十斤到五十斤的话,女队员就要多加上五斤到十斤。因此,在穷年累月不断的行军作战中,就是铁汉子也有的不堪苦累而死的。然而妇女却没有一个害怕苦累的,更没有逃亡叛变的。

这是将军最高的评价,女兵们当之无愧。

在各军的女兵中,由于第五军妇女出色地完成了各项艰巨任务,创造了许多可歌可泣的英雄事迹,受到了人民群众和抗联内部的信赖和称赞。因此,只要第五军女战士出现时,群众就奔走相告,亲昵地称呼"第五军妇女团来了!"虽然第五军从来没有妇女团这个建制,但经过长期斗争实践,在群众中形成了一个既成事实的编制,内外均知晓。随着妇女战士的增加,队伍不断发展壮大,从1935年以后,特别是第五军转移到中东铁路道北以后,第五军相继建立了三个妇女大队,在组织领导上也逐步健全了。第一大队大队长王玉环(崔石泉夫人)、指导员梁玉铭(后被捕叛变);第二大队队长朱新玉、指导员王一知;第三大队大队长片连河(片莲花)、指导员李志雄。这三个大队人数最多时发展到三百多人,已具备了一个团的编制。因此,称第五军女兵为妇女团顺理成章,不但群众这样称呼,在抗联部队内部也都这样称呼。

关于参加抗日的妇女们在部队和地方的组织形式与任务,在 1936 年 6 月 10 日《抗日联军党委会通告》中也有规定:

妇女——在军队中需要特别组织的,妇女会,妇女团。在一般的青年救国团的组织中,青年妇女若有三人以上,就得组成青年救国团的妇女小组、支部。因为妇女在历史与社会生活及生理等等,与男子有差别,所受压迫独多,因此对妇女领导须特别注意。

通过这项规定不难看到,女兵团、女兵连是一支有着严格组织纪律约束的团队,是战斗在东北大地上抗击日寇的一支红色娘子军!

第五军妇女团还是一支值得骄傲的团队,这支团队可谓英雄辈出,"八女投江"里面的冷云、杨贵珍、安顺福、胡秀芝、郭桂琴、黄桂清、王惠民、李凤善等烈士都是第五军妇女团的女兵。

宝清县兰棒山区牺牲的六位女兵也是第五军妇女团的战士。

妇女团里有宁可病死也不去敌占区治病的第三大队指导员李志雄。

妇女团里有战死在乌苏里江边的女电报员陈玉华。

妇女团里有差点成为"九女投江"的女战士胡真一。

妇女团里有在抗联教导旅里面学成军医的徐云卿。

另据第五军军史记载,东北抗联第五军的第一位女兵曾是一名漂亮的朝鲜族女战士,名字叫作林贞玉。

一朵早开的金达莱　林贞玉

林贞玉,东北抗联第五军的第一名女兵。

在东北,有一种花,喜欢生长在崇山峻岭的陡壁上,她先开花后展叶,顶风冒雪凌寒而放,朝鲜族叫她金达莱,汉族叫她达子香。美丽的女子林贞玉就是那一朵早开的金达莱。

1914年,林贞玉出生在朝鲜的一个农民家庭里,1929年随父母搬到穆棱县新安屯落户。新安屯是一个朝鲜族聚居的村庄,共产党很早就在这里点起了星星之火,经常有地下工作者到这里从事革命活动。

九一八事变后,当抗日的洪流漫卷过黑土地之时,只有十六七岁的林贞玉就立志要去当一名抗日救国的战士。她向经常到村里活动的地下工作者提出申请,要求参加组织,终因身为女子,父母不舍,未能得到批准。

可是这个执拗的丫头,她不管在不在组织里,凭着自己的一腔热情,为抗日救国而奔跑着。

林贞玉让全村的乡亲们交口称赞和佩服的第一件事情是虎口救"哥哥"。

有一次,"红枪会"来到村子抓人,正在暴徒们盘问这名党员的时候,她大大方方地走上前去,拽着那个党员的胳膊说:"哥哥,你咋还不回家吃饭呢?妈在到处找你呢!"那位党员心领神会,俩人一唱一和,让"红枪会"的人以为是他们自己抓错了人,机灵的林贞玉把这名党员从虎口里救了出来。

林贞玉还曾乔扮成卖山葡萄的姑娘,到新安屯附近的九站去散发或张贴传单。这些传单揭露了日本帝国主义的侵略暴行,号召不愿做奴隶的民众起来斗争。

1932年,十八岁的林贞玉加入了中国共产主义青年团。

1933年1月,村子里出了叛徒。三十多名抗日活动积极分子被敌人抓走,七人惨遭杀害,村里的党团组织也遭到严重的破坏。

"山山金达莱,村村烈士碑"说的就是东满、南满的残酷斗争。牺牲志士的鲜血,点燃的是仇恨,人们更加坚决地投身抗日斗争。

面对着严峻的形势,林贞玉不得不离开新安屯,到宁安县小牡丹屯隐蔽,这个勇敢的姑娘在新的环境里继续从事着抗日活动。

当秋风吹来时,小牡丹屯的水稻成熟了,禾田上闪烁着黄灿灿的光芒,那粒粒饱满的稻穗,飘散着令农人心醉的芳香。但敌人也在打着粮食的主意,他们准备下乡抢粮。

丰收的季节要收割,怎能把粮食喂了豺狼?林贞玉一面跟游击队联系,一面组织群众连夜抢收、打场,然后在游击队的协助下,把全村群众连同收获的粮食一起转移到八道河子抗日根据地。第二天,敌人赶到小牡丹屯时,已经看不到一个人,找不到一粒粮了,他们只能用咆哮和哀叹面对四处张贴的抗日标语和光秃秃的稻田。

还是这年的秋天,枫树叶红了、杨树叶黄了,十九岁的林贞玉一块红布盖上头,在她最美的青春年华里做了新娘,她嫁给了宁安县团委书记李光林。

秋去冬来,顶着初雪,刚为人妻的林贞玉参加了抗日武装工农义务队。组织上考虑她是个女同志,并且才跟李光林结婚不久,就分配她到平日坡根据地洗衣队工作,后来又调她到裁缝所做领导工作。但是林贞玉渴望的是拿起武器走上前线,亲手消灭敌人。她再三向组织要求,下到连队去当一名普通战士,她的要求终于得到批准。

到了连队,战士们问她:"女人打仗能行吗?"她悲愤地回答说:"'国家兴亡,匹夫有责',国家沦亡了,当亡国奴是不分男女的。"

而后,为了打仗方便,林贞玉竟毅然决然地把一头秀美的长发剪掉了。剪掉长发的她变得清清爽爽,行军打仗,站岗放哨,样样走在前头,抗日的烽火把她由一个普通的农村女子锤炼成手握钢枪奋勇杀敌的勇士。

林贞玉在战场上是名没有性别的战士,在行军打仗之余她又恢复了女性的特长。村庄里、老百姓的家中,她向乡亲们诉说着东北人民沦为亡国奴的痛苦遭遇,揭露日本帝国主义屠杀、蹂躏我三千万各族同胞的罪行,指出整个中华民族已经处于生死存亡的危急关头,启发群众拿起武器,把侵略者赶出家园。她能歌善舞,在战斗的空隙不顾劳累常为战士们进行表演,这朵早开的金达莱,在冰雪未消之时,于荒野上露出一抹亮色,点燃了人们心中的春光。

1935年夏,东北抗联之前身反日联合军第五军第一师为了解决给养,决定夺取敌人设在斗沟子车站的仓库。

夜,漆黑,伸手不见五指。三百余名战士在师长李荆璞的带领下,悄悄开赴斗沟子车站。林贞玉所在的部队担任阻击敌人援兵的任务,部署在车站的两端。李荆璞师长带领主攻部队迅速接近车站,眼看就要摸进敌守备部队的院子。就在这时,情况突变,敌人一列兵车向车站开来,与我阻击部队打响。敌人配备着装甲车,而且有机枪、小炮,火力很强,来回沿着铁路不断扫射、轰击。由于事发突然,我军遂改变原来作战计划,决定撤出战斗。在撤退时,林贞玉带领一个班担任掩护任务。

这注定是一场硬仗。因为担当掩护任务本身就意味着牺牲自己,去保护更多的人。炮火映红了夜空,流弹织成了一张密集的死亡之网。就在战斗激烈的进行中,女兵林贞玉不幸中弹,她倒在了同敌人的正面交锋中。

一朵美丽的金达莱就这样瞬间凋落了。那子弹咋就不能长长眼睛,我们的女兵还那么年轻,她只有二十岁的芳龄。

二十岁,多好的青春,多好的年华,为了祖国,为了民族,她舍弃了。

一年以后,她的丈夫,时任东北抗联第五军第二师政治部主任的李光林也殉难于那场战争。

冲锋陷阵　巾帼不让须眉

金戈铁马、战火硝烟、热血男儿、马革裹尸，这些形容战争的词句好像都与女人不沾边。可在抵抗外辱的路上，在东北抗联里面，巾帼却是从来不让须眉。第五军的妇女团就曾随第五军的大部队转战于吉东地区二十余县。

妇女团里的女兵们荷枪实弹，步骑打仗，行军于千里沃野，她们出没青纱帐，爬山越岭，风餐露宿，足迹遍布前后方各地。第五军出名的一些大的战斗，如攻打依兰县城战斗、夜袭前刁翎屯战斗、大盘道伏击战斗、黑瞎子窖截击战斗、五道岗截击战斗、三道通防御战斗、第二路军西征的艰苦斗争等等，都有妇女团女兵们的身影。

对于女兵们的战绩，可以一个战斗一个战斗地说起。

先说"大盘道伏击战"。1937年1月正是大东北最寒冷的季节，雪皑皑，野茫茫。就在这天寒地冻的时令里，驻后刁翎街的日本步兵三百余人，准备向林口方向撤走。撤走之时，他们强征了老百姓二百余张雪地爬犁，因为在当时的东北没有比雪地爬犁更好的运输工具了，日寇亦深知此道。

没有不透风的墙，此消息经地方抗日救国会秘密传送到抗联第五军。第五军副军长柴世荣对各方面情报进行了综合研究，认为后刁翎驻日军七百余名，约一半兵力向林口移动，若用爬犁拉人有个七八十张也就够用了，而日军要征调二百张以上，必定是要运送军用物资，其行动也势必笨重。于是，柴世荣决定打他一场伏击战。为这场伏击战，柴副军长调动了第五军第二师第五团全部、军部警卫营、青年义勇军和妇女团的兵力，看兵力之调动，就能知道，柴副军长对于这场战斗的胜利是志在必得。

1月27日夜晚,部队自徐家屯附近秘密移动,28日凌晨到达大盘道山上。柴世荣命令第五团及警卫营占领大道两旁柳条通和山坡上的阵地,军部和青年义勇军、妇女团控制在大盘道北面蛤蟆塘山顶,隐蔽待敌。

这一天是农历的腊月十六,一年中最寒冷的时候。战士们隐蔽埋伏在用冰雪筑成的掩体之内,此时天降大雪,从早上七时一直到中午,那彻骨的寒风,抽尽了战士们棉衣内最后的一点余温,令人实在难以忍受,而女兵们也并没有因为是女性而有什么特殊的照顾,既然上了战场,那就得忘了性别。

等待,令人难耐的是寒冷中的等待。

中午12时30分,弯弯曲曲的盘道上,终于出现了敌人的踪影,战士们立刻振作起来。敌人的尖兵大约有五十人,坐在八九张爬犁上,东北的酷寒早已把他们冻得缩手缩脚,已经顾不上警戒搜索了。尖兵过后,日军大队的爬犁一张接着一张地拥挤前行,一会儿工夫就都进入埋伏圈内。

下午一时,我军指挥所的信号枪爆响,顿时,步枪、机枪和狙击炮像雨点一般猛烈地射向敌人,日军被打得人跌马倒爬犁翻,许多日本兵还不知道发生了什么事就命丧黄泉,没死的日本兵也是在公路上乱窜,摸不清东西南北盲目地开枪抵抗。这时,青年义勇军和妇女团的战士们像猛虎下山一样开始聚歼敌人。

激战进行了三个小时,下午四点战斗胜利结束。共消灭日军三百六十名,被俘获的二十八名日军俘虏,垂头丧气地在一群青年义勇军和女兵们的刺刀下战栗。

在这场战斗中,女兵杨贵珍亲手抓获了一名日军俘虏。在战后总结,领导表扬她勇敢时,这个在人前说话都脸红的女兵说道:"我当时就想抓鬼子,什么都忘记了。"

大盘道伏击战过后不久,就是夜袭前刁翎屯战斗。关于这场战斗,虽然在军史和周保中将军的日记里没有记述女兵们的事迹,但当时妇女团的女兵们,是和战友们并肩作战的,并最终取得了这场战斗的胜利。

接下来的战斗是"攻打依兰县城"。由第九军军长李华堂和第五军军长周保中指挥。

1937年3月20日0时20分，抗联第九军迫击炮部队率先向依兰城内日军守备队的兵营实行炮火攻击，当场击毙日军二十余人。

攻城部队以炮声为令，迅速按预定战斗方案向依兰县城挺进，西面攻击部队的指挥员是第五军政治部主任宋一夫和代师长关书范，在他二人率领下的第五军、第二军五团和第九军一师按计划突入城西，兵分两路攻击伪军27旅旅部和驻城日军。

北面攻击部队的指挥是第八军于光世参谋长，在其率领下的第八军和第四军一部于0时50分攻入城内北大街，并攻克中央银行，击毙日军指导官井口幸夫。

东面攻击部队的指挥员是第三军第一师副师长任永富，在其率领下的第一师和第四军第二团占领了城东倭肯河阵地，击退日军进攻，并压制住了日军火力，将其封锁在兵营内不能及时出击支援。

南面攻击部队为第九军第二师和第三师，在第二师师长王振祥率领下向南门河敌军南大营攻击。

由于我军的侦察工作有失误，在攻打依兰县城之前，日军由长春调派依兰城内的三四百"讨伐队"早已进入县城，敌我攻防兵力悬殊，导致我军全部占领依兰县城的计划无法实施，鉴于此种不利的状况，我军在占领大部分县城五六个小时之后，主动撤出城内，相机攻击敌增援部队。

第五军、第九军等部队迅速撤出占领区后，在牡丹江西岸马家大屯设伏，全歼日军骑兵追击部队二百三十余人，敌仅三十余骑逃回依兰。

在这次我军联合攻打依兰县城战斗中，我军共歼灭日军三百五十余人，俘虏伪军一个排，缴获重机枪一挺，机枪十挺，步枪三百二十余支。

此役参战的我军部队之多为历史所罕见，在当时我军编制十个军又一个独立师中，参战的部队占一半之多，总计有：第二军第五团、第三军第一师、第四军第二团、第五军、第八军、第九军和王荫武部救世军。而如此经典的战斗，自然也少不了第五军的妇女团。

再说"黑瞎子窖截击战"。

1937年春,绿草青青,马蹄声声,时任第五军第二师副师长的张镇华率领第五、第六两团骑兵,由牡丹江岸喀上喀渡江东进,此部队拟向图佳铁路以东转移,去开展游击活动。第五军军部教导团、炮兵团先行,青年义勇军、妇女团在后面跟进。

5月2日,当地救国会和部队侦察连逮捕了几名日本密探,得知驻勃利县的日军一两天内将向土城子一带"讨伐"。这一歼敌的机会岂能错过,军部研究决定,命令第二师部队暂在三道岗的钓鱼台、黑瞎子窖一带停止行进,准备截击敌人。

关于这场战斗,第五军军史是这样记述的:第五军军长周保中面授指示:第二师五、六两团全部下马,将战马隐蔽起来,做好步战准备,在钓鱼台以西、黑瞎子窖以东迎击敌人;军部直属教导团、炮兵连、青年义勇军、妇女团控制在黑瞎子窖东北面村边,同时派遣了工作队,在选定的汽车道上埋设了土地雷,并将汽车道挖断。不久,我军警戒部队远远地发现一连串黑点从南向北移动,接着就听见隆隆的汽车声。正午12时,敌人的汽车络绎不绝,一辆接着一辆地进了"地雷区"。先头一辆汽车驶进最北端伪装覆盖着的路面上,突然"咔嚓"一声,汽车在道路挖断的断层处摔翻了。这时埋伏在道路两侧的"地雷手"一连串地拉动了导火索,埋设的地雷一阵轰鸣,先头六辆汽车全被炸翻,后面跟着的六辆汽车立刻被"卡住"。这时,我抗联部队的伏击兵集中火力猛烈向敌人射击,前面被炸翻的汽车里的日军全被打死,后面六辆汽车企图往回逃窜,行驶不远,便遭到我军埋伏在黑瞎子窖的伏兵的袭击。激战四个小时,日军有二百五十余人被我伏兵打死,并活捉日军中尉以下二十八人,其余一百多人向双河镇方向落荒而逃。

最后说"三道通防御战",这场战斗也是发生在1937年。当时,第五军妇女团和军部教导团一起进行游击活动,转战于北牡丹江沿岸各地,沿完达山直到宝清、富锦、饶河等县境进行战斗。这一时期,战士们有时是徒步战斗,有时是骑马夜袭。那么女兵也骑马吗?当然也骑马,陈玉华、徐云卿、王玉环等女兵都是优秀的骑手,尤其是陈玉华,能捉住飞奔烈马的马鬃一跃而上,一点不输于男性。

一天，我军在三道通驻扎，拂晓的晨光中还看不清几十步以外的景物。突然从岗上传来了枪声，透过晨雾，指战员们发现三倍于我军的日伪军正在蜂拥而上，向我军驻地发起猛攻。战斗来的突然，一霎时硝烟弥漫，弹如雨下。面对敌情，我军教导队和妇女团即刻投入战斗。

枪如林，弹如雨，女兵们没有人退缩，没有人胆怯，奋勇地同男战士并肩作战。她们居高临下用猛烈的火力和手榴弹打击向我军进攻的日伪军。敌军一堆一堆地被打死，有的被活捉。女兵们还不停地向伪军进行战地宣传，高喊"中国人不打中国人"，以此激发伪军们的民族感，使他们在战斗中采取消极的态度，有力地帮助了我军。

战斗中，女兵们不光是奋勇杀敌，还负责抢救伤员，把身负重伤的同志运送到隐蔽的地带。

这几次较出名的战斗都发生在1937年，正是妇女团的鼎盛时期。等到了1938年，日伪军加大了"讨伐"力度，加之"归屯并户"，切断了抗日联军和老百姓的联系，环境变得日益残酷，部队里面战死、冻死、饿死的人数逐步增加。

1939年初，日寇以两个师团的兵力把抗联第五军部队遮断在北牡丹江东岸的刁翎区，另一部日寇九千余人，把抗联第二路军总部及直属队三百余人，其中包括女战士四十余人包围在江西岸夹皮沟里。面对强敌，我军只有两条路可选择，一是与敌接触，后果很可能全军覆没；二是避免接触，寻找敌方薄弱之处，突出重围。我军选择了后者。但在方圆四百多公里的林区里，敌人的分布密如蛛网，天上每天从凌晨到傍晚有十多架飞机在巡逻、扫射、轰炸。在如此险恶的环境中，我军像捉迷藏一样的与敌周旋了一个月，终于突出了包围圈，向四道河子方面会合第九军和"救世军"残部，西越老爷岭，突袭方正县陈家亮子敌人据守的采伐场。

关于这次突围和陈家亮子战斗，周保中将军在1959年12月6日的一篇回忆文章中写道："那时正大雪纷飞，朔风凛冽，气温降到零下三十到四十度之间，寒冻断指裂肤，饥饿困扰士气；行军在峭壁峻岭的深山大谷里，狂风怒吼，树木摇曳欲坠或作霹雳雷鸣声断折倒地，阻住去处；枯木冻裂作爆炸声，有如敌人骤来袭击；有时遮天蔽地的大森林静悄悄地万籁无声，飞鸟藏慝，走兽绝迹，这种沉寂,格外引人寒噤。我们的战士渴了,化雪为饮料,饿了,吞黄豆和粗糠充腹。有的战士抗不住冻饿倒在地上,几分钟后变为化石般的僵尸。就在这样难以想象,难以形容的残酷境遇里,我们的妇女同男子一块行军向前,踩出雪路,袭入陈家亮子,勇猛冲杀敌人。胜利撤退以后,又和掩护队一块据险设伏,消灭了敌人的追兵。她们的情绪始终是坚定、愉快、活泼的。她们含辛茹苦地,做完自己的事,还踊跃地帮助男同志。每当情况许可时,夜晚宿营,在火堆旁边,她们低声歌唱,开辟雪场作小型舞蹈。她们的行动常常激发了男战士,鼓舞着部队的斗志。"

看了将军的这段描述,在感动之余,你不觉得东北抗联里的女兵们真的是最可爱的人吗?

除了第五军妇女团的参战外,活动在南满的第二军第四师第二团也曾有过一支女兵连,一百多名女战士,全都是朝鲜族,她们能吃苦,作战勇敢,每次都和男同志一起参加战斗。在长白山八道江战役中,女兵连配合第六师作战,消灭了伪军三百多人。在抚松县的小汤河战役中,消灭了伪军一个营,缴获了七挺机枪。在安图县大沙河子战役中,女兵连配合部队,全部消灭了李大山的杂牌军五百多人。在老安图大酱缸战役中,女兵连配合杨靖宇带领的警卫旅,活捉日军十八人。这次战斗结束后,女兵连人员被分配到各连照顾受伤的战士,随大部队作战。

客观地说,妇女团和妇女连在战斗中不作为主力部队,部队领导也从来没有把她们放在冲锋陷阵的位置。但女兵们的自觉战斗精神和坚强的革命意志却从来都是巾帼不让须眉。

东北抗日联军妇女团、妇女连的女兵们,在血与火的对敌斗争中,用鲜血和生命证明着对祖国、对人民的忠诚。在抗击敌寇,捍卫民族尊严的路上谱写出一曲曲悲壮的战歌。

冷云

妇女团的骄傲　英烈千秋

1938年10月20日,早已标记在中国抗日战争的历史上,因为那一天曾有八位女杰为抗击日寇而血染寒江。八个年轻的名字是冷云、杨贵珍、胡秀芝、安顺福、郭桂琴、黄桂清、王惠民和李凤善。

她们是东北抗联第五军妇女团的女兵,光耀千秋的群体英雄。

女兵们年龄最大的是指导员冷云,二十三岁。最小的战士王惠民十三岁,牺牲的八名女兵平均年龄十九岁。

十九岁,虽然来不及书写更长的传略,但八位英烈已成为中华民族精神的象征,代表的是我们民族的尊严。她们的人生虽短暂,留在青史里却是深深的印痕。

八女小传

冷云:1937年的那个夏天,松花江边,古朴的悦来小镇,爆出了一件桃色新闻,一个乳名叫香芝的郑家女儿与人私奔了。这在一个封建的年代,无疑是一颗重磅的炸弹,更令人费解的是该女子的丈夫竟然是富锦县伪警尉长。一时间,"郑家女儿、警尉长的妻子与人私奔了",成了街头巷尾的话题,而私奔的香芝亦被描述为一支出墙的红杏。

果真如此吗? 没有人知道,就连最疼爱她的母亲都不知晓,人们更相信的是传言,而且还是桃色的。

郑香芝,1915年出生于黑龙江省桦川县悦来镇一户殷实的人家。兄妹三人中她最小,父亲郑庆云、母亲谷氏。兄长郑殿臣和嫂子张淑云都十分疼爱这个最小的女孩。郑香芝十岁入悦来镇北门里两级小学校学习,女孩子能上学,这在那个时代足见父母及兄嫂对她的宠爱。

1931年,十六岁的郑香芝进入桦川县立女子师范学校后,立志为国为民而改名郑志民。1934年,她秘密参加了中国共产党,在中共佳木斯市委领导下从事秘密工作。1935年12月,这位当时名叫郑志民的师范生毕业了,被分配到南门里小学(新中国成立后改名冷云小学)任教,家乡的老人们依稀记得,这位郑老师高挑个儿、皮肤白净,称得上漂亮人儿。郑志民任教时,性格活泼,能歌善琴,她酷爱读书,尤其喜爱古诗词,她曾为自己的学生写过一首歌《燕双飞》:

燕双飞,画槛人静晚风吹;只记得,去年巷风景依稀;绿扶庭院,细雨润花花枝枝翠……燕双飞,燕双飞,风暴雨狂难阻归……

如此多才多艺的师范学校毕业生,当是那个时代女性中的佼佼者。

奈何,参加工作后不久,家中便急着催促完婚。原来她上小学时,已由家中包办与同学、同镇的孙翰琪订了婚。此时这个未婚夫已当上伪满警察。冷云在难以摆脱周围压力的情况下,产生了逃婚上山投奔抗联的念头,地下党组织的负责人却考虑到她在当地还担负着重要工作,便希望完婚后再做孙翰琪策反工作,争取孙反正抗日。

婚后,冷云在隐瞒政治身份的同时曾几度试探着劝丈夫走抗日道路,可是孙翰琪非但听不进去,还从此对郑志民有所怀疑,并开始限制她的社交活动,为此郑志民的内心十分纠结。她及时地向组织汇报了一切。考虑到地方组织和郑志民本身的安全,组织上决定让她转移上队,去往东北抗联。

冷云在校时常与校内另一名地下共产党员、男教师吉乃臣在一起下棋、打球、吹口琴,是很要好的朋友。鉴于此,地下党组织安排冷云出走时,为防止日伪追查、暴露关系,决定制造一个假"私奔"。这种事在比较守旧的当地是很不光彩的,郑志民考虑后表示:"为了抗日救国也只能如此。"

1937年8月,南门里小学传出郑、吉这一对男女老师失踪的消息,再联想到此前两人的关系都认为是"私奔",当地报纸又以"艳闻"登载此事,一时间闹得沸沸扬扬。已任伪满警尉的孙翰琪得此消息恼羞成怒,他气势汹汹地到郑家闹了一番,在得到离婚书后也只得罢休。

为避免牵连家人及掩护故乡党组织,临上部队之时,郑志民从自己喜欢的唐诗名句:"冷云虚水石,水天一色中"截取了冷云一词,作为自己的化名。从此以后,没有了郑香芝,没有了郑志民,抗联部队里出现了一名叫作冷云的女战士。时任东北抗联第五军军长周保中接见了他们。

冷云与吉乃臣一同到抗联后,假戏真做结为了夫妻,吉乃臣更名为周维仁,在抗联第五军秘书处工作。

冷云初到抗联第五军的一年多里,生活在原始密林中,多数时间住的是地窨子。开始,她担任文化教员,每天傍晚指战员们在林间空地上集合起来,看着这位女教员用烧焦了的树枝在白色的桦树皮上写字,耐心地教大家认。后来,组织上考虑到她政治上已比较成熟,且有组织领导能力,便派到妇女团担任指导员。此时冷云已怀孕,每天挺着大肚子艰难地随军在山林中奔走。

1938年初夏,冷云生下个女孩,可此时丈夫周维仁已在战斗中牺牲。

1938年夏,刚分娩两个月的冷云也率妇女团几十人随第五军第一师出发。出发前,她强忍悲痛,把仅两个月大的女儿送给依兰县土城子的一对朝鲜族夫妇抚养。

1938年10月20日,冷云等人为掩护大部队,在弹尽援绝之时和战友们一起步入寒冷刺骨的乌斯浑河,随即消失在汹涌的波涛中……

杨贵珍:1920年农历十月生于黑龙江省林口县莲花镇东兴村(原名东柳树)。

杨贵珍是一位苦命的女子,七岁丧母,十岁持家。十六岁那年,她年初嫁做人妇,还未到年尾,丈夫即病故,一朵白花戴上头,她又成了一个小寡妇。

成为寡妇的杨贵珍,命比黄连,婆家人时刻惦记着要把她远卖他乡,因为家中的这个媳妇是用五担苞米换来的。

就在这危急的关头,东北抗联第五军来到她的家乡活动。在第五军女兵队长王玉环、陈玉华和徐云卿的教育和帮助下,她知道了自己不是只值五担苞米,她知道了这世上有共产党领导的队伍,那队伍是为穷人打天下的,是为像她这样的妇女打天下的。她毅然摘掉了头上的那朵白花,于1936年农历十一月参加了东北抗联第五军女兵队。

参军后的杨贵珍先后在三道通、莲花泡江西、小锅盔山和四道河子沟里的密营被服厂、医院工作,有时随队下乡到群众中宣传抗日救国的道理,并以其自身苦难遭遇现身说法,启发乡亲们的阶级觉悟。

1937年秋,杨桂珍加入中国共产党。曾任护理员、被服员、班长、副小队长等职。

杨贵珍到部队后曾再婚,丈夫宁满昌负过伤,她受组织派遣,在山洞中悉心照料。丈夫伤愈后,二人一起参加了西征,不幸的是,宁满昌在战斗中牺牲。

失去丈夫的杨贵珍于1938年10月上旬,随东北抗日联军第五军第一师,在牡丹江地区乌斯浑河渡口(今属林口县)与日伪军千余人遭遇。为掩护大部队突围,放弃隐蔽,与战友们一起沉江,杨贵珍牺牲时年仅十八岁。

安顺福:中共党员,朝鲜族。1915年生于穆棱镇新安屯(今老牛槽村)一个贫苦的农民家庭。十三岁跟随父兄参加抗日救国运动。九一八事变后,屯子里成立了党支部和抗日救国先锋队组织,发动群众参加抗日救亡斗争。她十六岁时就和屯子里的青少年们站岗、放哨、抓坏人、贴标语。

1933年1月,由于叛徒告密,敌人对新安屯进行疯狂的大搜捕,有七人惨遭杀害,其中就有安顺福的父亲和弟弟。亲人的鲜血使安顺福更加坚强。她心里燃烧着复仇的怒火,毅然离开故乡,参加了抗日救国游击军,分配在被服厂工作。不久,任命她为被服厂厂长,同年加入中国共产党。

1934年10月,抗日救国游击军改编为抗日同盟军第四军。为了行军打仗方便,安顺福、许贤淑等四名女战士将她们的九个小孩送给老百姓抚养。

1938年4月,抗联各军向宝清集中,这时安顺福和其他女同志一同加入五军妇女团,随军西征。同年10月下旬,在牡丹江地区乌斯浑河渡口(今属林口县)与日伪军千余人遭遇。为掩护大部队突围,放弃隐蔽,英勇阻击敌人,最后与战友们一起投江,时年二十三岁。

胡秀芝：中共党员,班长。1918年生于黑龙江省林口县刁翎镇马蹄村下马蹄屯(原马蹄沟口)。她个高,长得漂亮,出嫁后参加了东北抗联,马蹄沟口原只有几户人家居住,被日寇"并屯"制造"无人区"时烧毁。胡秀芝是位久经锻炼的老战士。有一次她带着两名老战士摸到敌人哨所前,用手榴弹炸毁了日寇据点。她曾因作战机智勇敢而闻名于抗联各军,并受到周保中军长的表扬。

1938年7月随军西征。后成为群体英雄"八女投江"中的殉国者之一,时年二十岁。

郭桂琴：战士。1922年生于黑龙江省勃利县,是家中的长女,乳名菊花,身高一米五五左右,瓜子脸,长得俊秀,天真活泼,能歌善舞,举止大方。母亲雷氏再次生育时病故,她便寄养在林口县刁翎镇四合村四合屯的姥爷雷春喜家,由外祖母抚养长大。

1936年春,因家贫难得温饱和不堪亡国奴之苦,她决然剪掉发辫投奔抗联第五军。四合村是抗联"堡垒村",在日寇"并村"制造"无人区"时将村庄烧毁。

1938年春,经人介绍,郭桂琴与教导团分队长冯文礼订婚。同年7月随军西征。后与冷云等战友一起投入乌斯浑河,壮烈殉国,时年十六岁。

黄桂清：战士,1918年生于黑龙江省林口县刁翎镇四合村的合心屯(原南围子河西)。

因不堪日寇的蹂躏奴役,全家积极参加抗日斗争,黄桂清参加了抗联第五军,家中经常住着抗联战士。因该屯是支援抗日的"堡垒村",日伪军残暴地实行"三光政策"(抢光、烧光和杀光),在制造"无人区"时,将黄家及全屯房子烧毁,黄桂清家人不知去向。

1938年7月,黄桂清随军西征。后与冷云等战友一起投入乌斯浑河,壮烈殉国,时年二十岁。

王惠民：十三岁的王惠民其实就是个孩子。尽管战火弄脏了她依然童真的脸,刺刀上的光是被仇恨所擦亮,但她依然是个孩子,她不懂得什么是真正的死亡,甚至不知道什么是害怕和慌张,她只想跟着姐姐们一起赶跑小鬼子,她好回家去找妈妈,找弟弟、找妹妹。

可她又是一名战士,一名真正的东北抗日联军战士。

王惠民1925年生于黑龙江省林口县刁翎镇四合村的四合屯。她有一张圆圆的娃娃脸，是个爱唱歌、爱说笑，活泼可爱的小姑娘。

王惠民的父亲，外号"王皮袄"，是抗联第五军军部军需副官。她家的房屋被日寇烧毁后，她和一群弟弟、妹妹们跟着母亲到处躲避日寇汉奸的追捕。

十一岁那年，家乡实在待不下去了，她随父亲参加了东北抗联，部队也破例收下了这个娃娃兵，并安排她随第五军女兵队活动。不久她父亲战死，这么小的孩子本不该有仇恨，可是日寇和汉奸杀死的是最疼爱她的父亲，那仇恨毕竟要在孩子的心里发芽。

孩子的悲痛是短暂的，因为部队里有那么多疼爱她的大哥哥、大姐姐。而活泼和天真才真正属于她那个年龄。有一次队伍从敌人手里缴获一架留声机，打开唱了一段，这是什么新鲜玩意儿，她可从来没见过，小姑娘瞪大了惊奇的双眼。大伙哄她说："这里边藏着个小姑娘，是那个小姑娘在唱。"她围着留声机转来转去的找，又要拆开来看，逗得大家哈哈笑。

别看她年龄小，却处处以大人模样做事，行军、打仗、送信样样争先，小姑娘工作中从不怕苦怕累，并好学上进。她经常给伤病员唱歌进行宣传。王惠民就这样在革命的大家庭里战斗着，成长着。行军时大姐姐们抢着帮她背包、扛枪，她总是争着不让，和大家一样跋山涉水。有时一天走七八十里路，脚磨破了，疼得汗珠顺着脸往下淌。问她"疼吗？""累吗？"她咬牙说："不疼""不累"，可泪珠在眼角里滚着。大家称赞她说："你真是个英雄的小姑娘！"她却像个小大人似的说："爸爸被鬼子打死了，妈妈和弟弟妹妹在家受罪，我是大女儿，我得快点把鬼子打走，好回家找妈妈和弟弟妹妹们。"到了夜晚，她就枕着徐云卿或冷云的胳膊依偎着进入梦乡。

1938年7月王惠民随军西征。后与冷云等战友一起投入波涛滚滚的乌斯浑河，年仅十三岁。

李凤善：朝鲜族，1918年生于黑龙江省林口县龙爪镇。

据说八女里面最漂亮的就是李凤善了。这位美丽的朝鲜族女战士留下的资料非常少。但是有一段鲜为人知的爱情故事，听过后难免令人唏嘘。

1938年7月李凤善随军西征。后与冷云等战友一起投入波涛滚滚的乌斯浑河,壮烈殉国,时年二十岁。

李凤善与同在第五军的第二师参谋长王效明曾有过一段刻骨铭心的恋情。

因王效明将军已经离世,他们的爱情故事梗概我们已无从得知。据王效明之子王民大哥讲述,李凤善牺牲后,王效明一直不娶。为此事,周保中将军曾三次骂他,希望他能在部队里重新找一位伴侣。可是王效明一直到1945年东北光复后,返回祖国,才处理个人的婚姻问题。

从这一份坚守,足以看出新中国成立后被授予少将军衔的王效明,将军对李凤善的感情有多深。

八女身后事

为民族,为大义,八女献出了年轻的生命。八女牺牲后,东北抗联第二路军总指挥周保中在1938年11月4日的日记中写道:"宝清有我联军第五军第三师八团一连激战日贼及伪蒙军之烈士山,乌斯浑河畔牡丹江岸将来应有烈女标芳。"

那场战斗过后,突出重围的战友们,当天晚上派回一个小分队清理战场,掩埋突围时牺牲的战友遗体,劫后余生的指战员们最后找到了第五军军部。

据八女的战友,柴世荣军长的夫人胡真一回忆说:

河里有柳树,有的被水冲到下游,有的背包挂在树枝子上。人起不来了,八个人一个都没出来。师里派人去找,没找到人。就要封江了,部队还要远征,柴世荣提出部队直接撤到穆棱。第二年春天开江了,这几个人挂在树上,八个人的尸体被树毛子给挂住了。柴世荣决定把八个同志的尸体捞出来,挖坑把八个同志埋葬了,就在河边挖坑把人埋了。柴世荣对我说,冷云也死了,死得挺惨,在柳树毛子里捞出来的。他心情不好。当时八女有坟,后来坟被水冲平了。

准备带八女过江的金参谋那天游到了对岸,目睹了女兵牺牲的过程,他也算得上是死里逃生,后回乡隐居。

出卖八女的汉奸、特务、叛徒葛海禄,在新中国成立后,被群众揭发出来,他对自己的罪行供认不讳,在押解途中,被押解人员枪毙。

其实这场战斗,是不能用敌我力量悬殊来形容女兵们的牺牲,八女们首先想的就不是自己的安危,她们义无反顾地把自己置于了绝地。八个青春年华的姑娘,面对蜂拥而来的敌人,走向湍急的河流,走向了死亡。那惊心动魄的一幕,那条冰冷的河流,那顺流而下的肉身,那流血的尸身,已永远印记在整个民族的记忆中。即使这条河的名字必定要记录在册,但也带来了太多的沉甸甸的历史负重。

拨开岁月的迷雾,我们还将看到另一个既残酷又遗憾,让人难过得无法接受的事实。当年冷云等八位女战士以自己的生命为代价,掩护师长关书范率部转移,可谁能料到,这个被自己的属下而且还是女战士以众人之命救下来的师长,逃生以后竟再无斗志,公然煽动部队叛变并与日本人接洽。八女若死后有知,该是怎样的心寒。按常理,八女的壮烈之举本应该激起他更加顽强的抗日斗争意志,可堂堂五尺男儿,一任师长的关书范竟然在斗争艰难的时期,对前途看不到希望,对胜利丧失了信心。从此以后经常在部队中散布悲观失望情绪和假投降理论,四处动摇军心。他还借口外出侦察,背着第五军党委和军长,秘密前往敌人的据点三道通和佳木斯会见日本特务头子,同他们"协商",达成了第五军投降的协定。而日寇也企图借此机会将抗联一网打尽。

关书范,宁安人,1912年出生,十七岁参加共青团,成为宁安青年学生中最活跃的革命分子。九一八后全力投身救亡运动,二十二岁被捕,受尽酷刑仍没有叛变,周保中创立抗联第五军后,他骁勇善战,成为周保中手下数一数二的爱将。谁知,在经历了1938年的西征之后,居然撑不住了。得知情况后第二路军总指挥周保中大怒,他命人引关书范上山后,立即将其逮捕,公布其罪状,执行枪决!

关书范被逮捕之后,面对盛怒中的周保中,他又"悔悟"了。他的忏悔或许有几分真实的成分,他以人死言善的语气,交代了他和日本人的所有交易,尤其重要的是他向周保中讲了日本人已经从他口中知道了我军的哪些密营。在枪决他之后,待在这些密营的我军一定要迅速转移。真是复杂的人性,复杂的人生。但这一切都晚了……

枪决关书范之时,周保中流下了痛恨交加的泪水,这泪水中一定有八女义无反顾走向那条死亡之河的身影。

1939年1月17日,在枪决关书范的第二天,将军在日记里极其罕见地用长达一千多字的篇幅,记下了关书范的生平,虽然义正词严,但字里行间透着隐隐的痛惜。党和民族的解放事业毕竟是神圣不可侵犯的,将军在日记的最后坚定地写道:

抗日救国不可侮,政治立场不能变,军事纪律不能苟且,将关书范就地执行枪决,翌日集合五军刁翎部队全体宣布罪状,并竭力整顿内部意志,为党和中华民族解放事业效忠到底。

如今,英雄和叛徒都已离去,唯有乌斯浑河水将永远记录着民族危亡时刻的忠诚与背叛。如果江河亦有寿命,它将穷极一生为八位女杰唱着挽歌。

关于冷云在军中所生下的那个尚在襁褓中六十二天的女婴,当时寄养在依兰县土城子的一个朝鲜族家庭里。东北光复后冯仲云同志曾派人去寻找,但战火连年,兵荒马乱,那一家人不知所终,烈士的遗孤就这样永远流落在民间。

历史不会被泯灭,英雄也从未走远。

1982年10月,乌斯浑河畔东岸的小关门嘴子山坡上,建起八女投江纪念碑,碑文正面刻着时任黑龙江省省长陈雷的手书:"八女英魂,光照千秋。"

1986年9月7日,在牡丹江市举行"八女投江纪念碑"奠基典礼。时任全国政协副主席、全国妇联主席的康克清为工程奠基题词:"八女英灵,永垂不朽!"

1988年8月1日,牡丹江市委、市政府在牡丹江市江滨公园建立八女投江英烈群雕,时任全国政协主席的邓颖超同志亲笔题写了"八女投江"四个大字。

2009年,在中宣部等单位倡议评选百名为新中国成立做出卓越贡献的英雄模范人物中,"八女投江"名列首位。

可以死，投降不行　妇女团的六位女兵

"八女投江"说的是英雄群体，东北抗联第五军的妇女团还曾有六位女英雄同样殉难于抗日战争。她们中间，只有四位女兵为人知晓，而其中的两位女兵在牺牲了生命的同时还牺牲了姓名，成为无名英雄。

那是1940年的冬天，东北的抗日战争进入到更加艰苦的年份，1月10日，第五军第三师张镇华师长率队在宝清县兰棒山区又与日伪军进行了两次战斗，部队人员伤亡过半。指战员们此时衣着破烂不堪，腹中无食，在饥寒交迫中被日伪军日夜不停地包围和追击。

1940年的2月7日，应该是农历的除夕。关东特有的大烟泡在野地里嚎叫盘旋，扬起的满天雪雾把天和地搅得混沌一片。张镇华率领二十多人的小分队在雪海中艰难地跋涉着，他们已经三天三夜没有一粒米面进肚了，全靠剥下来的树皮充饥。此时他们正忍饥挨饿地向部队贮粮的炭窝棚走去。可就在他们刚要走到窝棚时，突然间枪声四起，这支小部队遭到日伪军的伏击。

苦战啊，真是一场苦战，我们在明处，敌人在暗处，二十多人相继都牺牲了，茫茫的雪野里，只留下斑斑的血迹和横躺竖卧的尸身。

惨烈的战斗还在继续，当只剩下张师长和六名女兵时，他们还在坚持，坚持同敌人进行最后的拼死的斗争，弹尽了、援绝了，身负重伤的指战员们不幸落入敌手，被关进宝清县监狱。

说起这场战斗，说起张镇华师长和六名女兵的被俘，皆源于一个叫作温淑清的女兵叛变。

温淑清是吉林省人,在中学读书时被一个伪军拉到野外欲施强暴之时,遇到了抗联战士,杀了那个伪军。这个姑娘怕日后日本人找她进行报复,就到了抗联部队。

温淑清是被一个叫作崔扒皮的伪满汉奸给捉住的。据说她开始时什么都不说,问了半天,只是低着头不作声。崔扒皮急了,叫手下人抽了她一顿皮鞭子,又灌了一顿辣椒水,挺刑不过,她说出了自己是抗联第五军的,他们领头的是张镇华,是第三师师长……

这是一个让人极其痛心的结局,因为这个女人不止出卖了自己的战友,张镇华师长还是她的丈夫。

由于温淑清的叛变,敌人在炭窝棚附近设下了埋伏。

被捕后的张镇华师长明白眼前的形势,他跟大家说:"除非当叛徒,背叛党,否则,活着出来是不可能的。我们经受过战争的考验了,这回我们将要经受比战场上还要严峻的考验,我们要做好牺牲的准备。"张镇华师长还给女兵们背诵了南宋民族英雄文天祥"人生自古谁无死,留取丹心照汗青"的诗句。女兵们或许不了解文天祥,但是师长的话她们懂。六名女战士就说了:"师长你放心,我们宁肯站着死,绝不跪着生。我们一定同敌人斗争下去,直到生命的最后一分钟!"

斗争开始后,敌人最先派出了温淑清。

失去灵魂的女人,已经没有了羞耻心,温淑清穿上漂亮的衣服,拿着"协和服"、皮鞋去劝降张师长,张镇华这位视死如归的大丈夫,尽管身负重伤,还是咬牙忍痛地站起来,将温淑清一脚踢到了门外。这个女人门牙磕掉了两个,爬起来灰溜溜地走了。

敌人知道无法在张师长这里打开缺口,又让温淑清去引诱六名女兵。温淑清何尝不知道女兵们不会屈服,可她哪敢不听鬼子的话,只好磨磨蹭蹭地来到了牢房门口。可她看到的是六名女兵攥着拳头,站成一排,正用眼睛盯着她,这个女人顿时吓瘫在地上,她脸色煞白,爬着出了牢房。

温淑清是东北抗联女兵里面少有的叛徒,二十多名战友的生命毁在她的手里,当把灵魂出卖给魔鬼以后,她的余生也一定是一场噩梦。

敌人的诱降失败了,等待女兵的将是严酷的刑讯。

朱新玉是女兵队伍里的大队长,战友徐云卿记忆中的这位女兵长得十分健壮,她四方脸庞,有着高大的身材,是誉冠全军,转战东满、北满数千里,为时九年的女机枪手。

审讯室中,朱新玉和她的战友们手脚都带着刑具。面对敌人的审讯,她们说:"你们要知道我们抗联部队吗?告诉你们,凡是你们侵略的地方都有我们抗联的部队。"

凶恶的敌人,皮鞭子像一条条黑色的毒蛇抽向了女兵。朱新玉迎着皮鞭坚如磐石,她用自己高大的身躯掩护着战友们。

"凶手!野兽!你们必定失败!……你们不用疯狂,你们快要完蛋了!我们一定要讨还血债!"这是朱新玉凛然的话语。

女兵们不畏强暴的气概令敌人震惊,他们看出来了,朱新玉是这几个女兵的主心骨,就把朱新玉从女兵群里拉出来,准备用已经烧红的烙铁烙她。可还没等敌人动手,几位女战士推开锋利的刺刀和枪支冲了上去,扑到朱新玉的跟前,她们每一个人都要替队长去挨那通红的烙铁。在冲过去的同时,身受重伤的女兵们忘记了伤痛,一下子夺过了敌人手中的烙铁向日寇军官打去,女兵们的气势吓跑了这个军官,顿时,审讯室乱成了一团,毒蛇一样的皮鞭又飞舞了起来,可死都不怕,皮鞭子又算什么。

最后,敌人只好无可奈何地把几名女兵又押回了牢房。牢房里,朱新玉心疼地给女兵们擦着那流血的伤口,她鼓励着战友:"同志们,咱们干的对,就应该这样跟敌人斗争,在敌人面前不能示弱。张师长不是说过吗,咱们不是一般人,是共产党员,是英勇的抗联战士。我们要让鬼子知道,我们是不会投降的,鬼子也不会就此罢休的,所以,我们要继续和他们斗争下去!"

就在这天的下午,敌人一看集体审讯不成,开始变化招数,进行单个的审讯。这一次县公署的日伪头头都参加了进来。

伪县长姓郭,他先说了:"张镇华不吃敬酒,可温淑清不是乖乖地替我们办事吗?今天下午对这六个女兵一个一个地审,女人嘛,头发长见识短,给她们一点甜头,或给她们一点厉害,不愁她们不为皇军效劳。"

这个伪县长真是高估了自己的能力,女兵们早已抱定了必死的信念,哪管他什么甜头、苦头。

朱新玉首先被带进了伪县公署的会客厅。虽然她的身上有几处枪伤和刑伤,但还是稳稳地站在地中央,一双明亮的大眼睛愤怒地望着敌人。

郭县长以攻心为上,他用柔和亲近的声调问着:"姑娘,你叫什么名字?"

朱新玉仰着头站在那里,并不理睬他的问话。

郭县长又没趣地伸手指着沙发说:"喂!姑娘,你坐下谈吧!"

朱新玉还是挺直地站在那里没有回答。

这时,一个投靠日伪的山林队队长急了,伸出了马鞭,呼哨一声抽在朱新玉的后背上,声色俱厉地说:"你哑巴了?问你部队在哪里?"

朱新玉瞪了他一眼,冷笑着说:"我们的部队哪里都有。凡是有你们的地方,就有我们的部队在战斗!"

山林队队长抡起鞭子,劈头盖脸地抽了过来。朱新玉的脸上起了一道道血痕,猩红的血从她嘴里流了出来。朱新玉含了一口,猛的吐在了他的脸上。

鬼子浅野坐不住了,站起来抽出战刀,架在朱新玉的脖子上,口里嗥叫着:"你的良心坏了坏了的!死了死了的给!"

面对架在脖子上冒着寒光的钢刀,朱新玉面不改色,依然稳稳地站在那里。对这样的女兵浅野是毫无办法,只好又把战刀拿下来插进刀鞘里,气得他坐在沙发上直喘粗气。

这时,一个伪军中队长从外面拿了一把烧红的烙铁走进来,对着朱新玉威胁道:"你到底说不说,你……"

还没等这个伪军中队长说完,朱新玉机警地一把夺过烙铁,对准这个为虎作伥的汉奸打了过去。正打在他的脑壳上,疼得他嗷嗷直叫。他抽出枪要打,又被伪县长示意叫卫兵给夺了下来。这个伪军中队长气得直跺脚,跑到门外去了。这一来,会客厅全乱了套,朱新玉被卫兵连推带搡地拉走了。

敌人并不死心,把希望又寄托在其他的女兵身上。他们把女战士刘英又带进来。

伪县长从谍报队长崔扒皮嘴里得知,刘英的丈夫是第五军第三师第八团团长费广兆,眼下在宝清县附近活动。上次鬼子出去"讨伐"时,费团长给鬼子设下圈套,一次就打死他们十几个人。

有丈夫的女人或许该贪恋人生吧,浅野看着刘英问道:"你愿意和你丈夫一起过好日子吗?"

刘英平静地回答他:"愿意。"

这是刘英的心里话,哪个女人不想好好地和丈夫过日子。

听了刘英的回答,浅野大喜过望,他连连地说:"很好!很好!你丈夫的他在什么地方?叫他到这边来跟我谈判,我们钱的给!钱的大大地给!房子的给!好房子的给!让你们去过好的日子。"

令浅野没有想到的一幕发生了,只见刘英冷笑着,一步一步地走近这个日本军官,"叭"一口唾沫,吐了他个满脸,而后她冷峻地说:"白日做梦吧,办不到!"

这个小日本自恃手中握有钢刀,想不到会受此大辱,他恼羞成怒狂叫着:"不说的死了的给!打死你的!"

刘英接着冷笑道:"掉脑袋都不怕,我不会说的,你们是认错了人!叫我叛变革命,出卖抗联同志,那是妄想!"

听了刘英的回答,浅野亲自动手挥起了鞭子。顿时,刘英的身上、脸上泛起了道道血痕。鬼子一边抽打刘英一边喊叫着:"你的快快地说,不说死了死了的给!"

刘英忍着剧痛站在那里,好似一尊塑像,她的眼睛里射出的是愤怒的火焰。这个侵略者在这愤怒的火焰中终于无可奈何地瘫在了椅子上,他嘴里还在念叨着:"你的说吧,说了钱的大大地给。"

看着鬼子军官的狼狈相,刘英的脑海里想的是自己的丈夫正在带领抗联战士痛击日本鬼子。想到此,刘英指着鬼子军官的鼻子说:"不用你们张狂,我丈夫和我的同志们正在消灭你们!也一定跟你们算账!"

"费的在哪里?快快地说!"

没等鬼子军官再说下去,刘英用力把鬼子甩开,大声说:"在我的眼睛里,就在你的眼前!"

鬼子军官发疯了,他狂叫着:"挖出来!把她的眼睛挖出来"同时气急败坏地抽出了战刀,连连吼叫:"杀了!杀了!统统地杀了!"

到此时,那个伪县长也只有认输地点了点头。

一个漆黑的深夜,寒风凛冽,大雪苍茫。日本兵和汉奸们偷偷地把朱新玉、刘英、崔顺善、郭英顺等六位女战士拉出县城。在空旷的雪野里,当枪声响起时,那首革命者临刑时必唱的《红旗歌》回荡在天地之间……

六名女兵走了,不知道可有人去为她们收敛,那一年的风太急,那一年的雪太暴。

战争和侵略者,留下了死亡和毁灭,留下了惨痛的记忆,但也留下了英雄,为了正义与和平而献身的英雄。

至于张镇华师长,日本人认为利用他可以搜捕到周保中等抗联主要领导人,所以把他偷偷押送到佳木斯伪三江省特务机关。但特务机关在张镇华口中一无所获,最后认为他赤化时间太长,"匪性"难改,没有利用价值,1940年4月间将他杀害于佳木斯监狱。

1940年6月2日,时任抗联第二路军副总指挥的赵尚志同志,在《东北红星壁报》上写挽联悼念张镇华:

  锅盔山前皎洁雪地透红斑应知将军经鏖战,
  宝石河头凄凉月夜对清流岂料英雄殉节休。

妇女团里面的指导员　李志雄

我宁死在抗日救国领域，宁死于同志指顾周旋相与艰苦共尝中，绝不愿一日苟活于法西斯日贼统治区，更不愿见法西斯日贼之对我同胞已视同殖民地奴隶牛马之残酷悲痛，更不愿自己是女性而不幸有遭受日贼法西斯之凌辱。

这宁死不肯入敌占区的决绝语言，出自于东北抗日联军第五军妇女团第三大队指导员李志雄之口。

李志雄，一个名字听起来很像个男子的女兵，其原名叫李树青，1914年生于吉林省九台县。

这位才女在家乡读完小学之后，考入吉林女子中学校读书，毕业于1931年。在这之前她的生活应是无忧无虑的，因为李志雄有一位开明的父亲，名李抢升，毕业于吉林法政专科学校，是一位正直、善良的爱国知识分子。

良好的家境使在中学读书时期的李志雄性格开朗，思想进步，学习成绩出众。她爱好运动，尤其喜爱篮球，为该校篮球队的队长。当年的志雄头梳双辫，打球时背心上印的是"1"号，同学们都称她"双辫"或"1号"。

1931年日本帝国主义发动了九一八事变，此时段正是李志雄中学毕业将要考大学之时，突发的事件，燃起的战火，将她升学深造的愿望一时打断。

年轻的李志雄在此山河破碎之际，既因自己的停学而憎恨日本侵略者，又为祖国的前途命运所担忧。在东北人民反日浪潮影响下，她曾投身于群众自发的抗日救亡运动中，进行抗日救国宣传活动。

1933年，十九岁的李志雄终于如愿以偿，她离开家乡，考入北平(北京)东北大学预科班读书。

此时，她虽为一女子，但亦立志，要像一只雄鹰一样凌空飞翔。

然而，世事难料，大东北沦陷之地，岂有太平之日。那不测的风云突然就降临在了李家。

1935年下半年，李志雄的父亲李抢升在依兰县地方法院任检察官时被日伪政权以思想不良之罪名逮捕入狱，这时，志雄正在北平东北大学本科读书。她得知父亲被捕入狱这一不幸消息后，立即停学，于1936年初同母亲一起到依兰进行营救。

李志雄同母亲来到依兰之后，到处奔走，多方求人，都无济于事。在营救过程中，有人告诉她们说必须有一笔钱，方能使李抢升获释。志雄为使父亲得救出狱，于同年夏又偕母返归故里，准备向其户族筹款，不料均遭拒绝。经此事，年轻的志雄备尝了世态炎凉，人情冷暖。

更为雪上加霜的是，其母在急难之中竟悲观绝望，最后含恨自缢而亡。万般无奈，李志雄一个人返回依兰，只能对父亲在生活上给予照顾和安慰，以尽女儿最后的孝道。而其父李抢升终因无钱营救，于同年秋死于狱中。

在国难当头、家破人亡的急剧打击，在李志雄的精神上留下了深深的创伤，但她没有就此倒下去，而是坚强地站起来了。她将父母双亡及善后处理诸事写信告诉弟、妹后，毅然走上了抗日救国之路。

李志雄在营救其父亲的过程中，经常会去律师高瀛洲家。高瀛洲也是进步人士，和地下党的同志经常接触。经高瀛洲介绍，李志雄认识了地下县委的领导同志。在她已有强烈爱国热情和进步思想的基础上，经过地下党同志的帮助和启发，她的革命意志更加坚定起来。因而，她在参加依兰抗日救国会的工作时特别积极认真，宣传工作做得尤为突出。1936年冬，由依兰地下党组织介绍，将她派到东北抗日联军第五军工作。

李志雄到抗联第五军之后，开始在第五军妇女团担任宣传工作和文化教育工作，曾任妇女团指导员。1937年随军转战到松花江下游富锦、宝清等地之后，因其文化程度高，且有文才，于同年冬被第二路军总指挥部调到下江联军教导队任政治文化教官,同年加入中国共产党。

第五军的教导队,相当于军政学校,校长是周保中,教育长是季青。学员是第二路军的指战员。第二路军包括第五军、第四军、第七军、第八军、第十军。在这里曾经培训出一大批优秀军政人员,奔赴抗日最前线。

在教导队期间,李志雄写下了著名的抗战歌曲《抗联教导队歌》:

十月双十民国二十有六年,石灰窑前南山里革命之渊源,正式成立教导队,各军精强干,联军正气贯九霄,高于此峰巅。

我们同志共同努力齐心去学习,要作世界伟大事业时代之先驱,俄国列宁一男子,世界谁不知,卫国为民奋勇前进,收复失地。

我们东北父老兄弟共有三千万,日本强盗来蹂躏谁个能心甘,男女老幼齐奋起,誓与敌人战,白山黑水已变色,要奏凯歌还。

这首歌,不久就在全军中传唱。想象着,当操场上站满了训练的战士,齐唱这首歌,会是多么的鼓舞人心。

1938年,李志雄又调到吉东省委第二秘书处担任秘书工作。

李志雄在抗联第五军、第二路军总指挥部和省委秘书处工作期间,她虽为知识女性,但在生活上能吃苦耐劳,在工作中亦任劳任怨。

但家庭的巨变,部队生活的艰苦,使李志雄这位从小生长在城市里,没经过艰苦磨炼的年轻姑娘,从一个篮球健将变成一个身体很弱的人。尽管如此,她的革命立场是坚定的,极能刻苦自勉,从军以来不但深入钻研理论,一心追求无产阶级革命学说和马列主义真理,完成本身分担的工作任务,而且积极参加后方的各项劳动,以至于她从来未做过的粗重劳动,都主动地同大家一起干。

1938年秋,李志雄旧病复发,身体更加虚弱,组织曾指示派人秘密护送她赴佳木斯市就医。李志雄听后表示:"宁死在抗日救国领域,宁死于同志指顾周旋相与艰苦共尝中,绝不愿一日苟活于法西斯日贼统治区,更不愿见法西斯日贼之对我同胞已视同殖民地奴隶牛马之残酷悲痛,更不愿自己是女性而不幸有遭受日贼法西斯之凌辱。"

这不染一尘的品格,如冰之清,如玉之洁,她已抱定了从容赴死的决心,而她这段誓词一般的语言,当可镌刻青史。

第二路军总指挥部根据李志雄的报告,同意了她的要求,并嘱咐富锦第四军后方妥善安排她养病。在其养病期间,1939年春,敌人进攻抗联密营时,她随军撤退,在战斗中左臂又负伤,致使病情进一步恶化,加之当时斗争环境残酷,且缺医少药,其身体状况更是每况愈下。

1939年6月,本应是一个葱郁的夏季,但当第二路军总指挥部派专人赴第四军后方医院,看望伤病人员时,其他人大部分恢复健康,唯李志雄却因病重体弱,又加负伤,终告不治。东北抗联一代才女李志雄竟于同年7月5日逝世,年仅二十五岁。

第二路军总指挥周保中听了李志雄同志逝世的报告后,十分悲痛,特为李志雄烈士写了传略。传中最后写道:"女士之死,失去吾大中华民族解放运动中可造就之女性人才。女士在依兰时曾与现任五军三师政治部主任季青同志结缡,季同志使君有妇,李女士罗敷无夫,因革命而追逐情场,方庆天长地久,同登民族解放胜利之塔,不图玉殒香销,正在日贼猖狂之候,季同志闻耗不知做何感想。"

周保中将军爱才、惜才之情溢于言表,更为李志雄的丈夫失去妻子后的精神状态而担忧,此文读来令人唏嘘。

如今,玉骨久成泉下土,战歌人间几回闻?

让我们记着吧,记着东北抗联曾有位才女叫李志雄,她是妇女团里的一名指导员,她只活了二十五个春秋,她曾经写过一首战歌。

冲出包围圈　徐云卿

徐云卿是东北抗联第五军妇女团里的女兵，后成为一名战地女军医。

1940年，她曾经带领二十多名伤员周旋于敌后，在枪林弹雨中冲出敌人的包围圈，最后终于找到了大部队。

当初，部队领导把这二十多名伤员交给她之时，她感到就像妈妈要出远门，让她在家看着一帮弟弟和妹妹，那身上的担子千斤之重。这二十多人都是伤员，伤势轻重不等，而饥饿、寒冷和敌人如影随形，一点的闪失，就会导致全小队的覆灭。

其实，她自己当时也不过就是一个二十刚出头的姑娘，二十多条生命，二十多人的安危，怎能不让她惶恐。

徐云卿本是第五军妇女团的一名女兵，曾参加过著名的"大盘道伏击战"，1936年参军的她到了1939年已经算是一名老兵了。这三年中，她经历了无数次的战斗，也算得上九死一生，其实当时的东北抗联战士，哪一个都是如此，因为那枪子儿从来就不长眼睛。

1939年秋，她被派往苏联学习野战特训医务，1940年初回国后被派往抗联第二路军第二支队任战地医务兵。

大东北的冬天那不是一般的冷，雪窖冰天，而我们的战士们往往是衣不蔽体，腹中无食。"火烤胸前暖，风吹背后寒"，说的就是野外露营。

行军途中，战士们背着五六十斤的背包，徐云卿比别人还得多背一个药包。

到了驻地,战士们可以休息,徐云卿得从这个火堆跑到另一个火堆,她得随时检查战士们的脚是否冻伤,对于冻伤的战士还要紧急处理,等她把这一切都做完了,往往过了后半夜,在火堆旁翻来覆去反而睡不着了。

这一年的秋天,王效明支队长交给她一项艰巨的任务,队上要把二十多名伤员交给徐云卿。他自己带部队出去活动,打击鬼子,弄过冬的给养。徐云卿心里明白,首长的决定是正确的,只有这样伤员们才能得到很好的休养和治疗,才能尽快地恢复健康,也可不拖累大部队。可要把这个任务接下来,她心里还是胆突突的。自从上队以后,她一直跟着大部队跑,还没单独挑过这么重的担子。王支队长看出了她的心事,就安慰她说:"要勇敢点,大队把杨副官和许长淑几个同志也给你留下。走后,常派人来看你们。等外面的情况好了,伤员同志的伤也好些了,大队就来接你们。你一定要有耐性,有事和同志们商量,注意身体,你是共产党员,不管多困难,也要把这个担子挑到底。"徐云卿点头答应下来。

王效明支队长安排完,就带队从部队驻扎的一个鱼亮子出发了。

一个星期过去了。在这些日子里,伤员们得到安静的休息和治疗,伤口都已消肿,几个重伤号也都很稳定,不痛、不发烧了。

看到伤员们日渐好转,对一名战地医生来说,没有比这更高兴的事情了。伤员们好了一些,大家的心情也都舒畅了,晚上围着火堆,讲着打鬼子的故事,小声地唱着抗日歌曲。

又过了几天,天空突然变得雾气腾腾。晚上,山里的荒火烧红了半边天,这火烧得蹊跷,令人焦虑不安,总像有什么事情要发生似的。

王支队长走的时候嘱咐徐云卿,让她们在这里过冬,还叫他们搭个"羌子",可现在突然来人说别搭了。又过了几天,大队连人也不来了,徐云卿的心里更没底了。

一个阴天的傍晚,徐云卿正和杨副官研究这两天的情况,张喜山小队长带着二十几个战士来了。大家高兴极了,终于又看到大部队的人了。徐云卿起身刚要去做饭,张小队长突然说:"快收拾帐篷吧,我们去找大队。"徐云卿的心里咯噔一下,一问才知道,鬼子已经组织大批兵力,开始规模空前的秋季"大讨伐"。这两天的山火就是日寇放的。他们还扬言,这次要不惜任何代价,把抗日联军一网打尽,斩草除根。在这种情况下,王支队长紧急下令调这支伤员部队一起活动。

同志们拆下了帐篷,收拾起锅碗瓢盆。徐云卿给几个重伤员又重新包扎了一下,就出发了。

到了山里,这支小部队按照大队留下的脚溜子前行。可走到十点多钟,脚溜子突然没有了,大家分头向几个地方找,没找到。一时都非常着急。后来几个人研究一下,决定叫大家就地休息,听动静。半夜,不远的地方传来了人叫马吵的声音,同志们以为是大部队,赶快派人去联络,可到了眼前一看,原来是日寇的"讨伐队"。情况开始更加紧张和复杂了。为了甩开这伙敌人,这支小部队连夜爬过了好几个山头。

第二天,天还没亮,敌人的迫击炮、炸弹就四处乱响,飞机一架跟一架地在天上转。敌情如此紧张,同志们找大部队的心情更加迫切。战士们匆匆地吃了几口炒面就又开始爬山了,爬了一山又一山,直到天黑还是没能找到大部队。晚上,大家爬到山顶一看,山里的敌人比昨天厚多了,敌人的火堆一趟又一趟,把整个山沟都照得明晃晃的。望着敌人的火堆,徐云卿此时像个找不到妈妈的孩子,又着急又难过。她躺在火堆旁,望着天上的星星,心里不住地想:"大队呀,你在哪?"

第三天天一亮,四周安静了,一点动静也没有。从一出发找部队,大家总是以炒面充饥,两三天来连口开水都没喝上,连续的奔跑,伤员们的伤口疼得又厉害了。看看附近没有敌人,几个人算计着找点水做点饭吃,然后再去找部队。徐云卿带两个人爬过了两个山头,在一个山底下,找到了一个暖水泉。但看了看周围的地势容易暴露,就打上水,把部队调到山头去,准备拢火做饭。正在淘米的时候,岗哨忽然发现山那边有大批队伍。仔细一看是敌人,便赶快回去把淘米水倒了,有的同志舍不得,就咕噜咕噜喝了几口,把米装进口袋。然后,这支小部队就撤了下去。

部队刚撤走,敌人就追上来了,等跑出了好几里地,突然看到一个孤树林。这时,敌人还在后面紧追不舍。大家停下来核计一下,决定将计就计,大摇大摆地钻进林子里去了。进去后,马上又从别处钻出来并散开,顺着苇塘,转到敌人背后,支起枪,监视着敌人。

只一会儿工夫,敌人就赶到了这片孤树林,没容分说,就用机关枪、排子枪、小钢炮对着孤树林猛烈射击起来。快到中午时,附近的敌人也来增援了,枪炮声一阵比一阵紧。下午两三点钟,这帮家伙才住了炮火向里搜,可哪里还有部队的影子。

徐云卿带着伤员,整了整行装,又出发去找大部队了。

几天的时间又过去了,还是没有找到部队,"讨伐"的敌人更多了,敌人的飞机一架挨一架地贴着树顶飞。天气也越来越凉,同志们都穿着单衣,有些同志病倒了,指导员还发起了疟疾。

刚入冬的天,连刮风带下雪,大伙实在走不动了,就停下来拢起四五堆火,又从来路放上岗,准备休息了。徐云卿给指导员打过针后,还想给他吃点药,可到处也找不到一口水。后来,徐云卿看着弥漫在大风里的雪花,张开油布,结在树干上接了一些雪,倒进缸子里,又用火把它烧开,算是给指导员吃了药。徐云卿坐在指导员的身边,她看着风雪里的战友和病在身旁的指导员,找不到大部队的痛苦强烈地涌上心头。这时,指导员爬了起来,握紧她的手,用眼睛看着她说:"别灰心,革命就是斗争啊!共产党员的眼前,是没有克服不了的困难的,大伙的眼睛都看着你呢!"听了指导员的话,徐云卿觉得脸上发烧了,她含着眼泪说:"指导员,你放心,我是党员。有党,再重的担子我也能担住。"正在这时,忽然有人在喊:"谁在上面?"话音还没落,就听到机关枪响了起来。病中的指导员爬了起来,命令徐云卿带领伤员们赶快撤退,他自己支起枪就对准敌人来的方向开枪。这时,张队长他们正一边射击一边带队撤退。徐云卿使劲儿把指导员推到前面,她自己却绊倒了。等她爬起来,看见指导员已被同志们拉着走了好远。徐云卿在弹雨里拼命地向自己同志的方向奔,跑着,跑着,她觉得背后好像有人跟着她,只听一个同志喊:"徐同志,快!快!快跑!我掩护你。"徐云卿回头一看,四五个鬼子正朝她奔来,看样子是想捉活的。徐云卿回手打了两枪,鬼子卧倒了。在战友们的掩护下,她终于摆脱了敌人。这时,战士们留在火堆里的手榴弹"叭、叭"地响了起来,好像钢炮似的,敌人不知道是怎么一回事,顿时乱成一团。部队趁机撤出了这个山头。

从这次遇到敌人后,部队决定,以后行军一律在晚上。那样可以钻敌人的火堆空隙,躲开密密层层的敌人。

形势越来越严峻,敌人封锁了全部水源。战士们太渴了,伤员们更需要水,为了一点水,两名健壮的战士要爬好几个山头,冒着生命危险在敌人的眼皮底下弄来一点水,这点水都给了伤员。火柴也不多了,分散在战士们手中的火柴都被收拢了上来,只在点火做饭时用一根。

由于缺水、缺给养,战士们开始浮肿了,可大队还是一点消息都没有。在这种情况下,党小组开会研究,决定先不找大队了,到双鸭山四、五道岗的大屯子活动一下,趁敌人到山里"讨伐"时,后方空虚,拔他几个据点,弄些战利品,然后再找大队。

事实证明,这个决定是正确的,因为首先得解决生存的问题。

大家背着、扶着受伤的战友,在夜间钻过敌人火堆的空隙,爬过重重叠叠的山峰,经过六七天的夜行军,这支小部队来到一个日本武装移民的"开拓团"附近。

在侦察清楚情况后,一天晚上,张喜山小队长带领二十几个战士进村了,徐云卿领着二十多名伤员留下。

这是一个焦急的夜晚,挂念着战友们的安危,这一夜,谁都没有合眼,时间一分一秒地过去,四周没有枪声。

天快亮时,我们的战士背着大包、小口袋回来了,那是一种怎样的激动啊,又有粮食了,又能和敌人周旋了,又有打鬼子的本钱了。

可是,粮食终究是有数的,过了不久,就又断流了,同志们的身上又浮肿起来。山里的鬼子也侦察到了这里有一支小部队,就用大批人马围了过来。

情况是危急的,徐云卿和小部队的战士们决定带着伤员回出发地鱼亮子那里去过冬,等有机会再从那里去找大部队。

事实又一次证明,他们的选择又对了。这支带着二十多名伤员的小部队,绕过敌人的大部队,爬过了许多山岗,过了好几个臭水塘,忍受着艰辛困苦,经过七八天的行军,终于在一个深夜,回到了鱼亮子。

鱼亮子里的老大爷看到战士们回来了,非常亲热,把他们一个个地按到各家的热炕头上。当晚还炖了一大锅鱼,亲自把一碗碗的鱼送到战士们的手上。

为了不暴露目标,这支小部队天还未亮就离开了鱼亮子。他们走出了三四十里,在一片大草塘子里住下了。这草塘子周围是一片刚刚结冻的冰。为了防寒,就找了一些茅柴堆成一大堆,晚上就钻进草堆去睡觉。

天气越来越冷,战士们脚上仅有的胶鞋都露了脚趾头。过了几天,大家买来了几条麻袋,自己动手做起了靰鞡鞋。

生活稍有点安定了,徐云卿算计着给几个身上还带着子弹的同志动手术拿出子弹。她把自己的想法对指导员和队长说了。他们问她:"你有把握吗?"徐云卿的脑海里浮现出同志们痛苦的表情,她又想到自己学过的全部东西,就坚决地回答:"有!"嘴里虽然这样说,但心里还是有些慌,因为她没做过这么大的手术。指导员和队长也看出了她的心里活动,都鼓励她要有信心。

紧接着,徐云卿去找一个身上有子弹的伤员谈话,这个伤员没有说什么,他的心里也在发慌。

就在给伤员做手术的那天,部队借了打鱼的老大爷的一间房子。老大爷见今天是给战士做手术,就把屋子打扫的格外干净。徐云卿给那个战士打好麻药后就开始手术了。当从那个战士的肉里往外夹子弹时,他动了一下,马上又安静了。等给他做完手术,只见这个战士满头的大汗,拳头攥得紧紧的。以后的手术中,每一个伤员都表现得异常顽强,一声不叫,都像铁人一样。在一旁的老乡都被感动得流泪了,拉着伤员们的手说:"好孩子,你们真是硬汉子啊。"就这样,几个手术顺利地做了下来。

这支小部队在敌人的大部队空隙里,钻来钻去,寻找着自己的部队。过了几天,虽然还没打听到大部队的下落,但是隐蔽在草堆里的战士们常常看到敌人的大批人马往回开了。鱼亮子上的大爷说,敌人扑个空,结束了秋季"大讨伐"。

又过了些日子,徐云卿所在的小部队在鱼亮子和大队派来找他们的联络人员接上了关系。

历尽艰险,徐云卿这位二十刚出头的女军医终于完成了组织上交给她的任务,所有的伤员全部完整归队了。

徐云卿,这位东北抗联里面的女军医,新中国成立以后又拿起了笔,一部《英雄的姐妹》,翔实地道出了抗战中她和战友们的英雄事迹及那段血与火的岁月。

胡真一

险为"九女投江" 胡真一

胡真一参军上队就被分配到东北抗联第五军妇女团,团长是王玉环,老师是李淑贞,冷云是她的班长。

当我们回忆"八女投江"时,不能不说这个差一点就成为"九女投江"的女兵胡真一。

胡真一,1920年2月出生于辽宁省丹东凤凰城一农户家庭。她七岁那年,全家来到了林口县后刁翎(现在的刁翎镇)安家。

1932年,日本侵略者占领牡丹江地区。日军满大街找姑娘,只要抓到就往军队驻地里拉,常常是将这些姑娘轮奸后再杀死,有时连尸体都找不到,只有少数姑娘能活着出来,但大多数羞愤难当,选择了自杀身亡。胡真一的表妹,就是喝卤水自杀的。表妹的死让她和妹妹震惊和害怕,只好把头发都剃光了,花一样的小女孩,变成了假小子,可唯有此,才能躲过鬼子兵的凌辱。

鬼子不仅糟蹋妇女,还到处抓壮丁,不少青壮年都被抓走,胡真一的二哥也被捉去修堡垒要塞了。当时村子里就只剩下老人、妇女和孩子,一片凄惨的景象。

二哥被抓走后不久,二嫂就死了,唯一的儿子也送了人。再后来就听逃出来的老乡说,堡垒修完后,二哥和一起修堡垒的几十名同胞都被鬼子活埋杀害了。

好好的一个家,破了、散了……

十六岁的胡真一还曾亲眼看见侵华日军用步枪刺刀挑起一个小孩满街走的情景。目睹日本兵的暴行,她气得浑身哆嗦。从此,她认定了中国人只有坚决抗日,赶走日本侵略者,没有第二条出路可走。

1937年,胡真一十七岁。父母说:"女孩子早晚是人家的人。"她们要给她找婆家了。关键时刻她的老师帮助了她。老师是共产党员,她经常让胡真一去给部队送信,一来二去,队上的人就认识她了,就这样,胡真一很自然地参加了东北抗日联军,成为一名女兵。

刚参军的胡真一还剃着个小子头。有一天,她随部队来到一农庄,正巧赶上一户人家结婚。那时到农户家兴上炕,可她个子小,只好扶了新娘一把才上去。就是这样一个举动,人家把她告到军长那里,说她调戏妇女。直到军长派下来的同志向农户解释说这个假小子其实是个女的后,误会才消除。

参军后的胡真一曾多次和鬼子兵正面交锋,那时,她随身带着两把枪,一把长枪端在手里,一把短枪别在腰间。长枪是在战场上用来打敌人的,短枪是防身的。

部队的条件异常艰苦,天天都在山里打游击,经常靠吃野菜为生,有时甚至接连几天吃不到东西。胡真一生平第一次知道了草根和树皮的滋味。

1938年,胡真一加入了中国共产党,并在一个春暖花开的季节里与抗联第五军军长柴世荣结为伉俪。

虽说是老夫少妻,丈夫大她二十多岁,但知疼知热,夫妻间互敬互爱。

同年秋天,胡真一所在的第五军妇女团奉命随大部队西征,胡真一也接到命令。正当她和冷云等女战士准备出发时,总部临时让她随前线部队行动。谁知和冷云等战友这一别,竟成为永别。

胡真一的亲密战友冷云、安福顺、杨贵珍、胡秀芝、黄桂清、王惠民、郭桂琴、李凤善等八女在乌斯浑河畔,在弹尽援绝之后,毅然投入了冰冷的河水而殉国,如果当时总部没来命令,那胡真一的命运将改写,"八女投江"的悲壮历史也将改为"九女投江"。

1939年初,由于叛徒告密,日本关东军对大兴安岭里的东北抗日联军被服厂进行了"扫荡",胡真一的入党介绍人金枝及其丈夫被敌人残忍地杀害了。当她听到消息赶到被服厂时,只看到一片烧焦的废墟,金枝和她的丈夫被鬼子绑在一起吊在树上,活活用刺刀给刺死了。

胡真一,一位平日里很少流泪的女兵,整整哭了一夜。

那是一种怎样的仇恨和悲痛啊,当朝夕相处的战友,当为她能有一个坚定的信仰而成为她的领路人的金枝,血淋淋地出现在她的面前时,胡真一唯有发誓,发誓必报这血海深仇!

机会终于来了。有一天,部队得到情报,在一个叫黄鼠狼沟的地方,有一百多个鬼子正准备从河东过河去往河西。东北抗联部队埋伏在了河西面的一片芦苇塘里准备打一场伏击战。

日本兵从东岸登上了十艘木船向西岸驶来,当木船行驶到河心时,指挥员大喊一声:"打!"随后就是震耳欲聋的爆炸声,10艘木船被炸翻了,船上的鬼子兵有的直接沉到水里,有的迷迷糊糊地游到了西面岸边,可人还没上岸就被密集的子弹打死了,侵略者的血染红了江水,他们终于也尝到了死亡的滋味。有一个日本兵从河里刚游到岸边,胡真一用步枪瞄准他扣动了扳机,这个日本兵挣扎了几下,又掉进了河里。

其实,死了的日本兵,他们在自己的家乡也许是工人、农民、学生,他们本该收获着自己的庄稼,开动着自己的机器,坐在自己的书桌旁,享受着和平的阳光,是日本的军国主义者把他们变为野兽并送上了一条不归路。

这场战斗胜利后,胡真一手举长枪望天高喊:"金枝,我为你报仇了!"

这复仇的喊声久久回荡在阔野和天空。

1941年,胡真一随东北抗联主力撤到苏联境内,先在海参崴,以后集中到哈巴罗夫斯克,后被编到步兵第四营第七连当战士。

这一年,胡真一生下了第一个孩子。这时的苏联,也处在二战的艰难时期,军人还有黑面包和一定量的肉食保障,兵营周围的苏联老百姓大多在饥饿和艰难中度日。

在教导旅里平时的训练是非常紧张的,除了射击、作战训练外,夏季练游泳,冬季练滑雪,秋季还有跳伞训练。当飞机飞上一千米的高空,教官一声令下,胡真一毫不犹豫就跳出去。

1942年6月,胡真一的丈夫柴世荣军长从中国东北抗日战场回到哈巴罗夫斯克的抗联密营,任苏联工农红军独立步兵第八十八旅第四营营长,8月上旬,苏联远东军防谍部突然将他带走,当时苏联正在搞扩大化的肃反运动,怀疑他是日本特务,后来把他送到远东一处集体农庄进行"转职"劳动改造。

柴世荣军长这一去,就再未归来。

柴世荣,原名柴兆升,九一八事变后奋起抗日,他的战斗足迹遍及黑龙江、吉林两省东部地区,为抗日救国身经百战,历尽艰险,是东北抗联的著名将领。

对于"活不见人死不见尸"的丈夫,胡真一几乎哭断肝肠,多年的寻觅,多年的等待,终化为一场虚空。

妇女团的女兵胡真一,在第二次世界大战中,牺牲的是自己的丈夫。

1947年,冯淑艳(左)、胡真一(右)摄于牡丹江市

第三章 被服厂，女兵的阵营

说起被服厂，那李桂兰要说的话可就多了，因为她曾经是东北抗联第六军被服厂的政治部主任。

东北抗日联军后方被服厂，既是生产军服的地方，又是设在深山老林子里的密营，也是抗联女兵比较集中的地方，可谓是女兵的阵营。

这里的生活虽然艰苦，但是女兵们的精神世界却丰富。1938年以前，她们可以在这里学文化，可以在这里唱抗战歌曲。

1938年以后，日本关东军残酷的"讨伐"和"围剿"，使抗联密营遭到毁灭性的破坏。

李桂兰永远忘不了的是，那山里的风、那山里的雪，那漫山坡的野菜和那木刻楞房前四季流淌的小河。

永远忘不了的是那倒在日寇枪下的战友，忘不了那冒着热气的鲜血和被鲜血染红的白雪……

密营里面有女兵

我曾随东北抗联女兵李敏(李小凤)阿姨踏查过东北抗联第六军被服厂的遗址。从依兰县城出发,过了巴兰河大桥就进入了林区,沿着蜿蜒的林区公路,汽车跑了有一个多小时,正是7月盛夏的季节,公路两边树木葱郁。李敏阿姨说:"这树没有当年密,也没有当年高了。当年也没有这条公路,我和你妈妈从洼大岗出发,走了三天两宿才到了六军的密营。"是啊,当年的原始森林已经被现在的次生林所代替了。李阿姨的话,让我在感叹她们当年行路难时,也在为当时的物资和给养是怎样运进山里而困惑。

东北抗联在游击战争阶段,解决部队四季服装是一个大问题。当时抗联部队解决服装的办法大体有三:一是由地方上抗日救国会、妇女会的妇女们或分散在家制作,或组织临时被服厂到一个指定的隐秘地点集体去做。二是缴获敌人的服装为我所用,三是靠部队服装厂制作。

关于东北抗日联军后方被服厂,文史资料系统地记述较少,这给我们了解当时各军被服厂的情况留下了缺憾。但从幸存的女兵回忆里,还是能够找到各军被服厂的蛛丝马迹。

各抗日联军的服装厂,除了第十军笔者未找到资料和当事人,其他各军都找到一些零星的记录。部队的被服厂也称密营,一般设在大山的深处,可又不能太远,因为要考虑物资、给养的运送。

被服厂的厂房也五花八门,最好的是战士们自己盖的木刻楞厂房,其次就是各种各样的地窨子、地窝棚了。战后从日本人所保留下来的照片看,样式不下十多种。

被服厂里的主力是女战士,但也有少数男同志担任领导或从事裁剪等技术工作。女兵们平时的任务是制作军服,战事紧张时是战斗员,部队战士作战负伤,一般也都转移到后方被服厂,这时女兵们就是护理员。

被服厂的安保工作很严密,有着严格的纪律。几个较大的被服厂都有前哨卡,有战士持枪警戒,另外还设有地枪。山外的人员,除部队领导和交通员是不准和被服厂人员接触的。

对于被服厂女兵们所做的工作,东北抗联的各级领导都极为重视。周保中将军也不止一次地给予肯定和表扬。他在1938年5月22日给下属的一封信中说道:"我们许多负责同志注意不够,首先忽视了妇女革命集体的功绩,一九三四年以来,几万套军服谁做的……"

在1938年6月4日的一封信中又说道:"对于依东后方妇女同志,年年辛苦,我们数年来几万套的军衣都是我们的妇女同志用革命的忠实和辛勤所制造的。"

将军在对被服厂的工作充分肯定的同时也非常关心山里女兵们的生活,1937年7月30日,曾以军部的名义书写一封《第五军军部关于继续努力工作问题给东部派遣队第二师妇女组的信》,随信还给女兵们捎去了治疗妇科疾病的鹿胎膏。

周保中军长在信中写道:

东部派遣队第二师妇女组李志雄同志转全体妇女同志们!

你们很英勇的随东部队远征,受相当的辛苦,到依东以后你们在二师后方又做了些工作成绩,这是值得赞美的。

…… ……

你们现在的斗争是有光明的前途和无穷的荣幸的,你们是中(国)、高(丽)被压迫民族的先进妇女。你们参加解放战争,反对日本强盗军事法西斯蒂,你们有一切决心的表现,你们有了相当的工作成绩。可是革命的成功,还要经过更多的艰苦斗争,希望你们时刻提起精神,加紧努力,又准备有计划的不断工作。

....

　　同志们！希望你们前进！努力！祝你们身体健康，给你们捎去鹿胎膏二两，由组长分给有病者饮用，无病者亦可多少服用。

　　将军的鼓励，将军的关怀令李志雄和女兵们感动不已。

　　说起山里被服厂的生活，据幸存的女兵回忆，1938年之前基本还能有粮食，一般是大楂子和小米，菜和油是没有的。春、夏、秋三季女兵们能出去挖野菜，偶尔有点黄豆，平时很少吃，一般要等领导到山里来检查工作才拿出来，用盐一煮，再放点辣椒，那就是上等的美食了。

　　等到了1938年以后就不行了。山里被服厂大部分被敌人破坏，没有牺牲、侥幸逃出来的女兵也是整天忙于转移，转移的途中，经常是要吃没吃、要喝没喝。在采访东北抗联女兵们时，她们谈得最多的往往不是死亡，而是饥饿和寒冷，那是她们刻骨铭心的记忆，因饥寒而牺牲的士兵有时超过了战斗减员。女兵李敏（李小凤）就曾回忆说："有一次部队又断粮好多天了，胃部饿的缩成了一个小包，人瘦的肠子好像一根根都能摸到。啥吃的都没有了，兜里只剩下几颗咸盐粒，就一会儿摸出来放在舌头上舔舔。"可以说东北抗联里面的女兵几乎都有挨饿的经历。

　　再说东北的酷寒，那有很多的民谣，什么"数九寒天"啊，"三九、四九打骂不走"啊等等，最有名的一句是"腊七腊八冻掉下巴"。那究竟有没有冻掉下巴的呢？有，东北抗联女兵里面就有。第三军被服厂的王正平就曾经冻坏下巴，伤口溃烂难以愈合，最后留下残疾并毁了容；第七军被服厂的申连玉下巴虽然没有冻掉，但是冻掉了脚后跟。

　　1940年的一场战斗中，女兵们埋伏在一个山头上。农历二月，小鬼龇牙的五更天里，战士们身单衣薄，个个冻得直发抖，牙齿发出"嘚、嘚、嘚"的响声。远处的哨兵跑过来说："同志们，忍着点，你们打牙棒骨的声音传老远，敌人听到怎么得了？"听了哨兵的话，女兵们为了不发出声响，一个个张嘴咬着自己的袄袖，大家心里明白，就是冻死也不能暴露目标。

即使是饥寒交迫,生死难料,但只要是能有布料,女兵们还是得忙着做军装。

而更令人感动的是,在如此艰难的对敌斗争中,被服厂的女兵们还在尽其所能按时交着党费,在《东北地区革命历史文件汇集》甲 26 册第 265 页上就有一张《龙江南部第一支队被服厂党费缴纳表》,时间是 1940 年 1 月份至 5 月份,这张表格清晰地标明女兵的姓名和所交金额,其中的金玉坤和洪明淑当时还是候补党员。

如今横亘了八十余年的被服厂遗址尚在,密营里的遗迹也可以考证,但当年在密营里飞针走线的抗联女兵们却已大多作古,还有好多的女兵殉国后尸骨难寻,姓名不详。

龙江南部第一支队被服厂党费缴纳表

龙江南部第一支队被服厂党费缴纳表 一九四〇年一月份至五月份	姓名	党费	特捐	合计	备考
	金玉坤	一角	一元	一元一角	候补党员
	金玉顺	五角	一元	一元五角	
	洪明淑	五角	六角	一元一角	候补党员
	合计	一元一	二元六角	三元七角	

战斗在东满南满　第一军被服厂

东北抗联第一军是建军最早、影响最大的一支部队。军长杨靖宇带领抗联第一军的指战员,在极其艰难困苦的条件下,辗转于林海雪原,依托密营,在高山密林间与日本关东军浴血苦战。

据第一军军史记载:1933年10月下旬,东北人民革命军第一军独立师主力在柳河、金川、濛江、通化、临江等地连续开展游击战斗,不断打击日伪军,开辟了辉发江南十余县的广大游击区。在开辟新游击区的同时,又选择了地处各县交界,山高林密,交通闭塞,日伪统治力量薄弱,便于隐蔽与作战的地区作为抗日游击根据地。当时开辟的抗日游击根据地主要有两块,一处是金川河里抗日游击根据地,另一处是濛江那尔轰抗日游击根据地。河里地区指龙岗山脉中段的哈泥河上游地区,当时大部分属金川县所辖。这里地势复杂,山高林密,为金川与柳河、通化、临江、濛江等县交界处。这块游击根据地以金川河里为中心,包括金川的凉水河子、回头沟、大甸子、哈泥河(以上四地今天皆属柳河)、大荒沟(今为通化县兴华)、临江县的太平、板石沟等地,方圆达百余里,大体于1934年建成。

在这块抗日游击根据地中建有修械所、被服厂和简易医院。修械所和被服厂主要设在水曲柳川、迎门岔、王六沟、西南岔、轱辘屯、会家沟等地。其中水曲柳川被服厂有缝纫机四台,工人七名,负责制作军服和军帽等;迎门岔被服厂则有三台缝纫机和六名工人。

1936年秋,日伪军对抗联第一军进行残酷"大讨伐"。为粉碎敌人的"大讨伐",第一军在丹东宽甸满族自治县北部山区还建立了大黑沟密营、大牛沟密营、大石湖密营、湖盖子密营。这些密营里一般都有女兵做军服。

现在的靖宇县是旧时的濛江,是抗日战争时期有名的红区。这里的第一座密营是那尔轰东大顶子医疗所;第二座密营是那尔轰修械所。等到1938年底,密营发展到六十余座,密营的种类也在以前的医疗所、修械所的基础上又增加了宿营地、粮仓、被服厂、联络点、印刷所等五种。

当时被服厂有小西北岔、双沟子、西北岔、杨木瞎、黄泥大顶子等五处,内有缝纫机一至三台,工人少则二三人,多则六七人不等。她们承担着为部队加工军服的重任。密营的管理形式也不同,如双沟子(在那尔轰南二十华里处)的被服厂,便由居民李玉发、黄美玉夫妻专门负责,坚持数年,始终没有暴露。

等到1939年以后,环境艰苦,原材料奇缺,加工批量渐少,部队出现了穿衣难、换季难的现象。

从1936年至1940年,抗日联军先后在龙泉、景山、那尔轰一带建立了北排子服装厂、缥茸沟服装厂、暖木条子被服厂和那尔轰抗联医院。在被服厂和医院工作的女兵们亲自动手在深山密林里建厂房,或依山挖洞,或用树干搭棚。没有染料,她们扒树皮,煮染料,把一匹匹白布染成黄色和草绿色。

密营里的被服厂也常常被日军的"讨伐队"所破坏,女战士们经常是身挎长枪,背着缝纫机在山沟树林里缝制军装。这些女战士赶制军衣的成绩多次得到抗联各部队领导的嘉奖。

后面的表格是吉林大学出版社出版的《抗联一路军在濛江》一书中,"在濛江牺牲的部分抗日烈士名录"里面的续表四。

这份表格里记录了二名牺牲的女兵:

马菊花(女),被服厂工人,抗联战士。牺牲时间,1937年11月,政治面貌一栏为空格,牺牲地点濛江。

李学实(女),朝鲜族,一军七团炊事员,牺牲时间,1938年1月,政治面貌团员,牺牲地点濛江。

两名女兵的生命,所留下的印记,仅此而已。

我们难以知道,这两位叫马菊花和李学实的女兵,她们长的什么样?多大年纪?是怎么牺牲的,她们可曾有恋人?她们的亲人现在哪里?

在濛江牺牲的部分抗日烈士名录续表四

姓　名	牺牲时所在单位及职务	牺牲时间	政治面貌	牺牲地点及原因
申享九	抗联一军八团一连战士	1937.10		濛江（朝鲜族）
马菊花(女)	被服厂工人，抗联战士	1937.10		濛江
田××	抗联一军八团三连连长	1937.11	党员	濛江
安往兵	抗联一军八团三连司务长	1937.11	党员	濛江
姜道汝	抗联一军八团战士	1937.11		濛江（朝鲜族）
金龙石	抗联一军七团四连战士	1938.1		濛江（朝鲜族）
崔井化	抗联一军七团一连战士	1938.1		濛江（朝鲜族）
金学实(女)	一军七团炊事员	1938.1	团员	濛江（朝鲜族）
许××	一军七团四连指导员	1938.7	党员	濛江（朝鲜族）
金吉田	一军七团二连班长	1938.7		濛江（朝鲜族）
申仁天	一军七团二连战士	1938.7		濛江（朝鲜族）

长白雪,美人松 第二军被服厂

吉林省的长白山风光秀丽,是景色迷人的东北第一山,因其主峰多白色浮石与积雪而得名,山上的美人松,被誉为长白山第一松。

长白雪,洁白纯美一如殉难女兵那不老的容颜;美人松,宁折不弯似女兵不屈的灵魂。

在吉林省博物院内东北抗日联军纪念馆的陈列展上有一部缝纫机机头。这个机头虽然内件已经锈坏,黑漆大部分脱落,但外形完好,从商标上清晰可见的"SINGER"字样,可以知道这是20世纪美国制造的"辛格"牌手摇脚踏两用缝纫机。这个机头是东北抗联第二军陈翰章部遗留下的一件珍贵文物。在当年抗联战士掩埋下来的遗物中,这部缝纫机头是唯一保留完整的物品。

在长达十四年的东北抗日斗争岁月里,抗联第二军第五师师长陈翰章率部在吉林省安图、敦化两县交界的牛心顶子修建了密营,建立了被服厂,用仅有的十八台缝纫机,为抗联战士缝制军装、被褥等。1940年春,牛心顶子遭到日伪军两千余人的包围,第三方面军在牛心顶子的几处密营皆遭敌人破坏,被服厂女战士惨遭杀害,缝纫机及储存的粮食、蔬菜等被敌洗劫一空。

早在1932年至1933年,在延吉县王隅沟、汪清县嘎呀河、珲春县大荒沟与烟筒砬子、汪清县小汪清、延吉县石人沟等地成立了六个苏维埃政府,并在这六个区苏维埃政府下设立了二十余个村苏维埃政府。同时,还于1932年冬至1933年春,相继在延吉县的三道湾、花莲里、苇子沟、南阳村,和龙县的渔浪村、牛腹洞,汪清县的腰营沟、蛤蟆塘、罗子沟等地成立了代行苏维埃政府职能的革命委员会。

1935年后,在原东北人民革命军和抗日游击队基础上建立抗日联军七个军,后扩展为十一个军。抗日联军中女战士逐渐增多,后在绥芬大甸子、车厂子根据地建立了抗联服装厂,十余名女战士被分配在服装厂工作。其中有许顺善、许贞淑、郑风洗、金长淑等人,这些女兵一面跟随部队参加战斗,一面给抗联战士洗衣服、做饭、做服装。她们用仅有的四台手摇式缝纫机,不分昼夜地为抗联战士做衣服。

关于第二军被服厂,南满特委书记、抗联第二军政委魏拯民于1935年12月在向中共代表团的报告中说道:

> 被服厂——即造军用服装及一般用衣服厂现在有四个,每县一个(延吉、安图、汪清、珲春),共有工人(完全是女的)三十六个,都是党团员。组织有支部,能经常开会,工作精神很好。设在深山密林之中,很少人知道。共有机械二十五架,能使用有十八九架,有七八架坏了,还未修理起来。各种各样的服装都会制造(各种军装,各种军帽,各种衣服——如衬衣、便衣、洋装、日本大和服、中国的服装、高丽的服装,都能造,并且造的非常好),每天一个厂子能造一二套军服。我们的军装都是自己制造,我们的军队人员全是军服。间岛一带很多的山林队,做各样衣服都到我的被服厂做,我们不要他们的成衣费,白给他们造,他们很喜欢。
>
> 被服厂的女工人差不多原来是自己练习的,现在我们可以训练成衣工人了,我们还准备供给他们别的部队一些工人。
>
> 机械的来源都是我们夺取敌人的胜利品,军装用的料子都是设法弄来的,我们的被服厂只能拿现成的布匹做,并不能制造布匹。
>
> 被服厂除去做军用服装以外,还给地方群众做很多的衣服。

从魏拯民的这份报告来看,当时的被服厂已初具规模,能够仿造日本军服和朝鲜民族服装,这说明被服厂里的工人已经具有一定的制作技术。

第二军被服厂里面的女战士们既要做服装,同时又担负着医治、掩护和转移伤员的任务。她们活动在东满的延吉、安图、珲春、汪清、金仓、宁安等地区,其中以朝鲜族女兵居多。这是一群怀揣着家仇国恨的女兵,她们有着坚强的革命意志和宁死不屈的殉国之情。她们其中大多数惨死于敌手,现将最具代表性的两位女英烈的事迹记录于此:

崔姬淑,朝鲜族。1909年12月,一个叫高粉的女孩出生在吉林省延吉县细鳞河村一户雇农之家。生活本来就贫苦,小高粉在三岁时其母又不幸病故,她只好倚在父亲的膝下苦度光阴。

时光荏苒,幼年失母的崔姬淑在十七岁时与朝鲜族青年朴元春结婚,婚后夫妻恩爱,并定居在帽儿山下龙岩洞的婆家。没有享受多少母爱的崔姬淑,异常珍惜自己的家庭,她孝敬公婆,勤俭持家。当时,龙岩洞是朝鲜早期共产主义者活动地,在那里崔姬淑与丈夫一起去夜校学习,也是从那里接受了革命思想。她参加进步青年秘密集会,组织成立农民协会、少年会、妇女会等群众团体。并成为妇女会的骨干,经常组织妇女参加各种活动。

1931年,她积极参加"秋收斗争"与"春荒斗争",其丈夫在斗争中被捕入狱,她坚决要求到丈夫原来的岗位上工作。

1931年底,崔姬淑加入中国共产党。历任龙岩洞妇女委员,八道沟抗日根据地互济会妇女委员等职。1932年8月,加入延吉县游击队,成为当地最早的女游击队员之一。

1934年3月,崔姬淑调到东北人民革命军第二军独立师第一团被服厂工作。在极为困难的条件下,为部队加工了大批军装。1936年东北人民革命军第二军被改编为东北抗日联军第二军,崔姬淑所在的部队是第六师,她被任命为师裁缝队队长。当了裁缝队队长以后,她肩上的担子更重了。

1936年以后,日本侵略者加紧了对东满地区的"讨伐",抗日队伍不得不经常跋山涉水进行转移,崔姬淑经常身背数十斤重的缝纫机随部队行动,她们一边为部队缝制军装,一边坚持山林游击战。崔姬淑常常对战友们说:"缝纫机就是手中的枪,是我们的武器。"

身为缝纫队长,每到宿营地,她比别人休息的都少,总是及时地为战士们赶制军装。在她的带领下,被服厂在游击战争中起着特殊作用。部队为了表彰崔姬淑的工作,曾奖励给她一枚金戒指和一块手表。这两样东西后来都被她换成了食盐,用于补充部队的给养。

1941年2月,一个寒冷的早春,崔姬淑随游击小分队转移至延吉县。在一次携带重要情报返回司令部途中,遭遇敌人"漫山讨伐",在战斗中被子弹击中大腿。她为了不连累战友,坚决留下掩护同志们撤退。同志们得救了,崔姬淑却不幸被捕,被押往伪龙井警察署关押。

被捕后的崔姬淑严词拒绝了敌人的劝降。敌人想要口供,遂将她五花大绑,施以严刑拷打。灌辣椒水、用竹针刺指尖,当所有的酷刑都未能使她屈服后,丧心病狂的日本军官竟然指使一个眼科军医用手术刀剜出了崔姬淑的双眼。眼为心之髓,那一刻,该是怎样的痛彻心脾?

可是更大的痛苦还在后面。敌人挖出了她的眼睛以后,崔姬淑满怀仇恨忍痛说道:"你们虽然挖出了我的眼睛,可是我能看到我们胜利的那天。你们失败的那天,我就是高兴的。你们虽然挖出了我的眼睛,但是你们挖不走千千万万革命战士的眼睛。现在,我的眼睛没有了,但是,我看到了革命的胜利!"敌人气坏了,说你们共产党员的心脏到底是什么样的?要挖挖你的心脏看看。崔姬淑就躺在那儿,又被敌人活生生的挖了心脏……

崔姬淑走了,走的惨烈,走的悲壮。她就像那长白山上的美人松,折断在艰苦的抗战中。

崔姬淑的忠骸后被移葬于朝鲜首都平壤市大城山革命烈士陵园。她是中国和朝鲜的双重烈士。她的精神不朽,将世代为中朝两国人民所传颂。

安顺花,朝鲜族,1909年出生于朝鲜咸镜南道瑞川郡一个贫苦的家庭。十五岁时,父亲将她嫁给一贫如洗的李凤珠为妻。1930年,她和丈夫李凤珠背井离乡来到中国吉林省,在珲春县东炮台一大地主家里做佃农。

1930年10月,安顺花和丈夫一起加入共产党领导下的反日会,夫妻俩担负通信联络工作。1931年1月,安顺花加入中国共产党。

1932年4月,李凤珠被调到金区党委工作。敌人加紧了对安顺花家的监视,她毅然带着公婆和两个孩子投奔了游击队。

1934年4月,她率缝纫队跟随东北人民革命军第二军独立师四团,开始了军工生活,转战于珲春、汪清、金仓、宁安之间。有一次,要在两天内赶制几十套军装,而缝纫队只有八名工人,又赶上"大扫荡",只好把缝纫机搬进芦苇荡里。她带领大家泡在一尺多深冰冷的水中作业。她不到一岁半的小儿子正在身边发烧,突然,孩子苏醒过来大声地啼哭,恰巧鬼子在芦苇荡外巡逻。为了缝纫队的安全,她立即用破布把孩子的嘴堵了起来,后被同伴金贞善发现,把破布掏了出来,但可怜的孩子已离开了人世。

在"烟区大捷"的时候,缝纫队一周内要完成五百多套军衣,这时家中捎信说公公病重,二儿子因没有鞋子穿冻伤了脚,可她说:"新入伍的抗联战士等着衣服穿,我怎能回家呢?"结果,任务按期完成了,可在敌人的"大扫荡"中,公婆和二儿子都被敌人杀害了。

缝纫队随主力向原始森林转移之前的当晚,安顺花夫妻见面,从丈夫口中得知了大儿子李柱浩和收养他的大娘也被日寇杀害。

结婚十五年,安顺花经历了四次分娩的痛苦,可两年内四个儿女就都被敌人害死(小女儿是在一次"反讨伐"中死去)。

四个孩子,连续被战争和敌人所杀害,安顺花悲愤的心千疮百孔。可她没有倒下,她知道自己这条命,活着就是为了向敌人讨还血债。

1937年3月26日清晨,天色微明,一支由几十名女军工组成的缝纫队,踏着冰霜出发了。夜幕降临时,她们在黑龙江省宁安县头道沟附近一带的山峦和树林里安营扎寨。

刚刚安顿下来,哨兵就报告敌人来了。她立即组织大家把粮食、布匹、弹药和缝纫工具,埋藏在两米多深的山涧积雪里,然后向山顶撤退。大约晚上九点钟,铺天盖地下起了大雪,行军更加艰难。敌人就要到眼前,万分紧急的时刻,安顺花决定引开敌人,保存缝纫队。她命令大家向山顶撤退,自己则向另一个小山坡的一片丛林跑去。裁剪员金贞善紧跟在她的身边,她俩故意露一点目标诱敌,在一片丛林洼地里向敌人开枪,随后跑向另一片丛林深处,日寇终于向她们追来了。

突然,一颗子弹打中了金贞善,这位勇敢的女兵倒在了血泊中。没有时间去悲伤,只有仇恨的怒火在燃烧,安顺花把战友埋在一棵"美人松"下的小坑里,飘飞的大雪覆盖了她的遗体。

只有安顺花一个人了,她继续和鬼子周旋,可是子弹已打完,她把枪埋进雪地后,直奔东南方的一座岩洞。没跑多远,敌弹打中了她的双腿。来不及包扎,她全力朝前爬行,风在刮,血在流,洁白的雪地上留下了一条长长的血痕。

终于,安顺花在刺骨的雪地上昏了过去。当她清醒过来时,已被敌人带到缝纫队的营棚前。

残忍的敌寇不顾她重伤的双腿,开始了轮番的刑讯,头发被撕扯掉了,上衣被撕扯掉了,安顺花仍不肯屈服,最后刽子手们砍掉了她的双手,将削好的木楔子,一根、两根、三根、四根……直钉向安顺花的胸部和腹部。老天都不忍看这悲惨的一幕,漫天的大雪纷纷扬扬,覆盖了这棵折断的"美人松"。

两天后,战友们来了,惨烈的景象令人无法目视,白雪映衬下的是安顺花玉石一样苍白的脸和极度痛苦中紧紧皱着的双眉,胸腹部四根木楔揭示着侵略者的无边罪恶……

烈士走了,英魂不泯。东北抗联第二军独立师第四团缝纫队队长,年仅二十九岁的安顺花,殉难于抗日战争中。

李桂香　　张熙淑　　张景淑　　刘淑珍

那里叫作糖梨川 第三军被服厂

糖梨川东北抗联第三军被服厂的遗址，现位于黑龙江省伊春市西林区十八公里红星村东南山北坡。糖梨川即是今天的南岔，这是一个美丽的地方，春天梨花胜雪，秋来梨子甘甜。

东北抗联第三军的于保合在其回忆录《风雪松山客》里描述："被服厂设在帽儿山的山上，之所以叫帽儿山，是因为帽儿山远远望去真像是扣在山上的一顶礼帽，被服厂就在帽檐较平坦的地方。"第三军被服厂书记金伯文同志在回访认定抗联遗址时，也明确指认现伊春市西林区铅锌矿十八公里处，就是帽儿山糖梨川抗联第三军被服厂遗址。

东北抗联第三军被服厂建在糖梨川（帽儿山）的主要原因有两点：一是位置偏僻，易守难攻，距汤旺河较近。糖梨川（帽儿山）位于小兴安岭的深处，这里离铁路线有几十里路程，敌人要入山"讨伐"，给养供应不上，人无吃粮，马无草料，难以进军，而我军在深山里进退自如，可转入密林，使敌人无处寻觅。二是群众基础比较好，山里有许多毛皮商、猎人、伐木把头、种大烟者，他们经常被土匪抢劫，甚至命丧黄泉，第三军、第六军部队在这里建立"密营"，土匪不敢来，他们的生计有了保障，加之抗日部队向他们宣传抗日政策，因而得到他们的支持，这对保存抗日联军实力起到积极的作用。

1936年夏，抗联第三军急需冬装，组织上决定将金伯文和姜新玉调到第三军组建被服厂。被服厂的厂址就选在帽儿山的糖梨川。

第三军被服厂的厂长叫陈静山，同志们称她女陈，是个三十来岁的朝鲜族同志,中等身高,精明能干,使用缝纫机十分熟练。而据金伯文回忆:被服厂的组成,除了她们两个外,还有三军的陈大姐、于桂珍、于秀珍、于燕秀、王正平五位同志。后来,又从通河调来了金碧荣、洪明淑、朴景淑、金玉善等同志,总共约有十四五人。当时,由陈大姐担任厂长,金伯文担任党支部书记。等人员到齐后,来到了离三军军部几十里外的深山里。那里有间小房,住着一个姓闫的老乡,人们都叫他闫把头。他常年和另一个年岁比他小的三十几岁的小把头住在这渺无人烟的深山老林里,自己圈一块山地,种些苞米、南瓜、土豆之类的农作物,靠打猎、狩猎为生。女兵们到这里后,用木材搭起了一个简易的房子作为被服厂的工作间。当时部队把弄到的布匹、棉花、粮食藏在了离被服厂二三十里以外的地方。此时正值八九月份,被服厂里的十几个人必须赶在冬季下雪之前,把部队留下来的东西全部运回。若待下了雪,一来搬运起来更加艰难,二来就会在雪地上留下足迹,给敌人引了路,留下隐患。为此,女兵们每天往返一趟,老同志每人一次扛一袋粮或几匹布,新来的小同志就扛不了这么多了。几天下来,同志们的肩膀压肿了,脚上都打起了血泡,可是谁都没叫过一声苦。经过同志们的团结协作和努力,终于在落初雪之前,把这些东西全部扛到了被服厂。有了布匹,厂子里的女兵们就开始了紧张的棉装制作。

其实,第三军的前身珠河游击队最早也有被服厂,时间是1934—1935年。据第三军军史记载,被服厂设在三股流的东山沟、赵货郎沟、乌吉密、娄家窝棚、花砬子等地方,每处有一二台缝纫机,多的有四五台。被服厂工人多是汉族、朝鲜族妇女,专为部队制作军服、帽子和子弹带。

女兵邢德范参军后被分配到东北抗日联军第三军第一师的被服厂。曾任第一师被服厂厂长。

被服厂原有七个人,三男三女,三个男同志是李厂长、谢同志、柴同志。三名女同志一名姓崔,带着一个五个月大的男孩,一名叫张熙淑。

邢德范回忆说,被服厂隐藏在得莫利以南的深山里,四面环山,门前有一条小河,外人不到近前很难发现。

据县志记载,1937年初春,抗联第三军被服厂从糖梨川(现西林区红星村东南)迁到大青山北坡一带,一直坚持到1937年底。

被服厂是个极其保密的地方,只有几位领导同志和交通员知道,部队给被服厂送布匹和粮食也只能送到指定地点,再由被服厂的人自己背回来,两边的人都不许见面,就是被服厂的人出去,回来也不许询问,只能说:"回来啦?"回来的人也不说什么,如果是部队打了胜仗,消灭了多少敌人,回来的人就说了,大家一块高兴。

被服厂的主要任务是给部队做军装,他们的厂长是一位同鬼子打仗负了伤的残疾军人。他非常坚强。解小手时得靠在树上,不然站不住,解大手要坐在一个木头搭的架子上,不然他蹲不下去。就是这样一位残疾军人,对工作却是极端地认真负责,他每天要负责裁剪几十套军装,还要看着那个五个月大的孩子,因为孩子的妈妈是负责蹬机器(缝纫机)的。这里每个人都在紧张地忙碌着。

刚参军不久的邢德范,很快就同战友们一起工作了。她们扒下来黄柏树的树皮,用大盆熬水染白布,染好的布变成了黄色,再做成军服,每天他们只能睡三四个小时的觉,因此,都瘦的不像样子。为什么这么紧张呢?因为下雪前必须把所有的棉军装都要做完,还要趁着下雪天把军装送到密林深处藏好,雪后难隐蔽,而且还会留下痕迹,容易被敌人发现。军服做好后,还要把缝纫机等东西藏好,不能让敌人发现这里是被服厂。其中最主要、最关键的还是要在冬季来临时,保证部队的战士都能有棉衣穿。

邢德范在这里学会了做衣服,张熙淑同志手把手地教她学蹬缝纫机,李厂长一有空还教她裁剪,邢德范很快就成了被服厂的主力。

日寇进山来"扫荡"了,情况万分紧急。为了防止敌人把大家一起捉住,老谢同志扶着李厂长,崔同志背着孩子,邢德范跟着张熙淑,他们分成三伙向三个不同的方向转移,能跑出一个是一个。

那一天,邢德范跟着张熙淑慌不择路地跑了起来,尽管累的咻咻带喘,还是没能跑出敌人的包围圈,就在天快要黑的时候,老谢来找她们了。原来他把崔同志和李厂长掩藏好以后,对这边不放心,又赶了过来。

这时她们跑到一个河边,实在是跑不动了,那河水又深又急,河边长着厚厚的草丛,还有些横七竖八的倒木。怎么办?敌人就快到眼前了。这时,老谢灵机一动,让邢德范和张熙淑下到河里去,用手抓住河边的树枝和杂草把自己藏好。来不及多想,邢德范和张熙淑立刻沿着河边走了一百多米,找到了一个可以抓住的倒木,她俩死死地抓紧树枝,以防被湍急的河水冲走,正巧河边的杂草可以遮住她俩的头部,刚刚藏好敌人就上来了,老谢把踩倒的杂草扶了起来,为了掩护她俩就向相反东边跑去。来到河边的敌人,发现有人向东边跑,就一边开枪,一边追了过去。这时站在河水里的邢德范和张熙淑心都提到了嗓子眼,老谢能摆脱敌人的追捕吗?

天黑了,四周寂静无声,只有河水在哗哗地流动,邢德范和张熙淑想爬上岸来,可两条腿在冷水里泡的时间太长了,费了好大的劲儿,几次都没爬上来。就在这时老谢回头来找她们了,听到老谢低声喊她们,两个人几乎落下了眼泪。原来,老谢同志凭着对地形的熟悉,很快摆脱了敌人,担心她俩,又很快回来找她们。

在老谢的安排下,两名女兵白天住在树洞子里,晚上就爬到树上去,而老谢则去找其他的战友去了。

老谢一去就是三天,白天还可以,到了晚上就难过了。两个年轻的女兵趴在树上,不敢动,不敢合眼睛,树林中不时传出狼嚎、熊叫的瘆人声音,风吹树干咔咔作响,震得她俩一阵一阵地头皮发麻。

第三天,老谢终于回来了,他找到了所有失散的战友,大家都返回了被服厂。尽管被服厂暂时没有被敌人发现,但是这个地方再也不安全了,大家必须转移。

战士们亲手拆毁了共同生活和工作的厂房,大家心里都很不舍。拆毁的被服厂还要伪装成多年无人居住塌了架的房子。

走了好远的路,终于又找到一间遗弃的小房子。

马上就要入冬了,部队用十几匹马驮来大批的布匹和棉花,藏在指定的地点。被服厂的人都躲了起来,因为按规定,怕暴露目标,他们不能同部队的人见面。被服厂的同志每天去取布匹和棉花,取回来的东西,当天必须做完,做完后还要藏起来,等着部队来取。

紧张的棉服制作夜以继日,做棉服不像做单衣那样快,主要是要絮好棉花。

李厂长叮嘱大家："不能浪费一点布,这些布来之不易,有的是买的,有的是缴获敌人的,有些是同志们流血牺牲换来的。"

被服厂里的生活异常艰苦,经常吃的是野菜、蘑菇、草根、树皮。穿的则是打满补丁的衣服,虽然是做了那么多的军服,可被服厂的同志们却是一件也不舍得穿,他们要把衣服留给前方浴血奋战的战友。夏天在大山里风吹日晒、蚊虫叮咬,到了冬天西北风吹得人透心凉,到了晚上,条件允许时,还能点火取暖,要是情况有变不能点火,连口热东西都吃不上,几个凉菜团子揣在怀里,饿的挺不住了,就从怀里掏出来一点点的啃,把牙都啃出血了,嘴唇冻在菜团子上拿不下来,可同志们没有喊苦的,没有怕累的,一个坚定地信仰支撑着他们,那就是,宁可饿死,宁可战死,也不能做亡国奴。

1938年2月,冰天雪地的大东北,寒风在肆虐,日寇又开始新一轮的"大扫荡"。上级命令邢德范和张熙淑到第三军第二师报到,随部队活动。她俩告别了朝夕相处的战友李厂长、崔同志和老谢,谁知这一别竟然是永别,后来邢德范听说,她的战友们为抗击日寇都献出了自己的生命。

三军被服厂女兵传略

陈静山,也称女陈、陈静芝,朝鲜族,生年不详。

1936年5月,陈静山担任第三军被服厂厂长。1937年春调任第三军少年连任指导员。1938年8月,曾在黑龙江省北安市通北境内的南北河后方基地领导李桂香、邢德范、陈玉华、金玉贤等女战士为第三军做军装。

在东北抗联第三军被服厂的建厂历史上,厂长陈静山和战士王正平是资历最早的两个人,随后就是于燕秀。她们三个人可以说是抗联第三军被服厂的创始人。

1939年6月,第六军第一师第三团政治部主任尹子奎(化名李俊峰)、第六军第二师十二团团长耿殿君(化名张山东)、第六军连指导员张恩荣等人来到讷河天字二十号(今讷河友好乡友好村)抗日救国会员赵连贵家,与前期被派到此地的方冰玉(原名姜桂和、姜忠诚,化名李相坤,又名小孔,原下江特委组织部长)接上关系,共同筹建中共讷河地下中心县委。经研究决定,尹子奎去登科村任家粉房(今讷河县二克浅乡富国村三屯),接管方冰玉原来在屯中开的杂货店,以此为职业掩护革命活动。同年8月,经省委同意,批准成立中共讷河县委。尹子奎为县委书记,方冰玉为宣传部长。县委机关设在任家粉坊屯。

1939年11月1日,陈静山来到讷河,与尹子奎接头,为便于工作,陈静山与尹子奎假扮夫妻,后经组织批准正式结婚。后来到讷河县登科村任家粉房(今讷河县二克浅乡富国村三屯),陈静山留在杂货铺任县委的交通员。

1940年初,陈静山被任命为县委妇女部长。她积极组织建立抗日救国会,宣传党的抗日救国主张,开展锄奸活动。并为抗联部队搜集情报,担任向导,采购和捐献物资。9月,抗联部队准备攻打讷河县城,授命陈静山和尹子奎进行前期侦察。18日,抗联部队派人与其联系,两人将侦察到的敌军设备情况绘制成进攻路线图,并建议抗联部队分两路进攻,一路攻打北大营伪满军团部,一路攻城。两路同时出击,出其不意,攻其不备。18日当晚,陈静山和尹子奎亲自带领第六军十二团和讷河人民先锋队的战士,从讷河东门北侧进城,迅速摸进警察署和警察训练所将伪警察全部缴械。随后陈静山又带领部队攻打监狱,利用活捉的伪警务科长麻痹岗哨,并当机立断,迅速带领队伍冲进伪警察分队驻所,将看守缴械,打开狱门,释放三百余名犯人。经过陈静山的宣传教育,这些犯人大多数参加了抗联部队。

1940年11月28日,由于原九支队秘书尚连生的叛变,陈静山与尹子奎被伪北安日本宪兵队逮捕。关于尹子奎和陈静山的被捕,刘晓明先生在《族魂》一书中曾这样描述:

中共讷河县委书记尹子奎与妇女部长陈静山开的小铺门前,突然出现了很久没见的尚连生,不用多说,尹子奎和陈静山便明白了尚连生的目的,因为在对话间,尹子奎已经发现了不远处的可疑身影。尹子奎和陈静山当即被逮捕,被押往北安监狱。

1941年9月11日,尹子奎被伪满洲国齐齐哈尔高等法院判处死刑,立即执行。在走向刑场的时候,妻子陈静山陪伴着丈夫尹子奎。不知道日伪宪警当局出于何种目的,在杀害了尹子奎之后,当场释放了已经身心衰竭的陈静山。

陈静山茫然地走在车流人流中,消失在北安城外。

此后,再也没有人看见过陈静山,抗联组织和中共有关组织寻找她多年,也没有得到她的一丝线索。

历史的节点上总有许多解不开的谜团,陈静山的失踪,应该有多种原因,敌人会轻易放了一名如此重要的共产党员吗?当然不会,陈静山本人也明白在她的身后一定会有一双邪恶的眼睛,准备通过她去捕捉更多的共产党人。陈静山是自己自行了断了呢?还是敌人一无所获,最后痛下杀手,历史没有留下答案。

于燕秀,也称于岩秀。1919年生人,汤原县舒乐河人(今属于依兰县)。于燕秀幼时家贫,父亲早逝,留下燕秀和弟妹各一人随母亲苦度光阴。

1936年东北地区正处于抗日高潮之时,经地方同志动员说抗日部队有学校可以念书,她遂于1936年春末,参加抗联第三军,在帽儿山被服厂当战士。当年十七岁的于燕秀是和准备筹办抗联电讯学校的于保合,一同来到被服厂的。当时的被服厂,只有陈静山、王正平两个人。1937年后,她与王正平、顾月英一同被调往第三军第一师。1938年冬,在刘铁石的带领下去往苏联,被安排到集体农庄。后与第六军抗联战士冯魁武结婚,东北光复后,仍滞留苏联,1954年经国家批准回国定居。

王正平,第三军被服厂女兵。和于燕秀一样,都是穷苦人家的孩子,她俩本来没有名字,在举行珠汤联席会议时,她们俩人担任后勤工作,当抗联领导人得知两名女兵没有自己的名字时,特意为她们取了现在的名字。1937年后,王正平与于燕秀、顾月英一同被调往第三军第一师。在艰苦的抗日斗争中,王正平的下巴冻伤后溃烂,愈合后皮肤凹凸不平。1938年2月,随同抗联部队撤向苏联,并被转送到新疆。与第三军连长姚桂祥结婚,后多年生活在新疆。

李桂香,原名李桂丽艳,鄂伦春族。1914年生人,中共党员。原住在逊克县松树沟北二部落。后因反抗协领对其家人的迫害,在父亲李宝泰的带领下,全家迁居伊春汤旺河流域。1935年又迁居到通河县小古洞沟里。同年11月,赵尚志、李延禄率领抗联第三军、第四军来到小古洞沟,在此建立密营。李桂香全家积极为抗联部队做向导、送信送粮、搜集情报、护理伤病员。1936年初,与父亲李宝泰、兄长李桂夏布在通河一起参加抗联第三军,李桂香后到被服厂当战士。1937年4月,其父亲李宝泰在战斗中,为救助哈东司令李福林光荣牺牲。11月,其兄李桂夏布随第三军第一师在通河县祥顺乡江沿的牛样子泡截击日军军用爬犁时,不幸头部受伤,经抢救无效于当夜牺牲。1938年夏,李桂香同邢德范、柳明玉、金玉贤等人随张光迪率领的第三军第一支队参加西征。8月,到达南北河地区后,在陈静山的领导下为部队做服装。9月,在邢德范领导下,在南北河筹建一个新的被服厂。主要成员有柳明玉、陈玉华和李桂香的丈夫(人称李铁匠)、伤员郭瘸子。不久由于郭瘸子叛变,杀害了李桂香的丈夫李铁匠。

丈夫牺牲后,李桂香哭得死去活来,他们结婚不几天就分开了,这次相见也没有几天,丈夫就永远地离开了她。在艰苦的抗战中,李桂香先后失去了三位亲人。后李桂香随同邢德范等人去往八道林子。11月被分配至朝阳山被服厂工作。1941年,李桂香被派往苏联学习护理工作,分在救护排一班。后与抗联战士金大宏(金永贤)结婚。1945年随金大宏移居朝鲜。

于桂珍,1922年1月20日生于依兰,高小毕业。

于桂珍的父亲名于祯,是位神枪手,因在家里排行老四,人称"于四炮"。1936年的一天,父亲派人到家里,让她的母亲带上全家人赶紧上山去,说是日本子要来抓她们。母亲一听吓坏了,赶紧收拾了几件家人的换洗衣服,带着兄妹几个跟着来人直奔深山。在山脚下她们见到了父亲,这时才知道他已经参加了东北抗日联军。

于桂珍上山后不久参加了东北抗联,成为一名女兵,分配到第三军的被服厂。

被服厂里女兵们的任务十分繁重,不分白天黑夜地赶制军服,除了吃饭、睡觉,睁开眼睛就开始干活,当时才十四岁的于桂珍,不太会做针线活,金伯文同志就让她絮棉花、锁扣眼。后来鬼子来"扫荡",大家就把机器藏了起来,跟随军部一起行动了。

1937年的一天,部队行军到了依兰四块石营地,准备休整几天。赵尚志军长就对她说,"小于同志,蔡近葵师长你认识吧?他人可聪明能干了,还是大学生,写得一手好字,你愿意不愿意和他结婚?"

于桂珍在军部见过蔡近葵,姑娘对他印象不错。所以当赵军长问她时,她也没有扭扭捏捏,也没有什么考虑考虑的推脱之词,直接就回答了:"愿意!"

春末夏初的一天,野梨花正在开放,由赵尚志军长做媒人,于桂珍和蔡近葵、张寿篯(李兆麟)和金伯文在同一天举行了婚礼,那一年于桂珍十六岁,是一个情窦初开的年纪。

婚后,于桂珍就跟着丈夫蔡近葵指挥的第一师行动了。她被分在了少年班,一匹老马成了她的坐骑,领导还发给她一把小撸子(手枪)。

东北抗联的处境是越来越艰苦。日伪军的"围剿"和"讨伐"不断。敌人武器精良,有机枪、大炮、汽车,还能调来飞机侦察我军的行踪。由于我们和敌人在人员数量上、武器装备上优劣悬殊太大,指挥员决定,部队不和强敌硬拼,而是利用熟悉深山密林的优势和敌人周旋,寻找时机利用有利地形设伏歼击敌人。

在一次战斗中,于桂珍这个连鸡都不敢杀的女人用小撸子打倒了一个鬼子。事后她很害怕:我杀人了!

是啊,作为善良的女性,又有几个敢杀人呢?可你不杀他,他必杀你,不是他死就是你亡啊!

1938年1月,又是一个酷寒的冬季,抗联领导赵尚志过界去苏联求援,约定一个月后回来。时任第六军军长的戴鸿宾和师长蔡近葵率领第三军第一师和第六军部分指战员共有500多骑兵,于2月的一天,到黑龙江边攻打萝北县城,准备以胜利的军事行动迎接赵尚志回国。没想到这场战斗失利,之后部队退出县城,鬼子的援兵坐着汽车在后面紧着追赶。于桂珍只见身边不断有战士中弹栽下马去。她的老马跑不动了,渐渐落在了后面。这时,师军需官骑马跑到她的身边给了她一条马鞭:"小于同志,打马快跑!"她使劲抽打着那匹老马总算跟上了部队,没有被鬼子抓住。

部队退到黑龙江边,已无路可退,又有不少伤员,戴鸿宾和蔡近葵等研究决定过江,先安置伤员,就这样进入了苏联。

由于事先和苏方没有任何联系,苏联对这支部队都是按非法越境者处理的。

到了苏联,戴鸿宾去伯力找赵尚志,蔡近葵和于桂珍也分开了。当时于桂珍正生病发高烧,再加上想家,害怕回不了东北再也见不到父母、家人,就天天哭闹不吃饭,病情越发严重,后被送到医院治疗,将近一个月才略见好转。

一天,于桂珍和基本痊愈的伤病员都被送到了火车站,这时,于桂珍终于见到了丈夫蔡近葵。

火车很快就开动了,可这批指战员们此时并不清楚,这趟远行,他们都将被彻底改变命运。

急速行驶的火车经西伯利亚铁路线到了阿亚古斯站,又坐汽车行程三百多公里到了中国新疆巴克图口岸,来到了离家乡几千里以外的天山脚下。到了迪化(今乌鲁木齐市)后,时任新疆督办盛世才派军队把这支东北抗联部队控制起来。

三个月后,盛世才宣布:现在决定把你们留在新疆工作,等候副官处分配吧!蔡近葵、徐文彬等四人被分到财政厅。到财政厅后,蔡近葵被分到和田税务局任副局长,后又调往乌什、沙雅、木垒、奇台等地任税务局副局长、局长等职。于桂珍这位东北抗联女兵也只能随丈夫搬来搬去,一直在家没有工作。

1949年9月26日,蔡近葵随新疆政府文职官员起义。新中国成立后,他在勘测大队、地质队、水电队、兵团设计院子校、农三师四十八团机务连等单位当会计。

有过这样一段经历,蔡近葵在"文革"中自然受到了冲击。1973年初冬的一天,突发心肌梗死离别人世,时年58岁。

于桂珍于1951年重新参加工作,一直都在丈夫工作的单位托儿所里做保育员。

丈夫离世后,于桂珍于1977年退休后迁居到乌鲁木齐。

说到自己的家人,说到故乡东北,于桂珍无限伤感。1937年在跟随东北抗日联军第三军第一师活动时也曾见到过父亲,还讲了一会儿话。父亲说他一直在抗联部队里边打鬼子,没有去看过她母亲和兄妹,对家里的情况一点也不清楚。那次见面是于桂珍进山后和父亲见的第一面,也是最后一面。1949年后,于桂珍托人去汤原县寻找过家人,没有找到。后来才知道,她的父亲已于1939年1月在跟日本鬼子的一次作战中,牺牲在方正县大罗勒密,时任东北抗联第九军副官长。至于母亲和兄妹更是没有一点消息。

戈壁滩风沙年年,胡杨林绿了又黄。2015年2月26日,东北抗联女兵于桂珍带着对故乡的深切怀念在乌鲁木齐去世,享年93岁。

洪明淑,生年不详,朝鲜族。东北抗联第三军第一师政治部主任周庶泛的爱人。1936年9月从通河调往抗联第三军被服厂工作。1940年3月,洪明淑同周庶泛、北满临时省委书记张兰生、第三军军需队长车永焕、警卫员任永林、王某一同奉命从安邦河上游密营去往老金沟。在途经铁力北十多公里的依吉密河畔,北关至五花间时,由于任永林为其兄报仇心切(其兄为原第三军第一师副师长任永富,因阴谋叛乱被周庶泛公审后予以处决),和贪财的王某一拍即合,两人遂利用行军宿营之机,于3日凌晨,将其他五个人的枪支偷走,并趁众人熟睡之际,先将周庶泛开枪打死。洪明淑、张兰生在军需部长车永焕的奋力掩护下,得以脱险。但车永焕却不幸遇难。洪明淑随后到锅盔顶密营前哨洞背面的被服厂工作。1940年12月24日,在第三军朴处长的带领下,洪明淑与李中玉等三名朝鲜族女战士返回部队,在归队途中与进山"讨伐"的日军遭遇,在战斗中被冲散。朴处长单身一人返回被服厂,洪明淑等人后情不详。

张熙淑,又名张喜淑,1920年生人,朝鲜族,中共党员。1936年8月参加东北抗联第三军,任妇女班长。1936年秋,在抗联第三军被服厂工作。1938年2月与邢德范调往第三军第二师,3月远征到糖梨川(今伊春市南岔区)。并临时在原第三军被服厂原址工作,为西征部队做军服。1938年6月,在许亨植的领导下,张熙淑同邢德范参加西征。8月到达南北河地区,在陈静山的领导下,继续为抗联部队临时做军服。1941年,被编入抗联第三路军第九支队,因病无工作能力而随队行动。同年11月去苏联。1942年1月8日,因病被送到养老院。

1945年8月15日,东北光复后回到朝鲜。在长期的抗日斗争中,恶劣的自然环境和物质条件使得张熙淑身患多种疾病,半身瘫痪,但她始终固守革命信念、身残志坚,矢志不渝。回到朝鲜后曾担任要职。

金玉善,朝鲜族,1920年生人。1936年9月参加抗联第三军被服厂,1938年6月奉命西征庆安,9月参加了攻打铁力"讨伐"队的战斗,取得胜利。1939年在海伦工作,不久来到第九支队、第十二支队设在锅盔顶密营附近的被服厂工作。1940年3月18日,经李中玉、陈树勋、张淑珍介绍,加入中国共产党。同年5月,同第十二支队指导员吴世英结婚。

1940年12月28日,被服厂遭到日军"讨伐队"破坏,金玉善与李英根、王陈氏、李凤华等人被俘,先被关押在南岔监狱,1941年2月2日被转送到佳木斯监狱,在狱中始终坚贞不屈,被判处无期徒刑。不久在监狱中生下女儿,因产后虚弱患重病,看守认为快要死亡,就把她和女儿扔出监狱,得到好心人杨得华救助得以生还,回到通河,后又搬到佳木斯、集贤等地,1986年6月30日病故于集贤县兴安公社鲜兴大队。

金碧荣,生年不详,朝鲜族。系中共北满团省委书记黄成植爱人,爱说爱唱。家住通河县山里。大家称她为"小金儿"。1936年9月从通河调到汤梨川三军被服厂。1938年9月28日(农历八月五日),金碧荣被调到第六军第一师。1938年11月23日,在张家窑战斗中与另外三名女战士被俘,后下落不详。

刘淑珍,生于1923年2月8日,依兰县德裕镇舒乐村北白家屯人。她三岁丧母,幼时没有大名,随父兄、叔父一起过着衣不蔽体、食不果腹的生活。1931年跟随家人搬到了松花江南阿木达屯(涌泉乡)。当时,抗日地下工作者在周围活动十分频繁。当地成了抗日的红地盘,成立了很多抗日救国组织。她一家也成了抗日的堡垒户。父亲是抗联地下交通员。1935年春,其兄刘殿奎跟随三军一个队副张喜山(原来是山林队海红队队头),上山参加了抗联第三军。

1936年春,十三岁的刘淑珍在父亲的指引下也参加了抗日队伍,被留在了三军稽查处当战士,十三岁其实还是个孩子。她有时给司令部送信、站岗放哨,有时候就去挖野菜、扒树皮,有时也为执行任务的同志送饭、送子弹,有时还侍候伤病员。1936年夏天,张寿篯去山里四块石三军司令部,路过稽查处时,给她取了刘淑珍这个名字。

这一年的11月10日,为了给抗日部队搞粮食,刘淑珍的哥哥刘殿奎、父亲刘武、伯父刘文、叔叔刘宝,还有乡亲白老六因汉奸告密全部被日本人捕获,押到舒乐河日本守备队,五个人在重刑之下,始终不吐真情。日本人就把他们五个人装进麻袋里,扔到松花江里淹死了。日寇残害了刘淑珍的父兄叔叔大伯四位亲人和白老六以后,第二天又重来白家屯,一把火烧了整个村庄。全屯十八九户人家的房屋、仓房和衣物财产全部化为灰烬,幸存下来的一百多口人,也多流离失所,无家可归。这就是松花江西岸远近皆知的火烧白家屯事件。

惨案发生时,刘淑珍正在山上,她在心里下定决心一定要把鬼子赶出中国去,为亲人报仇。在抗联部队的日子里,刘淑珍跟着队伍转战在深山老林,经历千难万险,吃尽千辛万苦,但始终坚定信心,毫不退缩。这时刘淑珍已经由三军稽查处调到第三军被服厂。

到了1937年末,被服厂解散了。刘淑珍又回到稽查处。回去不久,经葛文奎副官介绍,刘淑珍和战士关发结了婚,婚后不几天,丈夫关发就在一次战斗中牺牲了,那一年刘淑珍刚过十五岁。新婚宴尔,丈夫的离去,在刘淑珍的心中留下了深深的创伤。

1938年春,部队向苏联转移,刘淑珍和其他一百五十多名同志留下来,她们的领导是葛文奎副官,还有一个周队长,一个吴主任。由于日本鬼子不断"讨伐"、同志们不得不继续向深山转移。一天夜里,"讨伐队"追了上来,拼死的搏斗中总算逃出了敌人的包围。但是葛文奎的两个儿子和几名战士牺牲了。还有四五人被俘。有一些人看到这种形势就思想低沉,当时的情况是缺吃少穿,子弹不足,敌人"讨伐"频繁。领导根据这种形势研究后决定化整为零,分散行动。暂时隐蔽起来,等待时机。周队长、吴主任还有一些人都走了。刘淑珍因亲人都被日本人杀害,无亲可投,就和葛副官等四十多人留在北山里,和日本人周旋了一年多。葛副官几次派人下山弄粮食,都是一去不复返,不是被敌人抓住,就是中途牺牲了。

1940年农历四月间,葛文奎副官派刘淑珍和她的公婆三人下山,到依兰县城里买粮买鞋。路上走了两天,顺利地到了依兰江北迎兰镇。迎兰镇有伪警察署,有伪自卫团,她们不敢进,就绕道西行,到了小庙街的江边老于家,也叫点灯房子(点航标灯人住的房子)。老于家的户主叫于占海,他家有妻子和一个十三岁的儿子,都是抗日的支持者。当把情况说明后,这一家人都表示愿意帮忙。于是刘淑珍与公婆三人和于家三口人每天过一趟江,买够所需的粮食就背回来,一连跑了五六天,共买五百多斤小米,雇了迎兰镇的王喜山、赵文奎、曹太来三人一台车,把粮食送到了烟筒山,交给了葛副官。买完了粮食还要买鞋,粮食送走后的第二天,刘淑珍等六个人又过江到城里买鞋。

农历四月,正是即将开江解冻之时,冰层上已经开始淌沿流水。头几天,大家来回走就十分小心,可是这次,当刘淑珍走到江心,一块冰层踩漏了,一下就掉进江里。公婆过来救她,也掉进去了。于占海和他儿子也过来救人,结果六个人都掉了进去。危急时刻,过来一个姓赵的打柴人,他们用木杆子把刘淑珍和于占海夫妇救了上来,可刘淑珍的公婆和于占海的儿子却被无情的江水吞没。

过横江,一下淹死三个人。这消息很快轰动了迎兰镇,伪警察署和伪自卫团的人也闻讯赶到点灯房子老于家。于占海老婆,在哭诉儿子时,忘了情,暴露了刘淑珍的身份。伪警察追问她的来历,并索取良民证。刘淑珍哪有什么良民证,就被带到伪警察署,一连审了半个多月,他们用牛鞭抽她,还用军刀背把她的头砍了一道很深的沟,现在还留有伤疤。刘淑珍当时晕了过去。醒来后还是什么也不说。伪警察只好把她押在监狱里,隔几天过一次堂,最后由迎兰镇一个和抗联有关系的于老六,托人花钱,把她从迎兰镇监狱里营救出来。

于老六叫于占祥,他过去和抗联常联系,听说刘淑珍是抗联的,就找了迎兰镇有名望的人钱甲长钱子厚,横江摆渡的陈舵工,三人出头,花一些钱保释她"听审不误"。刘淑珍出狱后在于家住了半个多月,这时候,她通过于占祥向山里联系过好几次,但都没有得到回音。不几天又被竹帘镇伪警察署传了去,三天一过堂,两天一审讯。每次都要遭到一次毒打,但是敌人始终没有从她嘴里得到什么东西。在这二十几天里,迎兰镇的于占祥、钱甲长、陈舵工等人又来到竹帘镇伪警察署,花了一些大烟土,再次把刘淑珍保了出来。条件仍旧是"听审不误",此后每年都要向当地伪警察署交几张照片,出门办事接触外人都要受到伪警察的监视。就这样挨到了"八一五"光复。

刘淑珍老人现住在依兰县迎兰乡,92岁,享受抗联战士待遇。

姜新玉,朝鲜族,第三军被服厂女兵。从东满随同第五军第四团远征北满,1936年8月,与金伯文一同被调往东北抗联第三军被服厂。

金玉碧,朝鲜族,家住通河县。1936年9月从通河被调到糖梨川三军被服厂。

朴景淑,朝鲜族,家住通河县。1936年9月从通河被调到糖梨川三军被服厂。

张玉杰

舍弃孩子的母亲　第四军被服厂

据《方正县志》记载：东北抗联第四军于1935年进入大罗勒密地区。第四军军部及卫生队在军长李延禄率领下，从第四军第三团的密营——勃利县青龙沟经依兰到达方正县东部地区陈家亮子。第四军在陈家亮子一带建立军部密营和被服厂，并在陈家亮子周围建设起游击根据地。

马彦文先生在《东北抗日联军名录》一书中记录，女兵张玉杰，1934年参加东北抗日同盟军第四军，曾任被服厂厂长。1937年调东北抗联第七军妇女队当队长，并加入中国共产党。

"八女投江"里的安福顺烈士也在抗联第四军被服厂工作过，也曾担任过被服厂厂长。

东北抗联第四军被服厂里，还有一位女兵，在缝纫机与亲生儿子之间必须做出选择的时候，她选择了缝纫机，为此她永远地失去了她那八岁的儿子。这是一个催人泪下、感人至深的故事。东北抗联第四军军长李延禄曾在《过去的年代》一书中用满怀悲情之笔触，做以翔实的描述，李军长写道：

密山被服厂只有四台缝纫机，都由朝鲜族的抗日军官家属负责。她们是生产能手，又是运输者，行军都亲自背缝纫机。内中有大朴，除了背着缝纫机，还携带着一个八岁的男孩子。在我们奔赴勃利青龙沟，路过茄子河时，大朴落在后面了。在行军途中，我曾嘱咐她，如果在紧急情况发生时，可以把缝纫机隐蔽起来，以后再找。但她由于关心和爱护部队的抗日战士的寒暖及健康，坚决要背到目的地。不料，当她抵达茄子河，追击的敌寇已距离不远。因为水流急，她怕有闪失，就留下孩子在河岸上等她回来接；她想，先送缝纫机，再空手回来接孩子。不想，她刚刚到对岸，搁下缝纫机，敌寇的先头追击部队就上来了。那孩子一看，情势不好，就自己下水渡河。这个坚强的朝鲜族抗日妇女，一面高呼着："不要怕，慢慢走！"一面急步在水里跑着迎接。还没有到达河岸，敌寇已经向她们母子开枪。结果，她们母子两人还差五六步的距离，那个孩子已经中弹倒下去了。在那一瞬间，她完全不自主地看了看对岸的敌人，看见了一个有络腮胡子的日本士官正在向她瞄准，看到一个有一双蛇眼样的日本兵，手持步枪在狞笑；就在这一瞬间，她发现孩子的尸体已给激流迅捷地冲走了。她这才急步跑着追赶，自己也不知道还追赶什么。这时，那暴雨般的子弹在水里所激起的浪花，无情地搅乱着那漂在水面上的一道血迹。这时候，大朴已忘记了岸边上有人在向她瞄准射击，在水流中昂然站住，回头怒目注视岸上的鬼子。那些在岸边呼叫射击她的日本鬼子，在大朴昂然挺立的英雄面前，吓得发呆了，一时竟忘记了射击。

这时，大朴不知道为什么，断定有一双蛇眼的鬼子士兵，就是杀害她孩子的凶手；等她认清了这个凶手的面目，就转身奔回河岸这边来。隔河而望的那些日寇尖兵又嚎叫着向她射击，但她这时已经背着缝纫机，迅捷地进入榛树林子里去了。

那条飘着孩子一丝血迹的河流，那个有着络腮胡子的日本士官，那个有着一双蛇眼样的日本兵就这样永远定格在李军长的回忆录里。

我们设想，当时如果能用大朴的性命去换她儿子的性命，她一定不会有丝毫的犹豫，当养到八岁的孩子顷刻间毙命于自己的眼前，母亲的心会碎成多少片？

这以后，李军长又领兵打仗去了，谁也不知道大朴的消息。对于以后大朴的再次出现，李军长写道：

我们久已听不到大朴的消息。想不到有一天,她却用头顶着她所精心保护的那架缝纫机,走进军部所在地陈家亮子来了。她身穿黄短褂,黑长裙,胸前垂着两条红飘带,打扮得完全像一个走亲戚的朝鲜族妇女一样。

原来,她在窜进茄子河榛木林子之后,又暗暗埋藏了缝纫机,而自己则作为过路人溜进附近的朝鲜族屯子去。以后又和屯子里的反日会小组取得联系,这才在屯子里隐蔽起来。直到敌寇的追击部队撤走,她才从榛木林子里找回缝纫机,化装为一般的朝鲜族富裕农民,大模大样地通过敌占区的大小村镇,终于赶到方正沟里,在陈家亮子和我们会面了。

对于这位叫作大朴的朝鲜族女战士,将军在感动之余,不吝赞美之词,书中说道:

世界上还有什么可以与这种布尔什维克的伟大的坚毅的精神相比的吗?她失掉了自己的孩子,却为我们党保存了这架珍贵的缝纫机。她是多么纯洁和崇高,纯洁得像自然界的蓝色的晴空,崇高得又像披着积雪的山峰。

晴空的蓝,蓝的没有尽头,雪山的白,白的没有一丝的杂质,这就是我们的女兵啊,为国家、为民族,她舍弃了这世上最难舍弃的孩子。她的心啊,美过蓝天,胜过白雪。

而后,由于大朴的胜利归来,第四军又在南山干饭锅建设了秘密的被服厂,缝纫机由一架扩展为十二架。

大朴,这位只有姓,没有留下名的女兵,为抗战她牺牲的是孩子。

另据东北抗联第四军女兵王秀清回忆,她曾经在第四军被服厂蹬机器做军衣。她大嫂刘玉芬钉纽扣、锁扣眼、絮棉花等。当时的厂长是李德俊(朝鲜人),技术员是厂长的爱人,叫大朴。王秀清在厂里一干就是三年多,当时还有刘大姐、车姐。后来敌人进山"围剿",被服厂被迫停产,大机器都藏了起来,一台手摇缝纫机由大朴领着孩子,头顶着机器转移了。

由此看来,王秀清说的大朴和李延禄军长所写的大朴极有可能是同一人。

王玉环

战士们的感谢信　第五军被服厂

东北抗联第五军被服厂,1936年以前在以宁安为中心的老游击区活动时就有,1936年转移到中东铁路以北在三道通、四道河子等地,1938年以后以宝清为中心的兰棒山区游击根据地的密营里也有被服厂。厂内有较健全的组织机构,有负责验收和检查质量的,有负责打包的。有的厂子有三十多台缝纫机,如依兰喀上喀沟里的被服厂就是规模较大的厂子。

陈玉华、胡真一、徐云卿、王玉环等女兵们都曾经在东北抗联第五军被服厂工作过。

周保中将军在对陈玉华烈士的悼念文章中曾记述:

一九三七年至一九三八年秋,在依方牡丹江五军司令部后方被服厂担任服装制作。全厂妇女数十名,其缝纫技术、敏捷迅速、制品优良,无出其右。工作紧张,恒日夜不辍,从无疲惫,故常被选任工作班长。

将军在日记中不仅记述了陈玉华烈士和女兵们精湛的缝纫技术,同时还记述了后方被服厂当时所在地及其年代。这篇日记不只是悼念陈玉华烈士,更为我们研究东北抗联的后方密营和被服厂,留下了极其珍贵的历史资料。

"八女投江"里的杨贵珍也曾先后在三道通、莲花泡江西、小锅盔山和四道河子沟里的密营被服厂、医院工作过。

徐云卿在其《英雄的姐妹》一书中对密营中的被服厂曾有较详细的记述。

徐云卿同志参军之初,曾跟随妇女团的同志在老根据地安宁向三道通一带活动,妇女团当时住在穆棱萝卜窖沟。跟着军部的妇女团战士只有十几名,其余大部分分散在连队中。在这十几名女战士中,除了队长王玉环外全是从第二军过来的朝鲜族女同志,她们身背着大枪,脑袋上顶着手摇缝纫机;白天,到山里去给战士们做衣服,晚上就住在老乡家,学政治,学文化。

一个春暖花开的季节,女兵们拉锯、放木盖起了一座简易被服厂。

王玉环队长和被服厂王厂长按军部的指示,给女兵们开了一个会,会上要求,三人为一组,使一台缝纫机。会开完,大伙就忙活开了。没轮上用机器的同志,就把过去做好的衣服抱到山坡上去锁扣眼。不几天,被服厂原有的布料就做完了,新布还没来,女兵们把做好的衣服背到卡子房。

过了几天,布匹从山外送来了。没有军用布,全是些白布、蓝布,还有些趟子绒,得女兵们自己染。说起染布那是妇女团片莲花和一些朝鲜女战士的拿手活。在片莲花的指导下,女兵们上山采柞树皮、桦树皮、榆树皮,把这些树皮的老皮扒掉,用嫩皮来做染料。染料采得差不多时,片莲花就带着徐云卿和杨贵珍等女兵开始染布了。她们在门口支起几口大锅,烧上水,把柞树皮、小灰放进去。片莲花教给她们怎样能染成黄色,怎样能染成草绿色和浅黄色。等把布煮完了,就到暖水泉里去摆。摆完后,把布晒在山坡上,远远近近,全是漂漂亮亮的布匹。

布匹染好,大家又开始做衣服。片莲花和陈玉华都是妇女团最巧的裁缝,她们能按照号码的大小,一下子裁出十来件。一天下来,她们的手都磨出了血泡,可她俩谁都不肯下"火线",用布角包上出血的手,还是照常干。使机器的人更是分秒不停,头都不肯抬,没轮到使机器的人就站在一旁给她们帮忙,抱着衣服到山坡去锁"扣眼"、钉"扣子"。到吃饭时,不会使机器的女兵便组织起来,趁空跑到机器上去学。王厂长不让跑空趟,大家就在布角堆里找碎步做袜套、扎衬领。一晌午能做好几十个。杨贵珍说:"咱们把扎好的袜套、衬领写上'抗日救国,勇敢杀敌',装进做完的衣服兜里。衣服运出去,谁摊上算谁的。"她这一说,女兵们就把最先扎完的袜套、衬领装进小号衣服里。运出去不几天,中午

大家吃饭时,王厂长说:"同志们,告诉你们一个好消息。"女兵们端着碗围过去,王厂长把手里拿着的信,念给大家听,信上说:

妇女团的同志们、姐姐们:

从你们进密营工作后,我们非常想念你们,大伙天天都盼着你们早点完成任务,出来和我们一起工作。

昨天我们穿上你们做的新军装,高兴极了。同志们都说:你看,多威风,再去打鬼子,光凭这衣裳就能缴伪军的械。更使我们高兴的是,还有不少同志从兜里摸出了袜套、衬领。摸着的同志跳了起来,可没摸到的同志有点不高兴,有的还嘬嘴了呢。姐姐们,要是有功夫,给我们一人做一个吧,我们都喜欢那些东西呀!

下边署名"青年义勇军全体同志。"女兵们听完信,有说不出的高兴。

关于第五军被服厂的工作,周保中将军曾经下过紧急命令,他在1937年2月6日给李春山、陶代政委的信中指示:

2. 第一师关主任带北征队已到着,完全乘马。第一师师部、一团三连、二团一、三两连,衣服破滥,亟待补充。

3. 现派第一教导队带一分队前往刁翎,专为领取水袜子,并由四团团部完全负责立刻开设裁缝所,就现有的白布连夜赶做单军衣、裤七十套,由第一教导队带回,由二月七号起限二月十二日以前送到四道河子。

从这封信中我们可以看到,将军的命令下得很死,前后五天,时间紧、任务急,女兵们的辛苦可想而知。

其实被服厂还具有流动性,各军之间也互相支援。第五军被服厂的女兵们就曾经为第四军留守处的指战员做过军装。

那是在1938年东北抗联第四军西征后,当时一个连的兵力留下设为留守处,留守处的主任为彭施鲁。彭施鲁接到任务后率领三十余名骑兵以及二十余人的伤病员在大叶子沟外的葫芦头修建了新的密营。

可这个密营里都是男人,哪里会做针线活。眼看就要入冬,棉衣还没有着落。恰在这时,第五军的妇女队在王玉环的带领下,来到了留守处,女兵们在这里住了二十多天,为留守处的指战员赶制出了过冬的棉衣。

第五军被服厂的女兵们,不只是支援其他友军做服装,还制作过帐篷、子弹带、背囊等军用物品。

1938年4月27日,周保中将军为筹措被服厂物品等问题在给王效明、万龙仁的信中写道:

五军被服厂除等候九军布匹材料到后做军衣外,我不知效明同志对五军被服厂工作是如何计划,应做多少子弹带背囊及其他物品。

我认为五、九军均需制造帐幕有必要,五军应做十个,九军应做六个,需布(上料)十五六匹,如果五、九军子弹带背囊全做则目前需布总共在二十布(匹)到二十五匹,卡机线十打。

从这份资料中不难看出,身为一军之长的周保中将军对于被服厂的工作能做如此细致的安排,足可见,当年被服厂的重要性。

被焚毁的印记　第六军被服厂

东北抗联第六军被服厂最早建在老白山岔巴旗河沟里,被称为汤东密营。1936年汤东被服厂遭到破坏后,转移到帽儿山。

1936年春,被服厂厂长裴成春带人背着两台缝纫机来到帽儿山以后,第二天就和前哨卡的战士们一起背着建房的工具到浩良河上游的河边投入了工作。大约4月间,一座崭新的木刻楞厂房建起来了,5月间投入生产。

这是一幢约为三百平方米的木刻楞工房,房顶用桦树皮覆盖,上面压了一层草,留有一个天窗兼做烟囱。墙壁用泥土抹成,一个被敌人丢弃的空油桶,凿开后扣在地上当炉子。

屋北靠墙是用木板搭起的能睡二十多人的双层板铺,屋西面靠窗放置着用原木板钉的大案板,既是大家的工作台,又是开会、学习、就餐的地方。

被服厂的两边路口,距离二三里路的地方都设有哨卡。每个哨卡有五六个战士驻守,严防敌人偷袭。

被服厂除了裴大姐她们背来的两台缝纫机外,还有抗日救国会从依兰县购买的"一五"和"四四"机子。布匹和棉花的来源,一是抗联部队的战利品,二是通过开大车店的李五爷在佳木斯采买。搞回来的白布,自己用土法染色,多数是用柞树和黄菠萝树皮,有时也用谷草灰,在铁锅里煮染成绿、黄、灰等几种颜色。

军服的上衣是依据冯仲云的记忆按照中国工农红军上衣的款式缝制,军帽经过多方讨论,按照东北当地实情,设计成苏式六块瓦的"布琼尼"式。这种帽子可一帽多用,夏季将帽耳朵翻上,蚊虫多时,放下防止叮咬,这点在原始森林里很重要。冬季只要在帽耳朵上缝上兽皮,就是棉军帽了。这也是当时物质匮乏的应变之举。

1937年5月23日,巴黎《救国时报》曾登载一幅名为《收复东北失地吧》的漫画,举着"抗日联军"旗帜的军人们头上戴的就是"布琼尼"式军帽,只是没有苏式军帽的高度。当时,这种帽子也只在第三军、第六军出现过,至于其他联军未见记载。

第六军被服厂厂长兼政治主任是裴成春,她大姑娘们十多岁,所以小姐妹们有什么心里话都想说给她听。

李在德(朝鲜族)是梧桐河模范学校的学生出身,她有文化,人长得文静秀气,在被服厂负责踩缝纫机,是被服厂的骨干。

李桂兰参军前是洼区的妇女主任,在地方上遭敌人的搜捕,经组织安排来山里被服厂。

李小凤当年十二岁,是同李桂兰一起上山的小战士。

女战士穆淑琴也是从地方上的妇救会来到山里被服厂的。

裁剪师傅张世臣,手艺好,人老实,也是被服厂的骨干。

第六军军长夏云杰牺牲后,他的妻子夏嫂和她的女儿夏志清也来到了第六军被服厂。后期又来了张寿篯(李兆麟)主任的妻子金伯文。

这里的生活条件很艰苦。家常饭是玉米大楂子、小米饭、玉米面窝窝头,菜是野菜熬汤,偶尔能吃上一顿咸盐豆加辣椒就是改善生活了。

由于山外敌人封锁的紧,又正赶上春脖子长,在青黄不接的季节里,粮食送不进山时,也曾吃过草根、树皮。

被服厂里女兵们,担负着整个第六军的军服制作,有时还要为兄弟部队赶制军装。到了部队换装的季节,一般都是连轴转,日夜不停地赶活。

据被服厂主任李桂兰回忆,被服厂没有钟表,夜晚上岗全靠听"滴漏"。"滴漏"其实是一个柳条筐,筐里面装满了草灰,草灰压实了,浇上水,底下接个盆,那水经过盆,一点一滴向下漏,当听不到"叮当"的水声时,一班的岗也就到点了。冬天天冷,同志们一般都是提前去接岗,让上一班岗的同志早点进屋暖和。

1937年的初夏,一个十分紧急的任务下达到帽儿山被服厂。由于敌人实行冬季"大讨伐",大封山,妄图把东北抗联困死在深山老林里,所以整个冬天布匹运不进山。

时令已经到了5月底,第六军的许多将士还换不下棉衣。翻山越岭,奔袭作战,既炎热又累赘,严重影响着部队的行动,部队换装成了当务之急。

敌人的封锁线终于被冲破了,部队搞到的一批布匹,运进了山里被服厂,军部下达了赶制单军装的紧急任务。

战士们在裴大姐的带领下,门口架起了两口大锅,不停地煮染、晾晒。然后,全力以赴,昼夜不停地用手工和机器加工缝制。

夜间工作就用松树明子来照明,那松油的黑烟弥漫全屋,既熏人又呛人,待到天明一个个都变成了"黑脸包公",大家禁不住你看看我,我看看你,互相指着哈哈大笑起来。

由于连续熬夜,同志们的眼睛里都布满了血丝,有时正在做着活,头一低就呼呼地睡了过去。实在困得不行了,就跑到小溪边用冷水冲冲头,回来继续干。李在德的手指被机器针扎伤多处,缠上块布条,仍一声不吭地坚持着。

经过七天七夜的连续突击,被服厂战士以人均每天五六套的速度,共赶制了五百多套单军装,为部队解了燃眉之急。

山里被服厂的战士,只知道今年是哪一年,却记不得是哪一月,哪一天。大家凭着雨、雪、风、霜判断着一年四季。

入冬以后,被服厂变成了临时医院,二十几名伤病员在王耀钧医官的带领下来到了被服厂,被服厂的女兵们又变成了护理员。

除夕之夜,裴大姐组织了一个晚会,大家纷纷登场表演节目,李桂兰唱了她最拿手的《提起了九一八》。王医官清唱了一段京剧,晚会在《告我青年》的歌声中结束。

晚会结束了,可同志们说啥也想不到,这是他们在帽儿山被服厂过的最后一个春节,危险正在步步逼近他们。

四面环山,森林茂密的四块石被服厂入山之路是很艰险的,人行丛林之中,有时尚需侧身而过,一般人是摸不着路的。在被服厂较易行走的地方,设有地枪埋伏,并放三道哨卡,一有情况,即刻鸣枪报警。

还有一条绝密的小路,是为机密交通员预备的。这条路,怪石嶙峋,古木参天,需要钻好长一段树空子。最难走的是一段荆棘地段,当地人把那荆棘叫作"后老婆针",行人走到那里,只能一个人一个人地绕着走,稍一不慎,就会刺伤皮肉。这条路除了交通员,也很少有人知道。

1938年3月12日,机密交通员赵老七(赵振生)进山了。赵老七原本是一家铁匠铺的小老板,因部队常上他家给军马钉掌,时间长了,他接受了一些革命思想教育,就做了部队的交通员。几年来,倒也没出过什么差错,这次进山,他带来了上级的机密文件。

上级的指示信说:近来外面敌人活动十分猖獗,不少地下组织遭到破坏,部队损失也很惨重。要被服厂加强警戒,军服暂时停做,准备转移。转移前要做好善后工作,主要是把机器包裹好,隐藏在安全地点,以及如何转移,部队在何处接应、护送等等。

李桂兰和裴厂长研究后写了汇报信,将被服厂准备如何埋机器等善后工作做了汇报。当把信交给赵老七时,裴大姐再三叮嘱他:"要是遇到敌人,千万把信销毁,必要时就是吞到肚里,也绝不能落入敌人手里。"

赵老七在山里住了一夜,第二天,天刚放亮就悄悄地出山了。他走后,被服厂按上级指示,先拆机器,然后冒着春寒刨坑挖土,将机器掩埋好。同时通知全厂同志和伤员,时刻准备转移。

由于地方上出了叛徒,赵老七入山后就被告了密。当他出山时,自以为是轻车熟路,丝毫也未加注意,埋伏在树棵子里的敌人突然扑上来,赵老七束手就擒,信件也没来得及销毁。

敌人逮住了赵老七,如获至宝。狡猾的敌人心里明白,只要能够撬开赵老七的嘴,就能找到抗联的后方根据地。

他们把赵老七带到宪兵队,严酷的刑讯立刻开始了,上大挂,坐老虎凳,将烧红的烙铁轮番在他身上烙着。挺刑不过,这个软骨头开口了:"别,别打了,俺全招……"机密交通员赵老七叛变了。

1938年3月14日,日寇驻舒乐镇的守备队,由赵老七带路,从那条绝密的小路悄悄地摸上了山。

1938年3月15日的后半夜是李桂兰岗班,没有发现什么可疑情况,快下岗了,她跺着冻僵的双脚,仔细观察着周围的动静。

忽然,隐隐约约顺着风声好像是有马的嘶鸣,她掀起帽子再一听,是马叫声,不好! 有情况!,她急步流星地向屋里闯去。

屋里裴大姐早已经起来了。值饭班的金伯文和李小凤已经煮好了大楂子粥,她们正准备安排伤员吃早饭。这时,李桂兰带着风声闯进了屋:"裴大姐,有情况! 前面听到马叫声!"话音还没落,突然间,枪声骤起,机枪声"哒哒哒哒"响成了一片。裴大姐果断地发出命令:"王医官组织伤员向北山沟撤,其余同志跟我阻击敌人掩护撤退。"

同志们都是和衣而睡的,听到枪响,早已抓起了身边的武器,裴大姐话音刚落,就都冲出了屋子,伤员们在王医官的带领下,迅速向北山沟撤去。

战士们趴在门前的雪地上,开枪阻击着敌人。看到伤员们撤出去了,大家也边打边撤。敌人的火力十分猛烈,包围圈在逐渐缩小,呼啸的子弹打得大家抬不起头来,情况万分紧急,裴大姐高声喊着:"同志们! 冲出去啊!"

同志们奋力突围,李桂兰一边跑着,一边掩护着大家,密集的子弹下,夏嫂、韩姐、张世臣、李师傅相继倒下了。

李桂兰正跑着,猛然间一回头,发现夏志清小妹妹正跪在她妈妈的身边,望着肠子流了满地的夏嫂,悲痛欲绝,不知所措。她又疾步跑了回去,一把抓起她的胳膊,拽着她也向北山沟冲去。可是晚了一步,就在李桂兰跑回去拉夏志清的时候,敌人已经包围上来。桂兰一手打着枪,一手拉着夏志清,准备杀开一条血路。又一排子弹射来,一颗流弹削去了夏志清的右肩胛,一个趔趄,她重重地摔倒在雪地上,惯力带倒了李桂兰,冲上来的敌人抓住了她们俩。

两个日本兵死死地抓着李桂兰,哇啦哇啦地说着日语,桂兰一句也听不懂,她拼命挣扎着,可是挣不脱敌手。他们把她绑在被服厂对面的一棵大树上,夏志清因为负了伤,没有被捆绑,鲜血湿透了她的棉军装,她脸色苍白,咬着牙,紧紧地靠在李桂兰的身旁。

天大亮了,帽儿山上空,黎明泛着血红的颜色。

李桂兰环顾着战后的被服厂,牺牲的战友横躺竖卧地倒在雪地上,白色的雪地被殷红的鲜血染红了。夏嫂是腹部中的炸子儿,肠子从伤口处流了出来。惨白的雪,殷红的血,在这早春的严寒里是那么刺眼。忽然,李桂兰听到了一个熟悉而又微弱的声音在喊她:"李大姐,李大姐……"不远处张世臣师傅正从一棵齐腰炸断的大树后面,艰难地向她爬来。张师傅的两条腿被炸得骨断筋折,鲜血一个劲儿地流着,流着,在这寒冷的早晨里冒着热气,在他爬过的雪地上,留下了一道宽宽的血迹。

"张师傅,张师傅"李桂兰嘶哑地喊着,夏志清要跑过去搀扶他,被一个鬼子兵用刺刀给拦住了。

一米,两米,他一点点的爬着,还有五六步的距离,就再也爬不动了,他吃力地抬起了头,哭着对李桂兰说:"李主任,你要能活着出去,千万给俺娘捎个信,告诉家里人,俺今生今世死在了他乡,回不去家了,俺是抗日救国死的,俺革命成功了,俺……"没等他把话说完,一个日寇抽出了战刀,向张世臣砍了下去,张师傅顿时身首分离,血溅大山。

这时,日寇推着赵老七向李桂兰和夏志清走来,赵老七被捆绑着站在李桂兰面前,半晌才抬起头来:"李主任,俺是个孬种,挺不住刑,你也投降吧,就那刑,你也挺不过来,再说,抗联部队也都完了……"

"呸!"没等他把话说完,李桂兰把一口带血的唾沫吐到了他的脸上。"巴嘎"一个日寇小军官向桂兰的脸上左右开弓扇了几个耳光。桂兰的耳朵嗡嗡的响,眼前直冒金星。

"她的,什么人地干活?"那个小军官又问,赵老七连忙跑到翻译跟前说:"她就是这个厂子的主任,还是地方上悬赏捉拿的妇救会会长。"翻译告诉了鬼子军官,鬼子军官乐得直点头:"幺儿细,带出山去。"

　　日寇搜索完战场,就集中起来。他们往被服厂四周抱了一些干树枝,又倒上汽油,点着了火,立刻浓烟滚滚,烈焰冲天。东北抗联第六军被服厂被日寇烧毁。

"土顶子山"密营　第七军被服厂

东北抗联第七军先后转战于饶河、虎林、抚远、同江、富锦、宝清等地。

1938年的春天,设在虎林土顶子峰的抗联第七军虎林办事处,经过多方工作,收编了几个山林队,大约百余人,成立了独立团,并建立了独立团密营。说是密营,其实就是大地窨子。当时,第七军军部及所属各师均派专门人员建成了一批密营。密营的建立,不仅改变了以前部队冬围篝火夏淋雨的局面,而且使战斗部队有了稳定的战斗基地。

据当年建密营的人回忆,在土顶子的四面山坡上,建有五座大的营房,每个营房能容纳五十人至二百人不等。密营是由整根木头堆起来的木刻楞房,大半部埋在地下,小部分露在外边,四周堆满乱木树枝,房顶盖上土,渐渐长满杂草,山泉的泉眼就在屋里。如果生人来到这里,就是站在屋顶上,也根本看不出脚下就是房子。

土顶子峰密营有第七军被服厂和补充团缝衣队。当年目击者曾见到过七台缝纫机,在三人班(今海音山林场内)有两台,水耕地(今东方红镇东)有三台,土顶子密营至少还有两台。第七军被服厂有战士约一百三十名,补充团缝衣队有十几名。被服厂的女兵们当年就在暗淡的油灯下、呛人的松树明子下夜以继日地为部队赶制军服,照顾伤病员。为适应战争环境,被服厂和缝衣队的缝纫机都不集中管理,而是分散在各个地窨子里。

第七军的女战士赵淑珍是和丈夫陈春树一起上山投奔抗联的,刚上队就被分配到被服厂工作。当时她所在的大地窨子叫"臭松顶子"密营。

这里住的是抗联第七军补充团,一共二百多人,能住下二百多人的密营应该是很大了。

这个被服厂仅有一台手摇缝纫机。妇女班在这里给战士做棉衣,赵淑珍没来时已经做好了几百套,送到前方去了。赵淑珍刚来,对做衣服还不熟练,只能让她絮絮棉花、锁锁扣眼和轮班做饭。

密营里的战士总是三天一调,两天一换,今天走一百,明天来五十。平时大家很少吃到菜,可是战士一回来,妇女班的同志总想办法弄点菜,熬点粥,让战士们吃饱。等战士们睡下的时候,女兵们就悄手蹑脚地去找他们的衣服,少"肉"的地方就补,开线的地方就缝。妇女班的女兵们白天做衣服,晚间补衣服,常常缝补到天亮。

1937年,第七军成立了妇女大队,队长是刘玉梅、沈英顺,指导员姓乔。在以后的战斗中,大部分战士为国捐躯,还有的调到其他军部去了,剩下六十多人在师部和密营被服厂、洗衣队工作,并负责护理伤病员。

1939年的春天,敌人开始"大讨伐",赵淑珍所在的密营被破坏了,女兵们又走向了没有人烟的深山老林。

当时被服厂有十二名女同志和三名男同志,行军时每个人身上背着四五十斤重的东西,赵淑珍那时已是妇女班长,又是共青团员,当然要挑重担,她的肩上多了一架手摇缝纫机。

转移的女兵们,不站脚地转过两座大山和几条不知名的小河,顶星星、戴月亮地和敌人赛跑。她们的两条腿累的好像断了筋,且被榛材棵子划破一道道的口子,一趟水就化脓,疼痛钻心。十个手指肿胀的回不过弯,一支步枪像根沉重的房梁一样压在肩上。走得筋疲力尽之时,大家就互相搀扶,不让一个同志掉队。

行军中有时找不到水源,渴急眼了就在有点积水的地方,用脚后跟踩个小窝,等四周的水渗满了,舀在小碗里,等坐清后再喝。此时,女兵们多想再喝一口密营里面的清泉水啊,可是她们的密营早已被敌人烧成了一片火海。

转移出来的女兵们走了三天三夜,到了小马鞍山(今东方红镇以东),树林子边上是向阳的山坡，山脚下有一条七虎林河。女兵们就在河北岸的向阳坡上搭起个草棚子，又搞起个森林被服厂。男同志在山下给女兵们站岗，女战士们白天在阳光下面做活，晚上就住进窝棚里，谁也不敢点松树明子，怕光亮引来敌人。大家用嘴吹火炭，借着吹出来的火光缝上几针，眼睛熏得辣滋滋的直流眼泪，腮帮子也吹得生疼。

过了一些日子，被服厂仅有的一点粮食吃完了，敌人的封锁更加严密，战士们和群众失去了联系，就派人去找藏在山里的粮食，可粮食不是被敌人给烧了，就是让黑瞎子给搬走了，战士们只好吃山葡萄叶、老桑芹充饥。这个时候咸盐也是按粒数了，火柴每人只能分到十根。

好在是夏天，有时就到河里钓几条鱼改善生活。没有鱼钩，就把做活的针烧红了，插在木头缝里弯成钩，用顶针当鱼坠，钓回来的鱼用河水煮上，大家凑点盐，再放上点山花椒，掺上些野菜，算得上是美餐了。

说起钓鱼，还有个小故事。1939年夏天，十二岁的小战士王铁环所在的连队围绕着一条没有名的湖泊打游击。那时他们每天除了战斗外，还必须到湖边去钓鱼补充给养。一天领导让她看守两根钓鱼线，为的是不让上钩的鱼把钓鱼线拽走。王铁环将鱼线系在了自己的脚踝上。坐了一会儿迷迷糊糊就要睡着，忽然感觉有东西正用力把她往水里拽。惊醒之后，王铁环忽然发现面前混浊的水泡里正有一个东西在拼命地挣扎，小姑娘惊恐万分地大声喊叫，听到喊声的战士立刻赶过来帮忙。当大家七手八脚地把水里的东西拽上岸后，才发现竟是一条一米多长的大鲶鱼。大伙都乐呵呵地对惊魂未定的王铁环说："好家伙，好悬没把我们铁环当鱼食啊！"

这个小故事被战友们津津乐道地讲到了东北光复后。

其实，1939年的夏天，更多的还是悲惨的记忆。第七军里一名做了母亲的女兵在艰难的生存状态中，就曾有过一件令人心痛不已的往事。

当时，十二名女战士随军转移，一路上爬山越岭，涉水趟河，走沼泽、过泥塘。几天几夜后，即使是身强体壮的女兵也都累的筋疲力尽了。可是谁能想象，在这支队伍里还有一位身怀六甲，即将临盆的孕妇。她的名字叫许洪青，是副团长李德胜的爱人。

女兵许洪青,年已近三十,一双裹过的小脚虽已放开,但脚骨却严重的变形,平日里走路就很吃力。几天的行军下来,她已耗尽了所有的体力,全靠着赵淑珍和一名年纪较大的老李同志挎着她走,这时已不能说是走了,就是拖着她一步一步地挪。

七月中旬的一天,当部队来到虎林县境内的深山密林时,许洪青在战友们临时搭起的草棚子里临产了,一个漂亮的小女孩在风雨飘摇中来到了人世。

这个孩子来得真不是时候,产后没过多久,突然哨兵来报,敌人又追上来了,大家只好背上孩子,搀着许洪青又出发了。

部队断粮,妈妈没奶,只能喂点仅存的炒面,一路上孩子饿得直哭,这哭声随时能引来敌人,女兵赵淑珍只好在危险的时候对着孩子的口、鼻喷上一口鸦片烟。这是在麻醉孩子神经,强迫她睡觉。就这样走走停停,坚持到了孩子满月。

孩子在渐渐长大,哭声自然也大,而追赶的敌人也离战士们越来越近,夜间甚至能够看到敌人点燃的篝火,许洪青和赵淑珍走在队伍的后面,有时竟能听到日本兵的动静。许洪青就小声地和赵淑珍说:"咱们能听到敌人的动静,敌人也能听到小孩的哭声。敌人若是顺着哭声追来,同志们就要受连累,还是把孩子送人吧。"可是说说容易,这深山老林,连个人影都没有,送人,送给谁?想送出山更是无路可走,山上山下都被敌人一层层地封锁了,插翅也难飞。

提心吊胆的转眼到了初秋,这天夜间又发现了敌人的火光,离我军也就一二十里地的光景。想到敌人一般不会在夜间出动,团部就决定晚上好好睡一觉,第二天转移。

夜深沉,山风习习,敌我双方都在休息。骤然,孩子的哭声又响起,寂静的山林里这哭声传得很远。此时,鸦片已经用完,谁也想不出什么更好的办法来制止孩子的哭声。

就在这天夜里,孩子的父母做出了一个痛苦的决定。

第二天的中午,谁都没看出有什么反常。只是李副团长把孩子从赵淑珍的怀中抱走,说是出去转转,可这一出去,孩子却再也没有回来。

原来夫妻俩夜间已经决定把这个孩子扔到河里去了。就在孩子被扔前,李副团长把孩子抱到了许洪青跟前。夫妻相对无言,泪水同时落到了孩子的脸上,最后还是李副团长先说了话,他说:"为了战士们的生命安全,我们牺牲一个孩子算得了什么!"许洪青哭着说:"我同意了,可我这当妈的下不得这手啊,也没勇气走到河边,你去吧……"李副团长刚要抱孩子走,许洪青又喊了一声:"老李,再让我看一眼……"

李副团长硬着心肠抱着孩子来到了河边,他亲了又亲孩子的小脸,他想再多看她几眼,好把她的小模样记在心间,可时间容不得他过多的耽搁,最后他闭着眼,狠了狠心,终于把孩子扔进了滔滔的七虎林河,当他再睁开泪眼,看到的则是包孩子的破布散落开来,孩子在水面漂流,两只小脚还在动,这也就是瞬间的事情,孩子的影子转眼就再也看不见了,微弱的哭声听不见了,只有包孩子的那块破布,飘在白茫茫的水面……

最后,再回来说一下土顶子密营,据《抗联在虎林的密营根据地》一文中记述:1939年8月,李一平带领补充团,与第五军第三师九团联合攻打了日军在西岗的军事工地,解放了近两百名挣扎在死亡线上的劳工,其中有一百一十名进山参加了抗联。这一胜仗极大地震慑了敌人,使敌人惊恐万状,随即调兵遣将,纠集一千六百名日军和二千余名伪军大举进山"讨伐"。从此,抗联部队主力撤离土顶子根据地,补充团和九团分开活动。

因完达山根据地兵力空虚,日伪军于同年9月在叛徒的指引下,攻破了第七军只有老弱病残人员把守的土顶子密营。补充团密营被焚毁,补充团缝衣队队长金玉万等几十人被捕,四十多名妇女、老人、孩子和病人都被残忍地杀害了。李一平的爱人(带两个孩子)、岳母、妹子及一位苏联妇女(都在抗联被服厂工作)被绑下山来,卑劣凶残的敌人把李一平的爱人强暴摧残了,被服厂三间房子里所装的棉花、两间房子中所蓄存的布匹以及搜出来的两台缝纫机连同几所厂房全部付之一炬。

南春善

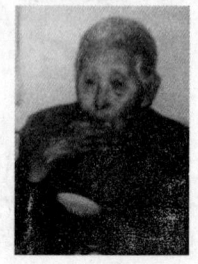

鲜为人知　**第八军被服厂**

要说东北抗联第八军的被服厂，那得先说说第八军。

东北抗日联军第八军的前身是1934年土龙山农民暴动组织起来的民众救国军。1934年10月，谢文东的民众救国军被日伪军近万人包围，经过数日苦战，部队损失惨重，人员伤亡殆尽。就在这时，赵尚志领导的东北人民革命军第三军与谢文东接触。在赵尚志的帮助下，谢文东重整旗鼓，人马重新壮大起来。以后，谢文东的部队与共产党领导的抗日部队联合进行多次战斗，沉重打击了日本关东军，谢文东也被介绍加入了中国共产党。1936年9月18日，谢文东的部队被改编成东北抗日联军第八军，谢本人担任军长。

从1939年冬天开始，日伪当局出动十万兵力对东北抗日联军进行"大讨伐"，东北抗联进入最艰苦的阶段。

就在这一艰苦的阶段，抗联第八军瓦解了。当时的第八军已断粮多日，而且战士们衣不蔽体，除了牺牲的战士外，冻死、饿死的战士也越来越多，很多人饥饿难忍，偷偷下山投降了日军。抗联第八军七个师，除了战死的师长外，有五个师长率部下投敌，副军长滕松柏、副军长兼七师师长赫奎武也都先后率部下投敌。赫奎武还做通了谢文东警卫营营长姜永茂的工作，在赫、姜二人的劝说下，谢文东也产生了动摇。1939年3月19日，谢文东终于率领军部仅有的二十四名部下从深山中走出来，向日伪投降，至此，东北抗联第八军全军覆没。

尽管谢文东叛变投敌，但第八军里不乏可歌可泣的抗日英雄，民政部首批公布的三百位著名抗日英烈之一刘曙华烈士,就是东北抗日联军第八军的政治部主任。

　　刘曙华烈士1936年曾提出过一个含有十项内容的工作计划,其中的第三、四条就提到了冬季服装和被服厂的问题。

　　文件里说道:抓紧安排病院、被服厂、武器修理厂、印刷部的密营建设,于最近完成。据后来调查了解,军部的密营在哈塘沟,离五道河子村二十多里地。谢文东的密营还在哈塘沟的最里面。密营的第一道卡子设在杨树林子,第二道卡子才是军部。一般人员包括八军的部队不准随便进出军部密营区,只能在第一道卡子等候。要进军部必须经过通报同意后才能放行。另外,第八军的被服厂设在能能沟,有十多台机器,厂长姓周,绰号叫周蛮子,有不少第八军干部家属在此工作,如李浩的爱人金××等。

　　关于李浩的爱人金××等,在1937年2月9日,周保中军长关于派遣两名妇女问题在给第八军军部的信中也提到:"前接谢军长同志意见,要求蔽军部派妇女工作同志担任被服厂技术工作。现在已准备派遣两人,一系熟手者,一名另有李政治委浩之爱人一名。请即派交通员到蔽军部来,以便派遣赴贵军部服务。"

　　看来这位姓金的女兵是第五军支援第八军的战士。

　　关于第八军被服厂,梁玉多先生在《谢文东传》一书中也曾有过记述。书中说道:"作为抗日武装,他们是军队,但他们却都没有一般军队所有的后勤供应。第八军虽然在五道河子密营有被服厂,但那所谓的被服厂不过是几个女战士和几台缝纫机。受原料和人力的限制,只能是小规模地缝缝补补,远不能解决部队的服装问题,只能靠群众的捐献和从敌人那里缴获。而群众的捐献毕竟数量有限,缴获也不可能那么充实及时。所以部队得到什么穿什么,颜色、样式五花八门,长袍马褂、军装民服自不鲜见,七尺须眉,穿着女人的小花棉袄也不稀奇。至于冬天来了,棉衣穿不上;夏天到了,棉衣又脱不下,更是常有的事。有时因无法换季,部队常常要为衣服打仗。谢文东身为一军之长,受到特殊的照顾,那穿戴也和一个普通的庄家院老头没什么区别。"

　　这一段的描述极其真实。其实即使是非常正规的东北抗联第三军,军长赵尚志也时常穿得破破烂烂，不像军长倒像马夫。

1938年的6月，第八军第六师师长赵庆珍与参谋长刘廉汉带着二十三名部下到勃利投降了敌人。而后，这两个无耻之徒又引来日军，破坏了五道河子密营中的第八军被服厂，杀害了被服厂周主任。

至于政委李浩和他的爱人金同志的最后结局，未见记载。

马彦文先生在《东北抗日联军名录》一书中也曾记录过一名第八军的女兵，名字叫作南春善：

南春善，女，原名南上海，别名南春仙，朝鲜族，1904年生人。1921年5月与金根结婚。1927年参加朝鲜共产党，跟随金根同志转战延边、汪清、宁安、穆棱、密山等地。1931年6月到黑龙江省哈达河参加组建密山游击队。1934年到抗日同盟军第四军被服厂工作，同年六月加入中国共产党。1937年8月调到东北抗联八军一师被服厂工作。

这位叫南春善的女兵从第四军转战到第八军，其丈夫金根1937年12月被叛徒杀害，她离队隐居到1945年，后于1990年去世。至于第八军被服厂里的其他女兵姓甚名谁，家住何方，是否在战火中丧生，如今可有后人，已无从考证。

遗踪难觅 第九、第十、第十一军被服厂

东北抗联第九军军长为李华堂。1939年7月间在方正县大罗勒密附近的山林里,被日伪军"讨伐队"包围被俘,后叛变投敌。

据第九军的军史记载:1936年8月下旬,李华堂率百余人从依兰县小江子出发,经勃利到密山后,由交通员陈宏图带路越境到苏联,年末回国。

李华堂越境后,郭成的第一大队在洼洪沟里建立起李华堂部的第一个被服厂,为部队制作冬装。

军史中还记述:1938年以后,东北抗日游击战争转入极端艰苦的斗争阶段。抗联部队为了夺得所需要的粮食、弹药、服装都要经过激烈战斗,甚至用战士的鲜血和生命去换取。特别是冬季,冒着零下四十多度的严寒,缺衣少食,斗争更加困苦,部队经常在饥寒交迫的境地与超过自己十几倍、几十倍的敌人周旋苦战。

在日伪军疯狂进攻之下,第九军在洼洪沟、四道河子的密营先后遭到破坏。

女兵李淑珍曾任第九军被服厂厂长,女兵金玉坤刚参军时也曾在第九军被服厂工作过,至于被服厂其他人员组成则不得而知。

关于东北抗联第九军被服厂,从时任第二路军总指挥周保中将军给部下的几封信函中也可得知一二。

1937年5月7日,周保中将军在关于敌情等问题给李(华堂)军长的信中第四条写道:"女队员谢桂贞去信调遣,至今未到,不知何故?若九军被服厂赶工需人,可由二军妇女现在三军任团被服厂各妇女,帮做几天。"

1938年4月25日,周保中将军关于制作服装等问题给第六军第一师徐光海的信中说道:"五军东部队服装完全做成,已派队去领。唯宝清五军后方迭受攻击,工作条件异常困难,现已将后方工作暂时停止。因此九军活动队之春季服装,无法速成,在肖家买的布匹,日久尚未接到,而五、九军经费困难万分。听说你们买到黄布甚多,请你通知后方负责同志拨给九军一部,由五军工作人员代做,同志必能同意。"

通过上面的两封信可以看出,第二军、第三军、第五军、第六军等各部队都曾在制作服装的事情上支援过第九军。

东北抗联第十军军长为汪雅臣。1941年1月12日,日伪军三百多人向抗联第十军军部所在地五常县尖山子密营发动攻击。1月29日,日伪军分三路向河边附近的东山、西山进攻,并占领了东、西山地区。这时,汪雅臣一面阻击日伪军,一面命令部队抢占东山,迅速突围。当部队抢占东山时,遭到日伪军的射击。汪雅臣连中数弹,左臂、胸、腿部均受重伤,滑下山坡。此时日伪军将他团团围住,在抬往蛤拉河子途中,壮烈牺牲,时年三十岁。

笔者没有找到有关第十军被服厂的记载。第十军军史在对抗联部队服装补给问题时记述:1940年秋,为了解决十军冬季服装和子弹不足的困难,军部决定攻打五常县第二大城镇——山河屯。

这场战斗中,我军缴获当铺一批金、银首饰和皮袄、粮食、衣服等生活用品。战斗中日本人开办的服装店有人开枪射击我军战士,立即被我军消灭,又缴获一批服装。

看来第十军的服装问题是靠战斗来夺取。第十军的指战员们曾在摩天岭、九十五顶子山盖有密营(当地群众俗称地窖子),作为伤病员治病养伤的地方。九十五顶子山根据地的部分指战员在军长王雅臣牺牲后还一直据守于此,直至抗战胜利。

至于密营里面是否有女兵在做军装,还未见记载。

最后再说第十一军。

2014年的最后一个月,笔者有幸在广州拜见了第十一军健在的九十四岁的老战士卢连峰。

我问卢老:"第十一军有被服厂吗?"

卢老说:"有啊,我还穿过她们用'趟子绒'做的军装。"

关于第十一军被服厂,军史第三章里记述:1936年秋天,祁致中带队到集贤一带活动。这时刘忠民也以下江特委特派员兼富锦县委书记的身份到集贤一带工作。祁致中见到刘忠民和抗联第六军第一师政治部主任徐光海,提出部队需要建立后方根据地,要有修械所、被服厂、医院等设施为前方服务。刘忠民同意他的想法,并表示给予支持,随即动员地方抗日组织帮助他们筹建。祁致中到桦川县笔架山南、双鸭山西建立了被服厂和军政学校。被服厂有六七台缝纫机,七八个工人。

被服厂里肯定会有女兵们在做军装,只是我们同样不知道女兵们姓甚名谁,家住何方。

也不知道战火硝烟中,她们最后的归宿。

一定要找到她们　朝阳山被服厂

　　1938年东北抗日联军第三、第六、第九军组成西征队伍,分批开始了向黑嫩平原的西征。

　　部队经过长时间的战斗和行军,战士们早已衣不遮体。此时,先期到达的第三军第六师师长张光迪已在海伦的八道林子准备了大量的布匹。当西征的教导队到来之后,马上就把各支队的女兵们集合在一起,组成一个临时的妇女班专门给部队做衣服。当时的女兵有李桂香、金玉坤、张景淑、张熙淑、李淑贞、安静淑、柳明玉、陈静山等十几个人,主要负责人是陈静山。临时妇女班做完了这批服装以后,女兵们又被分回到各个支队去了。

　　1939年5月30日,东北抗日联军第三路军以抗联第三、第六、第九、第十一军为基础,在黑龙江省德都县朝阳山后方基地正式宣布成立。

　　东北抗日联军第三路军组建后,总指挥部为解决部队缺少被服的问题,于1940年春,在朝阳山建立起第三路军后方被服厂。被服厂驻地设在离第三路军总指挥部不远的密林深处,组成人员多是在海伦县八道林子抗联密营被服厂工作过的女战士。被服厂负责人是邢德范,先后在被服厂工作的有李桂香、金玉坤、李淑珍、陈玉华、柳明玉等几名女兵。被服厂的设备有两台缝纫机。一台是被服厂工作人员从南北河被服厂带来的脚踏缝纫机;另一台是抗联部队攻克讷河县城缴来的手摇缝纫机。

　　建厂初期,哪个部队缴获到布匹,被服厂就赶到哪个支队的驻地去做服装。后来为了便于部队战斗和被服厂的生产,总指挥决定把被服厂驻地设在距总指挥部两公里半的小金沟河附近的密林深处(今在朝阳乡乌库音屯附近)。当时部队缴获一大批白布,被服厂没有染料,大家还是用老办法,把剥下的黄菠萝树皮用水泡一段时间,再用这水把布染黄,然后拿到河沟里把浮色冲掉晾干后再裁制衣服。被服厂做好一批衣服,就发送到各支队,暂时送不出去的就掩藏起来。1940年7月,被服厂被日伪军袭击后烧毁,但没有遭受多大损失。随后被服厂转移到朝阳山东南的南北河密营中继续生产,直至1941年随抗联第三路军大部队一起转移到苏联境内整训。

部队领导是十分重视朝阳山被服厂的。据老战士王福臣同志回忆：

有一次李兆麟(张寿篯)到了朝阳山要找被服厂,可是一般的战士都不知道。各支队的政委、支队长也只知道在哪个山上,而不知准确的位置。第三支队队长王明贵在一次战斗中负伤了,在朝阳山养伤。李兆麟向他打听被服厂的事,王明贵说不知道被服厂的准确位置,只知道在指挥部东北的山里。然后又打听王福臣。王福臣说:"下山背粮时,曾发现有一条四五个人走过的小路通向东北方向。于是,李兆麟便派他去寻找。"临走时,王福臣向李总指挥请示说:"是不是让教导队也派一个人跟我一同去?"李兆麟说:"被服厂保密,不准别人知道,你自己去吧。"就这样王福臣带着一支马盖枪上路了。

王福臣沿着那条小路走了一夜,天快亮时看到一个已被敌人焚烧过的被服厂。看情景好像是刚刚烧过,有的木桩子还冒着烟呢。王福臣判断敌人刚走不久,他到房跟前摸了摸,又绕被服厂转了一圈,除敌人走的脚印外,没发现什么其他情况,他赶紧回来向李兆麟和王明贵进行汇报。

李兆麟听后,慢慢地站起身来,走出地窨子,在雪地上来回踱着步,积雪在他的脚下发出嘎吱嘎吱的声音。王福臣站在旁边等着他下达命令。虽然李兆麟没有流露出内心愤懑和焦灼的表情,可是从他沉重的脚步声中,可以看出他内心的焦急。王福臣有点后悔早晨自己没有细细地找一找,也许她们就隐蔽在附近呢。他刚要要求回去再找一次,只见总指挥猛地转过身,对他命令道:"你带两个战士,再去寻找,一定把她们找回来!"当王福臣领着两个战士,三个人正要出发时,总指挥又走到他跟前,一只有力的大手拍着他的肩膀嘱咐着:"一定找回来。死的、活的都行!"王福臣含着泪,默默地点点头,下着决心:一定要找到她们。

　　当又一次来到被服厂的驻地在附近寻找时,只见一条敌人刚走过的路通向东北方向,他们便沿着这条路追去。

　　大约又走了五里多路,忽然发现路旁的一些倒树上没有雪。王福臣断定被服厂的同志们就是踩着这树走过去的。于是他们三个人排开相距一百米的距离横着向倒树方向寻找。过了一会儿又发现前方有烟,就朝那边奔去。哪知被服厂的同志早已发现了他们,以为是敌人到了,便赶快把火用雪压灭了,一个个正警惕的注视他们呢。

　　王福臣慢慢地走到岗哨前说明来意,她们知道是自己同志才开始谈了起来。原来,敌人袭击被服厂时,支队长郭铁坚正在那里。他们发现敌人后,在郭铁坚和邢德范的指挥下,拆下缝纫机,背起就撤。

　　战士们走路尽量踩前一个人的脚印,后面让一个战士用树枝拖雪掩盖走过去的痕迹。由于风大卷着飞雪,不久就看不出足迹了。走出不远,发现了一些伐倒的大树,她们就踩着大树离开了小道,躲过了敌人,转移到这里来了。王福臣跟女兵们说,总指挥让你们都到指挥部去呢,女兵们高兴得又说又笑,一行人兴高采烈地奔向了总指挥部。

第四章 战斗在隐蔽战线

母亲李桂兰说:"女兵们上队前,大部分都在地方上做地下工作,可别小看了这地下工作,发动妇女做军鞋、做军装,搞侦察、撒传单、送情报都是她们在秘密地做,有的时候就在敌人的眼皮子底下。一不小心,让敌人逮了去,能囫囵个回来的不多。"

这是母亲李桂兰的语言,因为她就做了多年的妇救会长,直到在地方上再也待不下去了,才上队当了女兵。

都说战争让女人走开,但战争中有一种职业却很难离得开女人,那就是特工。在东北抗联里就有这样一群才貌双全的女人,她们为了自己的理想信念深入虎穴,献出了青春甚至是宝贵的生命,就连家喻户晓的赵一曼烈士,也曾经是一名地下工作者,并领导过工人运动。

战斗在隐蔽战线的女子是不穿军装的女兵,和东北抗联有着丝丝缕缕的联系,在没有硝烟的战场上,其中的凶险不亚于刀对刀、枪对枪。

还有多少地下女特工、妇救会长,到死都没有人知道她们真实的姓和名。

只能默默地为黑夜中的她们哀悼吧,哀悼无名的牺牲。

张宗兰

黑夜里有你　张宗兰

1918年，黑龙江省双城县的一户农家添了一个漂亮女孩，取名张宗兰。这名字中透出了一缕幽香与淡雅，女孩八岁开始在家乡读书。

时光如梭，一晃宗兰就到了十六岁，十六岁本该是灿烂的花季，可一次远行，却改变了她的命运。1934年，张宗兰带着少女的憧憬，离开了家乡前往佳木斯投奔其兄嫂。

张宗兰的二兄长张耕野，生于黑龙江省双城县，毕业于吉林省立师范，1932年加入中国共产党，1936年任中共佳木斯市委组织部长，1937年参加东北抗联第六军，1938年3月后到抗联第三军第四师工作。

张宗兰的二嫂金凤英，出生在黑龙江省双城县的一个地主家庭。1922年春，她到吉林省女子师范学校求学，在这里邂逅了思想进步并具有忧患意识的张耕野，两个追求光明的年轻人冲破门第观念，真诚相爱。师范学校毕业后不久，他们于1928年1月结为伉俪。1929年金凤英辞掉了双城县中学教师的工作，随丈夫张耕野来到佳木斯在桦川中学任教。

在桦川中学里，张耕野巧遇了也在这里教书的省立第一师范同学唐瑶圃（姚新一）。唐瑶圃于1929年在北平加入中国共产党。在唐瑶圃的引导下，张耕野逐渐改变了教育救国的思想，毅然走上革命道路，不久加入中国共产党，而紧随其后，在党旗下举手宣誓的是他的妻子金凤英。

1931年九一八事变后，唐瑶圃、张耕野夫妻积极地投入到抗战之中。桦川中学当时为中共地下党工作活动中心,张耕野为党支部书记,他的家是佳木斯地下党联络和集会的地方,同志们常到这里开会、研究工作。满洲省委冯仲云和下江特委高禹民同志到佳木斯时,都先后住在这里。进步学生冷云、陈芳钧、马克正、陈雷等都是这一时期在桦川中学加入中国共产党。

宗兰来到桦川后,在兄嫂的安排下,入桦川县立中学预备班。翌年,聪明的张家小妹跳级升入桦川中学第六班。

受党组织和其兄嫂影响,宗兰小妹积极参加进步学生运动,在同学中秘密宣传共产主义思想和抗日救国的道理,发动女同学起来革命,投身抗日救国行列。

1935年冬,十七岁的张宗兰在党旗下也握手成拳,宣誓加入了中国共产党,成为佳木斯市早期的共产党员之一。

1936年冬,张宗兰当选为中共佳木斯市市委领导成员,负责妇女工作。那一年她只有十八岁,这么年轻的市委一级的领导干部,也许只有在那个年代才能产生。

在此期间,张宗兰领导着佳木斯地区的广大妇女积极支持抗战,同时还协助其兄张耕野处理党的临时性工作,参与为抗联部队购买、运送防寒用品、印刷器材及药品等工作。

当时,松花江流域及佳木斯周边地区的妇女工作开展得如火如荼,地方上的妇女们做军装、做军鞋、撒传单、贴标语,有力地支援了山里部队。

就在这年的年末,张宗兰接受党组织的派遣,利用中学毕业后找工作的机会,打入伪桦川县公署担任文书。

这是一个特殊岗位,也是一个危险的岗位,上级领导要求她要不断搜集敌伪政治、军事等情报,并及时提供给市委或抗日联军,保护党组织和抗联部队的安全。有谁能想到,这个文文静静如邻家小妹一样的女孩,竟然是我党安排在敌人内部的地下特工呢。从此后,黑夜里又多了一双机警的眼睛。

此时,正值青春芳华的张宗兰眉清目秀,她留着齐肩的短发、素雅的旗袍衬得她楚楚动人。她已经有了自己的心上人,那个青年才俊叫高禹民。

现在,我们已经无从知道他们的爱情故事,东北抗联老战士李敏在其回忆录《风雪征程》一书中记述道:"高禹民早在中学时代就参加革命,从事抗日活动。曾任中共下江特委书记、中共北满省委执委委员、抗联第三路军第三支队政委等职。他的未婚妻张宗兰同志,是张耕野的妹妹。"

残酷的对敌斗争使这对恋人没有机会成家,张宗兰过早的牺牲使他们生死相隔。

李敏书中的高禹民是一位忠诚、优秀的指战员。在敌人高压和饥寒交迫中他以"只要头尚在、血尚温,誓死抗日"的思想鼓舞战士。他在给北满临时省委的信中曾写出自己的一片赤子之心:

亲爱的同志们:

现在夜已深了,室外的狂风配合着树声呼呼怒号,冷风阵阵袭来,吹得一盏昏暗的野兽油灯的灯火动摇不定。燃烧鼓舞起革命的热情,吃马匹、树皮、松籽的战士们正在酣睡着,负伤同志们的咳声打动了我的心弦,周身的热血在奔腾狂流……使我一刻也不能忘掉,同时也没法忘掉,这一切的一切都是在指示我们在急转的漩涡里踏着点点的鲜血,前进……杀敌……冲锋!

这是一篇战斗的檄文,什么时候读起来,都让人热血沸腾。

如果没有战争,这一对郎才女貌的人儿,一定会建造起自己的家园,长长的岁月,长长的幸福。

1938年3月15日,是东北历史上一个极其黑暗的日子。日伪集中大量兵力,对松花江下游一带抗日武装进行"围剿",这是一次蓄谋已久、部署严密的行动——"三一五"大逮捕,史称"三一五"事件。在这次事件中,共逮捕三百二十八人。敌人通过刑讯逼供判处八十九人,其中死刑八人,无期徒刑五人,其余判处五至二十年有期徒刑。"三一五"大逮捕使松花江下游地区各市县区委破坏殆尽。

血雨腥风的佳木斯此时正处在白色恐怖之中,地下党组织中已有人被捕叛变。在此危急关头,张宗兰将个人安危置之度外,她按照市委负责人的要求,一面迅速将有关消息通知市内所有共产党员,一面亲自安排上级来的一名干部紧急转移。

仿佛是在和时间赛跑,生死存亡悬在一线之间。

3月2日晚,张宗兰姑嫂按佳木斯中共地下党市委书记董仙桥的指示,把中共下江特委联络员刘志敏接到自己家。

3月14日清晨,姑嫂俩又将刘志敏安全转移到南岗大街景家胡同的李淑昌家。她们马不停蹄地忙碌着,午后两点多,两姐妹将红萝卜掏空,把重要的文件塞到萝卜里,交给乔装成乞丐的地下党员李淑云(董仙桥的夫人),然后,张宗兰配合将这些重要的文件转移出城。回来后,又秘密销毁和设法转移了党的其他重要文件。而此时,危险正向她们一步一步走来。

就在历史上这个血腥的时段里,日本宪兵、伪警察和便衣特务倾巢出动,东北抗联基地被毁。在各城市、城镇、乡村里,宪兵、伪警察依据特务和叛徒提供的名单,开始拉网式的大搜捕,张家的茅草房也处在特务的严密监视中。

三月,凌厉的春风带着冬的余威肆虐在北方的大地上,在这寒冷的季节里,发生了如此重大的变故,情况真是万分危急。

怎么办?嫂子金凤英冷静地分析形势后,认为走是上策,决定带着张宗兰和小叔子张宗民、自己的姐姐徐金氏以及两个年幼的孩子暂回老家双城躲避。3月17日上午,金凤英从容地拿起笔,给已经在宝清县参加抗联第三军的丈夫张耕野写信。她在信里告诉丈夫,地下党员小方(高桂林)成了可耻的叛徒,叮嘱丈夫千万不要回来……她还说,她带着一家人回双城了。

3月19日,带着两个年幼的孩子万灵和万荣,宗兰、凤英姑嫂一行六人坐上了佳木斯通往牡丹江的火车,打算取道哈尔滨,再转车回双城。危急的关头,她们也没有忘记在自家门前撒上草灰,发出了危险信号。

可是晚了,一切都晚了,在火车上,她们发现四个穿便衣的特务一直在跟踪,看来这回家的路是走不通了,她们成了有家难回的人。

3月20日,饥渴劳顿、筋疲力尽的一家人住进哈尔滨道外天泰客栈二十号房间,一路上跟随她们的四个特务住进了二十一号客房。

夜幕下的哈尔滨,街上刺耳的警车声,不时划破夜空,当两个孩子香甜的鼾声响起时,金凤英对小妹张宗兰说:"我们不能回双城了,回去家人会受到牵连。"不用嫂子说，宗兰心里也明白，她已经决定为自己的信仰而献身了。她冷静地对二嫂说："明天我设法出去找哈尔滨的地下党组织，如果实在不行，就拼了。"这时候，楼下响起了此起彼伏的汽车马达声，预感到是敌人前来抓捕，姑嫂抱定了必死的决心，她们互相看了一眼，心照不宣。

金凤英凄然地望着熟睡的一双儿女，她是母亲，危险的关头她不能不想她的孩子。孩子啊，我的孩子怎么办？

此时，她们已经听到了那咚咚的脚步声，那声音震得姐妹俩心里发颤，来不及多想，真的是来不及啊，那脚步声越来越近，金凤英迅速地从包里拿出事先准备好的鸦片，分一块给宗兰，就着一杯冷茶，姑嫂俩毅然决然地喝了下去，千钧一发的时刻，她们选择了不屈和尊严，选择了一生只能一次的壮举！

在一阵猛烈的撞击下，客房的门被踢开了，看到穷凶极恶的伪警察闯了进来，姐妹俩勇敢地拿起桌子上的茶碗向敌人砸去，她们忘记了一切，拼了，拼了，死前也要和敌人拼一把！宗兰的胳膊被一名刽子手拗到后边，她就用牙齿咬，用头撞。灭绝人性的伪警察发疯似的把宗兰和凤英的头向墙上撞，殷红的鲜血顿时喷溅出来，巨大的搏斗声中，三岁的小万荣醒了，她大声地哭了起来，在她短暂的人生中，她看到了最悲惨的一幕，随后小万荣就被特务们连摔带踩，当即死去。那些出卖灵魂的特务，连一个三岁的孩子都没有放过。

就在这个染满鲜血的夜，残暴的特务们将张宗兰送到医院进行急救，但她抱定一死的决心拒不服药。特务们粗暴地推开医护人员准备强行撬牙，在拼死的挣扎中，张宗兰停止了呼吸。她走得决绝，她走得洁净，她免受了更多的侮辱。

张家最小的弟弟张宗民那年十六岁，长的瘦弱像个孩子。当灾难发生时，他拉着小侄儿万灵跑到走廊的角落里。他亲眼目睹了特务们拉着二嫂和姐姐的脚把她们从客房里拖出去，他说："嫂子和姐姐头发蓬乱，满脸都是血。"

这一对投身革命、投身抗日的姑嫂，牺牲在中国最黑暗的时刻。她们牺牲时，张宗兰年仅二十岁，嫂子金凤英刚刚三十七岁。

3月24日，敌人为了掩盖自己的罪行，在当时的《滨江日报》上发了一条新闻，在新闻报道中，他们诬陷金凤英和张宗兰两姐妹是由于家庭不睦，自己吞咽了过多的鸦片,服毒自杀的。

　　谎言掩盖不了事实,姑嫂俩的事迹早已载入史册,如今在东北烈士纪念馆里,张宗兰和金凤英的半身照片永远平静地注视着前来凭吊的人们。多少人在此驻足,多少人感叹唏嘘。

　　张宗兰和金凤英就这样走了,走在了1938年的早春,那个血腥大搜捕的哈尔滨;张耕野随后也走了,走在1938年秋风中的依兰县黑背子;高禹民走的晚些,走在1940年阿荣旗的鸡冠山,他们都走了,走在抵抗外辱、捍卫民族尊严的路上。

　　唯有不散的是,张宗兰,那留在世上的一缕香。

宁折不弯是为"刚"　金成刚

这是七十多年前一段悲壮的往事。往事并不如烟,死者高贵的灵魂与生者无尽的思念将是永远不朽的纪念碑。

列车过了北方名城佳木斯市后一直向北的火车线上有一个不起眼的小站,小站的名字叫鹤立。鹤立车站的附近有一家名为"景盛小吃"的小饭店,饭店的后院有一口被填上的枯井,这口枯井就是著名的十二烈士殉难地。

十二烈士不寂寞,他们仍活在百姓的中间。逢年过节,饭店的小老板必定摆上供品,十二烈士的后人们、想探访那段往事的记者和相关人员亦不时前去拜祭。

鹤立镇原名鹤立街、鹤立岗,是东北重要的革命老区,是汤原县早期党的活动中心和重要的抗日斗争活动中心。抗战期间,中共汤原县委、中共汤原中心县委均设在此地,领导着整个下江地区的抗日斗争。

十二烈士之一的金成刚,原名金顺喜,1899年2月出生在朝鲜平安南道介川郡一个贫困的雇农家庭里,她是家里的长女,清贫的生活养成她吃苦耐劳、文静刚强的性格。1916年,在她十七岁的时候与同样出生于贫苦家庭的李相熙成了亲。

李相熙早在1917年就接触了金日成主席的父亲金亨稷先生,并秘密参加了朝鲜反日斗争组织"朝鲜国民会"。

1919年,李相熙参加了"三一"运动,但随后反日爱国的民众就遭到日本当局的残酷镇压。此时,李家陷入了危险的境地,随时都会有被逮捕和灭门的惨剧发生。迫于形势,1920年冬,李相熙带着母亲和妻女逃难来到中国奉天省的安东县(今辽宁丹东),以租赁地主的土地,栽种水稻为生。

来到东北后的李相熙并未停止抗日活动。1923年春,在一次回国执行任务时,不幸被捕,后传说死在狱中。

丈夫没了,剩下老幼三代三个女人,天仿佛塌了一多半,那一年金成刚二十四岁,她的女儿李在德五岁。为躲避敌人的搜捕,刚强的她带着婆婆和幼小的女儿辗转来到黑龙江省萝北县梧桐河村,1927年受雇于福丰稻田公司。

黑龙江省的梧桐河村位于松花江下游,三面环水,土地肥沃,资源丰富。这里曾是高举抗日大旗,积极打击日本侵略者的东北抗联第六军的根据地,北面的"老等山"是李兆麟将军主办教导队、训练干部、组织西征的要地。共产党员崔庸健(崔石泉)在梧桐河开展革命活动时,曾住在金成刚家,她的家成为革命活动地点。

1929年10月,经崔石泉介绍,金成刚、裴治云、崔圭复及另两名汉族同志成为梧桐河第一批中国共产党党员。

坚定的信仰改变了金成刚。她不再寡言少语,她积极地参加各项活动,成为全村妇女活动的骨干。入党后的金成刚先后担任梧桐河村的妇救会会长,汤原县鹤立区妇女主任及中共汤原县委委员。

有了共产党的领导,穷人就有了主心骨。在崔石泉的领导下,金成刚、李春满、裴治云等人还在这里成功地组织过周围几个村几百户朝鲜农民对福丰稻田公司的抗租斗争。

1931年,天灾连着人祸。雨季来临时,那天好像是漏了一样,雨一直下个不停,狂泻的雨水,下满了江,下满了湖,最后形成了洪灾,金成刚一家和河西屯的十多户朝鲜族乡亲被迫一起逃难,徒步走到鹤立岗。

在鹤立岗的一条小河旁,有一座五个开间的破败的空草房,逃难的乡亲们把草房修了修,分隔出了几小间,就住了进去,当时的满洲省委领导人冯仲云就经常住在这里。一次,冯仲云在她家正准备开会,便衣特务突然闯进村子,到处搜捕中共党员和抗日工作者。金成刚急中生智,立即将冯仲云随身物品和近视眼镜藏了起来,让冯仲云装成聋哑人,假充自己的二哥,从朝鲜来此探亲,终于使冯仲云脱险。

　　七号新屯当时是汤原中心县委所在地。九一八事变后,在原有的各种群众组织的基础上,又成立了反日同盟会、反日青年会等群团组织。金成刚任县委委员、县妇女协会主席。她做事光明正大,因而受到大家的拥护。

　　1932年,日本军队的触角逐步伸到了下江一带,生逢乱世的劳苦大众在这兵荒马乱的年月,苦不堪言。从前方退下来的军队到处抢劫民财,奸淫妇女,并一路逃向北方。就在这凄风苦雨、动荡不安的时候,金成刚五十多岁的婆婆安顺姬病故了。安顺姬是一位革命的妈妈,她支持丈夫、儿子、儿媳参加革命,她掩护过满洲省委领导人冯仲云。婆婆去世后,这个家就剩下金成刚和女儿李在德俩人相依为命。

　　不久,日寇占领了鹤立岗,并在镇子上及铁路沿线布设重兵、修筑工事,斗争局势越来越紧张。为了防备特务和日寇骚扰破坏,县委的同志和本村的干部在村西的山脚下、鹤立河边挖了几个地窖。每个地窖都相隔二三十米。同志们白天在地窖里工作、学习,晚上进村帮助群众打场或开会。因为金成刚没有暴露身份,所以组织决定让她留在村子里工作。县委的其他领导和年轻的团员以及女孩子都躲在地窖里。每个人进村时都要看暗号,如果村里没有敌人,在村口指定的柴堆上会挂一件白衬衫或一块白布,挺远就可以看到。如果没有白布暗号,就说明村里有情况。

　　村里有个出身富农的青年叫李元珍。他开始表现积极,也入了团。随着年龄的增长,他曾提出要和金成刚的女儿李在德交朋友,这一要求被李在德当面回绝了,但他不死心,又托人到家里说媒,金成刚也坚决拒绝了他。九一八事变后,民族矛盾、阶级斗争日益尖锐,阶级阵线也越来越明显。李元珍最后投靠了日本人。

　　根据李元珍这个叛徒的告密,凶狠奸诈的日本宪兵队长尾崎计划实施一个阴险毒辣的"围剿"计划。

　　1933年10月4日是农历八月十五中秋节,这本应该是一个万家团圆、共赏明月的日子。

　　这一天,金成刚起得很早,正是秋收的季节,白天她忙活着收拾场院,家里没有男人,庄稼活全靠她来干。女儿李在德的两个同学石光信和孙明玉到她家帮着做打糕。天将黑时,金成刚让她们把白布暗号放到柴堆上,表示没有敌情。

可日本关东军会让大家好好过这个团圆节吗?此时,没有人意识到危险即将来临。

十五的月亮注定是圆的,可那一晚的月亮照见的却是一场悲剧的开始。天黑以后,汤原县互济会负责人裴治云(原汤原中心县委书记)和崔圭复(原汤原县委组织部部长兼团县委书记)等同志都来到她家开会,商讨再次组织游击队的计划。前两次由于缺少经验,刚刚拉起来队伍就被敌人冲垮了。

后半夜的月亮,清冷地斜挂在天上。会议快要结束时,突然从外面传来一阵"啪、啪、啪"的枪声,紧接着,狼狗的狂吠声、日本人的嚎叫声、村民的斥骂声和妇女小孩的哭喊声混成一片。日本鬼子突然包围了村子,开始了大搜捕。

听到枪声,开会的人们立即冲到屋外,他们悄悄地溜到街上,想借着夜色冲出村外。但此时,满街的日本兵已开始逐门挨户地把村民往村外的场院上驱赶。金成刚和裴治云等人已来不及躲避逃脱,只好夹杂在村民中被敌人带到了鹤立日本宪兵队。后来,陆陆续续又有格节河、校屯的群众被抓到这里,三百多人被关在一个大仓库里。这是敌人有计划进行的一次突然袭击。

在刺刀和机枪的严密监控下,孩子们在哭泣,老人们在颤抖,当惨白的微光闪现在天际时,日本鬼子又把金成刚、裴治云等在内的全村人全都押解到鹤立镇日本宪兵队的操场上。日本兵端着明晃晃的刺刀,面对着被抓来的三百多名村民,周围屋顶上架起了机关枪。秋天的早晨,寒气逼人,阵阵的秋风吹的人簌簌发抖,过了一会儿,一个牵着狼狗的鬼子跳到一块大石头上,手里握着一把锃亮闪着寒光的刺刀,开始用半通半不通的中国话说:"你们统统的都要当大日本帝国的良民,抗日的不要,谁是抗日分子的,快快的站出来!"接着操场便是死一般的寂静。于是,忍耐不住的日本军官向身边一个戴着日本军帽的瘦猴子似的人命令道:"你的去把反满抗日分子统统的认出来,我的重重有赏!"那个"瘦猴子"边向鬼子军官鞠躬,边喊了一声:"嗨!"立即带着几个日本兵气势汹汹地钻进了人群。裴治云一眼就看清了这个人就是背叛革命、投靠日本人充当汉奸特务的李元珍。这时,那个可恶的叛徒已经来到裴治云面前。就这样,在叛徒的指认下,县委书记裴治云、组织部长崔圭复、县委委员金成刚(女)、共产党员丁重久、孙哲龙、金木龙、李振永、林国镇、金锋春、青年团干部石光信(女)、孙明玉(女),以及革命群众柳仁化等十二名同志被捕。

敌人端着刺刀把村民驱散,将金成刚和裴治云等十二人关进了一间阴暗潮湿的仓库里,库外四周被十几个鬼子兵死死地看守起来。日本宪兵队长得知抓到了汤原县共产党要人时乐得发狂,一面向上级报告请求嘉奖,一面急不可待地部署审讯,妄图把这一带地下党清除干净。

一场严酷的、不间断的审讯开始了。

时至深秋,北方的天气已经很冷了,同志们穿的都是单衣,敌人的刑讯让他们皮开肉绽,彻骨的寒夜,冻得他们浑身簌簌发抖,可这一切都没能动摇革命者们的气节!

"你们还要抗日吗?!"敌人嚎叫。

"只要你们不滚出去,我们就抗日到底!"

同志们异口同声地回答。

于是,敌人加重了酷刑。他们用竹签子刺指甲缝,用火钩子烧肉体,再用皮鞭子劈头盖脸地抽打,晕过去了就用一桶凉水浇醒了再打,同志们个个被打得遍体鳞伤、血肉模糊。但是,严刑没有得到丝毫的效应。于是敌人又换了个软化手段,在仓库里用留声机放黄色歌曲。他们借这靡靡之音的氛围,提审年轻姑娘柳明玉和石光信。

"怎么样?你们都年纪轻轻如花似玉,找个丈夫结婚,安安乐乐地过小日子多好?跑出来抗什么日,何苦呢?"

"你们这些叛徒狗汉奸听着!你们甘心披着狗皮过狗一样的生活,而我们,是堂堂正正的人,我们要为祖国和人民的自由,为民族的解放事业而斗争到底!"

紧接着金成刚也被拉出来审讯。敌人逼她说,只要把女儿李在德交出来就放她回家。

"我女儿上山了,是叫你们逼的,她是去打你们日本鬼子的,总有一天她会回来!强盗们,你们等着吧!等着……"

三位女同志坚贞不屈的回答,彻底粉碎了敌人的软化诡计。无计可施的敌人只好又把她们毒打得奄奄一息后扔进了牢房。

十多天的突击刑讯,敌人是枉费了心机。同志们不仅没有一个屈服,反而变得更加坚强了。

最后的时刻来到了。

在一个秋风秋雨愁煞人的夜晚,无计可施的敌人终于使出最后的毒辣手段。裴治云、金成刚等十二名爱国抗日志士拖着哗哗作响的沉重镣铐,相互搀扶着被推押到日本宪兵队后院,凶残的敌人用一口旧井将他们活埋了。

夜空里"打倒日本帝国主义!""中国共产党万岁!"的口号声久久回荡。

为抗击日寇,三十三岁的金成刚带着对女儿的牵挂以最壮烈的方式告别了人生。她唯一的女儿李在德继承了母亲的遗志,擦干眼泪跟着汤原游击队上山了,她成为党的女儿,成为游击队里面年龄最小的女兵之一。

位于鹤立镇的十二烈士牺牲地

薛雯

行走在夜幕下的哈尔滨　薛雯

薛雯，1913年出生于江苏省常州武进横林镇余巷，是一位典型的南国女子，她眉清目秀，皮肤白皙，是著名抗日将领冯仲云青梅竹马的妻子。

1932年的哈尔滨已被日寇占领，冯仲云在《哈尔滨人民在中国共产党领导下的反日抗日斗争》一文中，曾无限痛惜地形容这座城市，冯仲云写道："……她过去曾经遭受过长期的苦难、黑暗、恐怖，曾经遭受过日寇伪满欺压、蹂躏、践踏。她挣扎、她反抗、她流血……"

就在这座黑暗、恐怖、流血的城市里，设立着中共满洲省委机关，这个机关领导着东三省党的工作。在珠河、磐石、汤原、宁安、海龙等中心县委的领导下，建立起各地苏维埃政权及组织了人民革命的抗日武装力量。这些组织与省委都有着密切的交通联系。当时，大批的宣传品及文件都由满洲省委的印刷机关印好发出去，这个印刷机关就设在道里三道街，时任省委秘书长的冯仲云直接领导着这个重要的机关。他的妻子薛雯是满洲省委的地下交通员，负责文件发行，每天都要到发行处去。

夜幕下的哈尔滨，活动着一批坚定的革命者，他们利用夜的黑暗通宵达旦地刻制钢板，再印成文件。

文件印完后，薛雯便在约好的地点接头，把需要印的文件传递给搞印刷的同志，再把印出的文件每一种留一份带回秘书处保存。这一切，通常都在每天的傍晚进行，道里秋林、同发隆和道里公园是他们的接头地点。

薛雯此时已怀有五个月身孕,她穿着一件黑色皮大衣,领子竖起来,戴着豆沙色的宽边毡帽,仅仅露出一点脸。她手里拿着一个点心包或点心匣,就像带回家去的晚饭。夜色朦胧中人们很难分辨出她是哪个国家的人。因为当时的哈尔滨居住着大批的俄国人、朝鲜族人,日本人就更不用说了。

她从道里的三道街出来,要经过十五道街、过霁虹桥、南岗下坎和日本领事馆等地,一路上碰到的搜查,总能被她机智地躲过去。虽有公共汽车,但坐在车上要是碰到拦路搜查就躲不过了,坐出租小汽车稍安全一些,可又没有那么多钱,因此只有步行。对于一个怀有五个月身孕的女人来说,有时还要工作一夜,其艰险和疲劳是可想而知的了。

曙光在前,同志们奋斗,用我们的枪炮和刺刀开自己的路,勇敢向前奋斗,我们是工人和农民的少年先锋队……

多少次,薛雯就是在心里唱着这首歌走完了全程。

薛雯怀孕七个月的时候,冯仲云去基层巡视工作,她一个人住在组织部做抄写工作。当时东北地下党与上海中央来往很密切,路线是走大连,大批的文件、期刊密印在一批批布上,每夜用药水洗出多少,就得抄写多少。因为孕期已长,她坐不下去,只能整夜弯着腰写,经常工作到夜里三四点钟。

1932年4月25日的傍晚,一名地下党员给她送来一大包"旧书及废报纸"实际是上海中央送来的密写文件,让薛雯当晚抄写出来,明天早上有人来取。

夜晚来临时,薛雯像往常一样弯着腰抄写文件,她突然感到不舒服,但仍咬着牙坚持又坚持,肚子在一阵一阵的发紧,迫使她一趟趟去厕所。当时,她租住在一个俄国人的住房,30年代"老毛子"(当时中国人对俄国人的称呼)家的厕所还没有抽水马桶,下面是个很深的大粪坑,上面搭着木制的坐架。文件这时还没有抄完,而第二天又要送出。薛雯强忍着分娩前的阵痛,一直坚持到26日的凌晨。这时,地下交通员李益芝来了,她生过孩子,有经验,看到薛雯这个样子,大叫起来:"雯,你要生孩子了,不能再去蹲厕所,别把孩子生在粪缸里,赶快上医院。"这之后,李益芝急忙把薛雯送到附近的"老毛子"医院。由于李益芝的女儿此时正身患重病,身上又带了文件,她把薛雯送到医院后就急匆匆地走了。

此时的薛雯感到异常的孤单,身边一个亲人都没有,但她来不及伤感,没等上产床孩子就生了下来。这是一个早产儿,出生时只有七个月。连医院的白俄大夫和护士们都说这个孩子是医院里"最小的婴儿"。

五天后,冯仲云才费尽周折地从外地赶了回来,他们为孩子起了一个南方的名字叫囡囡。

没想到,正是这个不足月的早产儿,在薛雯做交通员的危险活动中,起了关键性的掩护作用,多少次,都是靠这个小囡囡化险为夷。

自从有了小囡囡,薛雯便经常把文件、宣传品贴裹在婴儿身上,再穿上小衣服,包上小棉袄,随手带着药瓶或药包。如果碰上有人问,就说带孩子去看病。当有人问孩子多大了时,薛雯就尽量往大了说,还要补充一句,"她就是长得小"。遇到敌人偶然的检查,她就偷偷地把孩子的脚趾头用劲儿拧一下,弄得孩子哇哇大哭,敌人也就不耐烦地把她放过去了。

小囡囡出生一个月后,1932年的夏天来到了。薛雯一家搬到马家沟河沟街的住所。这里很僻静,两边都是空地,一面靠着一个白俄(苏联时期对逃亡到哈尔滨的俄罗斯人的称呼)的木板厂。因为这里接近郊区,日本人不常来,中共满洲省委秘书处就设在了这里。

一次,满洲省委准备在哈尔滨组织伪军警备队士兵起义。这一次的行动,需要大量的宣传品,且时间十分紧迫,同时必须在极其秘密的状态中工作。一天夜里,印刷机搬到薛雯的家中,时任北满省委书记的罗登贤同志亲自用毛笔蘸着阿莫尼亚药水写着蜡纸,薛雯和赵尚志一起负责印刷。冯仲云一边放哨一边检查纸张,四个人开始了紧张的工作,小囡囡当时睡在印刷机旁边的藤箱子里。大人们当时时被阿莫尼亚的臭气熏得直打喷嚏,囡囡也被熏得哭闹不止。印刷机开始工作后有嗒嗒的声音,孩子的哭声刚好能掩盖。慢慢孩子哭累了睡着了,她适应了屋里的空气。到了喂奶的时间,孩子醒了,但是任务紧急,薛雯也顾不得她了,只好任由孩子哭累了,又睡着了。

夜,万籁俱静,只有印刷机嗒嗒地响声。午夜两点钟时,靠近木板厂那边忽然传来了狗叫声,接着脚步声、咔嗒咔嗒的皮鞋声相继传来。大家知道这一定是巡路的过来了。冯仲云也急忙从窗子那边跑来提醒大家注意。但时间太紧迫了,如果停止工作,亮天前就完不成印刷任务。尽管窗子用厚布帘子罩上了,还是怕灯光透出去,屋里的四个人都很焦急。这时,薛雯不由瞧了瞧熟睡的女儿,忽然灵机一动,就用孩子的哭声来掩盖一切吧。于是,薛雯一只手仍旧掀着印刷纸,一只手捻着孩子的鼻子,可小囡囡仅仅把眉头一皱,小嘴一撇便没事了。薛雯只好狠了狠心,又在孩子的腿上、屁股蛋上使劲儿的拧着,孩子哇哇地大哭起来。哭声淹没了印刷机的声音,这样过路的伪军也会以为屋里的人是在哄孩子。

外面的脚步声时断时续,年轻的母亲也在不断地拧着孩子,孩子疼的两只小脚直蹬她,同志们更是心疼得不得了。当工作结束后,罗登贤这位年轻的满洲省委书记赶忙抱起了囡囡,抚摸着她身上青一块紫一块的伤痕,轻轻吻着孩子带泪的小脸,痛惜地说:"可怜的小囡囡,让你受苦了!为了安全完成任务,不得不让你参加我们的工作啊!"

尽管这次准备士兵起义的工作未能成功,但母亲和孩子都做出了牺牲。

地下斗争的凶险,绝不亚于正面战场上的斗争。1932年10月上旬的一天,黎明刚刚降临,街上又想起了惊悚、刺耳的警车声。当时薛雯一家住在马家沟的国课街(现奋斗路)一个园林附近的俄式小屋里。警车声惊醒了薛雯和冯仲云,冯仲云急忙下床靠近窗户侧耳辨别警备车的去向,他用低低的声音对妻子说:"又要出事了!"

这天的十点钟已经约了印刷处的老吴在教堂街小公园接头,而今早发生的情况,方向就在印刷处。没多久,小李(何成湘)来了,他严肃地告诉他们,印刷机关被敌人破坏了,组织决定他们夫妻二人必须在十一点以前一定得离开这里,不要带任何东西,薛雯去往组织部;冯仲云去到老王(王雨山)家隐蔽。

小李走后,薛雯赶忙把窗户上挂的一个做暗号的小洋娃娃拉下来,这是薛雯参加革命工作后,第一次听到党的机关被破坏,她惦念着老吴、老金(金伯阳)及他的家属和印刷机关的安全。

血雨腥风下的哈尔滨,地下工作人员和地下交通员们就这样命悬一线地战斗在隐蔽战线。

冯仲云在《哈尔滨人民在中国共产党领导下的反日抗日斗争》一文中的后面写道"日寇统治年代愈久,他的统治愈加之强,警察特务充斥,日寇阴险毒辣,诡计多端,使我党在哈尔滨的地下工作十分困难。"

1934年4月发生了共青团满洲宣传部长杨波、书记刘明佛被捕叛变的事件。冯仲云和薛雯都暴露了,刘明佛领着特务满城搜捕他们。

为躲避敌人搜捕,冯仲云去了外县,这时薛雯在一家私人医院里生下了她的第二个孩子,这是个男孩,取名坚儿。

当冯仲云从外地安排工作回来,敌人仍旧在通缉他们。薛雯当时带着两个孩子,又是南方口音,上游击队不便,组织上决定让她暂回关里老家安排孩子,而此时冯仲云也即将奔赴游击队。

谁知这一别,竟长达十二年。异常艰险的环境里出生的坚儿,在风雨飘摇中过早地离开了人世。小囡囡为纪念牺牲在南京雨花台的原中共满洲省委书记罗登贤改名为冯忆罗。

1945年,东北光复,当冯仲云和薛雯再次重逢时,十四岁的冯忆罗已经是一名新四军里面的小战士了。

传奇的交通员　田仲樵

这是一位一生都有争议的女人。

她曾经是抗战时期我党在东北地区职务最高的妇女领导人,是东北地区唯一的女性中心县委书记,曾任东北抗日联军第二路军筹委会委员、军委委员、中共吉东特委委员,吉东省委委员、巡视员。她的名字叫田仲樵。

田仲樵,又名田淑娟、苏维民,据她的侄子田军讲:"大姑小的时候曾念过几天私塾,多少有点文化。"

1900年前后,田仲樵的父母从吉林省桦甸县迁移到了黑龙江省穆棱县八面通高丽营子村。1906年田仲樵出生,她是这个家庭里的长女,她家共有兄弟姊妹八人,而田军的父亲田超(田耀宗)是最小的弟弟。

相书上说:1906年出生的属马人是天河水命,生人乃为出军征战之马。谁能想到呢,田仲樵,一介女流竟应了这一说法。她一生征战,在城镇、在乡村、在军旅、在狱中……

十七岁那年,父母将她许配给一个叫作荀玉坤的男人,并在十八岁那年生了一个男孩,可惜孩子只活了一岁多就夭折了。田军说:"那个孩子应该是我的姑舅哥哥,如果活着,现在也有九十岁了。"

田军还说:"姑母一生的时间是在一半清醒、一半疯癫之中度过的。"

职务最高的妇女领袖与疯癫的女人无论如何也联系不到一起,可事实就是如此。

1931年九一八事变后，田仲樵在家乡参加了抗日救国会，成为一名交通员。几年来为了完成各种凶险的任务，她常装扮成农妇在田间拔草、锄地、放猪、牧牛，有时还扮成蓬头垢面、赤足褴褛的乞丐，出入于城镇关卡。

1932年，在中共吉东特委的领导下，田仲樵开辟了由穆棱通往苏联的秘密交通线，利用这条安全的交通线，她曾多次掩护中共中央高级领导十数人，以及当时的中共吉东特委书记杨松、李范五等我党众多的高级干部秘密去往苏联。

1935年，经过斗争锻炼的田仲樵在李范五的介绍下，加入了中国共产党。这个女人从此以后就没有了自己，为了信仰，她能豁出去一切。

其实，田中樵身高只有一米五几，体型消瘦，如此瘦小的女人，作风却是雷厉风行，在抗联中外号"田疯子"，这个"疯"是褒义的"疯"。你看看她做过的事就知道她"疯"还是不疯。一次，在抗联第二路军的军务会议上，因为与第五军军长柴世荣意见有分歧，情急之下，她竟然扇了柴世荣一嘴巴。柴世荣军长可是长得人高马大，满脸的胡须。

一个嘴巴并没有让他们之间产生隔膜。相反，在其后的征战厮杀中，柴世荣军长像个宽厚仁慈的兄长那样对待田仲樵，这就是革命的队伍，这就是战友的情谊。

据田军讲，1936—1938年这段时间里，田仲樵经常领着抗联地下工作者孙万贵与丁志清的儿子孙成，二人扮成母子，秘密游走于各村屯、城镇之间，传递我党、我军情报。她伪装成各种身份，活动于牡丹江地区、哈尔滨地区，先后与巴彦抗日游击队的张甲洲，抗联第四军的李延禄、第五军的柴世荣、第二路军的周保中、第三军的赵尚志、第六军的李兆麟、第七军的崔石泉（崔庸键）等著名抗日将领有过联系。各部队战斗过的地方，都留下过她瘦小的身影。她曾经无数次利用自己丰富的对敌工作经验，帮助抗联部队消灭日伪军，完成安全转移。

1936年春节，田仲樵通过内线得知有人叛变，向敌人供出了牡丹江地下党领导机关，她设法及时通知了吉东特委，使同志们得以安全转移。1936年底，敌人曾逮捕过田仲樵，她被打得死去活来，但她机智地逃离了虎口，没有暴露身份。之后，她受吉东省委周保中的派遣，出入哈、佳、牡等地执行交通任务，并为抗联筹集物资。

1937年3月，周保中派当时任宁安中心县委书记的田仲樵到牡丹江开展城市抗日工作，侦察敌情，组织工人反日会，并担任中共驻共产国际代表团与东北党组织和抗日各军的通讯联系、转达文件指示等地下交通任务。

这一年正是日伪猖獗，疯狂"围剿"地下组织之时。日本侵略军在牡丹江周围建立了军工厂，戒备森严。田仲樵到后，开始住在西三条路邸家豆腐坊的地下联络站，通过东一条路包子铺厨师唐凤山及妻子王青山和地下交通员程品一建立了联系。在白色恐怖下，打入了日军仓库的被服厂做工，并吸收三十多名工人为反日会员，发展党员，成立了中共牡丹江党支部，王青山任书记。

1937年4月，田仲樵在充分掌握日军粮食仓库情况后，和王青山研究决定烧毁敌人的仓库。

夜色迷离，春风荡漾。仓库几名女工，打扮得花枝招展，她们买了烧鸡、花生米、白酒等东西，去迷惑看守人员。看着如花似玉的"花姑娘"，日军看守色迷迷地放松了警惕，和几名女工推杯换盏地喝了起来。这时候，田仲樵和王青山在外面绕过了探照灯，把汽油洒到粮食草袋上，然后点燃火种，火势迅速蔓延。日军发现后，眼看着近千吨的粮食化为灰烬，这场大火直烧了一天一夜。接着，又连续有两起日本人的军火库和被服仓库被毁。

1937年10月，东北抗联第四、五、七、八、十军组建为第二路军时，田仲樵是第二路军筹备委员会委员之一，周保中任第二路军总指挥。

1938年，东北抗联进入极度困难时期，7月30日，负责远征军军事政治领导责任的中共吉东省委书记、第五军政治部主任宋一夫借巡岗查哨之机与他的随从副官一起携款叛逃，后来变节投敌。宋一夫的叛变，致使吉东省各地党组织遭到严重破坏，也导致田仲樵在林口县后刁翎被捕。

田仲樵被捕的时候，正化装成乞丐在宁安城边要饭。敌人把她抓去后，她一口咬定是敌人搞错了名字，"我是一个叫花子，哪里是什么县委书记？"她大声地争辩着。"我是饶河人，家里上有年事已高的公婆，下有一大群孩子，丈夫瘫痪多年，就靠我一个人要饭养家糊口！太君，你们行行好，放了我吧，我不回去，家里的老少几口都要饿死啊！"田仲樵鼻涕一把眼泪一把地哭诉着。

她的申辩敌人怎么能够轻易相信？为了使她开口，敌人给她用尽了酷刑。

老虎凳、滚钉筒、刺竹签……田仲樵装着无辜的样子乱喊乱叫,她以一个弱女子的血肉之躯去对抗着这种惨无人道的残暴,在敌人的折磨下,她也产生过轻生的念头。

死吧,死了就一了百了。当敌人给她过电的时候,她想猛地扑上去电死自己。可是,脑海里瞬间又闪现出周保中在西征前要她争取与党中央取得联系的情景,这个任务还没完成啊,她还是周保中与南满的杨靖宇、魏拯民,北满的赵尚志、张寿篯互相联系的交通员,她想,我死了,任务由谁来完成呢?想到和周保中分手时候的嘱咐以及信任和期待的目光,田仲樵冷静下来,她把泪水咽到肚子里去,把仇恨隐埋在心中,下决心要活下来。

可活下来要比死去难。敌人又给她灌辣椒水了,她鼻涕眼泪混在一起哗哗地流,肚子鼓胀得吓人,鬼子用杠子压住她的双腿,然后又挤压她的肚子,满腹的辣椒水合着血水像喷泉一样从口中、鼻中喷出。她顿时昏死过去,当奄奄一息的她又被冷水浇过来时,她说的还是:"你们搞错了,我不是县委书记!不是县委书记……"这是她从始到终的口供。

灌辣椒水没有奏效,鬼子又用烧红了的烙铁烫她的腿、她的腹部、她的乳房,真是生不如死啊,可她没有死去的资格,她的身上肩负着那么多重要的任务,她必须活着!她用微弱的气息坚持说:"你们搞错了,我与你们要抓的人是重名!"

敌人终于疲倦了,在没有任何证据的情况下,放松了对田仲樵的看管,将她放在刁翎日军工作班监督。田仲樵的刑伤在慢慢好转,她可以在院子里自行走动了,还可以给日军洗洗衣服干些零活了,她在寻找逃走的机会。

正当她选择时机要逃走的时候,一天,在房外的小树林里,她听到了一个耳熟的声音。啊!怎么会是他!一霎时,她惊呆了,她听到的是自己的丈夫荀玉坤和郭郁洲、吴湘尘等(抗联第五军第一师原师长关书范部下)在和日军谈话。田仲樵心里在打鼓,难道丈夫他们也被抓进来了吗?可是,不像啊,她往下听去,不由得惊出了一身冷汗。她听到丈夫那公鸭嗓子在低三下四地向小林说:"关书范一月初与贵军的协定没有预期执行,是因为我们回去拉队伍的时候,被柴世荣发现,告诉了周保中,周保中当时就枪毙了关书范,开除了我们的党籍,撤销了我们的职务,并将我们四人扣押,是我们趁看守不备逃出军部,再次来投奔你们的。"

叛徒!自己的丈夫成了可耻的叛徒!巨大的愤怒令田仲樵浑身发抖。她恨自己当初不该把他带到部队里。1937年秋天的情景闪现在她的脑中。

她有个抽大烟不务正业的丈夫,田仲樵处处防着他。一次她以一个贵妇人的身份与地下党接头时,引起了荀玉坤的好奇心,他死缠着妻子不放。田仲樵只好把他领到小江沿地区,找到抗联第五军稽查处,把丈夫交给当时的稽查长冯王(后来牺牲)。她向组织申明,为了她工作的安全,从革命利益出发,请求组织上不要让荀玉坤回家。但冯王同志没有把问题想得太严重,认为荀玉坤只是一个流浪汉,就把他收留下来,并分给他一些不太重要的工作。

经过一年多的教育,荀玉坤表现积极,并在艰苦的环境下改掉了抽大烟的恶习,因此,西征时部队决定让他随第五军第一师行动,并做了军需处的处长。令田仲樵没有想到的是,他竟然和师长关书范密谋拉部队投降日本侵略军。

"周保中在哪里?是否还在五军?"这时,小林的声音打断了田仲樵的回忆。荀玉坤哭丧着脸说:"太君,枪毙了关书范以后,周保中就离开五军了!"田仲樵听到这话,轻轻地松了一口气,提着的心放了下来。可是,麻烦还在后面,凭她多年对荀玉坤的了解,她知道这个只要给他二两大烟土就能出卖灵魂的丈夫,一旦发现妻子在这里,就肯定会为了讨好日本人而揭露妻子的真实身份。田仲樵明白,与荀玉坤的关系已经是你死我活的敌对关系了。她决定先下手为强,除掉荀玉坤,为抗联除害。

可怎么除?那是个大活人,不是小猫、小狗,急中生智,一个主意还真的在她的脑中形成。

她首先仿照柴世荣的笔迹写了几行字,内容是:用假投降的办法骗取小林斋藤的信任,以达长期潜伏的目的。联络地点,前刁翎山后歪脖子松树旁石砬子的第三个石缝。落款人K。她写好了纸条,伺机接近荀玉坤等人。

计策虽好,行动起来却很难,既不能被荀玉坤发现自己,还要让小林他们见到这个纸条,并且毫不生疑地相信这个纸条。

田仲樵悄悄地躲避着几个叛徒,并等待着时机。

一天下午,当田仲樵看到勤务兵抱着几套衣服朝日本人小林斋藤的住处走去的时候,她的心头豁然开朗。时机终于来了,她心中长长地舒了一口气。因为她知道,她被捕的时候,鬼子也是先把衣服收去,查了个遍才送回来。小林不会那么轻易地相信荀玉坤他们的,看来,小林这是要查这几个叛徒的衣服了。

田仲樵认识抱衣服的鬼子勤务兵。前些日子,这个勤务兵的腿肚子总转筋,是田仲樵给他按摩才缓解的。在田仲樵养病期间,这个小勤务兵曾偷偷给过她支持和同情。

田仲樵假装扫地拦住了勤务兵的去路,并关心地打着手势问:"你的腿肚子是否还抽筋?"勤务兵龇牙咧嘴,比画着还疼。他还弯腰行礼表示,由于你的治疗已经好多了,能走路了。当时,由于日军长期围攻抗联,得这种病的人很多。田仲樵在家乡学过各种推拿疗法,她的手艺不错。田仲樵要求再给他做一次按摩,小勤务兵当场答应了。于是,他抱着一包衣服四下看了看无人注意便扭头跑进了田仲樵的房间。

田仲樵让小勤务兵躺在床上,并让他侧过身去,脸朝里墙,腿肚朝外,她一边用左手压住勤务兵脚上的穴位,一边用右手将写好的纸条迅速塞到她给丈夫缝制的裤腰里。为了不让鬼子看出破绽,她将那二寸见方的纸条舒展平,又将拉开裤腰口的针线拉回复了原位。一切摆弄停当,她才认认真真地给小勤务兵按摩了一会儿后,让他走了。

这一计策,果然奏效,狡诈多疑的小林上了田仲樵的圈套。当他在荀玉坤的裤腰棉层里发现这个纸条后,立即派人到前刁翎山后歪脖子松树旁石砬子的第三个石缝,在那里果然发现一个笔迹相同的字条:上面全是密码:元 EN - PO ……最后是 AK。这几个字码都是周保中规定的,元是指军部,EN 是指刁翎,PO 是指牡丹江四道河子处,AK 指柴世荣军长。这个纸条是柴世荣写给周保中的,意思是五军已经由刁翎转移到四道河子。

田仲樵被捕,这个联络点已经没有意义了,由田仲樵亲手放在第三块石缝中的纸条也无用了,因为,周保中与各军的秘密联络线不止一条,一处遭到破坏,他就会启用别的联络线。田仲樵长期与周保中、柴世荣并肩作战,配合默契,她坚信,这个联络点暴露给敌人,对我军不会造成什么损失的。

田仲樵当时这样想,可日后别人会这么想吗?历次的运动会听她的解释吗?田仲樵当时预测不到,即使预测到她也顾不得那么多了。

那一日,当小林斋藤拿到统一笔体都写 AK 的两张纸条时,立即毒打荀玉坤等人。这个叛徒被打得死去活来,但他也说不出代号 AK 是怎么回事。越是这样,敌人越认为他像共产党,没有耐心的小林只审讯了一天,就将这四个人拉出去枪毙了。

后来,田仲樵在群众的帮助下,终于逃出了虎口。周保中从柴世荣军长那里得知她的情况,非常感动。他立即指示在宁安附近活动的第九军政治部主任王克仁,要他设法找到田仲樵。

然而,王克仁在 1939 年 5 月间率部与敌人激战中牺牲了,柴世荣率领部队也转移了,田仲樵从此与周保中失去了联系。

她曾经三次被捕入狱,在日伪严刑拷打之下,有人说她叛变,有人说她变节,可是怎么查证,也没有一个地下组织,一个地下党员,是她出卖的。她的下线,也没有人因为她而被捕。

当时的地下党组织好比是一棵大树,如果说宋一夫是吉东地区的这棵树的树干,那田仲樵就是树干上的树枝,而下面还有好多的枝枝丫丫,倘若是田仲樵再叛变,那整棵的大树就将轰然倒下。

对于田仲樵,周保中在 1939 年 3 月 20 日写给《吉东省委执行部关于克服困难、坚持斗争问题给苏维民的信》中写道:

苏维民同志:

因为你的身体健康妨害了你的迅速行动,因为交通连系的困难,很久就需要面会接谈一切,直到现在越去越远,这是组织工作的缺陷,同是对于你个人的缺陷。吉东党组织深信你是一个抗日救国民族解放斗争中的一位可尊敬的女英雄,同时深信你是列宁信徒,模范的工人阶级中国共产党健全有志节的党员。远在一九三五—三六年,你在日贼法西斯白色恐怖条件下,就毫不动摇的担极艰难困苦的工作,其后你的工作活动,在更困难的环境中继续不断。民族革命的巨风骇浪考验过你是民族解放斗争的女英雄。你以地主资产阶级的社会出身,能够遵守工人阶级中国共产党的铁的纪律,忠实的执行以革命为终身事业的困苦工作,党组织从来满意,引为党内教育的榜样。

…… ……

周保中在这封信中对化名苏维民的田仲樵,给予了充分的肯定和高度的赞扬,将军的这份肯定和赞扬一定是经过考核和证实的。周保中在信的后半部又提出新的要求并安排了新的任务,在整封信中写满了信任。

1941年,刚刚出狱不久的田仲樵,正准备与延安中共中央派来的特派员倪景阳接头时,在牡丹江市又一次被捕。这一次,敌人变本加厉地动用大刑,辣椒水、老虎凳、往手指甲里钉竹签……在种种非人酷刑的摧残下,田仲樵准备以死殉国了。当日本人再次对她刑讯时,她找了一个空档,从刑讯室二楼的窗户上决然地跳了下去。

可想生不易,想死也难,这一跳使她多处骨折,并没有被摔死。敌人把重伤的她从牡丹江押送到哈尔滨伪警察厅,押解途中,还别有用心地给她套上日本和服。

看到身穿和服的田仲樵,不明真相的人当然以为她变节了。

真是才出狼窝,又入虎口,哈尔滨的日本兵更是凶残,他们企图从她的身上得到抗联部队和吉东省委的情报。在非人的酷刑中,田中樵"疯"了,面对着个疯女人,敌人也彻底失望了,他们感到从一个女疯子身上实在是挖不到什么有价值的线索,就把她推进了监狱。从此,田仲樵在半疯癫状态中,在日伪监狱里艰难地熬过了四个年头。

1945年8月15日,日本无条件投降,当她被党组织从监狱里营救出来后,这个半疯的女人,拖着羸弱的病体,跋山涉水跑到五常的深山密林中,找到抗联第十军汪雅臣军长所带领的二百多人的抗联余部。

而据田仲樵的侄子田军说,当年巴彦抗日游击队司令员张甲洲的儿子张佳田在姑母九十五岁的时候去医院看望姑母时,姑母说,因为她是交通员,只有她知道这支隐藏在深山老林子里的队伍。

著名作家萨苏先生在《最漫长的抵抗》一书中也记述到:"抗联第十军一部,

扼守九十五顶子山根据地，一直坚持到了抗日战争胜利。日军在作战地图上始终将他们标为'双龙（即第十军军长汪雅臣的报号）残部'。由于与世隔绝，他们在日本投降之后仍在就地据守，直到被周保中的交通员田仲樵（后来的东北烈士纪念馆馆员）带人接应出山。"

可当她把这些幸存下来的抗联战士带出莽莽群山，亲自交到抗联第三路军总指挥李兆麟将军的手里后，这个坚强的女人再也挺不住了。她的腿几乎不能走路，"疯女人"瘫了。后经组织找人治疗，她的精神和身体才慢慢得以恢复。

日本投降后，经中共牡丹江省委组织审查和省委书记李大章批准，田仲樵同志恢复了党的组织关系。

1946年和1963年，因为被捕入狱的经历，她的老上级周保中将军和黑龙江省第一任省长李范五，都曾经庄严地证明过她的抗联身份。但在那场史无前例的"文化大革命"中，造反派又怎能放过一个遭遇如此复杂的女人，反复的批斗当中，田仲樵又一次"疯了"。

这一次是"真疯"还是"假疯"？

"文革"终于结束，当阴霾散去，当乾坤朗朗之时，香港凤凰卫视对她进行了采访，屏幕上我们看到的是一个说话清清楚楚、明明白白的老人。

2005年3月15日，饱受争议、饱经忧患和沧桑的一代抗联女杰，在哈尔滨与世长辞，这位历尽坎坷的女兵活到了九十九岁，不能不说是一个奇迹。

田仲樵一生没有子女，也未再婚，艰苦的抗战使她失去了作为女人应享有的一切，唯有一部传奇留给了历史，留给了岁月。

关丽华

一匹烈马一杆枪　关丽华

鄂伦春族女兵关丽华的故事,是东北抗联第三军第三师第三团张凤岐团长的儿子张平讲给我的。对于这个家族而言,关丽华就是他们的亲人,都说血浓于水,但在这个家族里面关丽华和张凤岐的感情超越了骨肉亲情。

据张凤岐的儿子张平讲,新中国成立以后,父亲每年都要把关丽华接到家里住一阵子,老太太到了晚年头发全白了,还在脑后梳着一根又粗又长的大辫子。那些年国家经济困难,张凤岐把家里的白糖都攒着,等关老太太来了好给她,可老太太又偷着给了张凤岐的儿子张平。

这样的感情,没有经历过战火考验的人,也许永远都不会懂。

　　　　高高地兴安岭一片大森林,
　　　　森林里面住着勇敢的鄂伦春,
　　　　一呀一匹烈马一呀一杆枪,
　　　　獐狍野鹿满山满岭打呀打不尽。

这首叫作《鄂伦春小唱》的民歌唱的是一个勇敢剽悍的民族。

东北的大小兴安岭,是一个富饶美丽的地方,世代居住着以狩猎为生的鄂伦春族。莽莽的原始森林,沉寂秀美的草原,清幽的河川峡谷,哺育着鄂伦春族的儿女。过去,他们依靠一匹马、一杆枪、一只猎犬,一年四季追赶着獐狍、野鹿,游猎在辽阔的林海里,过着漂泊不定的生活。

"鄂伦春"是本民族自称,有两种解释,一种是"使用驯鹿的人",一种是"山岭上的人"。鄂伦春族又称为"玛涅克尔""毕拉尔""满珲""奇勒尔"等。还有一种俗称叫"索利"和"栖林",意为山岭上的人。清代文献记载曾把鄂伦春族归入"索伦部",有时也称之为"打牲部"。17世纪,鄂伦春族被编入满洲八旗。黑龙江流域是鄂伦春族的历史摇篮。鄂伦春人无论男女均善骑射,个个枪法娴熟。

抗战时期鄂伦春族的女子关丽华,就以一手好枪法而闻名,都说她手使双枪,枪响见物。

关丽华,1900年出生于嫩江县霍龙门村,幼年时没有大名,家人叫她妞妞。八岁那年由父母包办和同族人赵铣庭订婚,做了童养媳。不久,随赵家迁往铁力县桃山南河套一带从事游猎生活。1920年她生下儿子赵国志,岂料天有不测风云,1926年丈夫竟不幸病故。丈夫病故后,关丽华又生下遗腹女儿,取名赵团捡。这真不像是个女孩的名字,只因为这孩子是在野外大家围着圈时生下来的,所以就叫了个赵团捡。而关丽华呢,因其前夫姓赵,丈夫病故后,人们改口叫她赵寡妇。

丈夫死后,她一妇道人家挑起了家庭的重担,不久,被慕名而来的嫩铁公司聘去当护勇,也就是保安,不久又被经理丁理中聘为贴身保镖,那个年代一个女子能做保镖的,必定得有几分真本事。

考验她的时刻来到了。一天,有几个土匪混进抬木头的工人中,突然绑架了丁理中。关丽华知道后飞步赶来。但此时匪帮已押着丁理中走了。关丽华抄小道抢到土匪前头。在距百米以外,她喝令放开丁理中,土匪见她是个女流之辈,根本不放在眼里。手使双枪的关丽华,右手开枪打掉了一个土匪的狗皮帽子,左手开枪又打掉了一个土匪的耳朵。关丽华大声喝道:"如果再不放人,我让你们都死在这山上!"匪徒见状,惊恐不已,急忙放了丁理中。这以后,丁理中出入时,关丽华总是佩带双枪紧随左右。不久,俩人生发爱慕之心。

1930年,关丽华不顾鄂伦春族里有儿子的寡妇不能再嫁的习俗,带着十岁的儿子、四岁的女儿和丁理中结为连理。自此,人们不再叫她赵寡妇,改称"双枪人"。那年,她三十岁,在"江湖"上"双枪女侠"之名鹊起。

1932年,马占山部队在铁力、庆城一带与日军迂回作战。马占山在丁家住过,满怀着报国之情的丁理中与马占山成为挚友。为了支援马占山抗日,丁理中卖掉了家中财产,为马占山部队买子弹和给养。马占山的抗日行动对关丽华也产生了很大的影响,使这位鄂伦春族女杰走上了抗日救国的道路,从而也带动整个亲族开始了抗日救国之行动。

1935年夏,抗联战士鄂伦春族青年孟庆海受命回铁力桃山套子里为部队购买鄂族马匹。关丽华积极帮助挑选、饲养和管理,并和乡亲们一同将马匹送到方正县大罗勒密沟里陈家亮子东北抗日同盟军第四军军部。

1935年10月,军长李延禄把关丽华派回桃山做地下工作,并把东北抗日同盟军第四军联络站设在她家。这个联络站设立以后,为抗联部队提供了大量情报,救护了很多伤员。

1936年5月,丁理中去世,他死后仅剩的几间房子被日本守备队强占。关丽华领着女儿赵团捡被迫离家,怀着激愤到方正投靠李延禄领导的东北抗联第四军,后又回到铁力找金策。在铁力和庆城一带坚持抗日游击活动的金策,通过李延禄介绍知道女侠其人,动员她继续参加抗日,并为她起了关丽华这个名字,还为她的女儿起了名字叫赵凤兰。但抗联的指战员们都亲切地称关丽华为"老关"。

金策考虑到鄂伦春人在敌后便于活动,就让关丽华为抗联筹集给养,打探和传递情报。

1936年9月下旬,天气已转凉。抗联第三军第一师政治部主任许亨植率西征先遣队到达铁力境内,由于道路不熟悉,经常同敌人遭遇,既影响了行军速度,也造成了部队的伤亡。关丽华知道后,主动为抗联部队带路,只用一天时间,便撵上了张光迪的队伍。行动中许亨植与关丽华也结下了生死之谊。

1937年8月,许亨植部队与铁力日伪"讨伐"队遭遇。许亨植原定在附近的平缓山区打,关丽华知道后,就建议许亨植把敌人引诱到滚蛋岭,因为那里地形复杂,居高临下,便于发挥抗联部队的优势。许亨植采纳了这一建议,打了一个大胜仗。

1938年春，关丽华把儿子赵国志打入伪山林警察队，窃取了铁力日本守备队的重要情报。在得此情报后，又迅速派女儿赵凤兰送给朴吉松支队长。朴吉松带领部队在日本守备队的必经之路上设置了埋伏，一个小时以后，敌人进入伏击圈，朴吉松一声令下，抗联战士占据有利地形猛烈射击，将六十多名鬼子全部歼灭，只剩一只信鸽回去报丧。此次战斗取得了大快人心的胜利，为此受到北满省委书记金策的表扬，称赞道："索伦连在敌人的辖区内是我们抗联部队重要的组成部分，也是我们东北的抗日斗争最重要的也是最主要的胜败千里眼。"

1938年5月，朴吉松带领小分队在桃山南五龙山与敌人遭遇，激战中，张凤岐团长因身受重伤，倒在密林深处。饥饿、疲劳再加上流血过多，张凤岐渐渐失去知觉，昏迷了一夜。第二天当淅淅沥沥的春雨将他浇醒时，他发现自己难以动窝了。正在张凤岐残喘待毙的时候，关丽华发现了他。此时血肉模糊的张凤岐伤口已经开始化脓，关丽华使出鄂伦春人治伤的独家手法。她从腰间抽出猎刀，挑开张凤岐的伤口，让猎狗舔净伤口周围的脓血，随即取出里面的子弹，接着俯下身子，用嘴吮出里面的污血，最后用布包扎好。这才把张凤岐扶到自己的马上，驮到桃山顶峰，安置在一个山洞里。她怕野兽袭击张凤岐，便恳求山洞附近的一个道观道士日夜加以照顾。

关丽华每天早晚两次给张凤岐送来的兽肉、干粮和咸菜让这位身负重伤的勇士恢复了体力，而用獾子油和老鸹眼的木头扒皮熬水冲洗伤口，也让他的枪伤不到一个月即痊愈。

1939年4月抗联部队得到一个重要情报，从哈尔滨开往佳木斯的一辆专列上运输的全部是军需物资，张凤岐团长接受任务后，立即找到关丽华配合劫车行动。关丽华亲自带领十几个神枪手前往。他们在圣浪到鸡岭山的拐弯处，爬上火车，割开苫布，扔下许多军服、军毯等急需物资。

关丽华不但自己投身抗日事业，还把儿子赵国志、女儿赵凤兰也送到抗日的队伍中。按照金策的安排，赵国志打入铁力伪山林警察队做抗联内线。

关丽华多次配合抗联部队执行任务，终于被日伪当局发现，他们派出大批军警追查于她。无奈，关丽华于1941年夏天，率领鄂伦春赵姓亲族，从桃山河套秘密迁至庆安大罗镇东小烧锅屯，住在"集团部落"路东的一座孤房中。虽然迁到庆城居住,但她心中挂念的仍是抗联部队。这年秋天,她一匹烈马一杆枪又跑回铁力,偷偷打开日军马圈放出一批战马,送到抗联三军留守队。

1942年春,关丽华配合儿子赵国志冒着生命危险,两次深入驻铁力县日军守备队弹药库,儿子赵国志和鄂伦春族青年吴连生引爆了日军弹药库。

1942年5月中旬,关丽华及儿子赵国志配合抗联第三军第十二支队队长朴吉松和九支队长孙国栋,共同袭击了日伪铁力车站、岩手(桃山)站、王杨站,给日军以沉重打击。

在艰苦的抗战岁月里,关丽华曾经几次被汉奸告密而被捕入狱。尽管受尽严刑拷打,却始终不肯屈服,后被同胞营救出狱。

光复以后,鉴于鄂伦春族的巾帼英雄关丽华在抗日战争中援助抗联有功,她用过的马鞍子和穿过的皮袍被东北烈士纪念馆收藏。

1952年,时任黑龙江省副省长的于天放奖给她三匹马,因为这位老领导知道,马背上的民族最喜欢的就是烈马。

有人说她是正式的东北抗联女兵,也有人说她是抗援抗救人员,其实名称并不重要,她曾经为抗击日寇而战斗过,那她就是战士,就是兵。

1979年5月,关丽华与世长辞。一匹烈马一杆枪,抗击倭寇的鄂伦春女侠那不朽的魂魄将驰骋于故乡的青山绿水之中。

梁树林

抗联之母 梁树林

曾经有一张1951年的照片。右边是位慈眉善目，穿着偏襟土布上衣的老人，普通的就像千百万的农家妇女，但她又不普通，照片上她同国母宋庆龄站在一起，留下了一张传世之影，我们不禁要问，谁人能有此殊荣？

老人名叫梁树林，在1951年国庆节，曾被邀请赴京参加国庆庆典，毛主席亲自接见了她。在共和国的历史上有八位女性被中共中央授予中国革命"八大妈妈"荣誉称号，她们是：宋庆龄、邓颖超、贺子珍、蔡畅、史良、李德全、胡文秀（刘胡兰的妈妈）、梁树林。

梁树林被授予"中国革命八大妈妈"的称谓，是全国人民和国家领导人对在抗日战争时期，支持东北抗日联军英勇战斗的东北老百姓的最高奖赏。

而在东北抗联里她还有一个称呼，那就是"抗联之母"，而能获此称呼的人，必有最博大的母爱和不平凡的经历。

还是先从她的家族和出身说起吧。

梁树林生于1895年，辽宁省开原县人。其父梁启栋是梁启超的堂弟，受孙中山和梁启超维新思想的影响1923年参加革命，积极地参与了反封建礼教和反抗地主苛捐杂税的斗争，后来参加共产党，是辽宁早期的地下共产党员。

由于梁树林有一位开明的、参加革命的父亲，她在那个封建的社会里，免去了裹脚的痛苦，十七岁那年带着一双大脚走进了吕家的大门，从此有了一个随夫家的名字——吕梁氏，也就有了后人尊称她为吕老妈妈的这一称呼。

1926年,梁树林和丈夫吕庭元带着五个儿女来到黑龙江省珠河一面坡的大青川(现黑龙江省尚志市老街基乡)。

梁树林有两个儿子三个女儿,两个男娃最大,下面三个姐妹挨肩。大女儿在兵荒马乱中早早许了人家。

1931年九一八事变后,梁树林在其父亲和几位革命同志的影响下加入中国共产党,从此走上一条抗击日寇、保家卫国的道路。

让我们撕开记忆的伤口,重回那战火纷飞的抗战年代。

1932年3月,日本军国主义的铁蹄踏进了珠河(尚志)。

1933年10月,赵尚志成立了珠河反日游击队。梁树林的家成了游击队的秘密交通站、落脚点,她也担任了游击根据地珠河、苇河、延寿、方正、宾县五区的游击区区长、反日救国会会长。老伴吕庭元很支持她干革命,尽管那时他不是党里头的人,但还是常常赶车给队伍送粮、送衣服、送草料。

梁树林组织妇女们给队伍送米粮,做军鞋,冒着生命危险为抗联部队筹集军需物资。因她家是抗联的联络点,抗联将领赵尚志、李兆麟、冯仲云、李秋岳等人都曾在她家落脚、开会、吃住,赵一曼烈士不止住在她家,还曾认其为"干妈"。

正是由于珠河的父老乡亲对赵尚志所领导的游击队付出了真心大爱,哈东抗日根据地的开辟和建设得以快速的发展,成为一块"红地盘"。

梁树林在自己积极抗日的同时,她的两个正值青年的儿子也相继参加了珠河抗日游击队,大儿媳做了交通员,两个小女儿参加了儿童团。

看到两个儿子都走了,老伴吕庭元有些舍不得。梁树林对老伴说:"大小子上队我支持了,二小子我也支持,干革命是大伙的事,大伙都联合起来才能胜利。"

让人痛心的是1934年至1935年间,她的两个儿子和一个儿媳先后都牺牲在抗日战场,白发人送了黑发人。

梁树林的二儿子,珠河游击队战士吕文真是在黑龙宫秋皮囤的战斗中殉难的。吕文真被抬回来那一天是1934年农历十月初一。队员们说:"战斗从鸡鸣时分一直打到响午。文真为了掩护部队突围,拼到了最后,是子弹打光后牺牲的。打扫战场时,看到他被绑在一个树墩旁,头部没被砍断,脖子上是白翻翻的口子。"

文真的牺牲,让赵尚志和游击队的战士们悲痛不已,他们排队来到梁树林家,在地上跪成一圈,屋里跪不下,后面的人都跪在院子里。战士们泣不成声,赵尚志对梁树林说:"今后我们都是您的儿子,我们来养您,为你送终……"他带头震天动地的喊了一声:"妈——"

战士们紧随其后齐声呼喊:"妈——"

赵尚志的一声喊,战士们的声声喊,震撼着梁树林的心,她双手颤抖着去抚摸赵尚志的脸,去抚摸一个个战士的脸,渐渐地,她泪如雨下,无比凄怆地唤了一声:"儿呀——"

这一声儿啊,让人心痛,让人心碎,又有多少千言万语在其中。

1935年,又一个噩耗传来,梁树林的大儿子吕文才在战斗中也牺牲了,当地老百姓已把他就地安葬,当妈妈的连儿子的尸首都没看见。这是吕家牺牲的第二位亲人。

赵尚志听到消息后,忙和冯仲云、李兆麟来看她,刚强的梁树林对他们说:"抗日就是革命,干革命哪有不牺牲的?"

三位抗日将领找不到安慰妈妈的话,只能说:"老妈妈,我们这些抗联战士,将来都会给您养老送终的!"

在那个年代养老送终是人们的终极要求,但梁树林所要的是抗日救国。

说起梁树林和抗联指战员们的感情,当真是胜过亲生儿女。当年赵尚志离开珠河时就是从梁树林家里走的。为给他送行还特意杀了一只鸡,当时赵尚志手腕上有伤,梁树林就把儿子赶车用的皮腿子给他套在胳膊上为他做了一副皮套子。

张寿篯(李兆麟)将军离开珠河要去苏联,都说上车饺子下车面,家再穷,梁树林也得让他吃上这送行的饺子。

梁树林的小女儿吕凤兰当年十岁左右,她说,大猪圈南边有个王家大院,后山上有一个小房,自己一家和李兆麟在这里住了一个多月。李兆麟要去苏联,小凤兰摸黑儿到山坡上采回山韭菜,包饺子为李兆麟送行。要分手时李兆麟哭了,小凤兰问他,那么大个人哭啥？李兆麟说,妹子,以后可能见不到面了。正吃饺子时,赵一曼也来了,让李兆麟快走。妈妈留赵一曼在一起吃完饺子,就和赵一曼在山坡的一块大石板旁与李兆麟洒泪分别。这是吕凤兰与李兆麟的最后一面。

吕凤兰说,那时候自己家是抗联的高级据点,冯仲云、赵一曼这些人都是他家的常客,还有一个朝鲜族同志,大家叫他"黑李子"。"黑李子"汉语不好,唱歌时用手指头一个字一个字的数着歌词,这个"黑李子"就是时任铁北区区委书记的李秋岳。

从1934年的秋季开始,日本关东军就不断地对哈东地区进行"讨伐"。为了保存抗日的有生力量和开辟新的游击区,游击队的主力部队进行了战略转移。主力部队走后,日本关东军对根据地留守的游击队伍、中心县委以及革命群众进行了血腥的杀戮。

1935年3月6日,农历二月初二,这一天是传统的节日"龙抬头"。早晨,人们刚从炕上爬起,鬼子就进屯了,开始"推大沟"。

日伪军烧毁了抗日联军根据地,一个山沟一个山沟"清剿",将房屋烧毁或拆掉,制造"无人区",当地老百姓把这叫"推大沟"。

知道鬼子进屯了,梁树林赶忙奔下岗去通知老百姓,她的大儿媳吕管氏也急着走罗圈场奔太平沟去给游击队的医院和被服厂送信。吕管氏是1934年入党的共产党员,后被选为妇救会长并担任区里交通员。

鬼子进村后烧毁了村庄,等他们撤走后,乡亲们陆续回到被毁的家,梁树林的老伴回来了,两个女儿回来了,独独不见大儿媳。

天傍黑,罗圈场来人报信说:"你家大儿媳被鬼子打死在罗圈场了。"乡亲们听到消息后,赶紧组织人把大儿媳抬了回来。看到躺在地面担架上牺牲的大儿媳,刚强的梁树林大放悲声,这个像亲闺女一样的儿媳是她家牺牲的第三位亲人。

人啊,最大的悲哀应是痛定之后。两年的时间,她挚爱的三位亲人相继惨死在日寇的枪口之下。作为母亲实难承受如此沉重的打击,梁树林患上了间歇性的精神失常。她常常半夜往外跑,她背上背着一筐明子(松木制成的引火木柴),兜里装上洋火(火柴),从小亮河沿着铁道往小九站走,说是去烧狗窝(鬼子和伪军驻地)。三位亲人的血海深仇,她即使化成了灰也要报。

在家人和乡亲们的照料下,经过好多时日,她的精神才见好转。

1935年,东北人民革命军第三军实行战略转移后,梁树林协助赵一曼将游击区的医院、被服厂转移安置后隐居下来。1936年,为使留守游击区的战士们更好地战斗,梁树林积极地给部队运送弹药,领取野战医院急需的黄碘和紫酒,在此过程中,不幸被珠河县的大特务头子徐子轩逮捕入狱。

被捕后的梁树林受到残酷的刑讯逼供,敌人要她的口供,逼她说出游击队的去向。皮鞭子抽、木棍夹手指、用臭水灌肠,最后把她吊上房梁,她昏死过去数次,肋骨被打断了两根,门牙被敲掉了四颗,可她就是不肯出卖组织,不肯背叛党。

在狱中的梁树林严守党的机密,宁死不屈,后经党组织营救出狱。

出狱后的梁树林,在组织的秘密安排下,全家人登上了回辽宁的火车。来的时候七口人,返回时只有四口,梁树林把两个儿子永远留在了北大荒。

在辽宁,梁树林夫妻二人靠着租地、种地来维持着一家人的生活。梁树林有时也犯病。犯病的时候,不管是白天还是黑夜,也不管是刮风还是下雨,就向山里跑,说是去找抗联,找杨靖宇的部队。一家人很是担心,大家商量:对于陌生人不说姓"吕",就说姓"王"。

四年以后,吕家人又随大女儿返回了黑龙江,在亚布力开荒种地。

回到黑龙江后,梁树林仍没放下对抗联第三军和三位牺牲孩子的想念,时不时地还要离家出走,嘴里一遍一遍地重复着:"我要找抗联……我要找抗联……"

1946年这一家人又回到了一面坡,临走的那天梁树林兴奋地和女儿说:"我们出了沟到街上没准能和组织接上线。"

就在这一年,原东北抗联第三路军总政委冯仲云担任了松江省主席。他的心里时刻挂念着老区的人民,更没忘记在那战火纷飞的年代里出生入死支援抗联部队的乡亲们。他派人查访,在一面坡终于找到了梁树林。

至此,人们知道了这位革命的老妈妈,知道了她有三位亲人牺牲于抗日战争,知道了她曾经是女英雄赵一曼的干妈,知道了赵尚志、李兆麟和众多的抗联将士都喊过她妈妈。

而这位老妈妈也知道了,赵尚志、赵一曼、李兆麟都已经殉国牺牲了。

1951年春,梁树林出席了东北人民政府召开的烈军属模范代表大会,被誉为"东北抗联吕老妈妈",中央人民政府还授予她锦旗一面。

梁树林家的男人们在抗战中牺牲后,梁树林为小女儿吕凤兰找了个上门女婿,这个上门女婿成了她的养老儿。一年后,梁树林当上了姥姥,有了小外孙的陪伴,她的病终于好了起来。

1983年7月20日,这位革命的妈妈与世长辞,享年八十八岁。

如此惨烈,如此悲壮　刘翠花

上一篇里的吕老妈妈是地方干部,李秋岳、张宗兰、刘志敏等都是地方干部,在艰苦的抗战中,有一个群体永远不能忘记,那就是东北广袤大地上的各种抗日群团组织。群团组织里的妇女救国会在东北十四年的抗战中起到了极大的作用。东北抗联的队伍鼎盛时期三万余人,这三万余名的血性男儿中,每个人的后面都有一名或几名女人,她们是母亲、是妻子、是姐妹。正是有了这些女人的无私支持和奉献,才会有热血男儿血拼沙场。

男人们上队了,家里的活就都撂给了女人们,田间地头、炕上炕下,放下耙子,摸起扁担。

觉悟了的妇女们,迸发出了极大地革命热情。她们在地方上为抗联子弟兵缝制军装、军鞋,护理伤病员,侦察敌情、传送情报,成为一支抗日的有生力量。当时有一首歌曲唱的是:

麻油灯,麻麻亮,妹妹灯下做军鞋。
一针一线像穿梭,纳完鞋底纳鞋帮。
千针万线日夜忙,送给抗联穿脚上。
穿脚上,有力量,追得敌人无处藏。

还有多少妇救会员、妇救会长身陷囹圄、备受折磨,抗联之母吕老妈妈、李殿芳屯(今革命村)的尚大嫂、李张氏(李殿芳妻子)、于长青等都曾蹲过日本人的监牢狱,而其中最为惨烈的当属汤原县大脑山村妇救会会长刘翠花。

1937年腊月二十八,酷寒的汤原大地上一片白茫茫。在凌厉的严寒下,高山失翠,江河无波,蓝天都冻的变成了铁青色,披毛茹血的四条腿野兽也早已是踪迹皆无了。

然而在鹤立镇日本宪兵队的电线杆前却围着一群披着人皮的豺狼,他们呲着雪白的利齿,端着寒光闪闪上着刺刀的步枪,面无表情地看着电线杆上绑缚的一个裸体的女人。

这是一个年轻的少妇,健康的肤色早已被冻得青紫,紧紧绑缚的绳索毫不留情地嵌入她的皮肉。即便是这样,那少妇依旧高昂着头颅,圆睁着愤怒的双眼,她不屈地怒骂着这群四条腿的禽兽,怒骂着这群食人间烟火、不干人事的畜生。

寒光一闪,她的脸被锋利的刀锋无情地割裂,鲜血在脸颊上流淌,一滴滴地落到脚下的雪地上,白的雪、红的血,触目惊心。

她依旧在怒骂,畜生一样的日本兵又淫笑着割掉了她那曾经哺育过一双儿女的乳房,她还在怒骂。

嘴角被豁开了,血和着她含糊不清的怒骂在滴淌。舌头被剜下来了,她吐出一口口的热血,摇晃着不屈的头颅,依旧在嗓子眼里怒骂。

刀光闪闪,凶残的敌寇在一刀一刀地碎割着她年轻的躯体。肉在飞,血在流。年轻的少妇在敌寇的残暴下最后化为一缕怨魂。

这个被零刀碎割的女人就是刘翠花,是在1937年农历十二月十五日,日寇"血洗"汤原西二堡(今裕德)惨案中被捕并被押送到鹤立镇日军宪兵队里的十二人中唯一的女性,她时任大脑山村妇救会会长。

刘翠花,出生年月不详,汤原县大脑山村人。

大脑山一带是抗日游击区,日本关东军常来"扫荡",烧杀、掠抢、强奸妇女,弄得民不聊生。

目睹日伪军的暴行,普通的农妇刘翠花要奋起与日寇做斗争。

1935年刘翠花参加了抗日妇救会,由于她的出色表现和超人的工作能力,被推选为妇救会会长。

刘翠花是陈家二小子陈国兴的媳妇，这是一个俊俏的少妇，高高的个儿，瓜子脸，喜欢穿长布衫。

这又是一个刚强、泼辣的媳妇，说起话来高声亮嗓，干起活来手脚麻利。

这还是个热心肠的女人，办事爽快，乡亲邻里之间有事她都肯帮忙。

如此好的媳妇，唯有公婆对她不满意，说她不太靠谱，担心带坏了家风。可是这个媳妇勤快，每天都是料理完家务才走，所以婆母对她也没有办法。

她的公公婆婆哪里知道，自己的儿媳妇是在干抗日救国的大事情。

秋风起时，刘翠花接受了给抗日部队做棉衣的任务。妇救会的会员们把布匹和棉花拿来以后，刘翠花很快就按件分成小份，天黑了，就往各家送。接到布匹和棉花的妇女们都用棉被把窗户挡上，点上小油灯，贪黑赶制。刘翠花要在天亮以前再到各家把做好的棉衣一份一份取回来。而婆婆也终于猜出了儿媳在干什么，这回她不但不反对，还在暗中保护着儿媳妇的安全。

四天四夜的忙碌，终于顺利地完成了棉衣的制作任务，虽然好几天没休息，熬红了眼睛，但想到部队的同志们能在天冷时穿上棉衣，还是打心眼里往外高兴。

1937年农历十二月十四日深夜，劳累了几天的刘翠花刚刚进入梦乡，一阵阵的犬吠声将她惊醒，她料到一定是鬼子进了村，忙推醒丈夫陈国兴，匆忙给孩子穿上衣服，准备尽快出门躲避。

一家人还没等下地，房门轰然一声被踹开，特务和日本宪兵凶神恶煞般闯了进来，不由分说，刘翠花和丈夫一起被捆绑了起来。

原来这是日寇在有预谋的血洗西二堡，一场人间惨剧即将发生。

西二堡（今裕德乡裕德村）一带有卯家街、毛家街、套子里、尚家街、于家沟等村屯，是东北抗日联军经常活动的地区，日伪统治者对这一地区防范殊严，设有日军守备队、伪警察署、伪自卫团、特工班及伪村公所，为日伪统治中心。日本侵略者为切断西二堡地区抗日群众与抗日联军的联系，决定毁掉于家沟、毛家街、尚家街、套子里、高殿元等村屯，驱赶居民并入西二堡及卯家街居住；西二堡及卯家街四周有九处日本"开拓团"移民点，形成包围圈，可有效地监视抗日军民活动，敌人企图利用此举将东北抗联第六军扼制在深山老林中。

1937年农历十二月十四日午夜,鹤立镇日军守备队三百余人,在铃木与佐田大尉指挥下,由特务汉奸带路分东西两路,出其不意窜到西二堡一带,烧杀抢掠、无恶不作,制造出一起起惨绝人寰的大惨案。

　　西路日军直扑高殿元屯,又回头经过套子里杀向尚家街;一路点火烧房,开枪射击,抢掠财物。闯入尚家街后,日军挨家挨户抓人,捆绑七十多名群众,将其蒙上眼睛打得死去活来。之后,分别关至乔三炷子、白桐林和老丁家三座房内,顶上房门,四周堆满柴草,用机枪对准门窗,吼叫要烧死这些人。日寇威逼群众交出抗日联军,被抓群众怒不可遏,刚要往外猛冲,敌人机枪响起,三座房子同时被点火烧着。在大火焚烧与机枪射击下,圈在房中的七十多名群众只有孟广义一人抠开炕墙烟筒脖子爬出逃命,其余均被烧死。

　　东路日军,亦在同日午夜自大脑山屯经于家沟一路烧杀,直扑卯家街。到达卯家街后,日寇包围了全屯,将男女老幼赶进李宗哲家院内,用刺刀威逼群众交出抗联。在特务唐殿祥示意下,日军将赵景春等八名同志拖出,用铁丝捆住拴成一串,押至于家沟老梁家院内,随之连同在大脑山、于家沟抓走的十四名群众一起押送西二堡日军守备队。翌日凌晨,日军守备队炮楼上架起机枪,日伪军警及伪自卫团全部出动,押解东西两路抓来的三十二名群众,奔向二里路远的车喜云家多年废弃的十八丈深大井旁。井边刀枪林立,三十二名群众被日寇用刺刀自后心挑入刺死并顺势扔入大井。这次日寇杀人填井后,相继又投入八具死难者尸体。

　　日本侵略者罪行累累。1937年农历十四、十五、二十八日及翌年农历正月初二仅四天中,即先后分别在五处地点,残暴杀害我同胞一百二十余名。

　　就在这次惨案中,被捕的刘翠花等十二人被押到鹤立镇日本宪兵队。

　　在日本宪兵队大牢房里,刘翠花见到了东北抗联第六军连长王宪荣和他的兄弟王宪明。王宪荣说:"他受伤了在姐姐家养伤,弟弟王宪明来姐姐家护理时一起被捕。"王宪荣还说:"咱们得想法越狱逃出去,不然谁也活不了。"

　　在王宪荣的领导下,他们在一起商量如何越狱,一天,无意中发现门外不远处有一个两寸铁钉,于是他们利用连接在一起的筷子一点一点地拨拉铁钉,直至拿到手。然后,他们用那铁钉一点一点地挖墙。

就在准备逃狱时,日本宪兵将刘翠花拉出去刑讯,他们残酷地折磨她,上大挂、灌辣椒水、撕扯头发等酷刑都没有让刚强的刘翠花屈服。

腊月二十八,日寇在狂欢中酩酊大醉,探照灯依然亮着,但院子里晃动的鬼子身影少了,越狱的洞口也已挖好,人们屏住呼吸,生怕有一点的响动,按着顺序迅速从洞口爬了出去。先爬出去的人用石头砸死了醉梦中的看守长,打开了脚镣,光着脚爬上了铁丝网,越墙而走。

一个小时后,日寇发现狱中"犯人"越狱,全镇军警宪特倾巢出动,在鹤立镇展开大搜捕。

那一晚上,刘翠花光着双脚,冒着零下三四十度的严寒跑到西城刘万录家要了一双棉鞋,因怕连累老乡,转身又上了大街,她走街串巷,想逃出这鬼蜮般的鹤立镇。

可满大街都是敌人,一群鬼子兵从后边追上来,把她堵到厕所里,刘翠花不幸再次落入魔爪。

对于越狱出逃的刘翠花,恼羞成怒的日本宪兵兽性大发,他们扒光了她的衣服,把她捆绑在宪兵队的电柱子上,残忍地用刺刀凌迟了她。

刚烈的女杰刘翠花就这样不屈地走了,她虽然赤身裸体,但她所羞辱的是侵略者的无耻。

刘翠花,虽是一普通农妇,但却是一位应该编入革命阵营"烈女传"的女人,中华民族上下五千年,在抗击外辱的路上,刘翠花有着少有的惨烈,少有的悲壮。

刘翠花烈士纪念碑

第五章　战士自有战士的爱情

抗联女兵李敏阿姨说:"东北抗联部队里的女战士们没有从一而终和守寡这一说,好多女战士,丈夫牺牲了,后来就又嫁给了丈夫的战友,战友们在迎娶女兵的同时也接纳了她们所带来的前夫的孩子,就当自己的孩子一样,把他们抚养成人。"

爱情的伟大在于奉献,在于毫不停歇。无论是不断追求爱情的女兵,还是始终如一坚守爱情的女兵,只要是心中有爱,她们就是美的。

爱情本是人类共有的人性需求,女兵们的爱情并不曾因战争而枯竭和消亡。相反,流血、牺牲、饥寒交迫,更需要心灵的慰藉,更需要相互取暖。

女兵们爱的简单,爱的单纯,爱的大气,爱的执着。

包雅清　　周淑玲　　柳明玉　　于桂珍

女兵们的爱情

女兵李小凤（李敏）说："年轻的姑娘哪有不爱美的,可是咋美？别说镜子,连块玻璃碴都没有,想要照镜子就得找个水泡子。"

抗联里真的没有镜子吗？我说有,那镜子在哪？应该是在男人的眼睛里。

东北抗联里的男人们,看女兵都是美的,百媚千红,各有所爱。

部队里的女兵大部分是农民出身,还有一部分是童养媳,基本上没有多少文化,但那心干净的就像山泉水。

在这支队伍里,绝对是"有剩男没剩女",女兵们不管丑俊,一般不到二十岁就都"名花儿有主"了,其实这并不奇怪,部队里面男女兵的比例严重失调。而在那个年代,十五六岁嫁为人妇也是正常的事情,女子过了二十岁还没有婆家反而不正常。

当时的东北抗联部队因战争的严酷性,是严禁士兵们谈恋爱的。恋爱、结婚的直接后果就是生孩子,部队整天的在深山老林子里转,随时会和敌人有遭遇战,带个孩子咋办？

但爱情发自内心,情窦初开的男女,又怎能禁止得住？这一点领导们还是心知肚明的,倘若真遇到战士们谈恋爱了,各部队的领导处理起来还是蛮有人情味的。各军的处理方式也不同,对于年龄大的军官和老兵来说,上层领导甚至有时还给牵线搭桥。

至于说到性,这个问题在写东北抗联这一题材时好像一直讳莫如深,其实若没有性的要求,又何必在那种艰苦、危险的环境中相结合,尽管战士们的爱情简单,但性是一直存在的,要不哪来那么多在战争中出生的孩子。爱,是一种需要,爱或被爱都是一种喜悦,这一点不会因战火硝烟而冲淡。

说起部队领导为部下牵线搭桥,那事例挺多。周保中军长就曾做过女兵胡真一的工作,劝她嫁给第五军军长柴世荣。赵尚志军长,虽然他自己一直单身,可不止一次为下属主婚。

中共北满临时省委书记冯仲云也曾经说过:"我们抗联部队在多少年战斗中,青年们长大了,成长变老了,我们不能要求青年的男女不恋爱、不结婚。抗战还需持久下去,胜利还不知道何年何月,虽然我们深信胜利是属于我们的。所以,部队里青年干部结婚,我们是允许的。"

尽管上层领导的态度如此,但在东北抗联这支部队里,大部分的军官和士兵是找不到爱人的,或者直至牺牲都没有碰过女人,还有极少的抗联将士侥幸活到东北光复,但已过了结婚的最佳年龄,有几位年长的老兵返回东北后,只能娶地方上带着孩子的寡妇,生活过的极为艰难,此是后话。

说起当年女兵们的爱情,那就再讲几个小故事。

吴玉光是东北抗联第六军第四师的政治部主任,他与女兵李桂兰的爱情,其情由何时而起,又是如何发展起来的,也只有他们自己能说明白,其实他们认识的较早,初识是1933年,那一年吴玉光二十四岁,李桂兰才十五岁,等真正谈恋爱应该是到了部队,吴玉光二十八岁,李桂兰十九岁。有一个细节,当时的小战士李小凤还清晰地记得。

李小凤说,那时候她年纪小啊,才十二岁,还不懂得男女之事,部队里女兵少,她又是和李桂兰一起上的部队,就有事没事地黏着李桂兰。有一天,她突然发现李桂兰不见了,赶忙跑出去找。这时,她发现了吴玉光主任和李桂兰从山上下来,她赶忙跑到李桂兰跟前问她:"你们上山干啥去了?"李桂兰回答说:"打兔子去了。"小凤继续问:"打到了吗?"李桂兰回答:"没有,跑啦。"

好多年以后,李小凤笑着说:"那时候我真傻,咋就不懂,她们是在搞对象呢。"

女战士李淑贞。二十七八岁,人长得挺漂亮,是第九支队政委郭铁坚的爱人。他们两个人特别的恩爱,记得有一次部队点起篝火时,李淑贞坐在篝火前,郭政委坐在她的身后,用手环抱着她,用自己的身体给她挡着后背的寒风。其他的女兵们当时都很羡慕,一边捂着嘴偷偷地在笑,一边想,原来两口子还可以这样亲密啊。这一对夫妻曾经有过一个两岁的男孩,行军打仗,没办法抚养,就把孩子寄养在依兰县一个亲属家里,后被日寇查出惨遭杀害。消息传来,李淑贞悲痛万分,当第二个孩子出生后,她狠着心,偷着给孩子灌了大烟,孩子无声无息地死去了。她哭着说:"让孩子安安静静地走吧,再也别像他的哥哥那样,遭那么多的罪了……"

郭铁坚,生于1911年,依兰县刁翎村大通沟人。1941年8月,率所部从讷河向嫩江远征,途中为敌军包围,战斗中牺牲,年仅三十岁。

如果没有战争,这将是一对多么恩爱的夫妻,一个多么幸福的家庭。

李淑贞于1940年去苏联,成为东北抗联教导旅的一名女兵,后嫁给战友金京石上尉(朝鲜族),"八一五"日本投降后随丈夫去往朝鲜,听说生了好几个孩子。

第三军被服厂的于桂珍,1937年7月,由赵尚志主婚,与抗联第三军第一师师长蔡近葵结婚,那一年她才十六岁。赵尚志军长还特意送了陪嫁礼品。婚后于桂珍随丈夫调往第一师,被分在少年班。1938年随第三军、第六军部分队伍过界去苏联,后被送往新疆。

林贞玉烈士与李光林烈士(曾任宁安县团委书记,后任抗联第五军二师政治部主任,1935年牺牲)是一对双双殉国的英烈,关于他们的爱情故事已不为后人所知。但这一朵战火中开出的爱情之花,极凄美,极绚烂。

女战士包雅清是东北抗联第三师政治部主任刘雁来的妻子,1942年8月初怀有身孕的包雅清在赴苏联途中不幸被日军逮捕,在佳木斯监狱关押至"八一五"光复。抗日战争胜利后,刘雁来曾任富锦县苏联红军卫戍司令部副司令员,此时夫妻才得以团聚。这也是一对抗战夫妻。据包雅清的女儿刘小青讲,母亲是一位双手能打枪的神枪手。

还有位美丽的女兵叫周淑玲,1919年出生在黑龙江宝清县三道河子村。

1938年9月,周淑玲被编进了东北抗联第三军第四师。十九岁的女兵英姿飒爽,浑身上下焕发着青春的光彩。

忘不了的是那个炎热的夏天,周淑玲所在的三十二团正在三道河子休整,周保中军长与李明顺团长此时漫步在乡间的泥路上。当走到一个山岗上时,周军长有意停下来,指着不远处的淑玲说:"老李,你看那就是淑玲。"李明顺对这位叫作周淑玲的女兵早有耳闻,只是没有见过面。当周军长喊了一声:"淑玲",而听到喊声的淑玲也回身爽快地答应了一声。正是这一回眸,那爱情的火花瞬间在李明顺的心里点燃,他认定这就是自己今生要找的爱人。

看来,周保中军长这一次也是有意在做媒。

李明顺,抗联第三军第四师三十二团团长。九一八事变发生时,他是东北军的一个排长,驻防在牡丹江附近,目睹了日军入侵给东北人民带来的深重灾难,李明顺从队伍中拉出一排人,插入完达山。从此,在完达山麓三江平原一带出没着一支百姓传颂、敌人害怕的天德队,天德队的当家人便是李明顺,后来他带队加入了东北抗联。

而此时刚到三十二团的周淑玲并不知道李明顺有意于她,只当他是位令人敬重的首长。有一次淑玲送老叔下山,李明顺团长也跟着。淑玲舍不得老叔走,老叔为她擦去了眼泪说道:"傻丫头,有啥哭的,咱们逃出一个是一个,将来我也上山。"好像还是不放心,走出几步又回来的老叔对淑玲说:"将来你就嫁给李团长,这事你爷爷和你爹都知道。"淑玲看着老叔的背影越来越远,一时愣住了,老叔的话啥意思啊?

从那以后,李明顺团长就教淑玲怎样打绑腿才够结实,教她怎样看手枪上的准星,他还会把自己的马让淑玲骑上一程,自己则为她牵着缰绳,不理会战士们的鬼脸,这样的追求在当时也算是大胆了。淑玲慢慢地由不理不睬变得乐于接受这种呵护了。两个人最终情定终身,走过了枪林弹雨,走过了风霜雨雪,走过了漫长的革命生涯。

如今烽火马蹄声远,只留下了一段历史的佳话。

烈士孙国栋和女兵柳明玉,是一对极少为人所知的恋人。他们的爱情故事在李敏的回忆录《风雪征程》里略有记载。孙国栋烈士是一位铁血柔情的硬汉,因叛徒出卖而被捕入狱,他在敌人面前大义凛然、威武不屈,于1945年"八一五"的前夜被日寇绞死在哈尔滨道里模范监狱。生前他对自己的恋人柳明玉

(朝鲜族)的爱情极其细腻,他为她扛枪,找机会在她耳边轻轻地絮语,但战争年代不给他们过多的机会,真挚的爱情终成为一场生死恋。

柳明玉1940年去苏联,是东北抗联教导旅里面的一名女兵,后与金光侠(朝鲜族)上尉结婚,光复后回到朝鲜。

上面的几个小故事讲的都是正常的恋爱关系,除了牺牲的,大部分的结局还是花好月圆。那抗联部队里有没有不正常的关系呢?有!但是结局极为悲惨。彭施鲁同志在其回忆录《我在抗日联军十年》一书中就曾讲述过一件令人十分痛心的往事。书中他写道:

我还想提一下五军八团的政委姜信一的一件事。姜信一在我们那里住了一段时间之后,我们俩也成了好朋友。可是他从那里走后我一直未能再见到他。以后才听说他在男女关系上犯了错误,和一个有夫之妇爱上了。这个女同志就是曾在我们留守处住过的李生金。她的丈夫随远征队走了,她被编入第五军第三师第八团,一直由团政委姜信一带着一块活动,两人之间感情越来越深,简直是形同夫妻了。为此姜信一受到了师领导的批评,责令他们分开。但他们两人都舍不得分离,就利用一次战斗失散的机会一块脱离了队伍。他们没有安身之处,又不甘愿下山遭受日本人的屈辱。以后他们又找到了两个失散的战友,就商定继续抗日。姜信一仍然以抗日联军第五军第八团政委名义率领着这几个人进行抗日游击活动,在刁翎县境坚持了几个月之久,还发展了几名队员。以后他们的行动被姜信泰发现了。姜信泰是姜信一的亲哥哥,是第五军第三师第九团的政委。当他听到群众反映还有另一个姜政委带领着第五军几个人在刁翎县境内活动时,就下决心寻找他们,终于找到了。姜信一在哥哥的严厉斥责下悔愧万分,李生金也泪如雨下。姜信泰最后还是将他们两人处死了。

这个故事谁听起来都会感到分外的沉重,亲哥哥处死亲弟弟这于情理上不通,再说,只不过是生活作风问题嘛,罪不至死吧?可是别忘了这是战争年代,而女方的丈夫又正在远征。在哥哥姜信泰做出这个决定之时,他的心一定比谁都痛,而且这个痛必将伴随终生。

关于战时婚恋问题，东北抗联部队早在1935年就制定了相关制度并颁发文件《东北抗日联军部队内婚姻简则》，文件中对于"有私通、恋爱之乱婚行为者"，处理是蛮重的，最高处分就是死刑。

就现在所存资料看，抗战夫妻、革命伴侣，有好多对，这其中还有一对，虽是半路夫妻，却胜过结发。他们是东北抗联转往苏联进行休整时，在东北抗联教导旅里结为夫妻的刘铁石和庄凤。

刘铁石和庄凤都曾有过各自的婚姻，因为战争而离散了。他们的感情发展是建立在相互了解、相互支持、相互信任的基础上。他们经常在一起讨论电报技术等业务问题，谈论各自以往的战斗生活，憧憬着美好的未来，同时，爱情的种子也在他们的心中生长发芽。1943年秋，在经旅党委批准后，刘铁石请抗联战士邢德范作为他与庄凤的结婚介绍人，就在野营的营房里举行了婚礼。他们的婚事很简单，刘铁石从伯力买了三尺红布送给庄凤；庄凤给刘铁石做了一个小镜子套，互送作为纪念。他们穿的是苏联红军的军装，行李是部队的装备，铺的是草褥子，盖着军毯和军大衣，枕的是草枕头。尽管如此，他们的小窝是温暖的，足可抵御西伯利亚的寒风。

1945年，祖国光复，夫妻二人一同随反攻的大部队回到东北。

1992年1月29日，刘铁石因病去世。庄凤为悼念夫君赋诗七首，现摘录其中片段作为"女兵们的爱情"这篇文章的结尾：

忆 铁 石

与君相识黑水滨，共赴国难成知音。
枪林弹雨连生死，风餐露宿结同心。
回首往事如昨晨，君心我心总一心。
同迎解放同雀跃，共建家园共欢心。
常言夫妻百日恩，况复朝夕五十春。
夫君待我如兄长，亦师亦友情谊深。
生离死别最伤情，欲减悲思悲愈增。
唯将晚节酬逝侣，慰君英魂目可瞑。

周保中、王一知合影

无情未必真豪杰

都说美女爱英雄,都说无情未必真豪杰。

在东北抗联里,周保中将军无疑是顶天立地的大英雄,而最美丽的女兵也非王一知莫属。他们为民族的独立出生入死,他们共同谱写的是崭新的爱情篇章。

王一知是一位有知识的新女性,她的前夫胥杰是中共吉东省委秘书处的干部,胥杰才华横溢,热情活泼,文笔非常好,还会刻一手好字,是周保中非常欣赏的年轻干部。在一次转运省委的印刷机器、文件和通讯器材的时候,在杨胖子沟与敌人遭遇,他和十几名战友一起遇难。据唯一逃出来的金石峰说,胥杰其实已经逃离危险了,但想到由他携带的周保中总指挥的部分日记还埋在树叶下,怕落到敌人的手中,因此执意回去取,结果被搜山的日军发现而中弹身亡。

胥杰牺牲后,王一知接过了丈夫的背包,她担负起丈夫生前的工作,负责替周保中保管文件和日记。这些文件和日记对于东北抗联来说都是无价之宝,因为它记录着一个时代,一支军队的浴血抗战和历史的细节。

周保中,原名奚李元,字绍黄,白族,云南省大理县人。东北抗日联军主要创始人和领导者之一。1927年加入中国共产党,曾入云南讲武学校、莫斯科中山大学学习。九一八事变后,历任中共满洲省委军委书记、国民救国军总参议、绥宁反日同盟军军委会主席。东北反日联合军第五军军长、东北抗日联军第二路军总指挥兼政委、中共吉东省委书记、东北抗日联军教导旅旅长、中共东北委员会书记等职。他率领所部在吉东地区广泛开展游击战争,在"一年四季半年寒"的东北大地与日本侵略者战斗十四个春秋。

当王一知接过胥杰的背包,来到周保中的身边后,将军想到牺牲的胥杰,心中十分不忍。他默默地关心着王一知,甚至想把王一知调离部队,让她在地方上做点力所能及的工作。可王一知坚决不走,她表示,就是死也要死在队伍里。

在跟随周保中南征北战的斗争生活中,他们之间逐渐产生了真挚的爱情,并于1939年10月6日在抗联第二路军总部临时驻地举行了简朴而又隆重的婚礼。关于这场婚礼,周保中将军在其日记中记录道:

一九三九年十月六日:

在小组会议上,由王一知同志声明:因工作密切,两方有同一要求,与余结成革命婚姻。余亦有详尽说明。小组会全体同志无异意,皆表赞同,要求余与王一知同志当场握手以代婚礼。余与一知从命,全场鼓掌以示欢庆,并唱悠扬壮伟之国际歌。散会后作翌日工作准备。

以"国际歌"为婚礼的序曲,以握手代替拥抱,古往今来也许只有大将军能如此。

婚后的生活,王一知并未因为是将军的夫人而享受什么特权,而是继续出生入死的奔跑在抗日前线。

1939年11月,王一知奉总部命令去苏联参加整理中共吉东省委档案文件;1940年3月又奉命在苏联学习军用无线电通讯技术,同年9月学成回东北,担任抗联第二支队分遣队政治指导员兼无线电台台长。

当王一知与周保中分别之际,两个人都恋恋不舍。将军在日记中记述到:

余摒挡诸务,决留王一知同志留X城学习无线电技术。革命之热烈情爱,困难割舍,虽暂别离,亦颇有感于衷。一知尤觉酸楚,不忍别离,为之涕泣者几。临别之日,女主人偕一知送余登车,余亦为之低回。一知为最有刚毅力之女性,余则一切都甚了了,犹不免有儿女柔情也。

215

无情未必真豪杰,横刀立马的大将军亦是性情中之人。笔者自认将军与王一知的爱情不输马克思与燕妮。

在分别的日子里,周保中将军曾亲自写信给王一知。信中没有多少儿女情长,更多的是对当前局势的分析和对爱妻的鼓励。将军在信中最后写道:

亲爱的一知!您能在我们东北游击运动紧急严重的现时和白色世界灾害恐怖的现时,你竟得安居于和平的列宁、斯大林的红色东都,您又当如何感想呢?

我想,你不会放松一刻千金的光阴,为中国全部革命事业而加紧您的学习,加强您的劳动和健康。我想,您绝不会使您底革命情感与兴致流入一般生活的起伏状态。我想,您是一定能够以最大努力来理解工人无产阶级中国共产党的革命基本,您必能完成您的学习任务,充分准备您最近将来的斗争!

我以为专门技术的学习自然是需要精进熟练,同样您必须利用一切可能条件,提高革命文艺和政治知识,您那边每一个接触的先进男女,都是您的指导者和援手。中国新华日报丰富的内容以及现地的书史,满可充分利用。希望您有系统的步步踏实的向前勇往迈进。这是革命事业所希望于您的呢。我们这边同志也常在怀念着您呢。祝您努力和健康!!

李兆麟、金伯文和他们的孩子

将领遗孀

1937年那个冬天,对于女兵金伯文来说过得极不寻常。她在后方密营里就听说有位姓张的政治部主任要到这里来。没过几天,张主任穿着战士一样的棉军衣,背着一个背兜竟然真的来到了她和女兵于桂珍住的小屋。张寿篯(李兆麟)主任当时也就二十七岁,可长年在老林子里风吹雨淋,再加上没经修整的头发和满脸的连毛胡须,猛地一看好像有三四十岁。这位张主任,人虽然略显老成,但两道浓眉下的一双大眼睛却炯炯有神。他到了这里以后,话也不多,只是每天埋头赶写材料,偶尔会哼上几句京剧小调。

过了几天,通讯员来报告说,敌人要进山"讨伐"了。当时金伯文和于桂珍的粮食已不多,于是张寿篯立即赶到伤员的住处,他当机立断,先把自己唯一的一匹战马杀了,给伤员每人分了几块马肉,其余人员带上很少的一点口粮以便应付紧急情况。他先让这二十几个伤员连同护送的战士先向伊春方向转移。为了使伤员能稳妥地撤离这个地方,张寿篯不顾个人安危,把金伯文和于桂珍留下来和他一块观察敌人的动静。在伤员离开后的第二天,他们才离开这个地方。为了挽救这二十几个伤员,尽快地找到部队,张寿篯带着两个女兵日夜兼程,在深山雪地里开始了急行军。

也许就是这次雪地行军为他们日后爱情的发展埋下了伏笔。

朔风怒吼,大雪飞扬,张寿篯主任带领两名女兵行进在没有人烟的深山老林里,深雪没过了腰,张主任走在前面趟雪开道,这可是个力气活,不仅如此,他还用随身带着的罗盘辨别方向,并主动扶着她们越过难攀的山路。这一时刻,张主任不像领导,更像一名保护女人的男子汉和两名女兵的兄长。

一行三人就这样顶风冒雪地行进在老林子里,白天不能拢火,怕引来敌人,只能用炒面和雪水充饥。到了晚上,雪地宿营时张主任则把自己唯一的一条毛毯给小于盖上。夜间睡觉时需要轮流值班,为的是观察周围有无敌情,还要给火堆添柴和防止风吹火星烧坏衣裳。为了让两个女兵能多睡会儿,张主任值班时间总是长于她们,没几天就赶上了前面的二十几人的伤员队伍。

伤员的队伍走得十分艰难,由于口粮不足,一路上只能忍饥挨饿,互相搀扶着在深雪中挣扎前行。这时张寿篯一面鼓励伤员让他们一定要坚持到底,部队很快就会来接他们;一面对两个女兵说,咱不能看着伤员流血牺牲,他们没能死于敌人的枪口而幸存下来,也绝不能让他们死在这转移的路上。为了加快行军的速度,张寿篯决定将于桂珍留下和伤员们一块行动,他便独自带着金伯文又继续上路了。想起这二十几个在死亡线上挣扎的伤员,他们心急火燎,加快了行军的速度。几天后就到了位于伊春的东北抗日联军政治军事学校。到学校后,张寿篯马上派部队火速带上粮食去接应伤员。不久,接应的部队和伤员都陆续到了伊春。金伯文和张主任在这里等于桂珍到后,把伤员安顿好,就又随张主任继续上路了。

一个月以后,春暖了,雪化了,他们三人才返回糖梨川三军留守处,到留守处的第二天,张寿篯说,天已暖了,他还要到松花江以南去活动,毯子也用不着了,就送给了金伯文。

不知道将军的这条毯子,算不算定情之物。

转眼就到了7月份,张兰生、赵尚志、冯仲云和张寿篯来到了这里,还有二三十人的警卫部队(也称少年连)也一块儿到这里来开会。被服厂的女同志为他们洗衣、做饭、缝补衣裳。没过多久,大家就都混熟了。在会议间歇时,冯仲云、赵尚志等同志总是拿金伯文和张寿篯开玩笑。而每当这时,张寿篯总是像若无其事似的,倒背着手,来回踱着步,好像是在考虑着问题。看到这种情况,金伯文心里挺纳闷,不知他们的用意所在。

一天下午,张寿篯把金伯文喊了去,他直来直去地开口就说:"同志们这几天总是开我们的玩笑,你怎么想的? 我要是真的爱你,你怎么办?"

没想到将军的爱就这么直接,没有一点拐弯抹角,其实将军是军人,军人自有军人的性格。可这突如其来的问话,却弄得金伯文不知该说什么才好,她当时一点思想准备都没有。金伯文想,张寿篯同志当时是省委的领导同志,是个久经考验的指挥员,而自己只不过是一个不识几个大字的年轻战士,这怎么可能呢? 于是她就说:"我还没有想过,让我考虑考虑再说吧!"

这天夜里,金伯文翻来覆去怎么也睡不着,想两个人头一次见面的前前后后,张寿篯给金伯文留下的印象真不错,她很敬重他。要说结为夫妻,她想只要他人好,政治上坚定,在任何情况下都不会背叛革命就行。于是,第二天就答应了。这以后他们又谈了几次,双方把各自的家庭情况和个人经历都向对方做了介绍。就在会议结束前,经过当时省委研究,同意他们俩结婚。

关于自己的婚姻,在《东北地区革命历史文件汇集》甲64册中,张寿篯(李兆麟)在1942年9月10日写的《张寿篯独立活动经过(履历自传)》中的最后一段是这样写的:

我在农民生活中,曾娶过一个妻子,我参加革命运动以后,与家族完全断绝一切关系。在一九三七年七月与韩国女同志中国共产党员金贞顺(又名金伯文)结婚,省委批准我俩婚约。金伯文现在本旅学习无线电报员,她工作积极,对党忠实,但仍保留一些封建落后观点,现在没小孩子。

至于张寿篯主任在老家有原配的妻子,如今又要在部队结婚,大家一定会问,这算不算停妻再娶?

回答是不算。因为早在1935年东北抗日联军曾颁布过的《东北抗日联军部队内婚姻简则》的文件中,其附件第八条中就有:"但若该家属婚配关系断绝三年以上者,则不受本条的拘束。"

其实战争年代的婚姻和爱情是不能用常理来推论的,那种时时处在死亡阴影之下的煎熬,即使是革命者其心弦也会绷得极紧。任何一次邂逅,都会发出心的回响。而天各一方、生死难料,烽火路上的一见钟情也就不难理解了。他们是坚定的无产者,是抗战的斗士,但他们也是有血有肉的人。

只是苦了家中盼夫而归的结发之妻,这也是战争留下的创伤之一,非人力所能为。

1937年7月中旬的一天,在大兴安岭的一个荒山上,由冯仲云和赵尚志主持,张寿篯和金伯文举行了婚礼,同时举行婚礼的还有蔡近葵和于桂珍夫妇。

婚礼举办的挺热闹,警卫连的战士们采来了野花布置会场,冯仲云和赵尚志都做了热情洋溢的讲话。

这一对新人虽说结了婚,但仍是各自和同志们睡在小屋里。后来有一天大家好像恍然大悟似的,想起他们已经结了婚,也就应该有个"新房"了。于是,就天当房,地当床,同志们在小屋附近给他们俩支起了一个简单的小帐篷,还特殊优待,让给他们一条军毯。在这天晚上,他们俩就单睡了。可能是老天也想闹洞房,山区的天气本来就多变,到了半夜竟然风狂雨暴,不仅刮跑了帐篷,还把两个人淋个透。当他们跑回小屋叫门时,冯仲云和赵尚志还捉弄他们,说什么也不肯开门,结果,让他们在外面整整地浇了一夜。

是这山区的夜雨为他们奏响了最华美的乐章,这雨中的新婚之夜,也让他们永生难忘。

女兵胡真一的丈夫是第五军"大胡子"柴世荣军长,说起他们的爱情故事也挺让人感动、感叹。

1937年12月,女兵胡真一被调入后方被服厂工作,让她没有想到的是,在这里她遇到了一位大胡子军长,而后,她就成为第五军军长的夫人。

柴世荣军长是赫赫有名的抗日英雄。九一八事变后,他参加了抗日救国军,后来参加了周保中领导的东北抗日联军第五军,逐渐成为一名出色的高级指挥员,并加入了中国共产党。1937年9月29日,吉东省委决定组成东北抗日联军第二路军,周保中任总指挥,柴世荣升任第五军军长。

1938年初,柴世荣军长到后方检查工作,来到了胡真一所在的被服厂。十八岁的女兵浑身散发着青春的朝气,俊秀的脸庞和忘我的工作吸引了这位大胡子军长。

几天后,领导找胡真一谈话,希望她能与军长结为革命夫妻,当征求意见时,却被她一口拒绝了。胡真一说:"一是他年龄大,二是官位高,我觉得自己攀不上。"

柴军长经常在脖子上围一个狐狸围脖,加上满脸的胡子,给胡真一的感觉并不好,其实她不知道,为了能捕获柴军长,日本人曾悬赏六万大洋拿他和金日成的人头。为了伪装,当时金日成剃了个光头,而柴世荣则留了一脸胡须。

柴军长看胡真一不同意这门婚事,心里也猜出了八九。他亲自来找胡真一,风趣地对她说:"你是不是不愿意我留胡子,我就把胡子剃了嘛。"

胡真一没想到这个铁血英雄还有这般柔情,就说:"那是保你命的,你剃它干啥?"她一着急,这门婚事就答应下来了。

其实,大胡子军长不但有原配的妻子,而且还生了两个女儿,一个儿子。

柴世荣的原配妻子名柳淑清,1936年3月由周保中安排,已去往莫斯科学习,1938年7月,柳淑清和三个孩子回国到延安,不久大儿子柴国栋就奔赴抗战最前线,1939年在晋察冀战场上殉国。柳淑清1958年8月在武汉病逝,生前被称为"柴老太太""革命老妈妈"。

柴世荣认识胡真一后,说了自己的家世,他的原配妻子和子女当时都在莫斯科,因为战争,他和家人也不通信了。

1938年5月,满山的野花都在为他们开放,在一个春风和煦的日子里,胡真一和柴世荣结婚了。别看军长长得人高马大,其实是一位温柔浪漫的丈夫,他曾把妻子形容成小鸟,说关起来怕伤害了她,可拿在手里又怕伤的更厉害。

真是铮铮铁骨,寸寸柔肠。

能把妻子当成小鸟一样看待的人,定然是一位好夫君。只可惜这对战火中的夫妻只在一起生活了四年,丈夫给她留下两个孩子就永远走了。

战争年代,爱情,因为种种,不能相守,但爱情永远都存在。

最后要说的是曾任中共北满临时省委书记的张兰生(包巨魁)与女兵李英根(张佩珊)的爱情故事。

李英根(张佩珊)也曾有过两次婚姻,她的第一位丈夫是中共汤原中心县委书记李春满。

李春满,又名李宁,1907年生于朝鲜,中共党员。1931年任中共汤原中心县委书记。1934年秋在安邦河组织缴地主枪支时牺牲。

1936年9月,李英根被调入中共北满临时省委机关秘书处工作。同年,经冯仲云介绍,李英根与时任北满省委常委、宣传部长的张兰生结婚。

张兰生在老家也有原配的妻子,名张秀春,是位知书达理的大家闺秀,婚后生有长女包盛兰、一子包洪滨、小女包玉兰。

按理说,张兰生老家有结发之妻,本不该在部队再娶妻,可正因为有了"家属婚配关系断绝三年以上者,可以在部队另行择偶"的规定,张兰生和李英根的结合并不违反纪律。

至于张兰生与李英根的爱情故事我们就知之甚少了,只知道李英根曾于1940年9月生下一个男孩,这个男孩儿是个梦生,他永远看不到自己的父亲,因为他的父亲张兰生已经在同年7月19日在朝阳山战斗中牺牲。

1940年冬季,李英根在后方密营被捕入狱,身边带着的就是张兰生两个月大的遗腹子。

1943年李英根在狱中因重病而获释,从此和组织失去联系。

故事本该到此结束。但感人至深的是出狱后李英根和张兰生原配夫人张秀春一家的关系。

据张兰生的儿子包洪滨讲,李英根曾去看过他的妈妈,也就是张兰生的原配夫人,当姊妹两人见面后,紧紧地抱在了一起,放声痛哭,她们都在为张兰生烈士的早逝而悲痛。张兰生的结发之妻,在感情上大度地接纳了李英根母子。从此以后,两家人像亲人一样的走动。

张兰生的二儿子包武雄,为李英根所生。据包武雄讲:大妈待他胜过亲生,自然灾害那几年,大妈总把好吃的放在一个特殊的饭盒里,给他留着。

如今张兰生的两位夫人都已作古,但是每年的清明祭扫时,张兰生的大儿子包洪滨一定要告诉父亲说:"爸爸,你放心吧,二妈那边我去过了,弟弟一家也都挺好的。"

战争升华了人们的感情,血浓于水的亲情在包家两兄弟之间还在延续。

就用真情去治愈战争带来的伤口吧。

于保合、李在德合影

那一场婚礼

那是一场盛大的婚礼。

说它盛大,整座大山是它的礼堂,蓝天、白云是它的背景,东北抗日联军里的将军们是这场婚礼的主婚人和证婚人,而参加婚礼的嘉宾都是当时东北各大联军的主要领导。这在东北抗联的历史上也绝无仅有。

1937年6月,中共北满临时省委执委扩大会议在帽儿山第六军被服厂召开了。

北满临时省委书记冯仲云,第三军军长赵尚志,第五军军长周保中,省委宣传部长包巨魁(张兰生),第六军军长戴鸿宾,第六军政委张寿篯,第六军参谋长冯治纲,第六军秘书长黄吟秋,下江特委书记魏长奎,第九军政治部主任许亨植,第六军第四师政治部主任吴玉光,第六军第二师政治部主任张兴德,第六军第二师师长蓝志渊,第三军军部宣传科科长于保合,北满团省委书记黄成植,第六军军部秘书徐文彬等人出席了会议。

这次会议一连开了二十天左右。在会议期间,曾有两对恋人在这大山里举行了一场特殊的婚礼。

说起那场婚礼,当年才十三岁的李小凤记忆犹新。

会议快要结束时,一天,裴大姐告诉李小凤和李桂兰,让她俩明天早点起来去采些野菜回来。可是,小凤早晨醒来一看,哪还有李桂兰的影儿。她赶紧起身到河边洗把脸,拎着兜子顺河边采起了山菜,没想到竟然发现了李桂兰和吴玉光主任在河边的一棵大树下正窃窃私语呢。前几天,她曾经见过于保合和李在德也在一起悄悄地说话。小姑娘就想,大概自己不该去"打扰"她们吧？于是,悄悄躲着他们回到营地,向裴大姐汇报了自己看到的情景。听了小凤的话,裴大姐特别高兴。

"好极啦！真是双喜临门！"

双喜临门？嗯,是指自己看到的两对说的吗？小凤猜想着。

这时,往河边望去,看到了于保合和李在德已经走到一起了。再远看,那儿是吴玉光和李桂兰在散步。看到此情此景,裴大姐马上找冯仲云提了建议。

"冯仲云同志,于科长和李在德,吴主任和李桂兰,这两对都自由恋爱了,要是组织上批准,会议结束前,为这两对举行婚礼吧,咱们来个双喜临门！"

听了这话,冯仲云也很高兴。他向几位领导一提,大家无一不赞同。

"好极了,批准了。这是很好的两对,请你们筹划筹划,在会议结束前举行婚礼,也让大家热闹一番。"

冯仲云发话了,被服厂的同志们在裴大姐的指挥下进行了准备工作。她们用各种山花编成花冠装扮新娘,还为婚宴准备了各种野菜和替代喜酒的桦树汁。

当晚霞映红天边的时候,一场盛大的婚礼开始了。

第一对的新郎官吴玉光,是二十八岁的朝鲜族青年,当时任抗联第六军第四师政治部主任；他的新娘李桂兰是十九岁的汉族姑娘。

第二对的新郎官于保合是二十四岁的满族青年,当时任抗联第三军政治部宣传科长；他的新娘李在德是二十岁的朝鲜族姑娘,任六军被服厂党小组长。

两对戎马倥偬喜结良缘的新婚伴侣,身着戎装,胸戴山花,显得那样的神采奕奕,他们在远离乡村的深山营地举行简朴的婚礼,真是别开生面,让十三岁的小凤记了一辈子,也让所有的人难以忘记。

婚礼上徐文斌、许亨植、黄成植等朝鲜族同志情不自禁地用朝鲜语唱起了"那嘎扎那嘎扎"(舞曲,《前进吧！前进吧！》),并跳起了舞；张寿篯、赵尚志、周保中等同志不会跳,但也随着节奏使劲拍手助兴,气氛极为热烈。

"裴大姐,快上酒啊！"

冯仲云发话了,同志们在裴大姐的指挥下,动用大饭碗、水杯、饭盒等所有器皿,端来了白桦树汁。

"我们没有能力酿造白酒,但我们准备了比白酒更加珍贵的天然美酒——白桦树汁,管够喝。喝了它,会永葆青春,祝愿新婚夫妇的爱情像白桦汁一样纯真甜美,祝两对新人像白桦树一样白头偕老!"

裴大姐说得很激动,冯仲云接了她的话。

"裴大姐说得好啊,就让这白桦树汁婚宴载入我们东北抗联艰苦斗争的史册吧!来,我也祝愿你们永远记住这一天,愿你们永远相亲相爱!"

接着是周保中的祝词:

"希望你们像马克思和燕妮那样,在革命道路上携手前进,永不分离!"

周保中说完,张寿篯也送上了祝愿:

"你们是在抗日的烽火中喜结良缘的,相信你们一定会伉俪情深,地久天长!"

首长们的每句话,都引来了阵阵如雷的掌声。掌声、笑声和歌声,像一股股欢乐深情的交响,响彻了山岳,震荡着山林。

一轮满月升起来了,草地上点起了篝火。婚礼开始了敬烟的节目。那时很难搞到洋烟,只好用纸卷烟叶敬给大家。吴主任和李桂兰二人敬烟时,因李桂兰会抽烟也会卷烟,敬起烟来还算顺利。但是,轮到于保合和李在德就惨了,因他俩都不抽烟又不会卷烟,笨手笨脚的好不容易卷上一支,头尾不分,松松垮垮,没等递到嘴边就散花了,把他俩急得满头大汗,把大伙乐得前仰后合。

席间,北满省委交通站的老姜(外号干巴姜)打老远就喊着报告,他把一堆文件交给冯仲云后,不顾挽留急匆匆走了,大家预感,一定有什么紧急的情况吧,他走后,敬烟、敬酒的节目还在继续。

婚礼结束后,于保合与李在德的洞房设在林中的帐篷里;吴玉光与李桂兰的洞房设在被服厂间壁出来的一个小屋里。

婚礼的第二天,首长们就都出发了,两位新郎也随着他们一起走了,他们走向了战场。

这场婚礼为战争年代的爱情留下了绚丽的篇章,是东北抗联婚恋史的见证,是战争中军人爱情的纪实。

再说说两对新人的不同结局吧。

新人于保合与李在德后来都在东北抗联第三军,后去苏联,在枪林弹雨中相扶相携走完了半个世纪人生历程。

而另一对新人吴玉光和李桂兰就没有那么幸运了,李桂兰在1938年的"三一五"事件中被俘,在哈尔滨的道里伪满模范监狱中关押至1944年获释出狱。其丈夫第六军第四师政治部主任吴玉光于1938年底牺牲在饶河县的暴马顶子,夫妻二人从此阴阳相隔。

因是一夜夫妻,李桂兰也没能给吴玉光留下一男半女。

七十年倏忽而过,李桂兰在生命将要终结之际,嘱托组织和再婚后所生的女儿将她的骨灰与吴玉光合葬。

2014年的5月,一个春天的上午,当年这场婚礼的见证人李小凤(李敏)携李桂兰的女儿刘颖在伊春市带领区老促会的支持下,将吴玉光与李桂兰合葬于当年举行婚礼之地。吴玉光没有留下遗骨,东北烈士纪念馆研究员李云桥以史学研究者的名义,在吴玉光战斗过的梧桐河边取了一捧土,作为烈士的魂灵装入骨灰盒中。

墓碑背倚青山,面向东方,上刻有"抗战伴侣,永恒守望"八个大字。

时令正值晚春,连日来细雨霏霏,但下葬之时,却是云开日朗,似乎老天也在迎接故人归来。青山有幸埋忠骨,这里成为他们永久的归宿!

冯仲云、薛雯合影

十二载的守望

爱人啊,还不回来呀?我们从春望到秋,从秋望到夏,望到水枯石烂了!爱人呀,回不回来呀?

我们为了他——泪珠儿要流尽了,我们为了他——寸心早破碎了。层层锁着的九嶷山上的云哟,微微波着的洞庭湖的流水哟!你们知道不知道他?知道不知道他的所在啊?

这首歌的歌名为《湘累》,由郭沫若所作。这是一首冯仲云在战斗空隙中思念妻子和孩子时,独自在林中的月下常唱的一首歌。

1934年的那个暮春,哈尔滨处在白色恐怖之中,满洲团省委书记刘明佛、团省委宣传部长杨波的被捕叛变使哈尔滨的地下组织遭到严重的破坏,冯仲云和薛雯夫妇二人被敌人严密地缉捕。迫于形势,冯仲云提议,让薛雯把两个孩子送回老家江苏武进安置,待安置好后通过上海中央联络站的关系返回东北,与冯仲云一起去游击队。

上级组织批准了这一要求。此时,冯仲云即将奔赴游击队,离别之际,冯仲云一手抱着他疼爱的女儿,一手抚着还在薛雯怀里吃奶的男孩,对未来做了三种估计。他说:"雯,我们这次离别有三种可能:一是你安排好孩子,我们很快能相叙;二是或许要在十年到十五年革命取得了胜利再相叙;三,也可能是永别。"

这一年冯仲云二十六岁,而他的妻子才刚刚二十一岁。

真是别时容易见时难,谁料到,这一别竟然是整整的十二年。十二年的望穿秋水,十二年的苦熬苦盼。

返回家乡的薛雯经历了一系列的变故,她将两个孩子寄养于亲属家,只身一人前往上海去接组织关系。她到上海后正碰上反动派在大搜捕,根据组织安排她与一名叫刘桂清的女交通员接上了关系。后交通站于1935年5月22日遭破坏,刘桂清和薛雯双双被逮捕。1936年,敌人在没有证据的情况下,薛雯被哥哥保释出来。

从拘留所出来不久,全面抗战开始了。关里关外不通音讯,薛雯变成了一只离群的孤雁。不久,她在极度困难的条件下所生的那个叫作坚儿的男孩病死了。她经受着政治上找不到组织的痛苦和失去孩子的伤心。

虽然接不上组织关系,但是薛雯并没有忘记自己是一名共产党员。她积极联络进步人士,为支援新四军做工作,并在女儿十三岁的时候,把她送进新四军,她的女儿冯忆罗,成为新四军里最小的卫生兵。

艰苦的十四年抗战终于结束了。可薛雯还是得不到冯仲云的消息,这时的她正在华中一地委党校学习。

终于有一天,薛雯思念了十二年的云哥来信了。那激动的相思之泪,划过脸颊,滴落信笺。云,你还活着啊!

"长相思兮长相忆,短相思兮无穷极"。十二年间这长长短短的相思唯有两心自知。

冯仲云的第一封信是写给家里所有人的。家中老父亲害怕信件失落,特抄了一份寄给薛雯。

冯仲云在信中写道:"经过很长时间的风云,不知谁还活着,谁能看到我这封信……"

薛雯终于可以直接与冯仲云通信了。十几年以来,冯仲云战斗在兴安岭丛山及松花江两岸,薛雯战斗在长江两岸,他们始终在抗日的道路上并肩前进着。

冯仲云在给薛雯的信中写道:"雯,我是在东北苦斗了十四年。曾经身经百战,血染战袍;曾经弹尽粮绝,用草根、树皮、马皮等充饥;曾在塞外零下四十度的朔风中露天度过漫漫的长夜;曾经负过重伤;曾经在枪林弹雨、血肉横飞中冲杀,艰苦卓绝地战斗,矢志忠贞祖国人民……"

冯仲云最后在信中说道:"只要雯没有违反往日的志愿,没有对不起祖国和组织,那么还是我的妻。我是这样地等待了十二年,我坚信我对雯的忠诚是能得到结果的。"

可他的爱妻薛雯又何尝不是也等待了十二年,十二年中得有多少的思念和泪水,这十二年中又有多少亲人离去。

悲喜交集中,薛雯给冯仲云回了信:

亲爱的云哥:

正在设法打探你的消息,居然由家中转来了你的信,这一快乐是使我写不出来了……你能在长久的抗战中是锻炼得更伟大了。这是多么光荣的事阿!

别离的十二年中,我并未忘了我们的立场,虽然是被孩子的拖累阻止了我的进步,但是我教育了他们,教育了很多青年人,安慰了老父,现在还是回到了母校,亲爱的,我是没有使你失望,尤其是我俩的孩子。罗儿,是能给你相当的安慰,她去年就离开了我,比我是进步,同你一样的坚毅,她有跟着她爸的精神走得决心,她已毕业,她已经是一个小小的医务员了。她的照片另函寄你。娃坚儿是在战前奶妈身边死了。我为了要想自己进步,牺牲了他的小生命。但我们要看看无数牺牲的先烈。不要怀念这小生命。

家中的许多不幸的遭遇,父亲信是先告诉你的。我很忙,但有一封较长的信,是在想法寄给你。我要找到了妥当的地方,可给你多多写信。

我在托人打电报给你。

我同家的关系是很好,大姐留下的大女儿怡文也我带着,现同罗儿在一起。

你的伟大是使我的许多同学敬佩,你的伟大是给我无数的安慰,亲爱的,在别离十二年之间,我是把真理战胜了,我回到的恶劣环境,同时我希望你能相信我。

一切由第二封信告诉你。

雯,三月二十七日

终于联系上了日思夜想的丈夫,薛雯满怀着希望和思念带着女儿忆罗和姐姐的孩子怡文开始了艰难的寻夫之旅。她们从家乡穿过国统区,从鸾家口跨渤海到安东(今丹东),又从安东绕道朝鲜到图们,再乘铁道兵吕正操司令员的公务车到牡丹江,由那里到亚布力,这样才辗转到了哈尔滨。

期待十二年的见面终于来到了。当妻子薛雯和女儿忆罗突然出现在省政府的楼下时,冯仲云赶到楼梯口,站在那里看着妻儿们往楼上走,自己竟然激动的走不下来了。

十四年的艰苦抗战,死了多少人啊,他的妻子雯,他的女儿忆罗还活着,还能和他相叙,这是一件多么不易的事情啊。

分别时的青年如今已经步入了中年,妻子也已从一位美丽的少妇跨过了三十岁的门槛。

战争考验着爱情,而爱情也见证了战争。

我心永恒 **刘志敏**

刘志敏是母亲李桂兰的狱友,从汤原县的伪警察署监狱到哈尔滨道里的伪满模范监狱,从1938年到1944年。

李桂兰说:"刘志敏苦啊,她守着雷炎的照片过了一辈子,她苦了一辈子。"

是的,刘志敏用一生演绎的是一阕凄美的故事。

那是天上人间永恒的守望,那是一曲爱情的挽歌。

这是一个美丽的女人,年轻时美,暮年亦美,美丽的像一尊女神。这个女人用半个多世纪的时间坚守着自己的信仰,坚守着一份恒久的爱情。

刘志敏原名叫刘纯,1909年出生在黑龙江省海伦县富海区一户殷实的家庭里,她读了几年书,有着大家闺秀的温婉气质。她的美一如她的名字,纯的好似一湖春水。

1931年九一八事变的枪声,令国人惊醒。在这场巨大的事变中,有人选择了拼死抵抗,有人选择了随波逐流,有人麻木的任人宰割。而二十二岁的刘纯毅然选择了离开家乡投身到抗日救国的洪流中。她参加抗日活动较早,一开始在哈尔滨市做纺织女工工作,并兼地下交通员。

东北党组织在领导群众进行艰苦抗日斗争时,特别注意到妇女力量。1932年3月1日,满洲省委向全区妇女发出号召:"劳苦妇女必须在革命的总的战线上与劳苦兄弟一致,驱逐日本帝国主义和他们的走狗出境,建设苏维埃政权以及弟兄总的解放,同样也取得妇女的真正解放。"在中共满洲省委的领导下,一批优秀的妇女干部投身于抗击日寇的战斗中。

由于工作需要,1932年初组织安排刘志敏回到海伦建立秘密交通站。1934年2月调回哈尔滨仍做交通工作。

始建于1902—1904年间的哈尔滨老巴夺烟厂(现哈尔滨卷烟厂),是个女工比较集中的地方,也是中共党组织的重点工作单位之一。1932年至1934年间,赵一曼、于佩贞、刘志敏等女共产党员受党组织委派,在这个厂开展女工工作。她们通过拜干姊妹、扎花(即绣花)、参加婚礼、小孩过百岁等活动联系群众,进行抗日宣传。当时,有专门的地下工作者印制宣传抗日的传单,女工们在得到传单后,悄悄在工人中传递。在女共产党员的带领下,女工们还与男工人一道,通过破坏机器,迫使厂方停工,或采取罢工等形式,开展对敌斗争。

在秘密抗日、抗敌活动中,刘志敏等一些女共产党员和妇女承担了密写、保管和传递文件及机关的保卫工作。中共满洲省委许多秘密会议,都在便于隐蔽的"家庭"里召开。每次开会,女地下工作者为大家站岗放哨。

地下工作是危险的,充满了变数,稍不留心,就会落入敌人的魔爪,堕入那万劫不复的地狱。刘志敏沉稳、机智,多次化险为夷。

1934年的秋天,地下党组织派刘志敏进入道外利纪工厂,与女工何凤兰、何秀兰姐妹组织起"反满抗日小组"。在道外郁民绣花厂组织了以女工陈淑云、张春燕为骨干的"中国妇女抗日救国会",公开名义是"大众读书会"。这些组织在女工中宣传抗日救国的道理,宣传中国共产党的主张,还组织女工散发"打倒日本帝国主义""我们不当亡国奴"等传单。

也许就是这一年,刘志敏恋爱了,结婚了,她与雷炎因共同的信仰走到了一起。

这是一对金童玉女,男的潇洒,女的漂亮。如果没有战争,他们会相亲相爱地携手走到老。

雷炎,1911年出生于黑龙江省海伦县,他八岁入私塾读书,二十一岁毕业于黑龙江省第二交通中学。

1931年九一八事变,雷炎深为激愤,作为一名进步青年,他怎能甘心做亡国奴。这个"不将日寇赶出中国死不休"的热血男儿在这年的11月毅然参加了抗日民众自卫军,走上了抗日救亡之路。

1933年初,雷炎加入了中国共产党。同年4月1日,中共海伦县支部成立,雷炎担任支部书记,在李兆麟的指导下,雷炎在海伦县组织了七八十人的游击队,展开了抗日武装斗争。

1934年,为解决游击队的武器问题,雷炎与赵一曼曾机智勇敢地缴了几处伪警察哨所的械,使不断发展的抗日游击队得到补充。在战斗中雷炎还获得了一个"雷锤子"的名号。

根据工作需要,党组织又派他到哈尔滨负责反日会工作。这段时期他以在哈尔滨第三中学任教为掩护,经常到各学校、伪大北新报馆以及伪军部队里宣传抗日,组织反日会,发动罢工、罢课。

在这里他和刘志敏成为并肩战斗的战友和一对生死恋人。当时,刘志敏的身份是毛织厂的工人,这对年轻的小夫妻住在哈尔滨道里一个叫偏脸子的地方(现哈尔滨市道里区安字片街区)。他们白天上班,晚上搞秘密印刷。有一次地下工作人员费敏送来中央文件,要求连夜印完。当晚在昏暗的灯光下,雷炎一笔一画认真地刻着钢板,刻好的蜡纸交给刘志敏赶紧印制。印完后,他们将文件装在点心盒子里。第二天,刘志敏借故请假,及时将文件送到指定的交通站。

那是一段极其危险的岁月,可又是一段多么幸福的时光,因为他们可以在一起,而且是一对并肩战斗的战友。当他们的目光交织在一起,更多的是对明天的向往,国亡了,何以为家,唯有拼了这一腔青春的热血!而当他们互相为对方擦去脸上的油墨时,这对年青的恋人,又有多少的浓情与蜜意在其中,他们唯愿千年如一日守候着共同的誓言,守候着他们永远不变的信仰。

幸福的时光匆匆而过,来不及过多的缠绵,来不及过多的亲热,甚至来不及生一个娃娃,根据工作需要,中共满洲省委派雷炎到上海武装自卫委员会去工作了。临行之际,刘志敏为他准备行装,但他什么都不要。刘志敏关切地问,你到底要什么?他说,我只要一个,那就是"革命"二字!

就为这"革命"二字,雷炎来到了上海,在武装自卫委员会里工作一年后,于1935年冬,组织上又将他调回东北战场。

由于工作政绩突出,1936年秋,东北人民革命军第三军改编为东北抗日联军第三军,雷炎先后担任五师、九师参谋长和政治部主任职务。在抗联第三军中,他枪法出众,是有名的"双枪手",他指挥作战稳、准、狠。战斗中冲锋在前,撤退在后,他率领的部队,也是犹如一群猛虎,敢打敢拼,多次获得突出战绩,名扬全军。

就在雷炎驰骋疆场的同时,刘志敏也在地方上奔忙。

为了抗战,这一对年青的夫妻聚少离多。1935年组织上将刘志敏派到黑龙江省珠河(现尚志)从事抗日救国活动,同年7月加入中国共产党。1936年调下江特委任妇女部长。

刘志敏是一位杰出的妇女干部,有知识,有文化。她热爱自己从事的妇女工作,日夜奔忙,深入群众,和广大妇女交朋友。她待人真诚、和蔼、体贴,遇人遇事都有足够的耐心,晓之以理,动之以情,从不发脾气,具有东方女性的美德和魅力,因此博得了广大农村妇女干部、群众的热爱、拥护和信任。她在地方上曾组织临时被服厂或临时缝衣队为东北抗日军缝制军服。急需时集中,做完分散,机动灵活地来完成支前任务。在她亲自领导下,抗日救国地方被服厂有汤原县桦子屯、苏拉河、洼达岗(现为香兰镇)、格节河等,解决了1936年至1937年抗日联军第三军、第六军的服装急需问题,得到第六军政委李兆麟和第三军军长赵尚志等同志的多次称赞和表扬。

1938年日寇发动了"三一五"大搜捕,刘志敏于1938年6月11日在桦川县黑通被捕入狱。

被捕后的刘志敏先被关押在汤原县监狱,后被移送到哈尔滨道里监狱,被判无期徒刑。李桂兰曾是刘志敏的狱中难友,她这样描述刘大姐:

"刘志敏大姐身材苗条,有着白白的皮肤,挺直的鼻梁和一双明亮的大眼睛,她不但人长得漂亮,并且有文化,她因叛徒出卖而被捕入狱,敌人已经多次对她进行刑讯,她始终都没有屈服。"

对信仰的坚持,对爱情的坚守,支撑着刘志敏在狱中的岁月。她知道她的爱人正在外面战斗,她盼望她的爱人能带领部队砸开这牢笼,她盼望着胜利的那一天早一点到来。可她哪里知道她的爱人已走到了生死关口。

1938年8月,就在刘志敏被捕两个月以后,雷炎率队参加了李兆麟指挥的抗联第三军、第六军远征。同年 11 月,远征部队到达海伦白马石后,为了便于活动,将部队改编为若干支队,雷炎任第四支队队长。他率领四支队转战于绥棱、海伦等地,不时袭击日伪军,使敌人昼夜不宁。

1939 年初,旧历腊月二十八这天,雷炎率七十多名骑兵,从绥棱穿越滨北线铁路,晚上到了四方台附近的李老卓屯。群众见到自己的抗日队伍来了,纷纷把自己准备过年吃的东西送到部队慰劳战士。第二天,由于该屯汉奸王成才告密,七百多名日伪军重重包围了屯子,我军立即应战,打退了敌人几次冲锋,并打死打伤日伪军一百多人。到了傍晚,雷炎决定分批突围。在突围中,雷炎因受重伤,从奔驰的马背上摔了下来。警卫员在枪林弹雨中,急忙把他扶上自己的马冲了出去。当他们来到西泥河的时候,雷炎终因流血过多而牺牲。

雷炎就这样走了,那个骑马挎枪的青年英雄走了,那一年他才二十八岁。雷炎在给第三军司令部的一封信里曾说:"革命成功以后,雷炎仍旧活着,那么就会得到幸福的。"他是多么渴望亲眼见到抗日战争最后的胜利啊!他是多么盼望能和自己的爱人在一起幸福的生活啊!

雷炎牺牲时,刘志敏正在哈尔滨的伪满监狱里服刑。当噩耗传来时,那是什么样的撕心裂肺?她陷入了一种犹如死亡般的状态,她望着牢房外灰蓝色的天空,她问苍天,天啊,今生我还上哪里去找我的爱人?为何把我独留在人间?这是一个让她痛不欲生的日子,这是一个让悲痛滴泪成血的日子。

从此,她把自己的爱人埋葬在了心底。她对雷炎说,不,你没有死,你是在用鲜血书写了一个永恒,这是任何力量都抹不去的记忆,你没做完的事情,我接着做,我要看到日本鬼子滚出中国的那一天,我还要建设新中国。

雷炎你安息吧,你在那边等着我。

刘志敏对雷炎的爱究竟有多深?像大海,像高山,总之,她一生再未嫁人。也许他们从来就未曾分离,因为每个夜晚的梦呓,每一次的自言自语都是:我们依旧在一起。

1944 年,伪满皇帝访日成功大赦政治犯,刘志敏走出哈尔滨伪满监狱的大门,她回到了海伦。1947 年 8 月,刘志敏任海伦县区委书记,县妇联主任,1947 年 7 月调黑龙江省妇委会工作。1953 年 4 月以后,刘志敏任黑龙江省妇联组织部长、副秘书长。1966年离休。

晚年的刘志敏相貌依旧端庄,只是又多了几分祥和。她的日常生活也极其简单,上班时勤勤恳恳地工作,下班后对着雷炎的遗像在深情地诉说,诉说……说工作,说生活,说漫长的岁月。

而岁月也在这诉说中慢慢地淌过,唯有思念是如此的永恒,每一时、每一刻,横在心上,从未远去,这思念,这心痛,直到生命的终结。

如果能够,我想回到那一年,那个遥远的夏夜。

那一年你的发随风飞舞,我们都有一张青春的脸。

不管这世界是多么的危险,有你在我的身边,一直到幸福的期限。

1994年11月里的一天,刘志敏走了,她去寻找梦中的爱人了……

前左一刘志敏、左二宋殿芳,后左一李桂兰、左二李敏

第六章　教导旅里的女兵们

从 1938 年起,东北的抗战进入到困难阶段,敌人实行"归屯并户""经济封锁",切断了部队和老百姓的联系,企图困死、冻死、饿死东北抗联。

1939 年,东北的抗日形势更为严酷。东北抗日联军"常常陷于弹尽粮绝,饥疲困乏,断指裂肤的苦境",冻饿而死的抗联战士甚至超过了战斗减员,从建军时期的三万余人锐减到一千余人。面对全军覆没的危险,抗联部队开始有组织地向苏联境内转移,期望"喘过这一口气来",可以凤凰涅槃,浴火重生。

东北抗联三个路军在苏联实现了中共东北党组织的统一领导,1942 年 8 月 1 日,建立东北抗联教导旅暨苏联工农红军独立步兵第八十八旅。

东北抗联部队里幸存的女兵们,从 1940 年开始,也分别从不同的地方,不同的部队去往苏联进行休整。

这些身经百战的女战士几乎都被编入了作战部队。她们在小分队中和男兵混编,有的担任侦察员,有的担任电报员。这是一批训练有素的特种兵,在和日军作战中屡立战功,有的亦长眠沙场。

女兵们虽然为了战略的需要去了苏联,但是祖国一直在她们的心中。

"等着我,我会归来,在岁月那边。"

异国他乡　等着我，我会归来

等着，因为我相信，世界是怀抱。

等着，因为我相信，人类是家园。

"等着我，我会归来，在岁月那边。一切虽然很遥远，又像在眼前，穿过茫茫的风雪和秋雨绵绵，即使音信全阻断，希望仍蔓延。"

这首"等着我"的歌曲是2010年12月18日，在"《等着我》中俄跨国寻亲大型公益节目"上的一首主题歌。就在这次大型的公益晚会上，曾有两位东北抗联教导旅（八十八旅）的后代在此寻亲。一位是教导旅中校旅长周保中的女儿周伟，一位是少校政治副旅长李兆麟的女儿张卓娅。

周伟女士要寻找的是她在苏联哈巴罗夫斯克孤儿院里，曾经为她哺乳的奶妈。张卓娅女士要寻找的是在哈巴罗夫斯克丢失的哥哥肇华，这也是在完成她的母亲、教导旅女兵金伯文生前的一个遗愿。寻亲的故事感人至深，催人泪下。

让我们打开冰封的记忆，回到七十多年前，回到1940年的远东。

大江的那边

1940年3月19日，中苏双方将领举行会谈。东北抗联负责人周保中要求苏方考虑将抗联人员转移到中苏边境苏方一侧建立野营，进行军事训练和阶段性休整。此时，苏方也想借助东北抗联了解日军在东北的战略设施和军事情报,因此,双方的谈判进展顺利。在周保中等抗日将领的坚持下,东北抗联最后保留下了这支部队。

黑龙江(苏联称阿穆尔河)边,苏联一侧,有一处森林茂密之地,叫作费·雅茨克,距哈巴洛夫斯克(伯力)七十五公里,因"阿穆尔河"一词的俄文字头为A,所以这里被简称为"A营",也称北野营。先期过境的第二路军总部直属部队,第三路军三支队的三百余名指战员驻扎于此。在海参崴和沃罗斯诺夫之间的一个小火车站附近,有处被称为"蛤蟆塘"的地方,这里被选为南野营,取其俄文名称字头称为"B营",抗联第一路军警卫营和第二、第三方面军的五百余名指战员驻"B营"。

从1940年开始,东北抗联的余部大约七百人左右陆续过黑龙江前往南北两个野营,这其中就有大约五十余名女兵。

黑龙江为界江,左岸为苏联,右岸是中国。黑龙江水夏日波浪滔滔,冬日则冰封雪锁,日本侵略者在江边设有无数的地堡和暗哨,更有巡逻兵日夜巡逻。然百密亦有一疏,无论是冬天还是夏天,战士们在前有大江,后有追兵的险境下,都陆续地越过了这道天险。一条大江挡不住顽强的东北抗联。

女兵们是通过各种途径越过黑龙江来到南北野营的。有的女兵已经是第二次、第三次过界。李在德就是"踏着黑龙江面的坚冰,再次过界到苏联的拉宾附近"。金伯文因生孩子后下肢瘫痪是两个战士架着,一个战士在后面推着,寒冬时节过的黑龙江。李小凤(李敏)、李淑贞、张景淑三位女同志是趴在半截木排上,顺流漂过了黑龙江,这已经是李小凤的第三次过江了。邢德范、柳明玉、李桂香三个女兵是锯倒黑龙江边的一根木制的灯塔柱子,抱着这根柱子顺水而下过的江。女战士庄凤是从乌苏里江过的界,她说:"我是1939年12月走的,就是分批小部队去的苏联,小部分走,不能大部分走。"

过了江就是另外一个世界。

东北抗联的女兵们,大多都是农民出身,有不少是农家女或者是童养媳,文化程度普遍偏低,而苏联是第一个进入社会主义的国家,在当时有着全新的理念和生活方式。

苏联的成立打破了资本主义一统天下的局面,向世界宣告一种新的社会制度,过去革命的目的是以一种剥削制度代替另一种剥削制度,而十月革命的目的是要消灭剥削制度,解放生产力,实现劳动人民当家做主,建设共同富裕的社会主义。苏联的成立对国际无产阶级革命运动和被压迫民族的解放运动是一个极大的鼓舞和推动。

过了江的女兵们发现,这老毛子的地盘是和咱们东北那疙瘩不一样,这里的蓝天格外地高,这里的冬天也更冷,这里的小城真干净。这里有电灯、有电话。先来的女兵还有机会看到《女拖拉机手》《夏伯阳》等电影。接待她们的苏联军官还给她们都取了苏联名字。

就在这全新的社会主义国度里,过江后的抗联女兵们开始了一种新的生活,女兵们首先是洗澡、理发,然后烧毁了从东北穿来的破烂脏衣服,换上了苏军淘汰下来的军装。女兵邢德范说:"我们戴个瓜皮小帽子,穿大皮靴子,靴大脚小,走起路来直晃,真难受。"

好多女兵都自嘲是"土包子",不懂得"布拉吉"怎么穿,甚至连新式的卫生间都不会用。她们发出了还是社会主义好的感叹,同时她们更希望自己的祖国能够早一天的光复,让中国的老百姓都能过上苏联这样的社会主义国家的生活。

到了野营以后,战士们开始都是住在帐篷里,建造营房成了当务之急。

营建劳动开始了,在滴水成冰,哈气凝霜的寒冬里,战士们采石铺路,建造营房,并制造桌凳等各种生活用具。春天来了,官兵们又开始开荒种地,他们在远东的土地上播下了希望的种子,这种子也是东北抗联的战士们冒着牺牲生命的危险在东北筹集来的。在不到半年的时间里共开荒百余亩,建起了五座营房以及其他设施,基本满足了官兵们学习、生活、训练等需要。

营建后,主要的任务是进行军事训练和政治文化学习。战士们常年在东北战场上与日伪军苦斗,难得有学习和训练的时间,因此都十分珍惜这学习和训练的机会。

军事训练包括降落伞训练,各种军事武器的使用,冬季滑雪训练,夏季游泳训练,通信技术,前线救护等项目。

政治学习按文化程度高低分为两组。政治学习的主要内容有:联共(布)党史、社会发展史及斯大林的讲话、报告、文章等。苏联教官先负责培训班长,然后通过班长给部队上课。战术课则由排长、连长亲自任教。连里每周公布战士的学习成绩,以推动学习。

每天的学习和训练都是快节奏的,就是吃饭都得列队统一去食堂,尽管如此,女兵们始终精神饱满。

在学习和训练过程中,所有的女兵和男兵是同步的,无论是武装泅渡还是高山滑雪。

营建和训练结束后,开始分班了。

张景淑、李在德、邢德范等十多名同志学习无线电。李小凤(李敏)、庄凤、徐云卿、金成玉、柳庆熙、吴玉清、宋玉亭、宋桂珍等女同志在护士排,学习医务护理,还有一部分女战士去了农场。

学习无线电的学员三个月就能毕业,毕业后都派了出去,有的回国做侦察,有的留在指挥部。学习医务的就不行了,没有派出去的机会,所以非常羡慕学习无线电的。

苏德战争的阴霾

1941年6月22日,纳粹德国撕毁《苏德互不侵犯条约》,兵分三路以闪电战的方式突袭苏联。霎时,战争的阴云笼罩着整个苏联和远东上空,苏德战争爆发后,战争以空前残酷的方式,给人们带来巨大的灾难,世界反法西斯战争进入了一个新阶段,这给中国抗战也带来了巨大影响。

迫于战争的形势,南北野营加紧派遣小部队对中苏边境日本人的活动情况进行侦察,女兵也不例外。无线电报员陈玉华就牺牲在了回国执行侦察任务的战斗中。

苏德战争的爆发和发展,使中国东北的抗日斗争形势更为严酷,随着战争形势的急剧变化,南北野营的训练也更加紧迫,周保中亲自带领部队抓紧各项军事技能训练,时刻准备着参加世界反法西斯战争,时刻准备着同日本关东军做最后的决战。

当时的南北野营虽然闻不到战火硝烟,但是战争的气氛弥漫在兵营。战士们每天收听旅部的有线广播,关注着西线的战事和中国的抗战消息。谁也无法预测这场战争的胜负,只能是按照上级的要求去做,时刻准备着奔赴战场,为正义的战争战胜非正义的战争而献身!

    起来,伟大的国家,做决死斗争,
    要消灭法西斯恶势力,消灭万恶匪群!
    让高贵的愤怒,像波浪翻滚,
    进行人民的战争,神圣的战争!

  抗联指战员在每天行军的路上,都高唱着《神圣的战争》这首歌。这支严正略带悲壮的歌曲是由诗人瓦·列别杰夫·库马契作词,苏军红旗歌舞团第一任团长亚历山大·瓦西里耶维奇·亚历山德罗夫作曲,它被誉为"苏联卫国战争的音乐纪念碑"。

  鉴于战争形势的发展,1942年7月16日,东北抗日联军领导人周保中、张寿篯(李兆麟)同苏联远东方面军司令员阿巴那申克大将经过协商,决定将留在苏联远东境内的东北抗联部队加以扩充整理,编为"东北抗日联军教导旅",以"培养东北抗日救国游击运动的军事政治干部,锻炼优秀游击战士,使之能在东北解放战争之际,积极有力地配合友军作战"。

教导旅,特种兵部队

  1942年8月1日,由东北抗联改编而来的东北抗联教导旅在苏联伯力正式组建,番号为苏联工农红军独立步兵第八十八旅,对外番号八四六一步兵特别旅。

  抗联教导旅官兵共一千五百人,其中抗联人员六百四十三名,其余人员是苏联籍的亚洲人和营以上的苏军副职军官。初期没有设政委、政治部,设政治副职,后改成政委。周保中任旅长,抗联第三路军总指挥张寿篯(李兆麟)任副旅长(后改为政委)。

  八十八旅机关设司令部、政治部、后勤部和中国语翻译训练班,直属于苏联政府的内务部特派员×少校也在旅机关。旅下设四个营和迫击炮连(迫击炮连都是苏联人)，每个营有两个连，一个中国连，一个苏联连。一营营长是金日成大尉、二营营长王效明大尉、三营营长王明贵大尉、四营营长姜信泰大尉。四个营的参谋长都是苏联人担任。还有一个无线电连，连长是苏联的奥斯特洛夫大尉，参谋长是苏联的石道夫中尉。

为了提高政治、思想水平，部队着重学习中国共产党中央路线、方针、政策。指战员们千方百计通过各种方法和渠道，搜集中共中央有关文件和中央领导人的讲话。延安来的刘亚楼、卢东升等领导也经常来指导大家的学习和送来学习资料，学习的材料主要有：毛泽东在党的六届六中全会上的报告《论新阶段》以及《论持久战》的有关章节，《反对自由主义》《整顿党的作风》《改造我们的学习》，中共中央重要文件《关于增强党性的决定》、周恩来《论苏德战争及反法西斯斗争》、朱德《建立东方民族反法西斯统一战线》等等。这些文件和著作的学习，使教导旅指战员不仅了解了整个抗日战争的形势，增强了抗战胜利的信心，也提高了思想理论水平，改进了作风，增强了团结。

教导旅军事训练的主要项目有：队列练习、刺杀、投弹、铺设铁丝网、匍匐和翻越障碍、游泳、实弹射击、滑雪训练、野外拉练。

教导旅成立后的两三年中，还开展了汽车驾驶、无线电通讯、空降跳伞、滑雪等特种训练，提高了广大指战员的战术技术水平和作战能力。随着苏联出兵中国东北的临近，苏联远东边防军还对教导旅进行了特殊训练，如空降跳伞、开摩托、识图绘图、收发电报、爆破、战地拍照等。

成立八十八旅以后，女兵们也都授了军衔，发了新军装，战士的服装是军绿色套头呢子上衣，前面开半截扣。下身是藏青色呢子裙，脚上是皮靴子，还有一件灰色的呢子大衣。

新军装穿上身以后，女兵们各个神采奕奕，精神、漂亮。可是到了冬天就难过了，气温降到零下四十多度，没有棉裤，下面只穿裙子和裤衩，那种冷是从下往上的，冷的心里直发抖。可是不穿不行，这是部队统一的规定，因为苏联女兵也都是这么穿，所以，女兵们冻得出门就一溜小跑，到江边提水，浑身上下都是冰。穿着这身服装还得参加各种训练，包括滑雪训练。

当西伯利亚的风雪在远东大地上肆虐时,一群身穿苏联军装的中国战士脚蹬着木头做的滑雪板正在山间穿梭滑行。漂浮的飞雪抽打着战士们的脸,那脸都冻得好像红萝卜。笨重的木头滑雪板是八十八旅的战士陈春树做的,陈春树是女兵赵淑珍的丈夫,他以前学过木匠。针对东北地区气候严寒、冬季雪大的特点,教导旅高度重视滑雪训练。

滑雪训练需要高超的技巧和耐力。女兵们人人努力,个个争先,都怕自己学不会,她们摔倒了爬起来,爬起来再摔倒,虽然摔得全身青一块紫一块的,但仍然坚持不懈,终于,一个个的都成为雪上飞。

抗联教导旅在苏联三年的异国训练中不断成长、不断壮大,由一支只会打游击的队伍,发展成为一支掌握先进武器装备的专业特种部队,这中间包括间谍战。

1943年是苏德战场进入最具转折性的关键一年,这年的3月,旅长周保中将八十八旅的共产党员冯淑艳、王亚东夫妇和报务员金星、译电员小王,派回冯淑艳的故乡穆棱县穆棱镇泉眼河屯,建立了泉眼河交通站。夫妻二人以客商身份为掩护,潜伏下来。他们的任务是收集牡绥线日军兵力、武器装备,伪警宪特的各种活动情报,并以泉眼河为据点,积极开展抗日活动。这一安排,为1945年的大反攻打下伏笔。

在1940—1945年这段时间内,究竟往东北派了多少小分队和单个的侦察员,因为当时属于绝密,很难具体统计出数字。正是这些潜伏在敌后的男女特工人员,提供了准确的情报,才使大反攻得以顺利进行。

值得一提的是,抗联侦察队员完成的最具传奇色彩的事件,莫过于炸毁虎头要塞的"亚洲第一炮"。虎头要塞位于黑龙江完达山脉的丘陵之中,是日军为进攻苏联而秘密修筑的边境军事要塞,拥有庞大的进攻和防御体系,是中苏边境东段的核心阵地之一。在要塞的山顶有一门榴弹炮,炮身直径为一米,炮口直径为四十一厘米,炮长约二十余米,号称"亚洲第一炮"。它的杀伤力极为惊人,装药量为一吨,一颗炮弹竟有四米长,最大射程达二十公里,可以随时打到苏联的土地上,对即将出兵东北的远东军威胁极大。在苏军发动总攻的前夜,抗联教导旅小分队混入虎头要塞,炸掉了这门"亚洲第一炮"。

所有这一切都与情报有关。

说起情报,在1945年8月苏军发动进攻之前,苏军最高统帅部印制了日军在东北防御体系的资料图册,下发连以上干部,人手一册。图册详细绘制了日军防御工事结构、位置、坚固程度、火力配备等情况,为苏军迅速摧毁日军防御体系提供了可靠的保证。毫无疑问,苏军绘制的情报图册,凝结着抗联指战员的鲜血和生命,也包括女战士的鲜血和生命。这些女战士,是潜伏在敌后的电报员、女特工,她们克服严寒、饥饿和被敌人逮捕的危险,在血与火中前行,为世界反法西斯战争做出了巨大贡献。

周保中将军的夫人、指导员王一知在其回忆录中写道:

当时由我军提供给苏军的各种情报与苏军从各种渠道收集的情报一起,分门别类制成手册,连同标有敌人防御工事的地图,在1945年7月份发至苏军连以上军官,人手一册。苏军能在远东战场上,在陌生和极其艰难的地理条件下,能够正确的击破精锐的日本关东军防线,是与我们抗日联军作出的贡献和牺牲分不开的。对此苏联远东军总司令阿巴纳辛克元帅曾经十分激动地向周保中说:"感谢你们用生命和鲜血换来的宝贵情报,佩服中国的英雄们!"

大反攻的日子

1945年春天,第二次世界大战已接近尾声,在欧洲战场,美英盟军已攻占了意大利大部,并对德国西部边境的齐格菲防线发动了总攻;苏军在东线已结束了维斯瓦——奥德河战役,逼近了德国首都柏林。4月16日,苏联红军开始进攻柏林。4月30日希特勒在总理府地下室自杀身死。5月2日苏军攻克柏林。5月8日德国无条件投降。

在亚洲太平洋战场,盟军已攻占了马利亚纳群岛和菲律宾群岛的莱特岛,随着硫磺岛和冲绳岛的相继失守,日本帝国主义已处于日暮途穷困境,战争已迫近了日本本土。日本的海陆空军兵败如山倒,"大东亚共荣圈"陷于崩溃之中。

八十八旅的指战员天天都在收听每天数次的战事广播,战士们都围在喇叭周围,关注着形势的变化。5月8日这天,当女播音员李明顺(李敏)和苏联男播音员达宁第一个听到了德国无条件投降的消息后,立刻转告了冯仲云,冯仲云指示,赶紧用中文转播出去。

当李明顺用激动得有些颤抖的声音把这一消息多次、反复广播出去后,整个营地欢腾起来,大家互相拥抱,欢呼跳跃,把帽子扔向了天空。

第二次世界大战欧洲战场上的胜利,给八十八旅的指战员带来了新的希望。返回祖国,大反攻的日子就要开始了。

八十八旅的抗联指战员们,经过几年的政治学习和军事训练,已经成为一支懂政治、讲战术、能征善战的部队,许多八十八旅抗联干部、士兵直接参加了苏联红军出兵东北的战斗。其中一百六十多人到苏联第一方面军,八十多人到苏联第二方面军,还有一百多人到后贝加尔方面军作为先遣部队,执行特殊任务。另外,7月末,有一部分人(伞兵部队)空降到东北,其中东满五十五人,松牡(松花江、牡丹江)六十五人,北满九十人,南满八十人,潜入敌后进行战前侦察。这些由抗联指战员组成的先遣部队,有长期对日作战的经验,地理环境熟悉,出色地完成了各种特殊任务,为苏联红军在短期内迅速消灭东北的侵华日军,发挥了重大作用。

1945年8月12日,抗联领导人周保中突然接到斯大林从莫斯科发来的电报,称:"东北是你们中国人民的东北,苏联红军的任务是解放东北,建设东北的任务是你们的。"中旬,抗联教导旅召开誓师大会,正式决定:中国同志随苏军进军东北,朝鲜同志则回到国内实现独立复国的目标。

八十八旅规定,回国时,嫁给朝鲜族的汉族女战士都要随丈夫去朝鲜,相反朝鲜族的女战士嫁给了汉族丈夫就要随同去中国。

当时,在北野营结婚的汉族女战士王玉环嫁给了朝鲜族崔庸健;汉族女战士李淑珍嫁给了朝鲜族金京石;鄂伦春族女战士李桂香嫁给了朝鲜族金勇贤(金大宏)。她们三位都要随丈夫去朝鲜。多年来中朝两个民族的女战士朝夕相处,血流在了一起,汗洒在了一起,寒冷和饥饿时抱在了一起,今天就要同生死与共的战友们天各一方了,大家的心情都十分的难过,个个泪流满面,不知何年何月再能相见……

而此时,女兵们回国的心情更是迫切,多少年做梦都在想着那黑土地、红高粱和苞米地，那里有她们的父老乡亲，那里有她们的兄弟姐妹，那里有她们细碎的过往。

是啊，金窝银窝不如自己的土窝。儿不嫌母丑，狗不嫌家贫。祖国永远在女兵们的心中，她们热切盼望着大反攻的日子，她们要光复祖国，她们要建设祖国了。

留在异邦的孩子

女兵们就要回国了，可临行之时也并不全是回国的喜悦，金伯文想到自己的孩子留在了异国他邦，心情就格外沉重，为了这个孩子她几乎丢了自己的性命。

那是1940年入冬的一天深夜，东北抗联的朴英善大姐在冰天雪地里为她接生了一个男孩。当朴大姐把孩子脐带的一头用线捆好剪断时胎盘还没下来，此时敌人从后面追了上来，朴大姐只好用布带子把剪断的脐带管的另一头拴在她的大腿根上。这时有一个同志脱下了自己的破棉衣，把孩子包了起来，就又上路了。第一次生孩子的金伯文还不明白，胎盘要是下不来，她将性命难保，好在是行军途中胎盘终于下来了。到了晚上，当大家都围着火堆坐下来时，朴大姐才把孩子由背上取下来。孩子竟然安然地躺在棉衣里，这个小生命他还活着。于是，同志们都高兴地围了过来，忘记了白天的紧张与疲劳，并各自将自己平时保存的一些补衣服用的旧布拿了出来当尿布，朴大姐凑在篝火边，一针一线地给孩子赶制了一件小棉衣。张参谋给孩子取了个名字叫"肇华"。从此，风雪中诞生的孩子开始随着金伯文在这深山老林里与敌人周旋了。

行军打仗，深山密林，带个孩子谈何容易。当时粮食不足，大人没有东西吃，更别提用奶水喂孩子，只好凑着火堆旁，用茶缸化雪水，用留给孩子的炒面熬点糊糊。常常是因为天气寒冷，使所熬的糊糊靠火的一面都烧煳了，而另一面却还是生的。孩子吃了这样的糊糊后常常胀肚，可为了让他活着，也只好这样吃下去。孩子拉屎撒尿，行军中不能停留，只能等宿营时才能换尿布，遇上实在要换时，就得让几个同志临时把毯子拉起来，帮助孩子挡住那呼呼的山风，金伯文和朴大姐便迅速地给孩子换了后再行军。而换下来的尿布也只能到了晚上宿营时,才能用火化了雪水洗净烘干后备用。

在行军的途中,我们的队伍有时离敌人远些,有时又离敌人近些,那危险如影随形。孩子那么小,他可不懂得什么敌情,说哭就哭。每当这时,同志们都很紧张,为了不暴露目标,金伯文就只能时常往孩子嘴里抹上点鸦片,让他迷迷糊糊地睡觉。

等到了1941年5月间,冰雪消融,敌人无法再追踪,只好撤走,这时小肇华已经有半岁了。深山密林里,他时常独自坐在火堆旁,抬头看着树上的乌鸦和山鸟,咿咿呀呀地学着鸟叫,那聪明伶俐的小模样,十分惹人疼爱。

1941年的11月间,又到了大雪飘飞,北风怒吼的时候。东北抗日联军的处境更加困难,为了保存实力,组织上决定让她们过界去苏联进行休整。

风一更,雪一更,一行人向着黑龙江方向开始了艰苦的跋涉。

就在这时,金伯文因生孩子后一直在冰天雪地里行军,受冻挨饿,整年经血不断,当一行人到了黑龙江边时,她的两条腿僵直,下肢瘫痪,一步路也不能走了。同行的战友把孩子从她背上取了下来背在自己的背上,另有两个同志架起了她,又有一个同志在后面推着,这样才算过了冰封的黑龙江。

到了苏联,金伯文立刻被送进了医院,孩子也被送进了托儿所,从此母子分离。1942年5月,金伯文恢复健康出院了。可是出院以后,她却再也找不到自己的孩子。这时张寿篯才告诉她,在她住院后,孩子随即送进了幼儿园,由于常年在深山里生活,受冻挨饿,到了幼儿园,孩子对新的环境适应不了,又加上初次离开亲人到陌生的地方,不吃也不喝,不到半个月就死了。李兆麟说孩子的死本应早些告诉金伯文,但因为她身体不好,怕她听了后受刺激,影响学习和训练。

金伯文听此消息,心痛欲裂,想起这个苦命的孩子在深山老林里风风雨雨、冰天雪地的这一年,受了多少罪,好不容易到了和平环境,让他也享几天福,真没想到会死去。每每想起这个孩子,金伯文都是牵肠挂肚,痛心极了。她永远也忘不了她的第一个儿子"肇华"。

可是到了七十年代中叶,当金伯文一家人又重聚北京时,金伯文的大儿子张立克带来这样一个消息:我驻英国使馆的人说曾经有人找到使馆说他是李兆麟的儿子,想求使馆帮助他寻找亲人。

听了这个消息,女儿张卓娅十分惊愕!她转头问母亲金伯文:还想追踪这个信息,寻找哥哥肇华吗?刚刚经历过"文革"创伤的金伯文,木讷地摇了摇头。她在想什么?无须多说了。儿女们尊重她的意见,不再重提这件事情。但是金伯文对肇华的思念和牵挂,伴随着一生,直到生命结束的那一天!

从此以后,金伯文的女儿张卓娅就一直寻找机会,直到2010年12月18日她和周伟(周保中、王一知之女)作为东北抗日联军主要将领后代,参加中央电视台《等着我》中俄跨国寻亲大型公益节目的录制。当主持人董卿采访她时,她讲出了母亲的遗愿,试图通过中俄两国媒体寻找她的哥哥"肇华"。

这一时刻,中俄两国人民有多少人在同时收看这个节目啊,所有的人都在期盼着奇迹出现,期盼肇华哥哥能够在异国他乡看到这个节目《等着我》。

丢失在异国他乡的孩子还有李在德的儿子于根植。1940年的8月9日,李在德在苏联伯力的妇产医院生下一个男孩。这是她的第二个孩子。产后第五天,八十八旅的苏联军官吴刚中尉把她从医院接出来,安置在苏军军官宿舍楼一层的一间小房子里。大约12月的一天,吴刚中尉对她说:"今晚还有一个中国小孩送到你这里来。明天,那个孩子和你的儿子要一起送到苏联幼儿园。你可以去学习。"李在德问:"学什么?"他说:"以后你就知道了。"晚上,他抱来一个男孩。这孩子有病,又吐又拉,哭得很可怜。李在德喂他吃完奶,哄睡了,自己却一夜没有闭眼,想着这两个可怜的孩子会被送到什么地方,能不能活,还能不能见到他们……止不住泪水流了下来。这一夜她想了很多,为了能够继续参加战斗,她不能不送走自己的亲骨肉。当想到了自己那个被埋在东北山林中的第一个孩子,而现在这个孩子毕竟是被送到社会主义国家苏联的幼儿园,有什么可难过的呢?又想,多少抗联战友在战场上流血牺牲,自己为一个小孩掉眼泪,是不是太软弱啦?

李在德是母亲,但她更是军人,军人的天职是服从,她别无选择。

第二天早上七点多钟,吴刚中尉来了。李在德忍着眼泪,看他抱走了两个孩子。当天和李在德的儿子一起送走的小孩,是王玉环的孩子,孩子的父亲孙玉洁曾任第二路军二支队二大队的代大队长,回国参加小部队活动时已牺牲。

后王玉环与崔庸健结婚,"八一五"后去往朝鲜。当时也是为了回东北执行任务,所以只好把小孩留在苏联。

不幸的事情还是发生了。1941年夏,苏联遭受德军突然袭击,远东地区也成为备战的前线,幼儿园紧急向大后方转移。当时李在德与丈夫于保合正在东北做小部队侦察活动,与孩子失去了联系。尽管当时苏联同志帮助他们找了又找,始终也没查到孩子的下落,至今,都不知道根植究竟是生是死。如果他还活着,2010年应该七十岁了。

多年来,李在德在梦中都在呼唤她的儿子:"根植,你在哪里?"这是一位母亲的呼唤……

尽管战争的阴云始终笼罩在远东的上空,但是毕竟没有枪林弹雨,在相对和平的环境里,不少八十八旅的女兵恋爱、结婚、生孩子了,这些出生在异国他乡的孩子,他们的户籍出生地写着苏联哈巴罗夫斯克。金伯文和李在德也都又生了孩子,金伯文生的男孩子,取名叫力克,女孩子取名叫卓娅,两个孩子的名字都是苏联军医给取的,两个孩子的名字都是苏联英雄的名字。

李在德的女儿叫于华,苏联名字叫妮娜。教导旅一营金日成营长还赠送给李在德两条大马哈鱼下奶。当时还有一些抗联的同志们也生了孩子,因李在德的奶水比较多,哪个孩子吃不饱哭闹,她就抱过来喂几口。吃过她奶的小孩还真不少,包括张淑清、金伯文、邢德范的孩子。

这些幸存的孩子们终于等到了回国的那一天。

道格拉斯·麦克阿瑟说:"士兵比任何人都渴望和平,因为正是他们必须忍受和忍耐战争带来的最大伤痛。"

八十八旅的女兵们,为了世界反法西斯战争,为了中国的抗日战争,有的献出了生命,有的失去了丈夫,有的失去了孩子,每一个牺牲都是永垂不朽的,包括女兵们的丈夫和孩子。

当年十八岁就是东北抗日联军的女战士胡真一,她的俄文名字叫"热尼亚",是"勇敢"的意思。当她回首在八十八旅的那段时光时曾说过:"俄罗斯是我生活过、战斗过的地方,留下了我的青春、热血和友情,我一直眷恋着我曾经战斗过的那片土地。"

2005年6月,俄罗斯国家杜马主席鲍里斯·格雷兹洛夫曾专程到她的居住地重庆,为胡真一颁发"苏联卫国战争胜利纪念勋章",以表彰她在反法西斯战争中的英勇无私的表现。

八十八旅的女兵们,永远怀念那片土地和那段岁月。

第二次世界大战的历史上也永远留有她们的名字!

永不消逝的电波　陈玉华

我问李敏阿姨:"你见过陈玉华吗?"

阿姨说:"见过,1939年在通北南北河抗联第三路军总指挥部时,我们曾经在一起,那时候,她是一名电报员。"

我问:"都说女兵里面陈玉华长得最好看,是真的吗?有多好看?"

阿姨说:"长得是好看,小脸、秀气,大家都喜欢她,她从来不发脾气。"

这位人人都喜欢、从来不发脾气的陈玉华是大家公认的东北抗日联军里面的美女。可惜的是连一张照片都没留下。

陈玉华原名徐桂芝,1916年生于东北镜泊湖北面宁安县东京城附近的温春屯。这女孩打小就聪明伶俐,她不止帮助爹娘做家务活,邻里之间,她惜老怜贫,敬长爱幼,谁家有事她都能搭把手。

陈玉华十三岁那年,父亲病故了,她的母亲在极度的悲伤之中亦身染重病,因无钱医治,眼看着身体一天不如一天。临终前,她忍痛把小玉华交给了近亲王家做了童养媳。

好在婆家人还算善良,而陈玉华又乖巧,日子还过得去。

这位父母双亡的陈氏女,无论是在娘家做女儿,还是出嫁为人妇,都是位善解人意,温婉贤良的女子。塞外的寒风并没有把她雕刻成粗粗拉拉的婆娘,故乡的山水却把她滋养成一个清秀、苗条的农家女,精致的五官,纤细的身材,秀外而慧中,勤快亦娴静。

只可惜,如此聪明的女子,却没有上学的机会。如果没有战争,没有日寇的入侵,她也许就在东宁的小村落里做一贤妻良母,终老一生。

黑龙江省东宁县,清末设治,以其地居宁古塔东部而得名。清代属宁古塔副都统辖区。东宁县位于黑龙江省东南部,东与俄罗斯接壤,南与吉林省汪清县、珲春市相邻。这里四季分明,雨热同季,水量充沛,加之山清水秀,物产丰饶,素有"塞北江南"之美誉。

1931年前的这片土地,虽然也贫穷落后,但是男耕女织,生活还算安定。可是就在1932年初,日本侵略者的铁蹄踏碎了宁安大地的宁静。敌人到处烧杀抢掠,奸淫妇女,无恶不作,宁安人民陷入了水深火热之中。

目睹了日寇的凶残,年近十八岁的陈玉华于1934年背着公婆和小丈夫王子固,走出了自家的篱笆小院,秘密地参加了东京城的抗日救国会。在地下党组织的教育下,她逐步懂得了阶级压迫、阶级剥削等一些道理,明白了自己虽为一介女流,但是保家卫国,也应该尽一份力。

从此,她娇小的身影穿行在故乡的茅屋草舍,她组织妇女救国会,发展会员,召开会议,宣传抗日救国道理,号召妇女们支援抗日部队。这个见人就脸红,说话都不敢大声的女子,用她朴素的语言让村里的姐姐妹妹们,大娘婶子们知道了咱是中国人,说啥也不能当亡国奴的道理。在共产党的指引下,这个农家院的小女子,加入了中国共产主义青年团。

1936年2月下旬,在周保中的领导下,东北反日联合军第五军正式改编为东北抗日联军第五军。

为了配合抗日队伍的对敌斗争,陈玉华积极采购军需物品、搜集敌情并担任重要的交通联络工作。由于她认真、不怕苦、人又机敏,因此每项任务都完成得很出色。在复杂的抗日斗争中,陈玉华不再是那个娇小的农家女了,她成为一名不穿军装的战士。

5月的艳阳难以照进敌占区,侵华日寇加紧了对抗联部队的春季"大讨伐",并在东京城等地以抓共产党和"反满抗日分子"为名大肆捕人,敌人的行动不仅给抗联部队的活动造成困难,也增加了地下工作的难度。尽管陈玉华办事谨慎,能随机应变,时间长了,她在东京城组织抗日救国会的活动,还是被日本特务探知,并对她进行了监视和跟踪。与此同时,她的公婆和丈夫也发觉了她参加抗日救国会的情况,并对她采取了严格限制和百般阻挠。

外有日伪特务,内有公婆、丈夫,艰险重重,困难重重。日伪特务如猛虎,寻找时机和破绽,让她羊入虎口,公婆和丈夫软硬兼施,让她恪守妇道。

到了当机立断的时刻了,为了抗击日寇,她决意离开家乡,到部队去工作。于是她向地方抗日救国会领导提出到抗联第五军去工作的要求。救国会的领导看她意志坚决,再加上她的处境的确也十分危险,遂于1936年秋,东北五花山最美的季节,送她走入了莽莽大山,来到了抗联第五军妇女团。

部队是直接面对子弹、流血和死亡的地方,娇小、纤弱的女子行吗?吉东省委宁安秘书处主任金石峰代表组织曾与陈玉华谈过话,他看到她又瘦又小,不禁犹疑起来。"陈玉华同志,妇女团虽然在后方密营,但也常去打仗,不容易呀!你能吃得了这份苦,遭得了这个罪吗?"金石峰主任关切地问她。听了这些话,怀着满腔抗日热忱的陈玉华激动地睁圆了眼,涨红了脸,突然说出这样一句话:"地方工作手无寸铁,不比部队好过,我已经吃苦三年多了,我不怕苦,可就是不识字。"看来,没有文化才是她最大的心结。

关于陈玉华上队的问题,周保中将军在1936年11月23日在给部下的一封信中曾说道:"青年救国团员、妇女同志陈玉华个人问题,因她坚持不回宁安,并且考虑到回宁安环境险恶,绝难保证不被家庭出卖,亦必受侦探走狗捉弄,必至牵连到某亲戚家,则保证工作关系难免得到相反之结果。预期无把握,因此军部允许仍留军队参加工作,详情问苏同志。"

看来陈玉华最终能留在部队里工作,是经过周保中将军亲自批准的。

陈玉华刚到密营不久,她的小女婿王子固曾经上队来找过她,对于这个像亲弟弟一样的大男孩,她红红的一张脸送走了他,轻声的叮咛是:"告诉咱娘,打完了鬼子我就回家。"一句话道出了她的善良,既然进了这家的门,她把婆母当亲妈。

陈玉华上队后,正值军部和妇女团向中东铁路道北转移,经过在穆棱、勃利、方正等几个月的活动之后,在牡丹江沿刁翎和依东地区建立了后方根据地。这时,她被派到北满依兰县山沟里的密营被服厂工作。聪明的玉华虚心向同志们请教,细心观察别人的操作,很快就能单独缝纫、剪裁了。在学射击时,要领掌握得很快,打靶成绩总是排在前几名。她装卸武器非常迅速准确,可就是投弹太差。为了过关,她利用各种方法练臂力,经过短短半个月时间,终于突破难关,她投弹也和其他女同志不相上下了。

陈玉华总为自己没有文化而感到遗憾,所以在学习文化时跟学军事、学缝纫一样刻苦认真。她从一天记一个字,逐渐增加到每天20个。为了记牢一个词,她晚上睡在草铺上还要画几笔、读几遍。功夫不负苦心人,陈玉华终于能写能看懂文字了。

1937年初,陈玉华被调到第五军妇女团任班长。妇女团同军部教导团转战于牡丹江、宝清、富锦、饶河一带,战斗十分频繁。

在三道通的战斗中,妇女团一边战斗,一边护送伤员,她们有的给轻伤员包扎,有的把重伤员背往隐蔽地带。就在陈玉华给一名伤员包扎的时候,一颗炮弹呼啸着飞来。她迅速地用自己的身体遮住伤员。轰鸣声中,她身上盖满了泥土,挣扎着爬起来,她娇小的身影,又消失在烟幕中。

经受了紧张的战斗生活和艰苦的工作环境考验后陈玉华进步越来越快,于当年4月加入了中国共产党,并被誉为"青年妇女之优秀党员"。

1937年冬,雪花纷飞,北风如刀,就在这个寒冷的季节,陈玉华与徐云卿、王玉环三个女兵被分配到了骑兵师。骑兵师是一个男人的世界,这里的战士都是些老练的骑手,而她们三人谁都不会骑马。那嘶鸣的战马脾气暴烈,长得又高又大,比陈玉华高出半头,女兵们看在眼里,怵在心头。可她们是战士,战士牺牲都不怕,又怎么能在战马面前认输。

为了尽快练好骑术,女兵们克服恐惧心理,努力靠近这些高头大马,可好不容易爬上去,却一次又一次地被甩了下来。聪明的陈玉华终于又找到了门道,战友半夜醒来,发现她一边帮着一位有名的骑手喂马,一边请教骑马的经验。第二天,她开始主动接近战马并培养感情,战马是通人性的,终于认识了她,对她不那么凶了,紧接着她就拼命地练了起来,一连几天胳膊、腿都摔得青一块紫一块的,她缠上绷带继续练习。到后来,骑兵师开始远征时她能抓住奔跑着的马鬃,一跃而上,那飒爽的英姿,那精湛的骑术,着实令人佩服。

刻苦、坚强、勇敢的陈玉华,成为东北抗联之花,女兵中的佼佼者。

如此优秀的女性,自然引来男人的爱慕与追求,而陈玉华究竟爱上了谁,却一直是个谜。周保中将军在其纪念文章中说:

男同志慕其资质刚烈,技巧敏活。革命知识进步之速度更为同志所惊叹悦服。而陈每于会聚商讨之际,则词旨滔滔不绝,见地独到,主张坚决,平常则不轻言笑,慎与人接触。陈既善于有条不紊工作,又能保守工作秘密。陈之秀慧如此,革命之操守涵养极为同志重视,故男同志多有慕其资质非常而向其求婚爱者。陈以国耻未雪,寇贼未除,共产党员正待努力,勿暇于儿女情为词,婉言谢绝。

谁说陈玉华是小女子,国破家亡之际,正值青春年华的女兵,能有如此的定力,怎不让人佩服。

但是,真的就没有人走进她的内心世界吗?战友们也不知晓。

1938年中国的抗日战争进入了最艰苦的年份,这年的深秋,东北抗日联军第二路军总指挥部为了培养技术人才,决定选派陈玉华和王一知等人去苏联学习军事、政治和无线电通信技术。没有多少文化的陈玉华,以顽强的意志克服了学习中的困难,经过半年勤奋学习,熟练掌握了电台的技能和一般的修理技术,她没有辜负组织的希望。

陈玉华回国后,于1939年夏,被派到抗联第三路军总指挥部做无线电通讯工作。她深知在游击队战争中,通讯联络的重大作用。所以,不论在行军作战中,还是在宿营地,她都把电台视为自己的生命,时时刻刻注意保护好电台,始终保持着与上级电台的畅通,受到了领导的表扬。时任抗联第二路军总指挥周保中说:

东北妇女之学习现代技术无线电者,陈玉华实为最初之第一人,以一农村贫苦少妇,不知教育学问为何物,以有革命之自觉与努力,受革命熏陶,遂成铮铮有用人才,非革命不能造就此种人物,非此种人物不能获得革命造就。

经过战争的淬火,经过无数次血与火的考验,陈玉华已经堪当重任了。1940年夏,她被调到北安东面诺敏河沟里第三路军密营任电台台长并兼任后方医院的工作。

这一年,局势更加恶化,日寇的"讨伐"和特务、汉奸的四处活动,使东北抗联队伍危机四伏。

艰难的时刻,陈玉华和她的战友小孟经历了一场惊心动魄的斗争。那是一个夜色如墨、风雨交加的晚上,当两名叛徒企图胁迫她和小孟带着电台投敌时,陈玉华不惧危险,机智、敏捷地与叛徒周旋、搏斗。邪不敌正,两个叛徒夺路而逃后,她又及时通知上级领导,安全地转移了战友和伤员。

1940年9月,陈玉华被调到抗日联军第二路军第二教导队工作。这年冬天,为了配合抗日战争反攻阶段的到来,抗联主力部队进入苏境整训,建立了南北两个野营,这支部队统称为东北抗联教导旅。

早在苏德战争爆发前,南北野营即派遣小分队对中苏边境日本人的活动情况进行侦察。

1941年2月,陈玉华作为分遣小队成员被派回饶河,沿乌苏里江一带活动。可这一去陈玉华却再也没有回来。关于她的牺牲,在时间上有两个说法,一说是7月10日,另一说法是在冬季。本篇文章参照周保中将军的回忆文章,现摘录如下:

一九四一年夏末,德法西斯希特勒背信侵犯苏联,远东日寇实其帮凶,此影响于我东北甚大。中国共产党人在争取中国民族革命战争之最后胜利,与保护世界劳动祖国紧张环境下,积极奋起。陈同志亦于此时被派遣随淞江右部队进行工作活动。七月十日,于饶河北方行军途中遭遇日寇大队之突然袭击,寡不敌众,陈同志于战斗中竟捐躯殒命。

将军的记述虽言辞简练,但还是记录了当时的大环境。让我们再根据战友们的片段回忆,还原一下当时的情景。

夏末的暑热还未退去,准备去侦察敌人据点的分遣小队刚出林区,在西通附近的山坡上就与五十多名日寇遭遇,敌众我寡,想避开转移已来不及了。分遣队长命令队员散开,选好地形,设法突围。分遣队居高临下,以大树做掩护,打死了几个鬼子。这真是一场血战啊,战斗中分遣队长和指导员先后牺牲,副队长在指挥突围时负了重伤。这时陈玉华挺身而出,勇敢地担负起指挥战斗的重任,带领剩下的几个人且战且退。她背着电台,利用大树做掩护,一边向敌人射击,一边指挥战士突围。日寇的火力网越来越密集,机枪打得树枝乱飞。为了缩小目标,她跪在地上阻击敌人。当她看到有几个鬼子兵接近时,立即甩出了一颗手榴弹。就在这一瞬间,一颗冰冷的子弹打中了她的胸部。她挣扎着想站起来,但因伤势太重,没能站起。天空蓝的刺眼,树木在她的眼前旋转,陈玉华知道自己即将告别人世。

在生命的最后几分钟里,这位美丽的女兵坚持着从怀里掏出无线电密码吞了下去,并尽她最后的力量砸毁了电台,向远处抛去,陈玉华倒下了,她把忠诚和着鲜血渗进了东北这片黑土地中。

陈玉华是东北抗联转移苏联后派回国内分遣小队里面牺牲的唯一女兵。她的牺牲是战士的献身,更是美的毁灭。

对于陈玉华的牺牲,第二路军总指挥周保中在追忆烈士的日记中最后写道:

"惜哉!优秀之先进妇女、革命干部,损折过早矣。"

将军的痛惜之情溢于言表。

陈玉华牺牲于1941年,在此之前,她已经坚持抗战六年,再有四年就可以迎来祖国的光复了,可是她倒下了。

在战友们的记忆里,全是她的美,全是她的好。

开在远东上空的白莲花　中国第一批女空降兵

说起八十八旅的女兵们,还得好好说说她们的空降训练,这是女兵们在八十八旅最辉煌的篇章。

跳伞历来被人们视为"勇敢者的事业"。而空降兵总是与风险相伴,"空降兵,是最勇敢的兵。"在世界上,人们把跳伞列为最危险职业的第三位。空降兵从事的是与一般意义上的跳伞有本质区别的实战条件下的特种跳伞,危险性更是不言而喻。怕死当不了空降兵,作为一名空降兵,不仅需要跳伞者具备超常的体力,而且要勇敢机智,有不怕牺牲的大无畏精神。这在任何一个国家都不是一般男人从事的职业,更别说女人。

可是有多少人知道,挑战这一职业的,在中国跳伞历史上曾有一批年轻的女兵,她们的降落伞曾经像一朵朵洁白的莲花,绽放在异国他乡的天空。

那时的女兵们还都非常年轻。

1941年6月22日,一个让世界为之震惊的日子。这一天,苏德战争爆发。

苏德战争的爆发和发展,使中国东北的抗日斗争形势更为严酷,随着战争形势的急剧变化,东北抗联教导旅的训练也更加紧迫,周保中指挥亲自带领部队抓紧各项军事技能训练,其中一项就包括武装空降。

1941年7月,东北抗联教导旅的周保中旅长曾带领北野营的部分男同志,去伯力木格店机场去学习空降,去了大约十多天,听说都学会了。这时教导旅的女兵们沉不住气了,大家都急着想去学习跳伞啊,为啥让男兵去不让我们女兵去?男战士们能办到的事情,咱们女兵同样能行。于是她们选派了王玉环为代表去请战,要求也去学习,当时领导并没有表态。

8月下旬,远东已经有了秋的味道。风变得清爽了,蓝天也显得更高,一个突然的通知令全体女兵兴奋不已,原来上级决定让女兵们去学习跳伞了。听到这一消息,大家乐得直蹦高。

北野营的十二名女同志坐上了帆布篷大卡车,激动的心情随着卡车颠簸,两个小时后女兵们来到伯力城东北方向的木格店训练场。

紧张的训练开始了,教练都是苏联人,按照教练的要求,女兵们先要从一米高的跳台往下蹦,蹦下来以后要站稳,姿势还要正确。空降兵有句口头禅:"三肿三消,方上云霄。"意思是说,训练中双腿只有经受了从肿到消、从消到肿、再从肿到消的历练,才可能领取登机跳伞的"通行证"。

女兵们当然也不例外,不过她们咬牙坚持练习了三天就开始上跳台了。

木格店的这家机场比较简陋,空旷的训练场没有什么高大的建筑物,木头制成的跳台约有五十米高,初秋的风在旷野中肆无忌惮地穿行,那木头的跳台在风里直摇晃,仿佛都能听到"嘎嘎"的响声。女兵们战战兢兢,手脚并用地爬了上去,顿时感到头晕目眩,心在突突地跳,双腿都在打战,尽管害怕,但是没有退却的。她们爬上去,跳下来,跳下来,爬上去,胆子越来越大,就这样反复地练习了五天,大家都基本及格。到了第八天,女兵们开始登机跳伞,这可能是跳伞历史上最快速的训练了,算算前后只有八天。

全体女兵们在教官的带领下,登上了一架不很大的运输机。要说坐飞机,这在女兵们来说可是头一遭,以前别说坐飞机了,见都没有几个人见过呀。飞机在一千多米的上空盘旋,巨大的引擎轰鸣着,震得耳朵发麻。当机舱门被打开时,女兵们按着顺序逐一迎风跃出舱门,扑向大地。跳下后,得自己拉开引线,引线拉开后空中会瞬间开出一朵朵伞花。

要问女兵们害怕吗?咋能不怕,当时才十七岁的女兵李敏说:"别人都跳了下去,轮到我了,也顾不得多想,心一横,闭着眼睛就跳了,咋下去的都忘了。"其实,人下去以后,头是朝下的,每个跳伞员身后面背着主伞,前面带着后备伞,以防后面的主伞打不开,好启用备补伞。从机舱出来后头重脚轻,在急速的下落过程中,需要保持头脑清醒,要迅速地拉开主伞。当主伞"砰"的一声像一朵蘑菇云似的在头上打开，人也在瞬间变成头上脚下了。这时四周就都是降落伞绳子，只要抓着绳子，按着教练的要求，观察着地面，掌控着风向和落脚点，就能安全落地。

当十二名女兵都稳稳当当地按照要求降落在了指定地点后，心里那个高兴劲儿，就甭提了，她们甚至不敢相信，自己竟然学会了跳伞，如果战争需要，可以飞着回自己的祖国了。

祖国，祖国，那是女兵们做梦都想回去的地方啊！

通过十来天的训练，全体女兵圆满地完成了训练任务，返回了北野营，这是东北抗联教导旅的女兵们第一次学习跳伞。

1942年春天至1942年夏，苏军在苏德战场上还未扭转颓势，而且战局有利于德军一方。

鉴于苏德战争形势的严峻，八十八旅的官兵们投入到更加刻苦的训练当中，他们随时有参战的可能。

1942年的9月份，部队进行第二次空降训练。这次不但有男战士参加，还有旅部的领导。

第二次去练习跳伞和上次不同，临出发前，苏联医生要给每个人都做严格的身体检查。有的女战士为了能够学会空降技术，早日回到东北抗日战场，解放正在水深火热之中的同胞，在检查身体时，悄悄隐瞒了自己身体的不适。

女兵邢德范因为体重不够，就偷偷地往腿上绑沙袋。

女兵徐云卿在去年跳伞流产养好伤后，又一次参加跳伞训练。

张寿篯（李兆麟）将军的夫人金伯文当时已怀着三个月的身孕，但是她向医生隐瞒了这个情况，并参加了跳伞。直接后果是内伤、大出血，险些死掉。她是瞒着领导去参加这次训练的，还好孩子大人都保下来了。

当检查到李明顺（李敏）的时候，医生意外的宣布，她患有心脏病，不适合跳伞训练。听到这一结果，十八岁的女兵立刻哭了起来，她着急啊，如果学不会跳伞，将来怎么参加大反攻？又怎么回到自己的祖国呢？越想越伤心，就哭着去找张寿篯政委的夫人金伯文。

金伯文看到她这样，忙安慰说："别哭，别哭，让张政委想想办法。"张政委果真给她想了个办法,他安排李敏作为后勤人员随队一起去,具体的任务是每天给领导送饭。

1942年9月21日,全体战士由副旅长石林斯基指挥,全副武装,晚上八时从雅斯克登船。第二天上午七时到达了南哈巴罗夫斯克,在乌苏里江岸泊船。部队下船后转往乌苏里江铁道线乘军用列车,下午三时半军车向南开去。晚上九点左右列车到达斯卡斯克西南的木切那车站,距这里两公里远的地方有飞机场和降伞员训练处,部队借住在当地驻军某团营舍的一个三层楼里。

到这里的第二天,紧张的训练就开始了,根据教导旅的课程安排,地面训练分为三步。第一步是用六小时学习降落伞的结构、性能和使用方法,主要学习怎样开伞、怎样叠伞、怎样使用备用伞。这个环节十分重要,在实际跳伞当中,如果有一点操作不规范,都可能导致开伞不正常,所以这就要求每名跳伞员做到心如细发,把风险降到最低。如果在高空降落伞不能有效地打开,那是十分危险的,曾经有一个学员,就因为降落伞没有打开,掉到地上牺牲了。第二步是跳板凳,主要学习跳伞的姿势和动作,就像在岸上练习游泳姿势那样。训练中女战士们即使跳得浑身酸痛,脚脖子跳肿了,仍不停歇。第三步是在跳伞塔上进行的。从准备姿势开始到收伞,每个程序都一丝不苟。

学习完折叠降落伞,开始跳塔了,女兵们先从五十米高的训练塔上往下跳,跳到地上能站稳,不摔跟头就能得个五分(满分)。

这次空降训练,是从1942年9月26日至10月8日,共进行了十三天。每天的训练时间是上午9时至下午15时、晚18时至20时。训练中,每降落一次休息三小时。经过几天的跳塔训练后,女兵们像上次一样开始登机从高空往下跳了。

正式跳伞的那一天,天气晴好,天空格外的蓝,进行跳伞时,大家都很兴奋,也很勇敢。当飞机盘旋在约二千米的高空时,引擎发出巨大的轰鸣,女兵们彼此都听不到说话声,只能看教官的手势。机舱门被打开了,巨大的气浪吹得她们站立不稳,教官打着手势,学员们一个挨着一个像下饺子似的跳了下去。轮到七军的一名男战士跳了,到了机舱门口他往下一看,说啥都不敢往下跳,他嘴里喊着:"哎呀妈呀!我不行了!我不行了!"看到他这样,旁边的领导立刻把他拽到了一边。

曾在教导旅担任过妇女排长、看护排长的庄凤回忆说:"女兵排没有一个不敢跳的,即便发生事故她们也不怕。在一次训练中,我和一些先跳完伞的战士正准备回营时,看见有人主伞没有完全打开,身子便飞速下落,结果两腿深深插进地里,腰中系的皮带已经断裂,等救护车赶来时,已经来不及了。即使这样,战士们也没有受到影响。女战士们还争先从一千多米的高空往下跳。那会儿大家共同的心情是必须得跳,再危险也得跳,再怕也得跳。大家都觉得,跳下去,就能回到祖国,回到家乡!"

女战士邢德范说:"由于我体轻在空中落不下来,所以称体重时我带上三十斤的沙袋子。我想我是来学习的,我不能落后。第一次没跳好,怎么下来的不知道,第二次就好了,以后一次比一次好,但总是绑着沙袋子。"

女战士李敏,也许真的是心脏有毛病,就在跳出机舱的时候,鼻子开始流血了,鲜血染红了胸前的衣服。当她稳稳地落地后,偷偷地擦去了流出来的鼻血。

就在第一次跳伞训练结束的那天晚上,营里召开了大会,会上对七军那名不敢跳伞的男战士进行了批评教育。周保中对全体女同志提出了表扬,他说:"八十八旅的女同志都是好样的,作战勇敢,训练认真,没有掉队。"周保中的表扬极大地鼓励了女兵们,这些没有多少文化的抗联女战士经受了十分艰苦的训练和生命危险的考验,成长为中国第一代女子空降兵。

光荣永远属于八十八旅的女兵们。

周保中在 1942 年 10 月 9 日的日记中对这次跳伞训练有如下记述:

东北游击运动抗日救国斗争中妇女参加诸般战斗工作,普遍表现良好,甚至许多妇女表现革命斗争性特异,不落于男子后。即以学习降落伞而言,去年十月曾派遣十二名妇女学习,在 X 城机场曾降落两次后,因季节天候限制,中止学习。今次妇女参加学习者二十名,有降落三次者,有二次者四名。男子中尚有因胆怯或无忍受性而放弃学习者,妇女无一人落伍,表现坚毅勇敢,且有纪律性,深受某降落伞专家苏联闻名中校同志及 MeTOB 总教官所深赞佩。

此辈革命妇女在中国航空降落伞术的历史上应占重要之篇幅,学习妇女特记名于后：

　　政治指导员王一知、班长金昌玉(高丽人)、班长王玉环、李淑贞、队员李明顺(高丽人)、金玉顺(高丽人)、金伯文(高丽人)、庄凤、柳明玉(高丽人)、郑万金(高丽人)、邢德范、赵素贞、胡秀珍、金玉坤、徐云卿、李桂香(鄂伦春人)、金顺姬(高丽人)、张景淑(高丽人)、朴景玉(高丽人)、李英淑(高丽人)。

　　周保中将军为中国第一代的女子空降兵留下了翔实的记述。中国第一代女伞兵的诞生，将永远定格在1941—1942年的苏联远东，而第一代女伞兵的名字也必将像那璀璨的星光，永远闪烁在历史的天空。

教导旅最高军衔的女兵　王一知

月明如仙境,天宇碧雾沉,鼓掌声如雷鸣,最生动活泼慷慨高歌,舞蹈轻盈热气欢腾,篝火辉煌下同祝革命的青春。催励着斗争精神,钢铁般决心,紧携手向前进,扫除破旧建立崭新,相亲相爱互助互敬,永向着革命的青春。

这首《晚会歌》歌词浪漫抒情,又充满了乐观的革命精神和时代色彩。歌词的作者,是八十八旅军衔最高,容貌最漂亮的女军官,她的名字叫作王一知。

王一知是著名抗日将领周保中将军的夫人,中尉军衔,也是东北抗联里少有的才女。

王一知,1916年12月23日出生在吉林省依兰县(现属黑龙江省)马家沟一户富裕的农民家庭里,她在家中排行最小,取名郭维轩,参加东北抗日联军后,改名为王一知。

1929年,王一知考入高小。九一八事变后,日军占领了依兰县城,她曾几度辍学。

1934年初,王一知进入依兰县中学女子班继续读书。就读期间,在革命工作者葛宝云(刘槟野)的帮助教育下,她懂得了很多革命道理,进步很快,于1934年8月加入共青团,翌年3月转为中国共产党党员。入党后,她努力工作,组织反日会员为抗日部队收集情报、运送物资,秘密组织学生抵制日本统治者的奴化教育。

1937年初,王一知中学毕业,根据党的指示,考入佳木斯省立师范学校简易师范班,在学校开展地下工作。因同在一起工作的同志暴露了目标,为防不测,组织上安排她到东北抗日联军第五军,开始了她的戎马生涯。

1937年8月中旬,王一知到达阎家岗,在这里见到了东北抗联第五军周保中军长,被分配到军部骑兵警卫队。1937年9月,因革命工作的需要,她离开了部队,来到设在依兰县喀上喀沟里的省委秘书处工作。

王一知一生曾经有过两次婚姻,她的第一任丈夫胥杰于1939年的春天,在转运省委的一批印刷机器、文件和通信器材的时候,在杨胖子沟与敌人遭遇而壮烈牺牲。

对于胥杰的情况,周保中将军在其《东北抗战游击日记》中曾有过记述:

与新一(姚新一)同志同时同地牺牲之秘书工作者胥杰同志,原姓孙名礼,依兰宏克力人,卒业于师范讲习班,后赴佳木斯任教。一九三七年夏偕爱妻王禹智(一知)同志同赴吉东省委,担任秘书处编辑兼缮写。胥杰同志长于文字技艺,文字油印技艺堪与宋版石印或铅印媲美,吉东省委重要文件及《救国时报》文字多出胥杰同志之手。胥杰同志思想、知识恒有精进,工作努力,深能刻苦耐劳,不因身体孱弱而减低工作活动之效率。一九三五年即参加中国共产党,奔走抗日救国运动最为有力,实为有深造前途堪其重任之优秀干部,惜乎捐躯太早,诚属革命运动之一大损失。孙同志家有老父,继母及幼弟,现居依兰,长兄孙仪同情革命,业医于江岸宏克力。

当胥杰牺牲的消息传来时,王一知悲痛万分。此时她刚刚23岁,对于如此优秀的丈夫突然离她而去,在感情上实难接受。

悲伤的日子里,二路军总指挥周保中将军的脸上虽然没有表情,嘴里什么也不说,但王一知明白,其实他的心里是最痛苦的。周保中是一爱才之人,部队里的这些知识分子干部,他一直视为宝贝,如今这些干部一同殉难,怎能不令他心痛不已。

而此时部队的西征亦充满了艰难险阻,他心爱的战将们一个一个地牺牲,省委书记宋一夫叛变,第五师师长关书范投降,最得力的交通员田仲樵被捕……所有的这些,都像千钧巨石一样压在周保中的心上,东北抗日联军已经到了生死存亡的最关键时刻。

对于失去丈夫的王一知,将军一直默默地关心着,他甚至想把她调离部队,让她在地方上做点力所能及的工作。可王一知坚决不走,她表示,就是死也要死在队伍里。从此,这个坚强的女兵用羸弱的肩膀担负起丈夫生前的工作,替周保中保管文件和日记,背上了周保中装满机要文件的背包。

周保中将军是位意志极为坚定之人,有着泰山崩于前而不惊的心态。哪怕是在被日寇围困得铁桶一般、二路军的前途最黯淡的日子里,也没有中断逐日写日记的习惯。他写完一本就让警卫背上,背不动就找个地方埋起来。这些日记写得客观、翔实、平静。可"于无声处听惊雷",战争的残酷与东北抗联将士的艰苦与壮烈在不经意间流露在字里行间。

可以说将军也许根本就不是为自己写日记。置身在每日生死未卜的战争中,他和与他生活在同一时代的人不需要这些日记。他要写给的只能是时间和历史。丢失是难以避免的。1936年前的日记就在敌人的一次搜山中被焚毁。但以后的日记却因胥杰、王一知等人的拼死努力而保存了下来。

1938年11月,敌人在依兰、刁翎地区发动了大规模的冬季"讨伐",省委秘书处奉命合并到了第二路军总指挥部,此时,王一知兼任第五军妇女团第二大队指导员。在跟随周保中将军南征北战的斗争生活中,他们之间产生了真挚的爱情,戎马倥偬中结成了夫妻,并于1939年10月6日在第二路军总部临时驻地举行了简朴而又隆重的婚礼。

对于自己的爱妻,周保中将军在日记中亦有记载:

一九三九年十月六日:

一知同志祖籍山东,吉林生人,寄住依兰,曾毕业于佳木斯师范学校。一九三五年十七岁参加中国共产主义青年团,翌年转入中国共产党,担任该地党组部领导并从事农民及学生抗日救国运动。一九三六年与同志胥杰结婚,一九三七年同至吉东省委秘书处编辑部工作,一九三九年春胥杰同志为国捐躯于牡丹江莲花泡（属依兰）。一知同志虽感痛万分，然于敌人重重包围、内部濒于崩溃状态中（一九三八年冬时，省委秘书处人员即皆随军行动），一知屹然不动，斗争愈益坚决。党组织拟派渠赴地方作自由活动，一知坚求无巩固确实之联系誓不去，愿死于抗日军中。一知家虽富豪，但以工人阶级立场已判绝家庭，余甚嘉纳，凡同志莫不赞佩。第二路军总部脱围东巡，一知在部任秘书工作，凡军中之劳动、勤务、炊事、洗浣、缝纫，无不积极参加。一知深具布尔塞维克之信念，书翰亦有精进之望，有工作能力，聪敏伶俐，态度大方，余启爱恋之情感，愿求作斗争工作中之永久伴侣，渠将有利余之革命工作。一知同志亦笃信革命领导，愿做直接辅弼工作，慨然允余。故于昨日向小组会提出此声明，并正式举行结婚仪式矣。

    从此，王一知不仅是周保中的妻子，更是他最得力的助手。

    1939年11月，王一知奉总部命令去苏联参加整理中共吉东省委档案文件；1940年3月又奉命在苏联学习军用无线电通信技术，同年9月学成回东北，担任抗联第二支队分遣队政治指导员兼无线电台台长。

    当严寒即将来临时，空气中已经传来了冬的信息。可这个时候二路军总指挥部和警卫大队，还有一百多人没有冬装。

    周保中将军得知第三师在宝石河子上游的深山中还有个临时后方被服厂，就决定派一名女同志前去联系，并协助抢制军衣。

    可究竟派谁去执行这一艰巨任务？此时，正是敌军围困万千重之时。

    一个难题摆在了周保中面前，坚定沉着的冷云牺牲了，机智勇敢的陈玉华派往苏联学习无线电，指挥部还有几十个妇女团的指战员，她们都是久经沙场，能文能武的巾帼英雄，他坚信这个任务不论交给谁都能完成。然而，在目前的险恶环境之中，危险性太大了，想来想去，他唯有派出自己的妻子王一知。他认为只有这样做，心中才安稳，可这样做的后果是他可能永远失去自己的爱妻。

    艰苦的抗战环境里，他们的夫妻关系没有公开，行军露宿都和往常一样各自分开。傍晚，周保中将妻子唤到一边，用商量的口气对妻子谈了自己的想法。知夫莫若妻，聪明的王一知非常明白此时的处境，她深情地望着自己的丈夫，只说了一句话:"感谢你的信任。请放心,我一定要完成任务,争取活着回来见你。"

听了妻子的话,将军的心里充满了温暖与感激。

第二天起个大早,王一知匆匆赶往被服厂,一路还算顺利。到了宝石河子密营后,立即开始了紧张的工作。

这个被服厂只有三名女同志,她们是吴玉清、冯淑艳(王亚东的妻子)、李淑英,连同王亚东、刘华两位男同志共六人。当天夜里,就暂歇在一个用树枝搭成,四面漏风的小仓库里。

人说"三个女人一台戏",如今四个女人相见,又是在枪林弹雨的间隙,难免问这问那,不知不觉中已到后半夜。就在与姐妹们的闲聊中,王一知发现三个长期在深山搞被服的女兵,认为鬼子进不来,思想上有些麻痹了,这是一个极其危险的信号。

天色微明,晓星高悬,王一知喊醒了战友,她知道所存布匹都是白色的,需要染色,而这里又没有现成的染料,所以趁天还没亮,就催她们起来,拿麻袋上山去找黄树皮。

此时,王亚东和刘华背了两麻袋粮食先走了。王一知等四人很快找了两麻袋树皮,用草木灰与自己烧好的土碱掺和好,就动手染布。刚刚染了四五匹,远处突然传来了枪响。

"快,赶紧把机器藏起来,鬼子搜山了!"听到枪响,王一知果断地下了命令。

"哪里是敌人,这是我家亚东的三八大盖,可能遇到野味了。"女兵冯淑艳嘻嘻地笑着不以为然地说。

闻听此话,王一知严厉地说:"停止染布,快藏机器!小冯,这漫山遍野都有鬼子在搜山,你们家亚东敢用枪打野味?再说,他有那么多的子弹打野味吗?"在王一知严厉地批评下,冯淑艳知道自己错了。

正如王一知所预料,她的话音刚落,山下就传来密集的枪声。

几名女战士此时也明白了事态的严重性。她们迅速收拾机器,把布匹装进麻袋,藏起来后决定抢占后山。可是来不及了,刚出仓库就看见鬼子端着明晃晃的刺刀,站在二百米外的山下,几名伪军看到她们就喊叫着:"站住!别跑,是自己人!"

枪声更加密集,王一知她们如果爬山也很危险,四个人只有两条枪,七颗子弹。李淑英是大镜面匣子,坏了一个零件不能连发。而目前的境况,要求她们必须对准敌人,快速出击,不然,敌人就到了眼前,好在女兵们枪法很准,接连撂倒了四五个鬼子。敌人不知道她们到底有多少人,从四面八方包围过来,顿时枪声四起。

山顶是爬不上去了,于是,王一知果断下令:

"翻过左边那个山坡下山。"

女兵们拼命地奔跑起来,可没跑多远,一条大河便横在面前,面对着湍急的河水,四个女人发蒙了,此时,河对面又涌来好多的敌人。王一知急中生智,命令立即就地躲藏。时值晚秋,厚厚的落叶铺满了山岗,她们每人选一个大坑,拉开距离,用树叶子将自己埋好。分开前又商定,敌人如搜捕,抓住谁,或用刺刀捅着谁,都不许吱声。四人中只要有一个人活着,就要想方设法把衣服做好送出去。王一知还特意嘱咐姐妹们:

"我身上带着文件,如果我牺牲了,望同志们一定设法将文件转交给党。"

王一知背的文件就是周保中将军的随军日记。她的前夫胥杰和她曾有过誓言,要与日记共存亡。胥杰为保护日记牺牲了,她担负起胥杰生前的任务,发誓要将日记背到胜利。

王一知和三个姐妹躲在一米多厚的落叶下面,敌人在上面来回不停地搜索,并端着明晃晃的刺刀乱刺,有好几次刺刀都险些扎到了她们的皮肉,她们屏住呼吸,不吭一声。

夜色像浓雾一般漫进了大山,敌人惊诧于女兵突然消失的同时也不得不撤走了。王一知带着三个女兵又走了十几里路,找了一个窝风的山坳准备宿营。突然,山上亮起了火光,真是冤家路窄,原来敌人也来到这个山上安营扎寨。也许最危险的地方更安全吧,女兵们选择了就在这座山脚下和敌人一起度过这一夜。

这天夜里,气温骤降,西北风卷着纷飞的大雪呼啸而来。身着单衣的女兵们冻得瑟瑟发抖,四个女人蜷缩在一条从被服厂里带出的破毯子下熬过了一个酷寒的夜晚。第二天一早,女兵们拖着冻僵的双脚和不停战栗的身体,顶着狂风暴雪一路东走,没有食物,就在雪地中剥树皮,找野果和蘑菇充饥,几天后终于在油松顶子山找到了队伍。

死里逃生的王一知又见到了自己的丈夫,劫后余生,夫妻二人不免悲喜交集。过后,女兵们终于克服种种困难,完成了军服的制作,使战士们都换上了冬装。

1942年8月,苏联工农红军独立步兵八十八旅正式成立,王一知任无线电连政治指导员。9月又组建了教导旅中共东北党组织特别支局(亦称东北党委员会),王一知为候补委员兼妇委书记。1943年初,王一知升任无线电连政治副营长,晋升为中尉,她和其他领导带领同志们经过数月寒窗苦读,全面掌握了无线电收发报技术,在以后的小部队潜回东北活动中及配合苏联红军解放东北的战争中发挥了重要作用。

1945年,"九三"祖国光复。9月8日,王一知来到长春,化名佟涤新,奉命担任了接管伪满中央放送局的军代表。1946年2月,王一知担任了吉辽军区骑兵警卫大队政委,当选为吉林省临时参议会参议员,后担任了吉林省民主学院行政系主任、中共吉林省委委员,吉林省立女子联合两级中学校校长。1950年4月,王一知随周保中到云南工作,先后任省政府侨务处长、省妇委第一书记兼省妇联主任、西南局妇委常委、秘书长。1953年调任国家华侨事务委员会司长,兼任全国侨联委员,当选为第三、四届全国政协委员。1976年恢复工作后王一知先后担任北京市工商局副局长、中共北京市顾问委员会委员等职。1987年11月26日,王一知在北京逝世。

新中国成立后王一知曾和有关研究人员整理出版了七十余万字的《东北抗战游击日记》,将军的日记终于公之于世。日记中记录了20世纪里那场战争的细节,可谓传世之作,是抗日战争历史上不可或缺的一页。岁月更迭,人世沧桑,得有将军的这部史诗般的日记流传于世,实乃东北抗联之幸。

此中,王一知功不可没。

"马露霞"的电台联络是最出色的 李在德

　　李在德是母亲李桂兰最亲密的战友，两人只差几个月，在德是姐姐。战火纷飞的年代里，两个女兵一起生活在深山老林里，并在同一天举行过战地婚礼。这一份经历，这一种浪漫，足可让她们战友加姐妹的情谊天长地久。

　　李在德是十二烈士之一金成刚的女儿，生于1917年。母亲牺牲那年，十六岁的她成了孤儿，当时正在游击队里。

　　在地方组织遭到严重破坏之时，这支几十人的队伍要向山上转移，当时身为游击队队长的夏云杰和张秋参谋长看在德长得单薄瘦小，怕不能适应游击队的战斗生活，就劝她留下来做地方工作。再则，刚刚起步的汤原游击队，时刻面临着流血和牺牲，让一个花季女孩去冒这种风险，领导们心中也不忍。

　　李在德一听不让她上队一起走，那眼泪顿时流了下来，她说："妈妈牺牲后，我一个亲人都没有了，我一定要参加游击队，打鬼子，为妈妈报仇！"裴大姐也对夏云杰说："她一个小姑娘，孤身一人在地方上怎么办？在队伍里大家还可以互相照顾。"在德也一边哭着一边说："今后游击队就是我的家，我哪儿也不去，我什么样的苦都能吃。"夏云杰看她态度坚决，其他人也都为其说情，终于同意她留下。就这样，李在德成了游击队里最小的女游击队员。后来，游击队在战斗中缴获了一批武器。由于她个子小，队里发给她一支小马枪。

　　游击队不停地在小兴安岭、汤旺河、乌龙河两岸的深山老林中转战，有时连成年人都难以忍受的饥饿、疲劳和寒冷，但是这个小姑娘硬是咬着牙挺过来了，从没有叫过一声苦。部队的指战员们,都喜欢这个坚强的小姑娘,宿营休息时,她常和裴大姐等女战士一起做饭、洗衣服,有时还为战士们唱歌跳舞,游击队成了小姑娘的家。

1934年秋,游击队从汤原姓夏的大地主家中缴获了一台缝纫机和一批白布。部队将物资送到山里,领导决定由裴成春负责,带领李在德和刘恩淑、许贞淑到汤旺河沟里创办后方临时被服厂,给部队战士做军服。当时大家不会使用机器,由地方党组织找来一位二十多岁、刚刚结婚的张师傅来教她们。裴大姐把学用缝纫机的任务交给了李在德,过了一个多月,李在德就可以独立操作缝纫机了。

1936年春末,裴成春带着李在德奉命到第六军所在地帽儿山密营建立新厂。

被服厂建成后,承担了第六军的全部服装生产任务,有时还要为兄弟部队做军装,任务很重。但无论怎样艰苦,女兵们都咬牙坚持下来。因为大家心中有一个共同的信念,就是齐心协力,早日把日本鬼子从中国赶出去!

1936年,李在德十八岁了。自从1932年入团以后,她一直暗藏着一个心愿,就是加入中国共产党。那时她对党的认识还停留在怀有一种朴素感情的层面上,在游击队中像裴大姐这样最能吃苦、最优秀的同志,都是共产党员,她非常渴望能像他们一样,成为党的人。

1936年7月3日,是李在德一生中最难忘记的一天。就在这一天她光荣地加入了中国共产党。中共北满临时省委书记冯仲云语重心长地勉励她:"入党以后要努力学习,继承妈妈的革命精神,不怕流血牺牲,为抗日斗争作更多的贡献。"

1937年7月中旬,北满临时省委扩大会议快要结束时,经冯仲云、赵尚志介绍,李在德和于保合同志、李桂兰和吴玉光同志在大山里面举行了集体婚礼。

1937年8月,李在德同丈夫于保合去往三军。他们沿浩良河踏上了去巴兰河的路,到抗联第三军开始了新的战斗生活。

在第三军的被服厂里,李在德和女兵们不仅要给部队做军服,还要做宣传工作。她们印一些朝鲜文传单,送到前方和朝鲜人居住的村子里散发,宣传抗日道理,号召各民族团结起来,在中国共产党的领导下共同抗日,支援抗日游击队。当敌人进山"讨伐"时,就随大部队活动,走到哪里就宣传到哪里,很受当地各族老百姓的欢迎。

1938年是敌人对抗日游击区进行"归屯并户"最凶残毒辣的一年,也是东北抗日联军斗争最惨烈、损失最严重的一年。5月,为反击敌人进山"讨伐",同志们要随部队转移。这时李在德即将临产,组织派李泰俊夫妇留下来照顾她。她们在密林深处一个小山沟里安顿下来。部队出发前,杀了一匹马,给她们留下一点马肉和马骨头,还有一顶小蚊帐。

就在这大山里面,李在德生下一个男孩儿。尽管李泰俊夫妇像对亲生女儿一样照顾她,但是当时的环境恶劣,实在没有什么东西可吃,哪里还有奶水,只好眼巴巴地看着那个可怜的小生命自己挣扎了五天死去了,尽管大家心里有多么不舍,也无可奈何。

更为严重的事情还在后边,李在德因产后受风,全身浮肿,命在旦夕。李泰俊夫妇急得没有办法,只是看着她流泪。病中的李在德想起了在第六军被服厂时,用老乌眼树皮煮水给伤员洗伤口,可以消毒,就让他们找这种树皮用水煮。然后用这水擦洗身子,还真见效,浮肿慢慢消了,身体开始恢复,她从鬼门关上爬了回来。

1938年的冬天到了,对敌斗争也更加严酷,就在即将弹尽粮绝之时,李在德随部队过界去往苏联,进行休整。

经过半年多的休整,1939年6月下旬,李在德和丈夫于保合随赵尚志司令返回东北抗日战场。队伍上岸后,在赵尚志的指挥下,李在德参加了攻打乌嘎的战斗,战斗中缴获了不少物资。

1939年底,又接到苏方来电,说冯仲云已到苏联,准备在苏联召开中共北满临时省委和吉东省委负责同志会议,请赵尚志过界去参加。赵司令让于保合回电,把部队的困难处境告诉苏方,要求把这二十来人一起带过界去。苏方回电同意,并约定了过界的时间、地点及接头方式等。

就这样,按照预定时间和地点,踏着黑龙江的坚冰,李在德再次随赵司令过界到苏联的拉宾附近。

到苏联后,周保中要派李在德去学习无线电收发报技术,但她担心自己文化低学不好。周保中鼓励她说:"你有决心就可以学好。"李在德也想,领导把这么重要的任务交给了自己,绝不能辜负领导的期望。几天后,苏军方面的吴刚中尉把她送到伯力市郊的一个普通工人家中。

这家有两个非常可爱的小男孩儿,大的五岁,小的三岁。看到这两个孩子,在德想起自己那个扔在深山里的男孩,心中难免酸酸的。她和孩子们一起做游戏,把一腔的母爱放在这两个孩子身上。这家的女主人热情开朗,主动教她讲俄语。不久,在德能用俄语进行简单的日常会话了。

在这里,起初是一个汉族的苏军翻译每天来给她上课,一个月后改为隔两三天来一次,主要教授无线电原理、收发报机的结构和性能。平时,她自己练习收发报并学习无线电的使用与维修。李在德克服了各种困难,三四个月后,就可以独立工作了。

1941年3月,她又调到王一知的住处一起继续学习。对于这段学习,周保中在《东北抗日游击日记》中曾有记载:

三月十四日午后二时回抵X城[哈巴罗夫斯克],由汽车送往一知远之寓所,该处无主人,乃返余寓所,一知相见,健康愉快。妇女同志李在德移就一知,同学无线电,每天由C同志带同翻译来讲授。

1941年夏,苏方把李在德送到北野营,被编到通讯排,继续学习无线电。

通讯排的同志们大都和她一样,先在各处单独学习,然后来到这里集中训练,并随时准备被派往东北做小部队工作。

1941年6月22日,苏联遭到德国法西斯的突然袭击,全国进入战争状态。7月18日,苏联远东军区决定让周保中组建抗联小部队回东北,主要任务是建立根据地,集中统一指挥各地游击部队,积极活动,以牵制和扰乱敌人后方。同时开展群众工作,进行各种侦察,向苏方报告日军在边境及后方的情况。7月19日,周保中开始"拟定派遣人员归还东北进行活动",在初选的16人名单中就有李在德。

周保中在日记中记述了抗联小部队的任务、人员及其组建过程:

七月二十五日王新林同志来，与余最后决定派遣王效明归回东北后之任务：1.整理饶河部队。2.留置必要人员于饶河，维持临时根据地及担任交通联络。3.在宝清留置一独立部队，建立临时根据地并进出佳木斯以南，监视密、宝敌寇之交通输送。4.王效明同志应率西部部队[径]赴依[兰]、勃[利]地区，在依[兰]、方[正]间建立临时根据地，进出林口及勃利南方，视察日寇全般状况，并做各种必要之侦察，随时用电报报告王新林同志。5.遇战争爆发时，即积极动作以破坏扰乱。

女兵李在德此时已经是一名谍报人员了，周保中在其日记中称为女电报生，在女兵当中能成为谍报人员的没有几位。牺牲的陈玉华是一位，潜伏的冯淑艳是一位，还有一位名字叫作柳庆熙，与李在德同属第一活动部队，但从资料中未找到她参加活动的记载。

其实做一名无线电报员是极其危险的，在回国执行任务时，每天都经受着生与死的考验。搞无线电必须两个人一组，分别负责发电报和译电报稿子，李在德主要负责发电报，她的丈夫于保合负责译稿子。密码本就在他们手里，一本是明码，一本是密码，合起来之后才能发报。搞无线电工作还很艰苦，到了冬季都在雪地里收发报，而且必须晚上11点以后。因为11点以前敌人的电台会进行干扰，使得对方收不到信号。

就在"滴滴答答"的电报声里，电波飞跃山川河流，谍报员们把一份份情报传递给上级。这些在极其危险的条件下，从事谍报工作的抗联战士，为世界反法西战争做出了特殊的贡献。

1941年9月上旬，李在德所在的小部队一行三十多人从饶河附近过乌苏里江，到达暴马顶子密营。部队在暴马顶子休整几日后，王效明支队长宣布任命于保合为宣传科科长兼电台报务主任，让李在德与于保合一起负责电台工作。当时小部队的侦察任务主要是了解饶河、富锦、宝清、依兰等三江地区日寇的兵力、兵种、武器、装备、粮食、仓库、军队内部生活；日军驻军状况、移动的目标、军事建筑、道路交通、通信联络等情况，以及日寇的反宣传、民间的谣言、日寇对我军的阴谋行动等等。根据小部队的侦察计划,王队长率部队往西南边的宝清方向进军。由于挠力河发大水,淹没了草甸子,无法行军,部队只好绕道上游,多走了一个多月的路程。但小部队只准备了七天的粮食,后二十多天没有粮食吃,饥饿令大家一天走不了几十里路,只好拣蘑菇、挖野菜、摘刺梅果和用树皮、草根等来充饥。

一天,队伍走到小团子山。这里地势较高,春天有人在这里种过大烟,夏天割完大烟,人就走了。同志们在地里找到些倭瓜、角瓜、萝卜,还有点儿大烟籽,总算吃了一顿救命的蔬菜饭。

小雨一直下个不停,一场秋雨一场寒。一片汪洋之中,小团子山好似一叶孤舟,部队在涉水前进。姜信泰政委带一些人去找给养,碰上敌人的一队骑兵。队伍转移时李呈祥失踪,王队长把队伍集合的地点记错了,李在德他们和姜政委的人没有接上头,这一出岔,队伍分散后,人更少了。

为了过挠力河,大家顶着雨开始割柳条做筏子。二十多天没有吃到粮食,身上哪还有力气,同志们拼尽全力才将筏子做好,总算渡过了挠力河。过河后咬着牙还得继续走,不走就意味着死亡,但饥饿使得这支小部队一天也就只能走五六里路。有四五个同志把全身的力气耗完了,倒在路边就一动也不能动了。队伍中仅有李在德一个女兵,因饭量小,少吃点还顶得住,就把采来的野果、野菜分给饭量大的同志。司务长王喜刚原是个伐木工人,身体高大强壮。他饭量大,平时两个人的饭也不够他一个人吃。他为了大家,到处找吃的东西,找到点儿吃的,自己不吃,先给同志们。不幸的是,老王和另一个炊事员又一次倒下后再也没有起来。同志们虚弱得连掩埋战友的力气都没有了,只好含着泪,将烈士的遗体安放在树丛里。艰苦的抗战,牺牲有时真的不在战场上。

越来越多的同志走不动了。休息时,大家都要找一棵树靠着,起来的时候也要相互拉起来,不然蹲下去就站不起来了,走出三五步就得休息一下。部队好不容易爬到一个小山顶上,同志们惊喜地看到山沟里有一处炊烟正在袅袅地升起,一定是有人!但不知是敌人还是老百姓,部队小心地向目标靠近。从山上看,冒烟的地方离他们不过二三里路,但却从下午一直走到黄昏。

这是一个炭窑,还住着老乡,同志们终于得救了!于保合背着沉重的电台,走得很慢,这对战争中相濡以沫的夫妻几乎是最后到的。善良的老乡拿出高粱米给同志们煮饭,已经二十多天粒米未进,大家还没有等饭熟就迫不及待地吃起来。王队长赶紧告诉大家,第一顿千万不能吃得太多,否则会把胃撑坏了,那可是要命的事情。

克服了种种困难,跨越生死线,一年多来,李在德所在的小部队通过实地侦察和对群众的秘密调查,重点搜集到了靠近边境线一带的日伪军的情报,如:兵种情况及各兵种武器装备数量,敌人部队的番号、长官姓名、驻屯地点、营房及守备状况,附近村子的房屋布局,敌军调动的时间、地点和目的等等,搜集到的情报随时用电台报告给总部。小分队的同志们还把敌军工事的种类、范围、用途及道路交通等情况绘制成图表,交给交通员带回。

冬天,小部队在宝清、富锦一带山区活动,王效明支队长根据周保中来电,让姜信泰政委于12月率领这十余人先过境回到苏联。

回到苏联以后,李在德被编在交通连当战士。交通连连长奥斯特洛夫大尉在全营大会上表扬她说:"在派出活动的部队中,玛露霞(为方便工作,连长给起的俄文名)的电台联络是最出色的。"

李在德,战争中留下的孤儿,在八十八旅这支特种兵部队里,成长为一名优秀的谍报人员。

"八一五"光复后,李在德返回东北,1949年初曾随大军南下。

1950年3月,李在德被分到政务院(1954年9月改称国务院)秘书厅秘书处担任机要秘书,负责保管机要文件,管理政务院公章及周恩来总理的印章。东北抗联的战友们戏称她为周总理的"掌玺大臣"。

如今,九十八岁的李在德妈妈,正在儿女们的精心陪护下颐养天年。

她曾经有两个国籍　申连玉

申妈妈今年已经是九十五岁的高龄,每次我去看望她时,她总还记得从冰箱里拿来我最爱喝的饮料"格瓦斯"。

申妈妈命苦,这第一苦,苦在幼年丧母。

1920年农历四月初八,吉林省延吉县一个贫苦的朝鲜族家庭里,一个女孩呱呱坠地,只可惜那苦命的孩子生下来就失去了母爱,"孩儿奔生,娘奔死",她的母亲死于难产。申爸爸望着襁褓中女儿那稚嫩的小脸心痛欲碎,泪流满面。他仰天长叹:"孩子啊,你娘撇下咱们爷俩就走了,没有奶你可咋活啊?"哭过了,叹过了,他下决心要把这个孩子好好地抚养大,那是妻子留给他的唯一安慰。从此后,申爸爸带着幼小的娃儿东家讨一口奶,西家讨一口粥,一把屎一把尿艰难地拉扯着孩子,可以说这孩子是吃百家饭长大的。

　　小白菜,地里黄,三岁两岁没了娘,
　　跟着爹爹还好过,就怕爹爹娶后娘。

为了这个苦命的女孩,父亲没有再娶,他害怕后娘待孩子不好,他给女儿取了一个好听的名字叫申连玉。

小连玉在一天天地长大,大大的、黑黑的眼睛十分招人疼爱。父女俩相依为命,申爸爸直到1936年申连玉离家上部队以后才另娶女人,后来的妻子又生了一个男孩,男孩比他的姐姐申连玉小了整整二十六岁。

小连玉八岁那年,老家的生活实在过不下去了,爸爸带着她逃荒来到黑龙江省饶河县的小佳河。小佳河地势平坦、水源充足,极适合种植水稻,而朝鲜族人又都擅长种水稻,父女俩在此安居下来。

当时的小佳河是人才辈出的地方。1931年九一八事变后,一批爱国青年投身于抗日救国运动,其中有崔石泉(崔庸健)、金再洲、李永镐等人。虽然连玉当时年纪很小,但由于受到了革命思想的熏陶,还是早早地明白了抗日救国的大道理。她自己暗暗地下定决心,等长大了一定要像他们一样,参加革命,去打小日本。

1936年连玉的愿望终于实现了。在李永镐的帮助下,她当上了崔庸健的兵,从此,她从小佳河走上了抗日道路。

崔庸健,别名崔石泉,化名金志刚,朝鲜族。曾任黄埔军校军事教官。1926年加入中国共产党并参加北伐战争和广州武装起义。1936年3月任东北人民革命军第四军第二师参谋长,同年9月成立东北抗联第七军时历任参谋长、七军党委书记、代理军长。1940年1月任东北抗联第二路军总参谋长,同年11月去苏联组建抗联野营。1942年8月任东北抗联教导旅参谋长、中共东北党委会书记。

对于连玉来说,能够走上抗日道路,是她一生中最美好的回忆,在沦陷的土地上,没有少女的青春,只有投身于抗日的洪流里,才是她最好的归宿。

参军后,连玉随部队到虎饶地区打仗,西林子一仗打得酣畅淋漓。1937年春,小南河西大顶子西北各屯组织起来的一百多人的红枪会投奔我军,要求共同抗日。红枪会在李清和的带领下,训练了半个多月,但缺乏武器和衣服。他们要求联合攻打西林子的伪警察署和敌人的特务工作班。4月21日,李学福、姜克智、阎宝春、李清和等讨论决定,袭击西林子伪警察署和"集团部落",为红枪会解决武器。4月22日,崔庸健率一百五十多人和红枪会会员五十多人、暂编第一师四团一百多人,分四路包围西林子,攻打该驻地的一个连的伪军和四十余人的走狗队。李清和率红枪会和第一师突击队十人、暂编第一师突击队十人,袭击伪警察署;第一师第一团和暂编第一师第一团迂回到乌苏里江岸,袭击西林子"集团部落"东部;第七军军部及第一、二师师部保安连袭击西林子"集团部落"北部;第二师第四团袭击西林子"集团部落"西部。战斗从清晨三点打到九点,击毙敌人二十余人,缴获十四支步枪和伪警察署的一些武器,我军伤亡十三人。红枪会得到武器后被编入暂编一师一团阎宝春部。

在这场战斗中,十七岁的申连玉只是一名小兵。她冒着枪林弹雨抢救伤员,并为他们包扎。她第一次看到了血淋淋的伤口和战友们的牺牲。

连玉怕吗?咋能不怕。连玉虽然没有母亲,但毕竟有疼爱她的父亲,从小到大她都是父亲的娇娇女。是东北抗联这支部队把她培养成了一名战士,而作为一名战士,她必须面对鲜血和死亡。

1937年东北抗联第七军成立了妇女队,连玉是其中的一员,她在密营里同战友们一起从事缝制军装和筹备给养等工作。1937年9月,七军为了粉碎敌人冬季"讨伐",集中全军到虎饶地区。入冬结冰后,同江、富锦一带的沼泽地已失去屏障作用,李学福和景乐亭率第一、第三师离开该地,返回虎饶山区,避开大批敌人进攻。为准备反"讨伐",第七军积极准备给养,把粮食储藏在山沟里,在山区建立密营地。军部决定,在敌人"讨伐"时,派一部分骑兵到同江平原地区和黑嘴子一带,牵制敌人;将步兵主力转移到敌军力量较薄弱的抚远,以粉碎敌人围歼阴谋。

同年11月,在敌军即将出动时,第七军按原定计划行动,崔石泉率主力六百余人转战抚远,又与日军交火,我军骑兵、步兵联合作战打得敌人人仰马翻,共打死日军十余人,打伤无数,缴获步枪、轻机枪和其他物资。多次作战,我军胜利地粉碎了敌军冬季的"讨伐"计划,部队安全返回饶河。

1938年初,崔庸健将申连玉带到第七军团部,当时她已是妇女部的班长。同年4月经崔庸健、张玉杰介绍,她光荣地加入了中国共产党。

从此以后,申连玉就是党的人了,她以更高的标准要求着自己。1939年申连玉被调到第七军第三师被服厂工作,十九岁的她青春焕发,一双美丽的大眼睛闪闪发亮。也就是在这一年,她同第七军的刘琦树相恋并结婚。战火中的一对恋人,心心相印。

1939年冬天,景乐亭和王效明带领部队在独木河、饶力河一带打仗,数九寒冬,天气格外寒冷,同志们饮冰雪、宿风寒,吃树皮、草根,经历着可能战死、饿死和冻死的威胁。战士们的理想和信念支撑着他们全身心地投入到这场战斗。在这场战斗中,申连玉的好多战友都牺牲了,她的新婚丈夫刘琦树也献出了年轻的生命,他为祖国和人民贡献了一生。

连玉,真是个苦命的女子,幼年丧母,青春丧夫。

这时她已有了身孕,可怜的孩子还没等出生就没有了父亲。擦干了眼泪,把仇恨装在了心里。她拖着怀孕后沉重臃肿的身体继续与敌人斗争,她要为丈夫报仇,血债应该用血来还。

大雪封山,部队在行军转移,走在积雪没膝的行军路上,白生太等同志在前面开路,后面的人一个接一个地踩着脚印走,渴了吞雪团,饿了嚼柳条子、树皮、野菜、蘑菇,有时还会吃到毒蘑菇。战士们以极大的毅力克服着饥饿疲乏,日夜兼程地把伤病员都转移到了饶河县的十八垧地。这时,敌军几百人从虎林开进了饶河,封锁了小南河,并一步步地逼近了十八垧地,敌人所到之处搜索我被服厂,焚毁我密营,抓我后方人员,破坏我后方根据地。面对敌人的疯狂进攻,战友们与敌人展开了生死搏斗,女兵们也非常勇敢,她们冒着枪林弹雨抢救伤员,为他们包扎伤口、抬担架。申连玉在这次战斗中成功地救了一名战友。当时的情景真是很危险,枪声、炮声震耳欲聋,子弹在身边飞过,她不顾一切地把受伤的战友从战场上背了下来,送到安全的地方。战斗结束后,部队继续转移阵地行军打仗,在转移的过程中部队早已没有了粮食,女同志们便上山采蘑菇,挖野菜,由于没有办法辨认蘑菇、野菜是否能够食用,申连玉作为班长首先尝试了这些野菜、蘑菇,不幸的事情发生了,她误食了毒蘑菇中毒了。由于当时的医疗条件以及长期在恶劣的天气下行军打仗,她的体力早已透支,中毒以后就再也爬不起来。1940年2月,她和另外几名同志由王效明和李永镐二位领导护送去往苏联治病,在那里做了几次手术,病好后就留在了苏联。尽管怀有身孕,尽管病体羸弱,连玉在离开祖国的那一刻,还没有忘记背着她日夜相伴的手摇缝纫机,她还想能给战友做军装。

申连玉的第一个孩子张树山是在苏联出生的,他是战斗英雄刘琦树烈士的儿子,遗憾的是,他的亲生父亲没能等到他的出生就过早地离开了人世。

连玉生活在苏联伯力市,她在面包房里做过面包,她默默地抚养着烈士刘琦树的遗孤。七年后,也就是1947年,她与东北抗联第六军战士张洪远在苏联组成了新的家庭。组成家庭后,她随丈夫在内务部农场种地。

抗联战士张洪远,1912年4月11日生人,原籍山东省荣城县张家屯。1936年参加东北抗联在第六军当战士,后去苏联在哈巴罗夫斯克农场劳动。1947年加入苏联国籍。1955年4月申请全家六口人回国。

从新组织家庭后她又先后生了三个孩子,最小的男孩是回国以后生的。

她的大儿子张树山,苏联名字叫吉玛;大女儿张淑清,苏联名字叫娜塔莎;二儿子张树林,苏联名字叫西罗沙;小女儿张淑华,苏联名字叫约拉;小儿子张树枝生在中国,小名叫国力。

1950年内务部农场解散,张洪远和申连玉离开农场后又到一个实验农场种地,一年以后实验农场也解散了,他们又到建筑部门工作,就这样,一直工作到1955年4月4日离开伯力市回归祖国。

在远离祖国,远离家乡的日子里,申连玉与丈夫张洪远每时每刻都在思念着故土,思念着共同生活战斗的战友,他们知道新中国已经建立,他们想家,他们想回家,泪水一次次地流过他们的脸颊,仅仅是一条大江就隔断了他们回家的路吗?

1955年,三十五岁的申连玉一家终于可以回国了,好多东西她都不要了,唯一不能舍弃的还是那个手摇缝纫机。

然而,回国的路也不是一帆风顺,最后还是国务院周恩来总理签字才准许他们重新加入中国国籍。经国家民政部安排,一家六口人定居哈尔滨。

终于回到了祖国,终于回到了东北。申连玉在苏联的远东整整生活了十五年,她同那里的人民同样结下了深厚的友谊,她的四个在苏联出生的孩子已经完全融入了当地的生活,孩子们说的都是俄国话。

回国后,孩子们很长时间不适应新的生活。七岁的大姐张淑清因为不会说中国话,在学校里考试总是最后一名,只好一年一年的留级。倒是体育课学的好,每次都能跑第一。

回国后的申连玉,没向国家要工作,没向国家要待遇,她把那份中华人民共和国内政部的批文压在了箱底。

连玉很少提起以前的事儿,她的小女儿告诉我:"不要问妈妈前夫刘琦树的事情,如果谁不小心提起来,妈妈都会大病一场。"

申连玉的第二任丈夫,东北抗联战士张洪远于 1985 年去世。如今的申妈妈四世同堂,尽享天伦之乐。

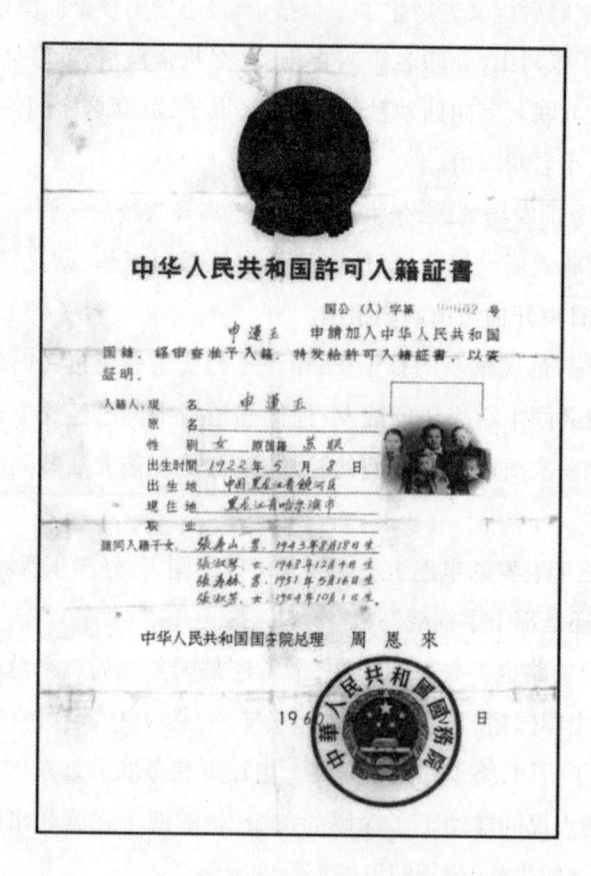

申连玉的入籍许可证

冯淑艳

真实的潜伏　冯淑艳

这是一个真实的关于潜伏的故事。

潜伏的故事一般都是一对假夫妻,为了互相掩护,为了工作的需要住在一起,日久生情,最后成为真的夫妻。

这一篇说的不是故事,因为主人公王亚东和冯淑艳是一对真的夫妻,他们二人的潜伏是直接受中共东北委员会常委、抗联教导旅旅长周保中的派遣。

1943年3月,春风乍起之时,夫妻二人秘密地回到了家乡——穆棱县穆棱镇泉眼河屯,建立了泉眼河屯交通站。

1942年初,由于东北党组织遭到严重破坏,东北抗日联军也受到很大损失。为了保存有生力量,各抗联部队进入苏境,组建了南、北两个野营。

在北野营里,冯淑艳夫妇二人开始学习各种情报工作知识。有一名苏联教官和一名翻译专门教他们。首先要学习的是回国后合法身份的问题。不仅从理论上学,而且还要结合实际表演。让他们夫妇扮作在长春开鲜货铺子的商人,因赔了钱投奔娘家谋生。其次,学习情报知识和练习搜集情报的手段。最后学习送情报和收发电报的技术。

战争培养了人,战争改造了人,这一对农民出身的抗联战士,通过培训成为两名在外人看来神秘莫测的谍报人员。

临行前,教导旅旅长周保中接见了他们,传达了党组织派他们回故乡以后建立交通联络站,搜集穆棱、绥芬河、绥阳等地日伪军兵力、武装、设施以及日伪重要机关的情报等任务。

周保中紧紧地握着他们俩人的手说:"你们不仅要克服困难,战胜艰险,胜利完成情报工作任务,而且还要有遇难的思想准备,要经得起酷刑和诱降的考验。要记住,宁可掉了头,也不给敌人当走狗。"

对于这份神圣而艰巨的任务,对于首长的信任与嘱托,冯淑艳夫妇表示:"请首长放心,坚决完成任务!"

告别了首长,告别了战友,二人踏上新的征途。

夫妻二人要去的泉眼河屯是一个百十来户人家,人口有五六百的小村庄,民风淳朴,村民多以种田、打猎、伐木为生。小屯地处牡丹江市穆棱县的东南方,完达山脚下。这里山高林密、石壁陡峭、坡岭起伏。就在行军岭的山脚下有一眼冬夏不停喷涌的山泉,山泉四周青松环抱,青石见底,清亮亮的泉水顺着山脚下由西往东,又由南向北拐了一个大弯,围绕着小屯最后奔向穆棱河,泉眼河屯因此得名。

对于冯淑艳来说,故乡已多年未见。那里有他们的父老乡亲,那里有母亲冤死后的孤坟,那里有日伪宪特鹰隼一样的眼睛。他们夫妇此行,既担负着重大的使命,又将冒极大的风险。

冯淑艳的丈夫王亚东是东北抗联第五军的一名指战员,他身材魁梧、浓眉大眼。据他的警卫员回忆,王亚东语音洪亮,开会讲话时不用麦克风。

被派回的冯淑艳是东北抗联第五军的一名女战士,但是这名女战士却有着不同凡响的经历。

1906年的冬天,冯淑艳出生于辽宁省沈阳市。十岁那年,随父母来到黑龙江省穆棱县泉眼河屯。黑黑的土地,清清的泉水,让迁徙的人看到了希望,他们留在了这里,一家五口人辛苦劳作,用勤劳与汗水,维持着温饱。

1930年,冯淑艳嫁给了朴实的青年农民王亚东(王杰忱),准备男耕女织去收获农家院里的幸福。如果没有1931年的九一八事变,没有那场人间惨剧的发生,冯淑艳作为一名农妇,也许就在这个农家小院里生儿育女、终老一生。

事情来得突然,让人猝不及防。

那一年,尽管日寇已经占领了泉眼河,但婚丧嫁娶仍是老百姓躲不过去的大事情,而善良的百姓也无法预料,大喜过后的大悲,将是更加沉痛。

7月里的一天,于凤阁家要娶儿媳妇,乡里乡亲总要去随一份薄礼。于是,冯淑艳的母亲带着小孙女去参加婚宴。前来道喜道贺的乡亲们在插科打诨。一对小夫妻,刚刚拜完高堂父母,还没来得及夫妻对拜,院子里突然就闯进九个日本骑兵。他们跳下马背,手里端着明晃晃的刺刀,一字排开,逼住了众人。看着凶神恶煞似的日本兵,于掌柜哆哆嗦嗦地上前解释:"太君,我们是良民……"话还没说完,鬼子小头目一把将他扒拉到一边。"这里,反满抗日的有?"他狞笑着粗暴地掀开新娘子的红盖头,后随手一枪,旁边一位无辜的村民倒下了,其他的鬼子兵像得到命令一样,一排枪响过后,参加婚礼的人当场就被打死十多个。素有正义感的冯老太太,仗着胆子,想上前和鬼子理论,但她不明白她所面对的已经不是人,手中还拉扯着自己疼爱的小孙女。

还没等她靠前,鬼子开枪了,冯老太太和小孙女倒在了血泊中。

昏黄的落日下,美丽古朴的小村挂起了幢幢白幡,震天动地的哭声淹没了泉眼河潺潺的流水声。披麻戴孝的冯淑艳跪在母亲的灵堂前,一家两命,哀哀的哭声里是对侵略者无尽的仇恨。

国恨家仇,到了必然要爆发的程度,已经为人妻、为人母的冯淑艳,从此走上了反满抗日的道路。

1933年,冯淑艳终于见到了中共穆棱区委书记潘寿廷,从此成为一名地下交通员。她经常去下城子、代马沟、山顶站(今大观岭站)等地去执行任务,机智勇敢地把一份份重要的情报传递给地下组织和抗日部队。

1936年2月10日,周保中将军领导的东北人民反日联合军第五军,改编为东北抗日联军第五军。为了扩建队伍,周保中准备策反宁安三道河子伪森警大队,他曾先后三次派第一师参谋长张镇华到穆棱县穆棱镇北街找冯淑艳,希望由冯淑艳来完成这一任务。为什么选中的是冯淑艳呢,因为冯淑艳的丈夫王亚东与伪森警大队大队长李文彬沾亲带故。王亚东是李文彬的表哥,冯淑艳自然就是他的表嫂。

说起这一段策反的经历,尽管有点传奇,但在刘文新所著的第五军军史里,也是浓墨重彩的一篇。

首先是王亚东事先打入了这个伪森警大队,成为一名队员。

当乍暖还寒,阳春三月的微风吹动之时,冯淑艳夹着个小包袱,以探夫为名,来到了穆棱镇北街三道河子伪森林警察大队部。第二天黄昏,在李文彬的家里,冯淑艳见到了夫家表弟李文彬。

其实李文彬是位深明大义的男子,早已经是人在曹营心在汉。就在这段时间里,冯淑艳以家属的名义住在了伪森警大队,在这里她苦练打枪的绝技,终于能手使双枪,夜打香火。在苦练枪技的同时,她还积极地做士兵们的思想工作。她把第一师参谋长张镇华所编的一首《伪军起义歌》,在暗地里教士兵们传唱:

日出东方分外红,曙光照全城;
大家快觉醒,看日军多么奸凶;
中国人民被它坑,我们真苦情。
伪军兵你莫卖命,巧使我们它当令;
先利用,后要命,亡国灭种随后行。
全知道,定路程,大家齐心起来,
去暴动,杀死害人精,拉出队伍奔抗联,
倒戈抗日去救国,驱逐黑暗得光明!

都是中国人,必然要有一颗中国心,细雨润无声的工作,终于深入到一百五十余名伪军的心灵。

经过冯淑艳、王亚东和李文彬等人的联手密谋,经过了近一年多时间悄悄的策反工作,伪森警大队起义的时机终于成熟。

1937年7月12日,宁安县伪三道河子森林警察大队队部的院子里,一切看起来和往常没有什么不同。

然而,冯淑艳和伪森警大队长李文彬的心却悬在了半空。他们焦急地等待着到牡丹江逛"慰安所"的日本指挥官加藤回来。当在慰安所逍遥两天的加藤,拖着疲倦的身子刚一露面,冯淑艳和李文彬就用眼神交流,决定当晚把队伍拉出去起义。

关于这次起义的细节,有好几个版本,笔者决定还是以军史为准。

盛夏的傍晚,五点半左右,天还大亮,李文彬派人掐断了电话线,撤掉了岗哨和巡逻兵,院内布下了两挺机枪。

六时,李文彬将全体官兵集中到院子里。他挺直了腰板,威严地说:"弟兄们,今夜咱们要收拾日本人,都要按我的命令行动。这个时候谁要还替日本人卖命,他就别想活!"经过冯淑艳一年策反工作的官兵们,早就知道这是怎么回事了,大家群情激昂。李文彬命令:"包围日本军官住宅!"

这时,身陷重围的日本教官田中光着大膀子,一手提着穿反了的裤子,一手提着王八盒子,慌慌张张地从住宅往外跑,边跑边喊:"李大队长,马胡子的大大的有……"没等他喊完,"叭"的一声枪响,他斜倒在住宅的门槛上。

有关这次起义的第一枪,好多版本都说是出自神枪手冯淑艳。

这个日本教官倒下后,紧接着,又跑出日本教官加藤直秋,他一下子被田中的尸体绊倒,藏在门旁边的士兵,用匕首扎在这个日寇的后背上,结束了他的性命。另一个日本军官看门口死了两个人,就扭头往回跑,瞬间被一名士兵所撂倒。还有一个日本军官刚跳上窗台,就被一名士兵打死,斜卧在窗台上。另一个日本军官摸到窗口,刚要向外射击,"趴"的一枪,他的脑袋也被揭了盖。一会儿工夫,日本住宅里的八名日本军官,被起义士兵打死了七个,最后一名日本军官津村昌藏在烤面包炉里,并开枪打伤我方战士小周,就在津村昌挥舞战刀负隅顽抗之际,李文彬一枪将他毙命。至此,伪森警大队里的八名日军全部被击毙。

不到半个小时,森警大队院子里的战斗结束了。李文彬、冯淑艳和王亚东率领三道河子伪森警大队一百五十多人,连同家属六七百人起义反正。他们在张镇华率领的第五军第一师部队的迎接下,来到了抗联第五军军部所在地三道通。这支队伍的到来为抗联部队补充了新鲜的血液。

三十一岁的冯淑艳,用智慧和勇气干成了一件惊天动地的大事情,周保中将军也在日记里记载了这段不平常的经历。

在苏联的抗联教导旅里,周保中将军再次看好胆大心细的冯淑艳,遂于1943年春天,将他们夫妇二人派回到穆棱镇泉眼河屯开展地下工作。

周保中命令冯淑艳和她的丈夫王亚东将搜集到的情报,每二十天向交通员小王汇报一次,每三个月去苏联汇报一次。

穆棱镇当时是日寇守卫的重镇,苏军大反攻之时,也是军事要地。冯淑艳回来后暂住在大哥家。不久由于村里汉奸出卖,日军把兄妹俩一起抓进了监狱。

在狱中,冯淑艳饱尝了灌辣椒水、坐老虎凳、坐飞机等酷刑。但周保中将军"宁可掉了头,也不给敌人当走狗"的话语在支撑着她的意志。她一口咬定自己只是个在外地做小买卖的生意人,严刑拷打没有收效,敌人又把她抛进了狼狗圈,在狼狗的撕扯下她成了生命垂危的"血人",但也丝毫没有暴露自己的身份。

一天夜里,冯淑艳兄妹俩被押到县城北门外的一处刑场,日本军官对冯淑艳说:"快招了吧,这是你们最后的机会。"冯淑艳回答:"没别的说了,给个痛快的。"连死刑都逼不出什么线索,日本人开始怀疑汉奸报的是假消息,不久在其家人的营救下,冯淑艳和大哥带着一身伤痕走出监狱。这以后,她和丈夫更加紧了搜集情报的脚步。

1945年,苏联对日寇宣战。地下谍报人员所收集的情报,给苏军进攻牡丹江,消灭日军提供了重要的依据,为顺利解放牡丹江奠定了基础,他们的情报,像万千门火炮,打开了牡丹江的缺口。十四年饱经磨难的城市终于重新回到祖国的怀抱。然而,没有多少人知道,在解放这座城市的过程中,曾经有过多少王亚东、冯淑艳这样的无名英雄。

就在日军节节败退之际,王亚东、冯淑艳发动群众处死了穆棱县泉眼河伪警察分驻所所长,并争取了伪警刘宝泰哗变,打开仓库,取出粮食,参加最后的战斗。

让我们再看一看王亚东、冯淑艳夫妇在1945年"八一五"日本投降那段时间的经历。

1945年8月7日,正是麦收的时节,正所谓三春不如一秋忙,劳累了一天的村民早早就歇息了。小村寂静无声,只有泉眼河水哗哗地流淌。大约晚上九点钟,突然听到飞机嗡嗡的声音,那飞机飞得挺低,几乎从房顶上掠过。这一声音把全屯的老乡都惊醒了,大家都跑到院子里,一瞬间飞机投下数颗照明弹,把小屯照的通亮如同白昼。随后就听到一连串的炸弹爆炸声,响声过后,飞机飞走了,人们望着飞机尾灯上一亮一闪的红灯,纷纷议论,不知道发生了什么事情。

第二天早上,有的村民在南门外河沿看到公路大桥被炸塌了两孔,公路炸了几个大坑。这条公路是从穆棱县城路过泉眼河,经过大碱场最后一直通向东宁县的国境线。看热闹的老乡越来越多,大家议论纷纷,莫衷一是。此事只有王亚东夫妇心里明白,一定是苏联红军已经攻到穆棱县城了,还在往牡丹江方向进攻,苏联飞机炸大桥、炸公路一定是要切断交通,防止日本关东军撤退逃跑,王亚东和冯淑艳意识到大反攻的日子就要来到了。

事不宜迟,王亚东夫妇借助苏联飞机轰炸的这一时机,马上通知全屯的父老乡亲们到南门外的场院开大会。人到齐后,王亚东亮起了大嗓门说:"老乡们,苏联红军打过来了,我们中华民族要解放了,我们的山里,现在还有少数日本关东军在杀人抢粮食,抢牲畜,我们全屯的老乡们都要组织起来,大家一条心,打倒日本鬼子,解放泉眼河,愿意干的就报名参加抗日队伍。"他亮亮嗓接着说:"打跑小鬼子,报仇雪恨的时候到了,咱们大家组织起来,手里没枪不要紧,鬼子、警察他们有,只要大家不怕死,敢拼敢杀,枪和刺刀就来了。"经王亚东这一动员,当场就有些青壮年、少数老头和十五六岁的孩子,纷纷举手报名,要参加抗日队伍。当地的老百姓被关东军欺压太久了,有人带头,自然是一呼百应。

这支队伍在后来的战斗中与进攻穆棱地区的苏军西巴诺夫少校率领的部队胜利会师。最后发展到两千多人,被编为东北民主联军牡丹江分区独立第三团。

1956年,冯淑艳转业解甲归田,在哈尔滨近郊的哈达屯定居。

1995年8月,俄罗斯政府授予冯淑艳"卫国战争五十周年纪念章"。

2008年9月10日,冯淑艳在哈尔滨逝世,享年九十八岁。

她扛着"小马盖子"走了 吴玉清

认识吴妈妈是在去往抚远的一列专车上，她应邀与俄罗斯二战老兵一起参加纪念抗日战争暨世界反法西斯战争胜利六十五周年的活动，那一年她已经八十八岁高龄。

初识吴妈妈的第一感觉就是她与晚年的母亲李桂兰长的如此相像，一种亲切、怀念的情愫油然而生。当吴妈妈知道我的母亲已过世，她也久久拉着我的手不肯放松。

从那以后我就每年都去依兰看她，吴妈妈喜欢吃儿媳妇为她采的野菜，还能喝一杯白酒。饭后，她不紧不慢地和我唠着家长，说着已逝去的岁月，时而平缓、时而激昂。平实的语言中我深切地感到，久远的战火硝烟虽已消失，吴妈妈也已是迟暮之年，可她还是战士，那战魂仍在，说起那场远去的战争，依然历历在目。

1922年，吴玉清出生于黑龙江省的宝清县。抗日战争中，宝清县是东北人民抗日救国运动的领导核心区域。1937年后，周保中、李兆麟及赵尚志将军先后到宝清完达山区领导东北人民抗日救国运动，东北抗联、救世军、义勇军等部队的无数将士在这里同日伪军顽强作战。在宝清大地上，全体军民前仆后继、浴血山林，面对炮火勇往直前，面对死亡义无反顾。十二烈士山激战、李炮营阻击战、太阳窝棚战、花砬子大战、张家窑血战、石灰窑突围等无数次顽强的战斗，沉重地打击了日本侵略者的嚣张气焰，极大地振奋了东北人民的抗日斗志。赵尚志将军曾为在宝清大地上牺牲的将士题写挽联,周保中将军曾为十二烈士山战斗中的英烈题诗:"他年民族全解放,指点沙场吊忠魂。"

吴妈妈就是出生在这样一个红地盘上,说起她的参军上部队,还得从1932年说起。

一天,一群日本兵突然闯进她的家,锋利的刺刀闪着寒光,他们逼问地下党的下落,父母倔强地说不知道。日本兵狠狠地踹了父亲一脚,临走时又放火烧毁了她家的房子。面对凶残的日军,小玉清心里充满了疑惑与仇恨。

她愤愤地说:"你说,咱过得好好的日子,为啥小日本要跑到咱中国来撒野?那时,我就不明白。"

是啊,为啥?当年的小玉清弄不明白,可是从此后,她懂得了仇恨,她开始在宝清县双柳河子共产党领导的抗日活动中为地下党传递书信。

十岁的孩子就这样在白色恐怖中,在对敌的地下斗争中慢慢地长大。

1936年,日伪军开始了"归屯并户",他们把附近村屯的村民赶到一起,放火烧掉了全部的村庄。家没了,日子过不下去了,十四岁的吴玉清和同村的小伙伴在暗夜里偷了敌人的枪和子弹,逃出已成为废墟的家园,正式踏上抗日救国之路,成为一名抗战女兵,可十四岁的她应该还是个孩子。

吴玉清参加抗联时,正处于抗日战争高潮期。从1936年到1940年间,吴玉清先后参加了宝清战斗、七台河战斗,战斗足迹遍布东蒲沙、密山、富锦、烈士山、尖山子,好多战友的回忆录中都有她的名字。

说起打仗,吴玉清说:"那和吃饭一样平常,大仗小仗记不清有多少次了,第一次拿起马盖子枪,心里是真的害怕。我才十几岁的小孩子,一个姑娘家,咋能不怕啊!可是呀,真的打起来,看到鬼子的凶样,看到身边战友倒下了,流血了,你就会勇敢起来,什么也不怕了,什么都敢干了。好像是1940年吧,大冷天的,在尖山子一带,咱们的部队和鬼子交上了火,这仗啊断断续续地打了一天,敌人多,可我们占的地形好,最后也没分个胜负。撤退的时候,我的战友于秘书被子弹击中腿部,倒在地下。我赶忙拿个绑腿把他绑在我身上,于秘书的个子比我高,他人在我的背上,那脚还在地上拖着,我就背着他拼命地跑。那雪地滑呀,一步一个趔趄,我不敢摔倒,摔倒就爬不起来了,我跟跟跄跄地跑了一路,那血啊也洒了一路,再往前走几里地,就要到密营了,他脑袋一耷拉,却死在我的肩上了。我把他放在雪地里,问他:你咋死了呢?你咋就不等一会儿呢?守着他还没变硬的尸体我号啕大哭。那泪啊、那血啊流在一起啦,冻成了冰溜子,后来战友们过来把他抬走了。"

其实吴玉清长得十分娇小,才一米五几的身高。别看她长的小,若论体力、论枪法、论胆识、论机智在战斗中绝不输于男兵。一次,五军的四名女战士在山上执行任务时,遭遇敌军大队人马。紧急关头,吴玉清迅速将其他三名女战友藏在倒下的树后,用树叶伪装隐蔽好后,自己才找个坡地躲藏起来。当敌人擦身而过后,姐妹们都惊出了一身冷汗,还好,总算是有惊无险。

1938年,东北抗日斗争进入到最艰苦的阶段,日本关东军在残酷地进行军事"扫荡"的同时,还加紧对我游击根据地实行经济封锁,抗日联军的衣、食和枪支弹药供给都发生了严重困难。

艰苦的斗争环境考验着人的生存极限,吴玉清跟随部队踏遍了乌苏里江西岸的山林原野,辘辘的饥肠消磨不了战士们的斗志,没有粮食吃,就以野果和野菜充饥;没有水喝,就趴在甸子上喝泥水。在一次队伍转移中,吴玉清等六名同志与大部队失散了。后来她们几个就"麻达山"(迷路)了。说起那次掉队,吴妈妈说:"我们几个在山里转了十来天,一粒粮食都没有,就靠着采野菜、吃野果活着,心里那个慌啊,一个是饿得慌,一个是怕找不到部队急得慌,那天气也和我们作对,风一阵、雨一阵的,后来总算是找到了大部队。"

一年四季在山林里打游击,吴玉清等抗联战士大多时间中从没有住过房子。破烂不堪的衣服只能勉强遮体,到了晚上就天大的房子、地大的炕了。最难熬的还是冬天,寒冷的天气、恶劣的生存环境使许多战士因此牺牲。倒下的战友,让活着的战士们有了更多必须继续生存下去、战斗下去的责任,面对冻得坏死的手指、脚趾,他们只能忍痛用刀来切断,直到用尽所有的力量,直到心脏停止跳动。那老林子里的每一座山,每一条河,都记载着他们誓死抗击侵略者的勇气与坚强,莽莽苍苍的林海雪原蓄积着他们捍卫民族尊严的信念与力量,在血与火的战斗洗礼中,吴玉清成长为一名坚强的无产阶级革命战士。

1939年1月,吴玉清加入中国共产党,从此以后她就是党的人了,在了党,就更加什么都不怕了,死也不算个啥,每天不是都有战友们倒下吗,只要是能把鬼子赶出咱们中国,咱就豁出去啦。

东北抗联部队经过长期的转战,三万五千人的队伍只有一千余人生还,为了保存战斗力量,实现战略反攻,1940年,抗联部队在日军的追剿中一路血战,总算是撤到了黑龙江边,后越界去了北岸的苏联。

1942年8月,东北抗联教导旅成立,这是一支特种部队,严格进行着各种特殊的训练,包括武装空降、武装泅渡、武装滑雪等等,吴玉清当时被编入二营,从此她就是一名国际主义战士了!

当问起在苏联时期学习跳伞时,吴妈妈的眼中总是闪烁着兴奋的光芒,如数家珍般历数着女伞兵的名姓,讲述她们跳伞时的故事,尤其难忘的是徐云卿,由于她的体格比较健硕,伞降训练时怀孕在身,总是略显有些笨拙,在伞降训练后,徐云卿不幸流产。讲到这里吴玉清笑着说道:"'虎'啊!"一个"虎"字让人感觉到,也只有最亲密的战友才能如此的形容。

抗联部队里的女兵有好多的传奇,同在八十八旅的吴玉清与金玉坤不仅是战友,还是儿女亲家。吴玉清的儿子,出生在苏联的哈巴罗夫斯克,她的儿子后来娶了同在苏联出生的金玉坤和赵喜林的女儿赵艳芬。八十八旅女兵们的亲情与友情延续到了下一代。

吴玉清的丈夫是东北抗联第二路军第二支队副官张玺山。这是一对革命的伴侣,共同在八十八旅为祖国的光复而刻苦训练。

张玺山出生于1916年,吉林省伊通县人,1936年在依兰东门里伪警察大队当差,1937年7月率部起义加入东北抗联。1939年加入中国共产党。历任抗联第九军第二师第一团第三连连长、第二路军第二支队军事副官,抗联教导旅第二营第三连班长。1954年回国,分配到依兰林业部门工作,1992年病逝。

1945年,祖国虽然光复,但仍有一批东北抗联指战员滞留在苏联。1953年,在周总理亲自与苏联领事馆交涉下,吴玉清等抗联战士终于回到了祖国的怀抱,回到了日思夜想的家乡黑龙江省依兰县。和丈夫张玺山定居后,她先后被组织安排在军属被服厂、皮革厂工作。作为抗战老兵,她始终保持着老抗联的优良品质,服从组织安排,积极投身到社会主义建设之中。在工作岗位上,她勤劳肯干,年年超额完成任务,多次被评为劳动模范,直至1983年离休。

吴玉清晚年曾口述抗联史,为历史留下了珍贵的资料,并参与各种抗联宣传活动,出席反法西斯战争胜利纪念大会。为表彰她的抗日功勋,胡锦涛等中国领导人为她颁发了抗战胜利六十周年的纪念章,俄罗斯政府也为她颁发了二战纪念章。吴玉清老人每每接受媒体采访,只要触及抗战,她仍旧会挥舞着手臂说:"我们不怕小鬼子,他还敢来,咱就接着打他!"

吴妈妈生前讲述最多的是她的"小马盖子"步枪,她朗声说道:"不打鬼子当什么兵?鬼子上来了,开枪就打,打死他们。"

"没什么可怕的,不打死他们,他们会打死我们,就是现在他们再来,我还会打他们的",说罢满屋子都是她爽朗的哈哈大笑声。

战士就是战士,老了也爱枪。吴玉清说起当年的小马盖子枪、转盘枪都非常的熟悉,她对"小马盖子"的感情,像是有生命的亲人。著名学者萨苏先生曾这样形容吴玉清:

"这是一个把枪抱在怀里面睡觉的,搂着枪睡觉的,把枪贴在自己腮上睡觉的女兵。"

2014年4月11日,东北抗联第五军第三师一名普通的女战士,扛着她梦中的"小马盖子"走完了她九十二年的人生历程。

第七章　幸存者的记忆

我的母亲李桂兰是1936年上队当的女兵。她说，这当兵苦是苦，没吃没喝，到了冬天能冻死个人。可这心里快活，在家里穿的是挽裆的大棉裤，到了部队换上了军服，戴上了军帽，那个神气啊，自己心里那个美啊，就别提了。等到了1938年就不行了，小鬼子搞"归屯并户"，还到处"讨伐"，战友们死的死了，抓起来的进监狱了，剩下的东躲西藏，整天吃草根、熬树皮的，衣服都碎成了一片片，还美啥美了？能活着，那命都是捡的。

李桂兰说的是大实话，可我觉得这世上最美的还应该是女兵。

女兵的美，美在英姿飒爽，美在勇于牺牲。

当持有信仰，准备为祖国、民族、人民而献出自身的所有时，女兵们的脸上所闪烁的必定是圣洁的光辉。

女兵的美，美在大气，美在不计个人得失。

战争中，她们流血，她们牺牲。而当和平来临、硝烟散去后，却没有几人去当窗理云鬓，对镜贴花黄。她们多为新中国的建设竭尽心力，大多数的女兵选择了回归故里，荆钗布衣度时光。

从东满到北满 金伯文

抗联女兵金伯文和母亲李桂兰是战友,都在第六军被服厂工作过。李桂兰说:"金伯文那个人好啊,她是李兆麟将军的夫人,可一点没有架子。我俩一般大,都是1918年生人,属马的,在第六军被服厂那年我俩都是十九岁。"

金伯文出身于一个革命家庭,她与日本侵略者有着不共戴天的深仇大恨。

1910年,朝鲜沦陷为日本帝国主义的殖民地。在这种背景下,金伯文的父亲带着她的母亲和哥哥,随祖父、祖母及三个叔叔也由朝鲜咸境北道富宁郡迁居到中国东北的汪清县蛤蟆塘乡原大房子村。

在这个美丽富饶的小山村里,一家子人搭起窝棚,租了汉民的一片荒地,以开垦种植为生。后来,又在山上伐木盖了几间房,生活还能维持。1918年,金伯文就出生在这个小村,取名为金贞顺。

金伯文的父亲金善极早年参加了朝鲜独立军,一直从事反对日本统治的革命活动。到东北后,他仍在为支援朝鲜独立军而筹集款项和衣物。在金伯文三岁那年,父亲为了躲避鬼子的查抄,一个多月没回家,躲到村外一个汉族老乡家里。有一天,父亲和两个同志回家换衣服,因天色已晚就住下了,这一次的大意,导致了后来的悲剧。

第二天清晨,浓雾笼罩着田野和村庄,但是浓雾没能掩护住父亲,就在准备离家时被鬼子发现,他和另外两个同志同时被抓住了。鬼子在他身上搜出了搞募捐的账本,之后,在离金伯文家十几里以外的河套里,三个人被日本人用刺刀捅死，并砍下他们的头颅，那喷涌而出的、朝鲜爱国志士的鲜血流在了东北的黑土地上。

日本侵略者的残忍令人发指，杀了人，还要枭首，他们妄图以此震慑革命志士。

父亲牺牲后，金伯文的爷爷受不了长子牺牲的打击，不到一个月亦辞世。金伯文的哥哥继承父亲的遗志，继续从事着革命活动。哥哥叫金银植，参加革命后叫金光植。

金伯文也于1930年参加了儿童团。1931年离家到汪清县西崴子村从事革命工作，1932年加入共产主义青年团。

1932年11月里的一天，又传来哥哥牺牲的消息。11月9日，金伯文嫂子崔信浩将哥哥的尸体找到，并由母亲和叔叔运回家，与他父亲、祖父葬在一起。

一家三代人的悲惨离世激起了更大的仇恨。父死有兄，兄死有我。1933年，年仅十五岁的金伯文来到汪清县大荒崴游击区共青团区委工作。1935年5月的一天，她找到东北人民革命军第二军，从此正式成为一名女兵。

金伯文到第二军团部的时候，遇到了表哥李光林，此时，他已是第五军第二师政治部主任，到这里来执行任务。他说现在第五军特别需要女同志，让她也去第五军，金伯文同意了。经过和第二军交涉，几天以后，李光林同志就带她跟部队一起到了宁安。

一天，在二道沟附近活动时，巧遇第五军军部周保中的警卫部队。李光林向他们说明情况后，就把金伯文交给他们，从此金伯文成了第五军的一名战士。

9月的一天晚上，青霜薄雾。金伯文随部队在一座依山的小村住下，村前一条小河在静静地流淌。到了后半夜，轮到金伯文站岗，初秋如水的清凉已渗入肌骨，凌晨下岗后，她急急忙忙地跑回住宿的老乡家，刚钻进暖热的被窝，就听到枪声响了。枪声发出了战斗的指令，她立刻爬起来，带好东西准备突围。偷袭的敌人是从后山上下来的，还没等她们走出老乡家，已经是子弹横飞，院子里的石头被打的直冒烟。战士们乘着熹微的晨光，一个个匍匐着爬出了院子，到了村前面的河套子里又和敌人打了一阵后，就边打边撤到一座山上，战斗持续了整整半天，这是金伯文上队打的第一仗。

这场战斗结束后,金伯文和同志们一块儿来到牡丹江边的深山密林里建立后方去了。

金伯文到那里不久,部队又陆续派来了十几名女同志,从那时起就成立了一个班,班长是一个姓李的汉族女同志,副班长是崔正淑。不久军部又弄来了一台缝纫机,女兵们立刻投入到紧张的军服制作中。时令已进入晚秋,秋风阵阵、寒气袭人,女兵们自己伐木盖起了简易的棚子。

12月,山里已经是雪窖冰天,第五军军长周保中带领部队来到这里。女兵们的任务又加重了,做饭、洗衣服等后勤杂务也全包了下来。一天,周保中派人来通知金伯文到他那去一趟,天真的女兵以为又要分配什么新任务,当她高高兴兴地到了周保中那里,听到的却是一个沉痛的噩耗,她的表哥李光林,在一次带领部队活动时,被敌人包围,打了一天一夜后牺牲了。这个突如其来的消息令她震惊,一个活生生的表哥送她到第五军来刚几天,就被敌人给杀害了,又一个亲人走了,金伯文心痛如绞、泪流满面,日本侵略者欠下了这么多的血债,何时才能讨还啊!

过了1936年的春节,金伯文被调到第五军第四团,让她随第四团参加远征。当时被编入第四团第二连第二排。周保中做了远征前的动员,部队进行了远征前的准备工作。每个人都各有衣物、盆子、斧子、锯、松树明子、火柴,还有一小口袋盐和粮食,加上枪支,负重有几十斤。

风雪漫天,部队行进在深山老林里,积雪深过腰,这只脚拔出来,那只脚又陷了进去。为了加快行军速度,部队每天都找几个身强力壮的年轻战士,轮流在队伍的前面趟雪开道,其他的同志跟在后面。白天行军不能拢火怕敌人发现,所以同志们只能用一口炒面一口雪来充饥。到了晚上,在雪地里宿营,同志们用盆子把一米多深的雪推到一旁,然后把锯下来的树段搭起来,用干树枝把火拢着。这时,同志们都围在熊熊的篝火旁,女同志开始用盆子化雪下米做稀饭。当时吃饭是定量的,就这样,吃到最后也只能喝米汤充饥了。吃完了饭,同志们有的唱着歌,有的讲着故事。虽说生活艰苦,但精神却是很振奋的。经过一天的行军,同志们脚上都打起了泡,就用雪化水洗脚,然后用针穿上线挑泡,用火烘干了鞋,用包脚布和乌拉草包脚再穿上,迎接明日的行军。在密林里行军时,一天下来,衣服都被树枝刮破了,同志们就迎着篝火照亮,互相缝补军衣,没有线,就从每个人发的一块帆布上抽布丝当线用。

由于雪地行军的困难,走了两个多月,才从宁安路经密山到达勃利。此时天气转暖,粮食吃尽了,衣服也破得无法再穿了。就在这时,部队领导通过地方党组织和当地的伐木工人,弄到了粮食和白布,还弄来了一台手摇缝纫机,于是,部队决定就在勃利的深山密林里,一边就地休整,一边赶制单军衣。当时部队在四面放了岗哨,发动战士剥黄菠萝树和柞树皮,用水煮后,把成匹的白布染成黄色,一台唯一的缝纫机不停地转,战士们缝的缝,钉扣的钉扣,军装很快就全部做好了,同志们终于换下了破烂不堪的棉装。

艰苦的远征期间金伯文经受住了考验,经连指导员崔岭和党小组长肖班长介绍,由青年团员直接转为正式党员。从此后,她就是一名无产阶级革命战士了,她明白,从今以后,她不只是为报家仇,她将为全人类的解放而奋战。

部队又继续远征了。在离开勃利往依兰开拔时,部队在路上遇到鬼子的"讨伐队"。当时,已经换了单装的朝鲜族女同志都穿着黄色军裙,还都扎着一条长辫子。当鬼子发现部队里有女兵时,就喊:"谁抓住就是谁的。"这下可惹出了麻烦,这群禽兽不如的鬼子兵不顾死活拼命地追了过来。部队边打边走,鬼子还是纠缠不放,最后好不容易才把这帮畜生甩掉。事后,团部下命令,女同志一律把辫子剪掉,不许再穿裙子。听到这一命令,朝鲜族的姑娘都哭了,祖祖辈辈的风俗习惯,为了革命也只好改变了,剪掉辫子,脱掉裙子穿裤子。战争中如花年龄的女兵,模糊了性别。

当部队到达了汤原县的糖梨川后,与赵尚志率领的第三军会合了。这时已到了8月左右,满山的树木葱郁。至此,金伯文随第五军第四团长达半年多时间的远征就算结束了。两军会合后,远征队开始就地整顿,并弄了些布匹为部队准备冬装。不久,第五军第四团远征队又同第三军第一师一块儿往铁力方面西征。正在这时,第三军要成立被服厂,组织上决定把金伯文和另外一名朝鲜族女同志留下来,没有继续随第五军第四团远征,从此,金伯文成为第三军被服厂里的一名女兵。

离第三军被服厂七八十里路有第三军的一个留守处,那里常驻有四五个同

301

志,被服厂与上级联系,都是通过那里传递的。1937年刚过完春节的一天,留守处的一个同志送来一封信。一听说有信,女兵们就一齐凑了过去,打开信,只见上面写着密密麻麻的汉字,女兵们你看看我,我看看你,都傻眼了。原来这里的朝鲜族同志都不识汉字,汉族同志又都不识字,转身问送信来的同志这上写的是什么,弄了半天他也是斗大的字不识一个。这下可难坏了大家,怎么办呢?后来,又仔细地看了看条子,发现上面写着不少名字,因为每个人都认识自己的名字。于是金伯文和陈大姐想出了一个笨法子,决定在这张条上谁认出有自己的名字,就跟着送信的同志到留守处走一趟,因为那里有识字的人。结果,由于女兵们不识汉字都是睁眼瞎,冰天雪地里,付出了走七八十里路的代价,才算把上级的指示弄了个明白。原来,组织上决定除留一部分同志在这里外,调动了几个同志的工作,其中把金伯文调到了铁力后方,准备在那里新成立一个被服厂。这件事深深地教育了金伯文,从此后,她下决心要做一个有文化的战士,摘下这文盲的帽子。

等金伯文在帽儿山第三军被服厂任厂长时,已经是一位有文化,能讲汉语的领导了。

1937年6月,张兰生、赵尚志、冯仲云和李兆麟等同志来到第三军被服厂开会。在会议结束前,经过当时省委研究,同意李兆麟(张寿篯)和金伯文结婚。在同志们的提议下,于一天下午举行了婚礼。又过了些时候,组织上决定让李兆麟去第六军当政委,调金伯文去第六军帽儿山被服厂工作。

当时,第六军被服厂的厂长是裴成春,除她之外还有李桂兰、李敏、小穆、六军军长夏云杰的爱人夏嫂和他们的女儿夏志清,还有一个裁衣工人张世臣(绰号张瞎子),李在德同志当时也在这里,但不久就调走了。

1938年3月15日,第六军被服厂被敌人破坏,张世臣、夏嫂等同志牺牲,李桂兰和夏志清被俘。

在厂长裴成春的带领下,同志们突出敌人包围后,当天夜里部队下山埋葬了牺牲的同志。第二天,转移到帽儿山省委所在地,李兆麟(张寿篯)在这里住了四五天就把队伍带走了,金伯文留在了省委秘书处工作,跟她一块儿留在这里工作的有十几个同志,负责的叫张文连,这人能写一手漂亮的汉字,当时还有金玉顺、张玉华和姓郭的几个女同志。她们的主要任务是刻写、油印文件和材料。这些工作对于金伯文来说都是比较生疏的,她和金玉顺先是搞油印,后来慢慢地学着刻写钢板。除此之外,有时她们还要担负护理由前方送来的伤员。

当1940年的春风吹绿了山野之时,金伯文又回到了铁力,在这里她见到了已经有两年没有见面的丈夫。久别胜新婚,战争中的夫妻,生死未卜,如今见面,知道彼此还都健在,真是悲喜交集。此后不久,金伯文怀了孕。

1940年的7月底,盛夏时节,三支队的王钧和王明贵率领部队到平原地区弄粮食去了。而李兆麟(张寿篯)因要赶写材料就和这二十几个老弱病残的同志留在了后方。这时粮食已经快吃光了。而王钧和王明贵带部队运粮食返回时,途经南北河,因河水上涨无法过河,后面又有敌人追赶,情急之下,只好把弄到的粮食就地藏起来后带部队撤走了。这下可苦了在后方活动的这二十几个同志。当时虽然种了些玉米,因没到季节,玉米还没包浆,可是为了生存,迫不得已,就把这些青嫩的玉米压碎,然后用水冲了喝,这样维持了几天,就又断炊了。于是张寿篯带着同志们在深山里挖野菜、拣榛子、采蘑菇和野葡萄来充饥。东北山区的天气到了8月已经变冷,山上的野物也渐渐地找不着了。同志们的肚子里没食,那滋味真是一种漫长的折磨。这时,金伯文回忆起在东满游击区挨饿时,曾吃过松树皮,尽管这种东西的味道极不好吃,也很难吞咽,可是为了能活下来,也只能吃它了。同志们把扒好的松树皮拿回来后,先把最外层的老皮去了,留下里面一层嫩皮,然后用刀剁碎,加进木炭灰水当碱水,把松树皮煮烂后再用水泡上一夜后才让同志们用水冲着吃。就是经过这么一番加工处理,松树皮仍旧很难吞咽,但是为了活着,大家还是强咽了下去。可是,常吃这种东西消化不了,大便都解不出来。十几天过去后,男同志的耐久力不如女同志,都陆续地躺倒不能动了,这支队伍走到了生与死的边缘。而这时女兵们还能勉强爬出去找些吃的东西。怀着身孕的金伯文,尽管身子笨重,但求生的欲望支撑着她也在艰难地爬行。爬吧,今天能活着,饿不死,等能站起来的那一天还得去打鬼子。

也许是天无绝人之路,一种用来包饭吃的叫"大耳朵毛"(朝鲜族叫马蹄叶)的野菜被战士们发现,它长得像南瓜叶子那么大。当时大家如获至宝似地立即爬了过去，用手去采摘，谁知秋天这种野菜已经干枯，用手一碰就碎了，哎，空欢喜了一场，到嘴的食物又没了。后来同志们还是想出了一个好办法，就是乘清晨露水还没散，大耳朵毛还潮湿时，把它采回来，回到住地后立即用水煮了，然后放点盐。就连汤带水的都喝了下去。此时此刻，能吃到大耳朵毛这种野菜，真可称得上是美餐了，这比松树皮的味道可强多了。

就在这二十几个同志生命危在旦夕的时刻，一个姓兰的交通员从中苏边境的某地给李兆麟带来了重要信件，同时，带来一些炒面和粮食。生死一线之间，同志们终于获救了。

又过了一段时间，金伯文快分娩了，组织上决定让朝鲜族女同志朴英善陪着她，并给了她们一匹马和半袋粮食，派一个战士送她们到深山密林里找个安全的地方去生孩子。

当一行三人来到了一个河边，看看这里的自然条件还算好，于是，让那个护送她们的战士回去了。由于所带的粮食不多，趁着金伯文还没生产之前，她们两个决定把这匹马杀了。常年的战斗岁月教会了女兵们许多东西，这样一匹大马，只两个人把它捆在树上，没用多久就杀好了。她们把马皮剥了下来，用火燎了后刮干净，把马肉切成块藏了起来，准备留着慢慢地吃，就连马骨头都熬汤喝了，战争迫使人适应各种生活，不管是男人还是女人。和平环境里，哪有女人敢杀一匹大马？

一天深夜，后方的那些老弱病残的同志们也到了这里，随他们来的还有张参谋和马克正指导员，他们的到来，引来了鬼子二三百人的"讨伐队"，敌人的口号是："消灭三路军指挥部。"原来这二十几个老弱病残，被鬼子误认为是"三路军的指挥部"，这样，这支小部队就在大山里面与敌人周旋。农历十一月初五的那天，部队正在行进，金伯文的腹痛渐渐加重，最后部队迫不得已停了下来。一个新的生命在冰天雪地里降生了，朴大姐替她接的生。

前路坎坷，后有追兵，哪有条件坐月子，生完孩子，胎盘还没下来的金伯文，冒着东北零下三四十度的严寒又随着部队出发了。这，能不做病吗？

1941年的11月间，日本关东军调重兵进驻东北，抗日联军的处境更加困难，为了保存实力，组织上决定让她们到苏联境内进行休整和进行正规化的训练,以积蓄力量,为再次重返东北战场与日本鬼子决战做准备。这样,金伯文背上背着孩子,随部队开始向黑龙江边开拔。到了黑龙江边上,已经下肢瘫痪的金伯文是被战友们拖着越过冰封的江面的。

金伯文,从第二军到第五军,从第五军到第三军,又从第三军到第六军,她转战于东满、北满,在那枪如林、弹如雨的战场上可谓九死一生。

到苏联后,这位东征西战的女兵,又有了新的故事。

抗战胜利后,1945年12月金伯文回到哈尔滨。久经战火的人们盼望的是和平,然而不幸的事情还是发生了。

1946年3月9日,一个黑色的日子,李兆麟将军被国民党特务残忍地杀害了,消息传来,金伯文悲痛万分,她带着两个孩子,为自己在战火中相濡以沫的丈夫戴上了重孝,那一年她才二十八岁。

十四年艰苦的抗战都过去了,将军却倒在了光复后的东北大地,怎不令人遗恨千古。成为将军遗孀的金伯文,化悲痛为力量,投入到新中国的建设中,曾历任黑龙江省秘书处副处长,黑龙江省政协委员,广东省文卫办副主任,省政协委员,广东省体委办主任、党组副书记,广东省民族学院副院长、党委副书记,中国民航总局科研所副所长等职。

2005年3月2日,八十七岁的金伯文因病与世长辞。金伯文曾对女儿说:

"我的一生,对得起党、对得起人民、对得起所有牺牲的亲人、对得起我的孩子们。我没有什么遗产留给你,留下的只是历史。我将告诉你:我一生追随共产党不后悔,一生信仰共产主义不改变!"

这就是一名女兵的情怀,写满了忠诚!

普通一兵 朴英善

朴英善,东北抗联部队里一名普通的女兵,虽然在历史的长河里和各种资料中,找不到她轰轰烈烈、惊天动地的事迹,但在战友们的回忆中,她却是那样的宽厚和温暖。

1938年的冬天,狂暴的北风在宝清县七星泡子上空凄厉地嚎叫,三十一岁的朴英善连拖带拽着十四岁的李小凤(李敏)在冰面上艰难地行进。

出发前,小凤好像得了急性肺炎,发起了高烧,朴英善睡在她的身边,昏迷中,小凤感到朴大姐在喂她吃一种树皮熬的中草药,还用湿毛巾给她降温。

等到部队出发的时候,小凤还未痊愈,她身体非常虚弱,胸部总是在痛,咳嗽不止。部队的领导吴玉光主任不让小凤随队,让小凤留在密营里养伤。

可小凤说啥也不肯留下,部队就是她的家,她不能做一个离开家的孩子。小凤呜呜咽咽地哭得说不出话来。这时,朴英善大姐说话了:"吴主任,就把小李子带上吧,路上我来照顾她。"

吴玉光主任也没说同意还是不同意,打了个咳声就出去集合队伍了。小凤终于拄着棍子站在队伍里随队出发了。

寒冬腊月的天气里,队伍走在无边的风雪中。

狂风卷起的雪雾形成了一股一股的雪浪,刮得她们在冰面上直转圈,睁不开眼睛,张不开嘴,对面看不见人。这一夜部队顶风冒雪走了五六十里的路。

寒冷、饥饿、伤痛和死亡在考验着这支小部队,一路上朴英善大姐拽着小凤不知道摔了多少跟头。多少年以后李小凤还在说:"那场病、那天的急行军如果没有朴英善厂长,我就死了。朴英善厂长就像我的妈妈一样。"

被朴英善大姐救助的战友,不只是李小凤。第三军被服厂的主任金伯文曾在风雪弥漫的老林子里生下了第一个孩子,为她接生的女兵就是朴英善。十月怀胎,一朝分娩,是自然规律,可对于战争环境中的女性来说却是一道生死之门。

金伯文在风雪中分娩的那一天,胎盘还没下来,敌人的追兵就上来了。是朴英善大姐将胎盘的一头系在了金伯文的大腿根上,行军途中,胎盘终于下来了,如果下不来,金伯文将性命难保,可以说是朴英善救了金伯文的命。

朴英善是部队里的老大姐。她1907年3月5日出生在朝鲜咸兴北道一个贫困家庭里,七岁时随父母流亡中国。曾居住于东北吉林省汪清县,不久父母双亡。

幼失父母的朴英善,童年过得灰暗、凄惨。她举目无亲,被迫做了童养媳,长期受着封建家庭的虐待。1931年,九一八事变后又再次受到日本帝国主义的疯狂侵略和残酷统治,在双重的压迫和剥削下,朴英善终于在中国共产党的宣传、教育、感召下,于1932年,二十五岁时,毅然走出黑暗家庭,踏上抗战之路,开始了革命生涯。

来到了革命队伍后,朴英善仿佛获得了新的生命。她在党组织的教育培养下积极工作,任劳任怨,对同志热情相待。她决心将自己的终身献给抗日救国和共产主义事业,因此很快就加入了共产党。

1934年冬,日本帝国主义军队在汤原县鹤立岗地区进行"大扫荡",地方党组织遭到很大破坏,组织上将其调到黑龙江省集贤县安邦河区工作。朴英善到了那里后,深入村屯,宣传抗日,为抗日救国日夜奔忙,在群众中扩大了党和革命的影响。

面对蓬勃兴起的抗日运动,日本侵略者惶恐不安。遂于1934年1月18日对安邦河地区实行"大围剿",很多同志被捕入狱,朴英善也在其中。

在狱中的三个月里,朴英善在敌人的严刑拷打下始终坚贞不屈,没有透露任何组织秘密,敌人最后不得不将她释放。

1937年1月间,朴英善被调到东北抗日联军第六军第一师后勤处被服厂工作,曾任代理厂长。工作中她认真负责,从不计较个人的名利地位,服从组织安排,能上也能下,哪里需要就到哪里去。被服厂后来取消,她又回到连队当战士,并主动帮助炊事员做饭,护理伤员。她把革命队伍当成自己家,无论什么工作,只要是她能做的,她都主动去做。

朴英善在东北抗日游击战争的艰苦环境里和男同志们一起不辞辛苦,不避艰险,在冰天雪地、枪林弹雨中与战友并肩作战,足迹踏遍长白山、完达山、大小兴安岭以及松花江、图们江、鸭绿江两岸。

1940年2月,朴英善曾在黑龙江省逊克县占河战斗中负伤,这位普通的女兵,为东北的解放事业流过血。

1942年初,朴英善随周保中领导的抗联部队来到苏联,在东北抗日联军教导旅(苏联工农红军独立步兵第八十八旅)当战士。在近四年多的时间里,组织上分派朴英善到食堂做饭,后又调到托儿所做保育员。无论做什么,朴英善都勤勤恳恳。尤其在托儿所期间,她对同志们的孩子像对自己的孩子一般的关怀和照顾,因此同志们对她的工作不断给予好评和赞扬,并亲切地把她誉为"八十八旅的保姆"。

在苏联期间,经八十八旅朝鲜族战友崔庸健介绍,她与在东北抗联教导旅第三大队担任大队长的刘建平结为革命夫妻。

半世奔波,几经生死,三十多岁的老大姐终于有了知心爱人。

1945年10月,东北光复后,朴英善回国,在中国人民解放军吉林军区司令部工作,正连级待遇,1955年转业。1962年7月10日因突发脑溢血在长春病逝。

朴英善,一位普通的女兵,抗联部队里的大姐,她虽然是那场战争中的幸存者之一,但还是离开的太早,五十五岁即告别人世。

舍不得孩子,怎么打鬼子　庄凤

庄凤说:"日本兵是 1934 年占领的饶河,那一年我十四岁,小日本来了那是要杀人放火的,女孩子就更担心了,怕啥？怕被糟蹋呀,这帮畜生也不管是年轻的孩子,还是小姑娘抓到就给强奸,轮奸了。家里有姑娘媳妇的,那心啊都提到了嗓子眼。"

就这样,正值豆蔻年华的庄凤,每天一大早,天还不亮,就灌一瓶子凉水,拿着一个大饼子,和村子里的小姐妹们往山里头跑。她们整天藏在那老林子里头,可这也不是常事儿啊,躲得了初一躲不过十五,万般无奈之下,为了逃避日本人的侮辱,在父母的包办下,十五岁的庄凤被迫嫁给了附近村子的一户李姓人家,希望能借助婆家的力量寻求一些保护。那年月,许多十三四的女孩子都急着赶着找了婆家。"嫁出去的女儿,泼出去的水",有了婆家,就归婆家管了。

庄凤,1919 年 8 月 24 日出生在山东省胶县何庄,原名庄凤仙。五岁那年因在山东省无法生存下去随父母闯关东来到黑龙江省的东宁县,七岁时又随家搬迁到饶河县大带河村。饶河这地方好啊,有山有水有湖泊,是有名的鱼米之乡。庄家世代务农,家境贫寒,但庄凤却是位聪颖灵秀的女孩,她家曾与一位私塾先生为邻,老先生见庄凤好学便免费教她读书。不到一年她就学会了很多常用字,虽然没有什么高深的学问,却也是村子里识文断字的女子。日本鬼子来了,庄凤在十五岁的时候,无可奈何地嫁了人。

庄凤结婚一年后生下了一个男孩,十六岁的她做了妈妈。

1936年9月,根据《东北抗日联军统一建制宣言》,东北人民革命军改为东北抗日联军。抗联战士经常到庄凤所在的村子宣传抗日救国,中国人不当亡国奴的道理,动员群众支援抗联,打击日本鬼子。庄凤耳闻目睹过鬼子的恶行,如今又听到宣传后,有些动心了,她想跟着抗联去打小鬼子,咱是中国人,说啥也不能当亡国奴啊。可一件大事难住了她,她要去参军,还没断奶的孩子怎么办?如果撂给婆家,孩子又是娘的心头肉,庄凤舍不得。知道了庄凤的难处,宣传抗日的女同志就说,咱有秘密营地,有孩子的同志都在密营里头,里头有伤病员,你可以给部队洗衣服、做饭,又能带着孩子又能照顾部队,你要想抗日,只能走这条路。庄凤一想,这抗日的同志说的对,我必须走这条路。

庄凤下决心要上队伍,可说说容易,真要走就难了,首先庄凤的父母就不同意,父母说:"你不能走,孩子太小,再说,你走了名声留下不好听,说老庄家的姑娘跑了,让我们的老脸往哪搁?"旧社会要说谁家的姑娘跑了,那多半是有外遇了,难怪父母不同意。丈夫不用说就更不同意了,是啊,谁能同意呢,她毕竟是为人妻、为人母的女人了。可庄凤又不同于其他的女人,她识字、有文化,她明白抗日救国的大道理。她铁了心了,就是想去抗日,想去上抗联的部队,激烈的思想斗争折磨得她吃不下饭,睡不着觉,到底怎么办?最后下决心还是得走。

机会终于来了,10月里的一天,天气转凉,这天正好家里没有人,庄凤准备走了。当时抗联第七军二十三团就住在庄凤她们村的后边,这里当时是游击区,以前庄凤也去过。趁着家里没人,弄了个小被,抱着孩子她就奔部队去了。

庄凤带着孩子上队后,被安排在抗联第七军第二师二团一连,成为一名真正的抗联女战士。因为带着孩子随军行动不方便,暂时到密营里做一些零碎工作。

隔了一个多月,孩子的爷爷就派一个人来找庄凤,婆家的人是要这个孩子来了。来人捎信说:"孩子爷爷说了,孩子小,才一岁多,最好的路呢,你还是走回头路,回家,等孩子长大了,把奶断了,你愿意来再来。"其实婆家人的话也在理。

庄凤思前想后,想不给孩子吧,在部队行军打仗带个孩子还真不方便,交给他们自己又想孩子,也许一辈子永远见不到这个孩子了,这真是揪心的一个决定啊。为了抗日,最后她狠了狠心,流着泪把心爱的儿子交给了来人,孩子交出后,她头也不回地跑到自己的屋子里就大声地痛哭起来,是啊,搁哪个女人也受不了。

有谁知道,母子这一别就是二十三年,二十三年啊,多少个日日夜夜,那当娘的心,忍受了多少的煎熬,那背地里流的泪,怕是也有一水筲。

孩子被抱走后,庄凤就随部队进山打游击,家是再也回不去了,被父母包办的婚姻也走到了尽头。

庄凤也曾再次回到过大带河村,那里有她的父母,有她的亲人,她还可以向乡亲们打听儿子的消息。可是就在部队路过大带河村时,庄凤的心碎了,昔日那鸡鸣狗吠、炊烟袅袅的村庄不见了,一片断壁残垣、焦土废墟呈现在她的眼前。原来日本鬼子搞"归屯并户"时,放火烧掉了大带河所有的房子,并把不愿归屯的老百姓全部杀掉了,就连婴儿都没放过,大带河村终究没能躲过这一劫。庄凤站在自家的破房框子前,悲愤的泪水流过脸颊,打湿了衣裳,那记忆中的家,虽然贫寒,但是毕竟有浓浓的、化不开的亲情。如今日本鬼子毁了她的家,毁了乡亲们的家,毁了千千万万中国人的家,这仇这恨如何能咽得下?在这以后,庄凤就到处打听家人的消息,后来听熟人说她的父母带着妹妹,随逃难的人奔佳木斯去了,人海茫茫,从此庄凤就再也没有见过家人了,只留下这个让她一生都挥之不去、真假莫辨的讯息。

1937年春天,第七军李学福带一部分队伍从饶河出发到富锦、同江等地开辟新的游击区。部队从饶河密营出发,过了挠力河,穿过一望无际的漂筏甸子,最后来到了一个叫水林子的地方,就把这里作为了后方基地,水林子周围是水草甸子和漂筏子,中间是高岗,方圆好几里,岗上长满了白桦树。水林子里有野菜,草地上有蘑菇,真是个休息、防御敌人的好地方。经过一段紧张劳动,各团都盖起了用桦木杆子竖起来的简易营房,营房上头小、底部大,最上边留一个口子排烟熏蚊子。战士们管它叫"雀笼子"。

队伍虽然在水林子安营扎寨,可这边敌人控制的严,特务汉奸监视着老百姓,部队很难接触到群众,当然也不了解敌情。李学福带领战士们克服重重困难,寻找机会到各村屯宣传抗日救国道理,动员群众支援抗联,打击日本鬼子。

在和群众联系不上的日子里,住在水林子里的战士们有时挖些野菜、树皮、雪菇当主食,把仅有的一点咸盐留作消毒治伤用。经过一段时间的工作,局面终于打开了,也摸清了敌人的活动情况,同时在小的战斗中总结了一些经验,到5月份部队就开始主动出击了。

有一次,李学福又率部队攻打头道林子、卧虎力等敌人据点,都取得很大胜利。部队缴获了许多枪支,粮食也得到补充。特别是抗联先后镇压了富锦大汉奸张大胡子,同江的大土豪头子左殿生后,那里的汉奸走狗胆战心惊,不敢公开为非作歹,群众拍手称快,老百姓信任抗联,参加抗联队伍的人越来越多。

由于抗联队伍不断打胜仗,激怒了敌人,鬼子调动大批部队,妄图一举消灭抗联队伍。9月的一天,敌机开始轰炸水林子,三十多架轰炸机到处扔炸弹,营房被炸成一个大坑。飞机上还带着高射机枪,往下一冲,一排排漂亮的小桦树就都给打折了。战马被炸得满身是血,满草甸子乱跑。部队没撤走,那时撤走也不行,人还能跑过飞机吗?庄凤眼瞅着三团张排长胳膊被炸弹给炸飞,大动脉流血,来不及救治牺牲了。那血淋淋的场面,就发生在庄凤的眼前。

过后有人问她:"你不害怕吗?"庄凤说:"我那时的思想是怕伤不怕死,死了省着给部队带来麻烦,自己受罪,部队不能把你扔下怎么办。炸,一下炸死,我不遭罪,部队也减轻负担。不怕死,最后怎么办呢?我想死得干净,不给部队留下负担,自己不遭罪,我就把胳膊这么一抱,腿这么一抱,倚在一棵树上,这不面积就小了吗?不会炸到胳膊也不会炸掉腿。要炸上,顶上一下把我炸死,可以跟一棵大树同生死、共患难了,就这样想的。"

当时随军远征的女同志有二十多人,平时在部队里给战士们洗补衣服,护理伤病员。残酷的战争环境使这些在家看杀鸡都害怕的家庭妇女,敢于面对战士们血淋淋的伤口了,她们心里充满的是对鬼子的仇恨。

经历这次血与火的考验,庄凤变得更坚强了。同时她也看到在斗争最艰苦的时候,部队指战员们能够同甘苦、共患难,不怕流血、不怕牺牲,勇于斗争的场面。一些活生生的事,使庄凤认识到,自己这条路走对了,只有共产党领导的革命队伍才是救国救民的军队,才能打跑小鬼子。她也想成为一名共产党员,当庄凤把自己的想法告诉李学福时,李学福非常高兴,他让庄凤去找政治处金铁宇主任汇报一下思想情况。当金主任问她为什么要加入共产党时,庄凤没有讲更多的道理,只是说:"为了更好地打日本鬼子,救穷人,得解放。"为了让庄凤更进一步地了解党的性质和有关党的知识,金主任让秘书吕世铭给她讲了共产党的性质,讲了怎样做好一名共产党员,在部队中党员如何起模范带头作用及党的纪律。最后金主任说,他和吕秘书同意介绍庄凤入党,并向她提出:入党后,更要坚决同敌人斗争到底,努力学习,积极工作。庄凤激动地眼泪都流了出来。在1937年农历四月末,庄凤光荣地加入了中国共产党。

为了防备敌机再来轰炸,部队在大旗杆稍做休整,就昼夜兼程返回了饶河的大山里。因为在平原地区无险可守,无法隐蔽。回到饶河的大山里,就像孩子回到家一样,战士们的心里踏实多了。可在半年多时间里,饶河的斗争形势也发生了很大变化。日本关东军为了消灭抗联,实行了残酷的归屯政策。强行把山里居住的老百姓赶往指定的村屯控制起来,割断抗联与老百姓的联系,妄图饿死冻死抗联人员。

队伍后来剩下不到二十几个人,二十几个人,对抗几百敌人,能打得过吗?打不过就得躲,有利就打,没有利就躲。可是到最后吃的成了大问题,老百姓冒着生命危险给送点粮食,都怎么送呢?那时候喂马都喂啥?苞米秸子,东北苞米多,切碎了,把粮食和咸盐都拌在那里边,出来种地的时候拉出来。完了送出去以后,把草筛出来,把粮食和咸盐弄个口袋装上,藏在树洞里,秘密地告诉组织去取。后来粮食送不上来了,只好杀了匹老马。马肉吃光了,只剩下马皮和肠子,为了多吃几顿,战士们放倒一棵粗榆树,剥出嫩皮剁成块掺杂在马皮里一起煮。害怕树皮煮不烂,头一天晚上就使劲烧火。第二天一看马皮全煮化了,汤里只剩下丝丝缕缕的树皮纤维。为了活命还是得嚼着这苦涩的东西,伸长脖子往下咽。这种树皮纤维吃下去后不消化,解不出大便,肚子疼得受不了。没办法只好又到沟子里扒开雪挖些冻草煮水喝,草有通便的作用。战士们由于长时间吃不到盐,走起路来摇摇晃晃,一点力气也没有,即使这样也舍不得吃一点备用治伤的咸盐。

夏天还好说,到了冬天就更难了,没房子住,野外宿营就打一大火堆,那个大火堆可不是演剧那个大火堆,生那么个火堆,得冻死。宿营打火堆都得用大木头,用挺老粗的倒木和死树,打成挺老长的大火堆,晚上有值班的,准备些柴火往里填火。真是"火烤胸前暖,风吹背后寒"啊。至于衣服,有啥穿啥啦,有老百姓的衣服,穿老百姓的衣服,打敌人缴获敌人的衣服,就穿敌人的衣服,衣服里的虱子都滚成了团,咬的实在不行,就脱下来,放火堆上烤,虱子掉在火堆上叭叭叭直响。到了最紧张的时候,晚上就不敢生火,那可就更难熬了。东北最冷的时候,零下四十多度,好多人晚上睡觉时还好好的,却永远没有醒过来,都被活活冻死了。1939年,抗日斗争越来越艰难了。日本鬼子对抗联实行军事上"围剿"、经济上封锁、政治上瓦解的毒辣手段,妄图彻底消灭抗联的队伍。由于敌人烧毁了抗联的被服厂,致使一些指战员到冬天也没有穿棉衣。有些人被冻伤致残,有些年老体弱者被活活冻死。部队整天在林子里钻,衣裳特别费,破了补,补了破,到了实在不能穿时还舍不得扔掉。那时哪有鞋穿,脚上穿的是椴树皮捶软了,搓成绳,编成的鞋。当时有一首描绘抗联艰苦生活的歌谣:

    雪上吃,冰上眠,十冬腊月穿单衫。
    抗联战士英雄汉,一团烈火在心间。
    桦皮鞋子是国货,自己原料自己做。
    野麻搓成鞋绳子,皮子就在树上剥。

  庄凤说:"咱们话剧排得再好,小说写得再漂亮,但是写不出来当时我们那种苦。我们的苦特殊,我们的困难哪,是特殊困难。所谓特殊困难,你说女同志来例假咋办,是不是?那么打游击,来例假,我就不跟着队伍走,行吗?怎么办?哪儿有现在什么月经巾,弄点破布垫上就不错了。有的女战士怕来例假,大冷天的光脚站在冰河里,为啥?就为把那东西冰回去,你说,那能不做病吗?肚子那个疼啊,都不敢直腰。你们说女兵爱美,爱啥美啊,最后,还美呢,就跟男同志一样,剪的发挺短的,省得敌人认出来,也没法洗。所以女同志的困难,一个是来例假,一个是怀了孕。"

  庄凤所在的第七军共有三百多名女性,她们在克服困难上有着惊人的毅力,在行军中,女同志背的东西和男同志一样多,跋山涉水没有掉过队的,虽然处在极端困难的条件下,女兵们始终没有变节投敌的,大部分都牺牲了。

日本鬼子搞坚壁清野、篦梳山林。春季"大讨伐",冬季"大讨伐",啥叫坚壁清野?就好像用篦子梳头上的虱子一样,目的就是要把抗联全部消灭掉,一个也跑不掉。

在日本关东军调集大批部队一次又一次地进行疯狂"讨伐"后,再加之抗日联军与上级党组织失去了联系,部队损失惨重,东北抗联的人数从最多的三万多人减少到一千多人。

一千多人啊,绝大多数是消灭战,没有武器弹药,穿的没有穿的,吃的没有吃的,能不被消灭吗?部队有的时候白天打了一仗,被敌人消灭很多。到了晚上,敌人走了,晚上黑天不能办,第二天天亮才能去收敛我们的战士,到那儿一看连尸首都没有了,山上的野狼太多,叫狼吃的,啥也没有了,就剩大腿骨,大骨头,脑袋,剩下的都吃了,那个惨啊,真是没法说。

东北抗联第七军鼎盛时期有一千八百多人,抗战胜利时仅剩百余人。七军妇女大队三百多人,抗战胜利时仅剩十余人。

1939年冬,庄凤随抗联部队远赴苏联进行休整,这时她担任妇女排和看护排排长,率女战士排将妇女、儿童和伤病员陆续送往苏联。后随部队来到黑龙江北岸的哈巴罗夫斯克市郊区的抗联北野营。在这里她和战友们接受了全面系统而正规的军事训练。

1945年"八一五"以后,庄凤随同冯仲云来到沈阳。9月18日,是九一八事变十四周年,而沈阳又是九一八事变的发生地。这一天,沈阳市举行了五万人参加的"雪耻大会"。冯仲云用当时的化名张大川在大会上讲话。但是播出讲话稿的不是播音员,竟是没有做过播音工作的庄凤。由此可见当时形势的严峻。

新中国成立后,庄凤曾任三五九旅十五团政治部副主任,中共勃利县委妇委书记,东北行政委员会、农业部东北水利总局秘书室副主任,秘书处副处长、处长,沈阳市委宣传部干部管理处处长、高等教育部干部管理处处长,沈阳市教育局副局长,沈阳市委教育部副部长,长春市委宣传部副部长,长春市卫生局局长,长春市委宣传部副部长、顾问等职务。由于她在反法西斯战争中的优秀表现,2005年,她先后获得了"中国人民抗日战争胜利六十周年纪念章""俄罗斯纪念卫国战争胜利五十周年和卫国战争胜利六十周年国家奖章"。

庄凤在八十八岁时,立下遗嘱,要求过世后,丧事从简,不搞遗体告别,把她的骨灰与她的丈夫、抗联战友刘铁石的骨灰合在一起,撒在长春净月的山上,回归大自然,并提出代她向党组织交最后一次党费。

邢德范

从童养媳到机枪手 邢德范

无缘见到这位女兵,是我最大的遗憾。常听她的战友李小凤(李敏)说:"邢德范,了不起,那是个女机枪手。"

这位了不起的女兵,参军前叫张素珍,1918年1月13日出生在山东省登州府莱阳县西鲍村,1922年随父母逃荒来到北大荒,落脚于方正县伊汉通乡得莫利村,那一年她四岁。

去过得莫利村的人都知道,那里的大锅炖鱼是东北的特色菜,因为有特制秘方,所以味道醇厚,远近闻名。伊汉通乡的得莫利村北靠松花江,这里的村民主要靠打鱼来维持生计。

可在那个灾难深重的岁月里,尽管地处鱼米之乡,穷人的日子还是不好过。"屋漏偏逢连夜雨",邢德范的父亲积劳成疾,且久病不愈,无奈只得找人抬钱,也就是借高利贷。借钱容易,还钱难,驴打滚的高利贷,家徒四壁,拿啥还啊,为此债主天天上门讨要,父母为了还债,一狠心把当时年仅十二岁的小素珍(邢德范)卖给李家做了童养媳。

童养媳,又称"待年媳"和"养媳",是最廉价的劳动力,这些女婴或幼女,由婆家养育到十四五岁时就可与丈夫圆房。当时乡里之间都把童养媳称为"小团圆媳妇"。至于"小团圆媳妇"的命运就全靠婆家的善恶来决定了。

回头再说张家,他们即使卖了邢德范,还是还不清那高利贷,被逼无奈,只能远走他乡,从此邢德范就再也没有见到自己的父母,她成了孤儿。

做了童养媳的邢德范在李家开始了噩梦一般的日子,她吃不饱、穿不暖,三天两头地挨打。李家的长工进山拉木头,不等鸡叫头遍,她就得半夜起来做饭,十二岁的孩子个子矮,刷锅都得上锅台。有一天,邢德范半夜爬了起来迷迷糊糊地靠在锅台边又睡了过去,锅很快就烧干了,邢德范也被噼里啪啦的大巴掌打醒。打她的是大伯嫂,这个恶毒的婆娘直把她打得死去活来,无处可躲,无处可藏。

邢德范在李家的日子过得真是比黄连还要苦,那个大伯嫂,拿她就当出气筒,看不顺眼,就是一顿巴掌,就连大伯嫂生的孩子都欺负小素珍,可怜的她无依无靠,真是喊天天不应,叫地地不灵。

多亏同村有个田姨,她曾经是邢德范妈妈的干妹妹,如今看到邢德范如此受苦受难,就时常偷偷地关照她,使她在这悲苦的人世间还能感受到一丝丝的温暖。

在"干姨"的干预和帮助下,邢德范终于在李家争取到了每年仅有的几次"住娘家"的机会。而干姨的家自然也就成了邢德范的娘家。

干姨的家里经常是人来人往,时间长了,邢德范也都和他们半生不熟的了,她不知道这些人叫什么,就叔叔伯伯、大婶大姐地叫着。就在干姨的家中,邢德范接受了最早期的穷人要革命的启蒙教育。

他们问邢德范是怎样来到李家的,小德范回答,抵债来的。他们接着又问,你在李家起早贪黑地干活,还吃不饱、穿不暖,他们不干活还吃得好,穿得好,你知道这是为什么吗?"人家命好,老辈子留下来的呗。"听了小德范的回答,这些人给她讲起了大道理,他们告诉邢德范:"不是他们的命好,是他们剥削咱们穷人的,穷人要想过上好日子就得自己救自己。"

这些人的话在年少的邢德范心里扎下了根,她慢慢地明白了,穷人是可以改变自己命运的,她还知道了,这个世道上还有一种人,叫作共产党,共产党是为穷人办事的。

1931年,当国运衰败的中国艰难挣扎于历史沼泽最深处的时候,日本侵略者发动了九一八事变,乱世中国一下子陷入民族生死存亡的危难关头。

一天,干姨以挖野菜的借口带她来到了一个山上的窝棚前,在这里邢德范看到了游击队里的女兵,这些女兵性格开朗,她们又唱又跳地表演了好几个节目。邢德范好奇地问干姨:"她们没有家吗?"干姨说:"有啊,她们是出来闹革命的。""革命?"邢德范还是第一次听到这个词儿,"干姨,啥叫革命?"干姨说:"就是自己解放自己,男女平等。"干姨还说了好多的新名词,但是邢德范都听不太懂,干姨说:"不着急,慢慢你就都懂了。"

1935年的秋天,游击队为广泛地开展地方工作召开了一个大会,会上邢德范见到了赵尚志同志,就在那次会上赵尚志给大家讲了国内国外的形势,讲了红军二万五千里长征。邢德范第一次听到这些,感到非常的新鲜。原来抗联里有女兵,红军里也有女兵,女兵也能干出惊天动地的事情。她暗暗下了决心,将来自己一定要当一名女兵。

邢德范终于盼到了这一天。1936年7月的一天,组织上派人来通知,原来敌人已经开始注意她了,留在地方上太危险,决定让她上部队工作。

经过艰难曲折,1936年邢德范终于成为一名抗联女兵,被分配到东北抗日联军第三军第一师的被服厂,后去第三军第二师。

第三军二师当时只有八九十名骑兵。邢德范到了第三军二师以后,为了补充给养跟随队伍到大罗勒密瓦房店子沟里去背粮食。

粮库在一个山沟里,是九军留下来的,赵参谋把岗哨安排好,把马放到了小河边,他向大家宣布,在这休息两天,洗洗衣服,然后去司令部。司令部当时在汤原县糖梨川的一个山沟里,正在准备西征。

战士们拾柴做饭,饭后有的睡觉,有的去洗衣服,赵参谋带人去换岗。他刚爬到山坡上就发现对面山头上有刺刀在夕阳下闪闪发光,他知道队伍让敌人包围了,命令哨兵马上回去报告敌情他自己则向哨位爬去。然而晚了,大约有二百多敌人从山坡上冲下来。

枪声响起时,战士们都立刻把枪拿在了手里,小炮的声音令他们震惊,知道遇到了最难对付的日本关东军了。大家跑向山坡还击敌人,炮声震耳,枪响的如同爆豆,战斗一阵紧过一阵,虽然战士们英勇顽强,但是我们人少,子弹更少,每个人平均才三十多发,不一会儿就打光了。

这是邢德范上队后第一次经历战斗,她拿着急救包给伤员包扎伤口,可只包扎了三个人，那点绷带就用完了。这时，康主任过来急促地告诉她："敌人太多，把我们包围了，你快撤！"说完他又赶紧去通知别人，邢德范一抬头，看见周围山上都是敌人，她有些紧张，毕竟是第一次打仗。她刚一转身，只见山坡上又滚下来一名战士，她急忙跑过去一看，那名战士已经牺牲了。这时一颗小六零炮弹落在了离她不远的地方，掀起的泥土和树枝将她打倒，其中的一根树枝把她打昏过去，也不知过了多久，她听到有人叫她，睁眼一看原来是赵参谋，他扒开邢德范身上的土块和树枝，对她说："鬼子把咱们包围了，许多同志都牺牲了，你快跑，顺着这河向下游走，不能暴露自己，找个地方隐蔽起来，我们能走出一个是一个。"然后又说："我上前面去看看还有没有其他同志。"

这时天已黑了，枪声疏疏落落，邢德范不敢站起来，她贴着河沿向下游爬去……

经过了几天几夜的寻找，邢德范终于又和战友们会聚在一起了。这场战斗，一共牺牲了十七位同志，死了二十一匹战马，所有牺牲的同志，子弹都打在了前面，没有背部负伤的，多么英勇的军人啊，他们大部分都是黑土地上的农民，保家卫国走向战场，同武器精良的日寇厮拼，他们大多都没有留下姓名，十四年的抗日战争，东北大地上有多少无名英雄！

掩埋了战友的遗体，他们流着泪水低声唱着《红旗歌》。邢德范在这场战斗中经历了生与死的考验，擦干眼泪，她又走向新的战场。

经历了千辛万苦，闯过了敌人层层封锁线，1938年3月，邢德范跟着第三军第二师的部队终于来到汤原县糖梨川的深山里。由于大部队正准备西征，需要大批的军服，邢德范又被分配到被服厂。这个被服厂离司令部比较近，只隔一座小山。邢德范在被服厂里主要负责裁剪，其他几名女同志做衣服，蹬缝纫机。大家起早贪黑地忙活，二十多天以后，布匹都做完了。1938年4月，西征部队踏上了征途。

大部队走了以后，邢德范和一个九十多人的教导队留了下来，由参谋长许亨植和康主任带队。在教导队里，每天学习文化、军事和革命理论，一个大字不识的邢德范，特别珍惜这次学习的机会。可是没有多久，日寇就开始了大规模的军事"围剿"。

生活越来越艰苦,吃的没有,药品没有,食盐没有,大家都开始浮肿了。为此,康主任带四名战士出山去依兰县接关系,结果和强敌相遇,战斗中康主任和一名战士牺牲了。此时,敌人又抽调大批人马开始搜山。为了保存有生力量,在许亨植的带领下,教导队也开始了西征。

西征的路上充满了各种艰难险阻,他们是沿着大部队的路线前行的。一路上看到不少死马和打仗留下的痕迹,他们把长了蛆的马肉割下来煮熟后背着。他们曾无数次地遇到敌人,同强敌展开游击战。他们走进了原始森林,没有吃的又被迫转了出来,多亏当地的老乡,在最困难的时候给他们自己省吃俭用的粮食,又在猎户的指点下,打了一只大黑熊,尽管没有盐,但是对于饥饿的战士来说,那真是上等的美食了。

克服了种种困难,经过两个多月的艰苦跋涉,这支队伍终于到达了通北县南北河。当时,张光迪的支队有一些缴获的布匹,许亨植参谋长把所有的女同志都集中在一起做衣服。当时的女同志有李桂香、柳明玉、金玉贤、陈玉华等,主要负责人是陈大姐。这些布匹很快就做成了衣服,战士们穿上新衣都很高兴,在张光迪支队长的带领下奔赴新的战场。

1938年11月,邢德范被分配到德都地区北部的朝阳山被服厂去工作,一同分配去的还有柳明玉、李桂香和金玉善。冯仲云政委任命邢德范为被服厂和医院的负责人。冯政委说:"你的胆子大,和别的女同志不一样,你在地方上工作过,有对敌斗争的经验,组织上再三考虑由你担当这两项工作最合适不过了。"冯政委最后交代说这个医院是极端秘密的,不能让被服厂的人知道。

听了冯政委的话,邢德范顿时感到肩上担子的沉重。第二天她带着三个女同志,牵着上级给的一匹马、粮食和药品,在交通员的带领下去往朝阳山被服厂。被服厂是个只有八九平方米,用树皮盖的小房子,这里还有三个人,侯启刚、老杨头和一个小男孩。老杨头说,被服厂有二十多匹布、三十多斤棉花,还有两台缝纫机,一台脚踏式,一台手摇式。

屋子太小了,住不下这么多人,当晚四个女兵只能在野外露宿了,后来用白布做了一顶帐篷,总算是都有住的地方了。

安排好被服厂后,邢德范又去了后方医院。医院离被服厂不远,只隔着一座小山。医院的地点隐蔽的挺好,在一个小山包下面的山洞里。这里有十几个伤员,两个重病号,军医官是王耀钧,李景荫副参谋长也在这里养病,他带来一名警卫员,还有一挺歪把子机枪。

邢德范在医院里开了个会,传达了上级领导的指示,邢德范说:"我们现在很困难,敌人特别疯狂,部队上也没有粮食和药,但我们一定要挺住,现在快要下雪了,已经没有野菜了,我们就是扒树皮煮着吃,也要坚持下去,我们都是同生死共患难的战友,我们要互相爱护,互相帮助,共同渡过难关。"

在抗日战场上,邢德范由一个小童养媳成长为具有领导能力的干部了。快过春节的时候,部队领导派人送来了粮食和药品,被服厂的战士和医院里的伤员终于熬过了这个冬天。

1939年6月,邢德范调到海伦县八道林子筹建被服厂。被服厂盖好了,可是没有布匹,厂长耿殿君提出开荒种地,大家都同意。当时被服厂还有一位孕妇叫金玉顺,她是十二支队支队长朴吉松的妻子。种地正忙的时候,金玉顺要生孩子了,耿殿君留下邢德范和李桂香照看她,其他的人就都上山了。耿殿君临走时嘱咐她俩,孩子生下来以后,你把孩子肚子上的那根肠子剪断,用个绳扎上就行了。金玉顺折腾了两天一夜,孩子终于生了下来,还是个男孩子。邢德范哪见过生孩子啊,看见孩子一高兴就把剪肠子的事情给忘记了。过了一会儿金玉顺问她俩,孩子剪脐带了吗?她俩以为金玉顺要看孩子,忙把孩子抱了过去,这才发现耿殿君说的那个肠子没有剪,便忙把脐带剪断,用绳系好。这时又发现产妇不行了,脸煞白的像个死人一样,吓得她俩又忙着掐人中,抢救金玉顺。人总算是救活了。只可惜那个孩子太瘦小,奶水也不足,没活几天就死了,大家都很难过。

后来金玉顺说:"死了也好,活着也是遭罪,还得拖累大家,只是他的父亲一眼也没看到就死了,可怜啊。"一边说着,一边流眼泪。

等到了9月份,耿殿君厂长又带来一个叫安景淑的孕妇,她是金昌哲的爱人,怀孕三个月,肚子老是疼,到被服厂没几天肚子疼得直叫唤,大家听着都受不了。有一天安景淑上厕所,邢德范陪着她去,刚走到门口她疼得一下子就坐在地上,邢德范劝她就在屋里便吧,她说啥也不同意,只好又到外面去,刚蹲下就掉出一大块东西，仔细一看，是小孩的脚，都臭得不行了，这时才知道小孩已经死在肚子里了。从那天起，只要安景淑肚子一疼，邢德范就用手给她往外拿臭肉、烂肉，哪有什么卫生可讲。

这就是战争中的女人，这就是战争中的女兵。

1939年10月份，邢德范光荣地加入了中国共产党。她对自己提出了更高的要求，今后是一名共产党员了，党教干啥就干啥！

1940年2月，邢德范在九支队机枪班当班长。女同志当机枪手的没有几个，更何况还是机枪班班长。

这一年日寇更加猖狂，他们妄图把部队和老百姓分开，置东北抗联于死地。由于敌人的封锁，部队面临着生死存亡，大家每天只能用野草充饥。

有一天，全支队集合，郭铁坚政委做战前动员，他让大家提起精神，去打日本"开拓团"，打"开拓团"主要是解决粮食的问题。

走了好远的路，部队在"开拓团"附近隐蔽起来。这个"开拓团"分驻三个地方，相隔都很远。对此，我们这边也分成三个组，边支队长带着二十多人去解决粮库，周主任带几十人去解决老营，郭政委带二十多人去解决商店。

郭政委把机枪班留下来打阻击，任务下得很死，要机枪班不许放过一个敌人，机枪班当时有两挺机枪，但是子弹很少。邢德范把十三个人分成两组，埋伏在路口。后来郭政委又派两名战士用马驮来一挺机枪和几箱子弹。快到半夜时，通讯员来通知，掩护部队进山。

就在大部队往下撤的时候，敌人的骑兵增援部队也来了。邢德范告诉大家隐蔽好，等靠近了再打。敌人就快到眼前了，邢德范一声令下，三挺机关枪咆哮起来。

三挺机关枪交叉着打，愤怒的子弹打退了敌人一次又一次的冲锋，由于我们在暗处，敌人在明处，他们冲不过来。战斗中，有两个战士负伤了。邢德范给两名伤员包扎好，背到隐蔽处，叫人掩护其撤退。

战场上剩下的九名战士藏在大石头后头，敌人上来就打，敌人退下去就休息。估计大部队撤得差不多了，机枪班分成两组，交替着往下撤。这时敌人却不往上冲了，只要我们一露头，他们就开枪，非常明显，他们在等待援兵。邢德范当机立断说:"不能等了!"她安排张子荣拿着一挺机枪先慢慢下去,找好一个隐蔽点,支上机枪,掩护同志们替换着往下撤。紧急关头,郭政委又派一个班来接应他们。等到大家都撤到山里后,天已经大亮了。

郭政委做战斗总结时说:"我们牺牲了两名同志,负伤了三名同志,打死敌人数十名,缴获了大批的枪支、弹药、粮食、布匹,还有二十多匹马。这次战斗是胜利的,特别是机枪班圆满地完成了阻击任务。"

其实,在东北抗战最艰苦的年份里,粮食,是要用鲜血和生命去换取的。

总指挥部送来了布匹,紧张的军服制作又开始了,每天只能睡三四个小时的觉,真是又困又累啊。一边干活,还得一边收拾,敌人来了再收拾就来不及了。一天,张子荣急匆匆地赶来,让她们赶快撤退,说敌人离这不远了。邢德范安排李桂香背着剩下的布,柳明玉背着有用的东西,两个男同志背着没藏起来的粮食,分散开跑。这时枪声已经离着很近了,刑德范用一块布把缝纫机整个捆上背起来就往后山跑,手里还拎着小背包,那里装着针、线、尺等东西。翻过两个小山头后,邢德范只觉得心口发热,口发咸,透不过气来。她想把缝纫机放下休息一会儿,刚放下,一口鲜血就吐了出来,还夹着血块,紧接着又吐了几口,一霎时她只觉得天旋地转、头昏脑涨,坐到地上再也起不来了。原来大家都叫她"假小子",就是同样几天不吃饭她也比别人有体力。没想到,这一倒下,真的不行了。

邢德范从那以后,一天不如一天,经常地吐血,后来党组织通过地方组织弄来了止血药,才把血止住,可是却留下了后遗症,每次来例假,都口鼻窜血,又腥又臭。直到八一五光复,战争结束后才把病治好。

1941年的8月,在上级组织的安排下,邢德范和李桂香、柳明玉三个女兵从黑河过江去了苏联,成为国际八十八旅的一名战士,继续为世界反法西斯战争,为抗日战争的全面胜利而战斗!

1945年"八一五"以后,她回到了魂牵梦萦的祖国。

邢德范是幸运的,她终于走出了那场战争,她成了家,她做了母亲。她为新中国的建设奉献了一生!

夏志清

军长的女儿 夏志清

女兵夏志清的一生由我的母亲李桂兰和夏志清的女儿李惠文来讲,李桂兰讲她的前半生,李惠文讲她的后半生。即便如此,两个人所讲的拼加起来,也不过是三十一年的人生。

李桂兰说:"夏志清是夏军长的女儿,我们两个同一天被日本守备队抓了去。"下面的文字是根据李桂兰叙述所整理。

1936年12月的一天,天色阴沉。满天都是厚厚的、低低的、铅灰色的浊云,第六军被服厂所在地的帽儿山消没在浊云里,这样的云预示着一场特大的暴风雪将要来临。

天傍黑,裹着一团团的寒气,耿殿君团长带着一个排的警卫战士来到了山里被服厂。

跟在耿殿君身后的是一位三十多岁的农家妇女,她身穿一件蓝粗布的偏襟便服棉袄,脑后挽着一个纥塔髻,外边罩了一件男人穿的光板老羊皮袄。那女人手里紧紧地拉着一个十四五岁的小姑娘,小姑娘长得单单薄薄,她用一双好看的、胆怯的眼睛看着这陌生的环境。

看到耿团长来了,同志们都很兴奋,大雪封山,已经好久没有人进山了,同志们围在耿团长的身边问长问短。

耿团长好像并没有注意到同志们高兴的样子,他绷着个脸,像似有什么重大的事情。他招呼着裴大姐:"有什么热乎东西,赶紧弄点儿吃。"

大家忙用冻土豆加棒子面,做了一锅热糊糊粥。警卫排的战士,显然是饿坏了,稀里呼噜的一阵突击,不大一会儿就锅底朝天了。可那女人和小姑娘却呆呆地捧着饭碗,吃得很少。

吃完了热糊糊粥,耿团长站了起来,用低沉的语调向大家说:"同志们,今天和我一起来的,是夏军长的妻子夏嫂和他的女儿夏志清。我要告诉大家一个十分不幸的消息,我们的夏云杰军长牺牲殉国了。"

同志们惊呆了,夏军长,我们的军长牺牲了?泪水顿时涌出了战士们的眼眶。

夏军长是11月21日在一个叫"丁大千"的地方,遭敌人伏击,身负重伤,因缺医少药,抢救无效,于26日壮烈殉国的。

夏军长是汤原游击队的创始人,而汤原游击队又是东北抗日联军第六军的前身。兴安岭上,松花江两岸,到处都有夏军长高大的身影,到处留下他坚实的脚印。他那传奇般的英雄事迹,一直在关东人中传颂。

屋外起风了,号啸的大风似乎要把这阴沉的天空鼓破。木屋在颤抖,哭声响遍每一个角落。

耿团长低沉的语调,忽然变得高亢:"同志们,把眼泪擦干,我们要为夏军长报仇!"

几十只胳膊,齐刷刷地举了起来。

为夏军长报仇!

为夏军长报仇!

打倒日本帝国主义!

把日本鬼子赶出中国!

…… ……

被服厂厂长裴大姐带头唱起了《红旗歌》,顿时悲壮的歌声四起。

歌声压倒了屋外呼啸的风雪,歌声唤起了同志们更高的斗志。

第二天早上,风还在刮,雪还在下,耿殿君团长带着警卫排走了,夏嫂和她的女儿夏志清留了下来。

夏军长牺牲那年三十三岁,夏嫂的年纪与他仿佛,他们唯一的女儿夏志清生于1921年,那一年十五岁,是一个文文静静、挺耐看的女孩子。

夏嫂和夏志清留在被服厂后,做一些絮棉花、锁扣眼、钉扣子的零活。也许是父亲的过早离世,夏志清很少说话。

1937年,被服厂里发生了好多事情,先是四五月份紧急为部队突击夏装,等到了6月份北满省委临时扩大会议又在此处召开,会后不久,因会议的召开,大队人马的来来往往踩出了一条路,这不利于被服厂的保密。因此,六军军部指示另外择地建造新厂房。8月份紧张的冬服缝制又开始了,入冬以后,前方送来了二十多名伤员,被服厂变成了临时医院。

等到了1938年形势陡然紧张,敌人开始了"大围剿"。

1938年3月15日的凌晨,西北风嗖嗖地刮着,冷森森的小清雪直往人的脖领里钻,后半夜是李桂兰岗班,没有发现什么可疑情况,快该下岗了,她跺着冻僵的双脚,仔细观察着周围的动静。

忽然,隐隐约约顺着风声好像是有马的嘶鸣,她掀起帽子再一听,是马叫声,不好!有情况!她急步流星地向屋里闯去。

屋里裴大姐早已经起来了。正准备安排伤员吃早饭。这时,李桂兰带着风声闯进了屋:"裴大姐,有情况!前面听到马叫声!"话音还没落,突然间,枪声骤起,机枪声"哒哒哒哒"响成了一片。裴大姐果断地发出了命令:"王医官组织伤员向北山沟撤,其余同志跟我阻击敌人掩护撤退。"

同志们都是和衣而睡的,听到枪响,早已抓起了身边的武器,裴大姐话音刚落,就都冲出了屋子,伤员们在王医官的带领下,迅速向北山沟撤去。

被服厂的战士趴在门前的雪地上,开枪阻击着敌人。看到伤员们撤出去了,大家也边打边撤。敌人的火力十分的猛烈,包围圈在逐渐缩小,呼啸的子弹打得大家抬不起头来,情况万分紧急,裴大姐高声喊着:"同志们!冲出去啊!"

同志们奋力突围,密集的子弹下,夏嫂、韩姐、张世臣、李师傅相继倒了下去,夏嫂是腹部中的炸子儿。

这时,夏志清发现母亲中弹,立刻跑过去跪在她的身边,望着肠子流了满地的母亲,她悲痛欲绝,不知所措。李桂兰发现后也疾步跑了过去,她一把抓起夏志清的胳膊,拽着她向北山沟冲去。可是晚了一步,就在李桂兰跑回去拉夏志清的时候,敌人已经包围上来。李桂兰一手打着枪,一手拉着夏志清,准备杀开一条血路,又一排子弹射来,一颗流弹削去了夏志清的右肩胛,一个趔趄,她重重地摔倒在雪地上,惯力带倒了李桂兰,冲上来的敌人抓住了她俩。

就这样,夏志清和李桂兰被俘了。

被俘后,两个日本兵死死地抓着李桂兰,哇啦哇啦地说着日语,李桂兰一句也听不懂,她拼命挣扎着,可是挣不脱敌手。日本宪兵把她绑在被服厂对面的一棵大树上,夏志清因为负了伤,没有被捆绑,鲜血湿透了她的棉军装,她脸色苍白,咬着牙,紧紧地靠在李桂兰的身旁。

紧接着敌人杀害了身负重伤的张世臣,又放火烧毁了被服厂。夏志清因流血过多和惊吓,不久昏死过去,守备队的日本兵把她放到马背上,押着李桂兰,走出了深山密林。

出山以后,日寇把李桂兰和夏志清带到汤原县舒乐镇的日本军守备队,日本军医为夏志清进行了治疗和包扎。

守备队的宪兵们首先对她们进行诱降,但被两个女战士严词拒绝了。随后,敌人在叛徒赵老七的对质下对李桂兰实施了各种酷刑,李桂兰宁死不肯屈服。夏志清因为负伤后,极度虚弱,敌人怕她死在刑讯室,而未用刑。

不久,李桂兰和夏志清又被押到汤原县日本宪兵队,关进了县公署的监狱。

这是一间专门关押政治犯的监狱,阴暗潮湿。每间有一个小窗户,隔着小窗户可看见对过的男监,每日送饭送水,也都在小窗户传递,一天两顿饭,全是发了霉的小米饭和一碗盐水清汤,偶尔在那盐水汤里面也能看到一两块冻白菜帮。

夏志清在部队时,身体就不好,她本是山东人,来到东北这酷寒之地,患上了严重的风湿病,如今入狱,狱中环境更加恶劣,她的病情日益加重。

就在夏志清、李桂兰入狱之后,地方上的爱国士绅、"抗援抗救"人员对两名女战士展开了积极的营救。

王妈妈是抗联六军保安团政治部主任王钧的母亲,在地方上曾任妇救会长。王妈妈串联了当时的开明士绅李五爷、商会会长张子健、商户老蔺头和老蔺太太夫妇二人,力保李桂兰和夏志清出来,因叛徒周兴武盯得太紧,而李桂兰又不肯有半点妥协，保释没有成功。所幸夏志清因年纪轻，在地方上没做过工作，在部队也是一名普通的战士，此时又身患重病，当李桂兰被押解去往哈尔滨之时，夏志清获释，至于地方士绅和各商户花了多少钱，现在已无从得知。

以后发生的事情由夏志清的女儿李惠文讲述。

出狱后的夏志清变成了一个孤女，她举目无亲，变得更加少言寡语。多亏商户老蔺太太收留了她，并待她如亲生。

时间到了1939年，夏志清十八岁了，到了谈婚论嫁的年龄，她自己也知道长期寄居在别人家里也不是个事儿，在老蔺太太的安排主持下，夏志清嫁给了一个叫作张玉臣的孤儿。

张玉臣在一家粮行打工，为人忠厚善良，结婚后大约生活了五年左右，期间夏志清生了一男一女。后张玉臣因扛粮袋子伤力，吐血而亡。此时，夏志清还怀着他的遗腹子。

失去丈夫的夏志清孤苦无依，而婆家的叔公公又欲趁火打劫，想卖寡妇。所谓卖寡妇，是旧社会的陋习，是指失去丈夫的妇女任由婆家买卖。

此时，又是老蔺太太出头，为她找了一个男人。

男人的名字叫李春起，大夏志清十九岁，属中年丧妻，留有一女。

李春起家境较好，家中哥仨，他是长子，是汤原南烧锅的股东，负责外柜采购，人称李掌柜。

李掌柜可谓古道热肠，他不仅娶了夏志清，还在家中力排众议，亲自接回了寄居在老蔺太太家中夏志清与前夫生的两个孩子。

这一段婚姻，对于夏志清当时来说也许是无可奈何，但对于李春起来说，却是倾注了一生一世的爱与奉献。

婚后的李春起对夏志清百般呵护，对于夏志清带过来的两个孩子和她后来生的遗腹子更是视如己出，他前妻所生的那个女孩，对夏志清这位年轻的继母和继母所带来的孩子也亲如一家。

婚后，夏志清又生育了三个孩子，两男一女，只可惜两个男孩都没成活，仅剩一女。

1945年东北光复以后不久，轰轰烈烈的土改运动开始了。李春起一家被列为土改对象,受到冲击。运动中,李家变得一无所有,连铺的炕席都被揭走了。

这时,李春起对夏志清说:"你是抗联后代,听说冯仲云现在是松江省主席,你带着孩子去找找他,看能不能帮帮你。"

夏志清真的带着孩子来到了哈尔滨,也见到了时任松江省主席的冯仲云,冯仲云热情地接待了她们。夏志清向冯仲云讲述了出狱后的经历,讲了自己目前的处境。

听了夏志清的讲述,冯仲云主席认为当地的土改过"左"了,李春起不属于恶霸地主,不该如此对待,过后会纠偏的。

关于夏志清一家日后的生活,冯仲云主席将他们安排在哈尔滨的一家粉笔厂。夏志清临走时,冯仲云主席一家还给夏志清一些被褥和衣服。

夏志清满怀希望地从哈尔滨返回了汤原,当她把冯仲云主席的安排告诉李春起后,李春起却不同意随她去哈尔滨,他被斗怕了,他害怕自己会随时随地的连累妻子。他劝夏志清自己带孩子去省城,和他分手。

听了李春起的这一决定,夏志清也做出了自己的选择,就是坚决不离开李春起,有福同享、有难同当。

关于土改,正如冯仲云主席所言,过后,李春起一家被定为中农,每人还分到了八亩地。

李慧文还说:李桂兰阿姨曾经去看过夏志清,走前给了夏志清五万元钱。这是哪一年呢?谁也说不清楚。这五万元应该是东北光复后的"流通卷"。东北光复后,使用的货币叫"流通卷",贬值速度很快。到1948年,流通卷的使用方法,不是数币值,而是以流通卷的重量计算,据说一千"流通卷"只能买一个烧饼。那一时期的李桂兰亦是穷困潦倒,靠补麻袋为生,能拿出五万元"流通卷"也实属不易。

生活在继续,尽管清贫,但夫妻和睦,只是夏志清一直多灾多病,李春起倾尽全力为她治疗,吃中药、喝虎骨酒,凡能淘到的偏方,李春起都为她去找。眼见病情日渐好转,不料到了1951年却突然加重。

1951年的腊月初一,夏志清还坚持做了早饭、喂了猪,而后自己躺到了炕上,当被人发现时,已不能说话,一代名将夏云杰将军之女,就在这一天与世长辞,年仅三十一岁。

　　失去妻子的李春起,再未续娶,他将无力抚养的自己亲生的小女儿送了人,坚持照顾夏志清与前夫所生的两个孩子,直至成家立业。

　　李惠文说:"继父待我们姐妹恩重如山,我们都随他姓李,他不但养大了我们姐妹,连我生的孩子都是他帮我带大的。"

　　夏志清是一名普通的东北抗联女兵,因战争被俘后掉队流落民间,李春起则是一名普通的中国老百姓。

　　但李春起之情,夏志清之义,同样感天动地。

　　至于夏云杰军长的夫人,人人都称她为夏嫂,她应该也是一名女兵,只是至今为止不知道她的墓碑立在哪里,阵亡的烈士名单上是否有她的姓和名。

　　那一年炮火纷飞,烧焦了的是树,炸飞了的是石头,她倒卧在了雪地里,肚子上爆裂的炸子儿使她肠子流了一地。那暗红的,那猩红的是她的血啊,那血还在冒着热气。

　　尽管她是一名穿着偏襟大棉袄的战士,尽管裹的是放开三寸金莲的小脚,可她依然是战士,她曾为前方的将士穿针引线,她曾为饥寒的子弟兵做过寒衣,她生活在叫做地窨子的兵营里。

　　当用眼泪埋葬了牺牲的丈夫,她就毅然走进了大山。只为那强盗还赖着不走。不走,就打他,老夏没干完的活她还得继续。

　　她没有等到和平的到来,她扔下了唯一的女儿,她倒在了老林子里。

李小凤

部队里长大的孩子 李小凤

李小凤（李敏）和我的母亲李桂兰是战友，她俩还应该是特殊的"亲戚"，开玩笑时李桂兰就说："你是我的小姑子。"小凤就说："你是我的嫂子。"说起来，这里面有一个故事。

参军上队那一年李小凤才十二岁。在交通员李铁腿（李升）的带领下，李桂兰拉着她的手，他们走洼达岗，过舒乐河，进韩家围子，上月亮门山，经四块石，三天两夜的奔波后，终于来到了东北人民革命军第六军的后方密营。

说起这次上山，很像一场电视剧。李桂兰当时在地方上正在遭到敌人的通缉和搜捕，地方组织安排她在1936年的正月里，参军上队。李小凤因哥哥参军，父亲忙于地方上的工作，母亲去世，家中无人照顾，经组织安排也赶往部队。

为掩护身份，当时李桂兰打扮成了一个漂亮的新娘子，小凤装成她的小姑子，赶着马爬犁的是交通员王仁，他装成新郎，而交通员李铁腿装成李桂兰的老公公。

一路上小凤的心里总在嘀咕，她担心部队的领导嫌她年纪小而不要她。

她的担心不是没有道理，等到了后方密营，时任东北人民革命军第六军第四师政治部主任的吴玉光看着她就直皱眉头，行军打仗带个十二岁的女孩子能行吗？吴主任就说了："这孩子大不大、小不小的，她要是大点，自己能跟着部队跑，她要是小点，大伙背着她，这大不大、小不小的可咋办？"吴主任要求交通员李铁腿把她带回去。小凤一听就哭了，好不容易跟头把式地来到了部队，领导又不要她,她能不哭吗?

这时,李升和李桂兰就都为她说情了,他们说这孩子一路上多么懂事,多么能吃苦,她家中又没有人了,让她回去也不好安排。

在李升和李桂兰的请求下,吴玉光主任勉强答应她留下了。李小凤就这样成为东北人民革命军部队里最小的一名女兵,当时分配她协助马司务长做饭,小丫头成了一名小火头军。

1938年3月15日,正是昼短夜长的节气,天刚蒙蒙亮时,李小凤和金伯文已经熬好了大碴子粥。正准备叫醒其他同志吃饭时,后半夜站岗的李桂兰急匆匆地推开门报告说,"报告,前面有马叫声!"听到这一声报告,裴大姐翻身而起下了紧急命令。

"大家快速行动,马上组织伤员撤到北山。"

裴大姐下完命令,就先从营房冲出去指挥战斗,王医官等同志立即组织伤员撤退。李小凤和金伯文同志扶着重伤员金指导员出了门后,小凤又转身跑回了营房,她舍不得同志们还没来得及吃的大碴子粥,想把粥带上山,返回屋后,就爬到锅台上,从大锅里往桶里舀粥,她边舀粥边听外边的动静,可听到的枪声却是越来越激烈了。

这时,有人啪一下重重地打了下她的屁股,她猛回头一看,是裴大姐怒气冲冲地站在背后。

"你不要命啦?敌人都堵到门口了,还不赶快冲出去?!"

听裴大姐这么一说她赶紧拎着半桶粥下了锅台,裴大姐从屋内顺手拿了一把锯子和斧子,小凤不敢吱声跟在她的后面。

"小李子,你注意听,听到敌人的机枪扫射过去,你就趁机马上冲出去!"

为了引开敌人的火力,裴大姐先冲了出去。小凤在屋里听到机枪的扫射声一阵紧似一阵,叭叭乱响的子弹打得雪花纷飞,她试了几次都没敢冲出屋。这时,同志们都已经冲出去了,怎么办呢?正在焦急的时候,枪声突然停了。小凤觉得这就是机会,拎起了那半桶粥就往外跑,粥桶太沉,心情又紧张,没跑出几步就滑倒了,粥也洒了一地。她赶紧爬起来继续往北山上跑,这时,天已放亮,她跑过了小河,开始爬山了。

"抓活的——抓活的——"

她听到了敌人在后面的喊叫声,真想回头给他们一梭子,但她是个没有枪的战士,只能跑,跑过敌人就是胜利。风在耳边呼啸,猛回头一看,有个敌兵脱掉大衣正在追她。马上就要跑进密林了,她的耳边不时响起敌兵的叫骂声和枪弹呼啸而过的嗖嗖声,追兵的脚步越来越近了,似乎都能听到粗粗的喘气声,就在这紧急关头,猛然听到一声枪响和身后发出的绝命声。她回头一看,追在自己身后的敌兵被打死了。原来是裴大姐在树后掩护她开的枪。

经历了这场战斗,小凤成熟了不少,有多少她身边的指战员都牺牲了,她懂得了战争的残酷。

1938年农历十月二十三,在张家窑的战斗中,像母亲和大姐一样照顾她的裴大姐牺牲了,同时牺牲的还有徐光海、刘排长、小马等战友,和她朝夕相处的女兵金碧荣、沈英信、金凤淑、张玉春也被敌人捉走了,李小凤危急之中滚到一棵倒木形成的雪窝里才幸免于难。

在雪窝中的李小凤此时还不知道,她马上就要面对的将是更加严酷的现时,饥饿、寒冷和野兽哪一样都能随时要她的命。

枪声平息了,呐喊消逝了,当敌人走远时,天已黄昏。小凤想站起来,可两条腿硬邦邦的不能弯曲。靠着手肘的力量从雪坑里爬出来,裤子上的雪已经冻成了一层薄薄的冰,她用手帮助腿做弯曲的动作,经过许多次活动,勉强站了起来。

漆黑的夜空,连颗星星都没有。这个世界仿佛只剩下她一个人,狂风像野兽一般的怒吼,风声里似乎还夹杂着人的哭叫声,她激灵灵地打了个寒战,极度的孤独和恐惧完全控制了这个十四岁的女孩。

怎么办?往哪里去?没有星星,辨别不出方向。不能停留在这儿,只能想一切办法找自己的队伍!她把没有子弹的马枪背在肩上,开始往前移动,并向自己下命令:"勇敢些,小李子,快走!"刚向南走了两步,她又想,到西山、北山看看,也许有负了伤的战友需要去照顾一下,如果能找到该多好呀,她可以背着他,一同去找部队。她向沟塘子跑去,边跑边喊:"同志——"回答她的只有深山的回声。

她又往东跑去,不知被什么东西绊倒了,一屁股就坐在了绊倒的东西上,她用手摸着,怎么,摸到的不是倒木,也不像塔头,低头一看,哎呀!是一颗人头。一嘴黑胡子,露着白牙。头轰的一下,心似乎突然停止了跳动。双腿只能机械地奔跑,她感觉那个死人在后面追赶她。又翻过了一座大山,跑到个小山顶上,突然,又被什么绊倒了,原来这才是一棵倒木。

小凤累得浑身都是汗,腿也软了,再也跑不动了,她趴到倒木上休息了一会儿,口干得厉害,就顺手抓了一把雪送进嘴里。心才稍稍镇定了一点。

饥饿和疲劳达到了极点。不到几分钟小凤迷迷糊糊地睡着了。

朦胧中,远处似传来呜呜咽咽的哭嚎声,凄厉、瘆人。啊!这不是人在哭,是一群狼在不远的地方号叫,它们好像在争夺什么东西。她立即爬了起来。糟了!身边没带火,不能点火堆,枪里又没子弹,怎么办?难道能让狼把自己活活吃掉吗?这样,就再也见不到同志们了!

猛然间,她想起了李升爷爷说过,如果听到狼群叫唤声就敲树干,于是,她一边跑一边用树枝敲打着树干,企图吓跑狼群。慌忙中,她一头撞在了一棵树上,额头被树枝戳了一个洞,鲜血立刻糊住了眼睛,她看不清路,不时被倒木绊倒,额头不停地在流血,顾不得了,只能跑,跑过了一道道的山和一道道的沟。

终于听不见狼的叫声了,小凤停下来,长长地吁了一口气,又将几团白雪塞进嘴去,觉得心神略微安定了些。被碰破了的额头火辣辣的疼,头也觉得有千斤的重抬不起来,她斜倚着树干呆望着天空。天渐渐放晴了,星星也露了出来,午夜的狂风刺骨,把雪沙吹得漫天飞。她不知不觉地坐在了雪地上,不知是晕过去了呢,还是又睡着了。

待她醒过来时,全身冻得直发抖,身体虚弱无力,两排牙咯咯地直打战。帆布黄胶鞋和里边的乌拉草全湿透了,脚冻得又麻又疼。突然她意识到脚如果冻坏了,那就一切都完了。

要想尽一切办法保全两只脚,她开始脱鞋,但脱不下来,难道脚已经冻住了吗?还是因为自己身体虚弱无力呢?她又用全身之力脱了几次,最后好歹脱掉了。她用雪往脚上的冻处摩擦,约有一个小时,疼痛更剧烈了,好像许多根针同时刺过来,猫咬一般的难受,这是好转的征候。可是手和全身都冻的难以忍受,咬紧牙,继续用皮帽子上的绒布搓擦,然后将脚装进皮帽子里。此时,她多想在妈妈或者裴大姐的怀抱里痛痛快快的大哭一场,可是现在哭有用吗?小凤虽然以极大的毅力控制着自己,但泪水还是不由自主地滚了下来。

问题又来了,脚搓完了,没有靰鞡草和干脚布怎么办?她打开背篓,找出两块布,这是裴大姐送给她特殊情况下救急的,现在也不得不拿出来挽救脚了。由于坐的时间久了,好不容易才直起腰站了起来,小凤拄着一根树枝一瘸一拐地向前走去,她已经跑不动了。

星星还在闪烁,但东方已经放亮了。树的轮廓逐渐从黑暗中出现,森林苏醒了。可以听到破晓前林子中的一切声音,轻轻的松鼠叫声,啄木鸟的啄木声。她觉得像在黑暗里跑了好多年,现在被亮光解放了出来,看见了亮光,心里不那么害怕了。

拄着一根树枝,小凤爬上一个高高的山峰眺望,但山和树木遮住了视线,什么也看不见,她不知道这是什么地方。

太阳已经很高了,又开始没有目的地爬山。在山坡上有的地方还露出秋天的落叶;有的地方还有枯草,她坐下来想暖和一会,顺手去抓雪吃。天啊,她蓦然发现,一只死老鼠,伸着四条小细腿,尖尖的小牙,竟然躺在枯草里。小凤呆呆地看着那只死老鼠,那毛里裹着的咋说也是肉啊,这块小肉也能充饥呀!想到这里,她几次想伸手把它捡起来,但一看它那露出的小黄牙,手又缩了回来,犹豫了半天,结果还是拣了。可一触手心还是觉得麻痒人,连忙又扔了它。站起来走了几步,又想,在这大雪封山的时候,能遇到这么一块肉是一件不容易的事。饥饿的痛苦,逼着她回过头来,把死鼠用两片枯黄的叶子包起来,揣在兜里边走边想,要是有火把它烧熟了吃就好了。

小凤在山坡上遇见一些小榆树,就把榆树枝折下来向嘴里填,把嚼出的发黏的液汁咽下去。一边吃一边将树枝折断装进兜里拿它们作为一天的给养。此时多想喝一口热乎乎的小米粥啊,回想起前天的夜晚与同志们围着熊熊的火堆,那时有避风的炭窑洞,有亲切、善良的徐主任和裴大姐,有顽皮的小马,还有永远也说不完话的金碧荣。可是现在只剩下她一个人了,裴大姐牺牲了,其他的同志你们都在哪里啊?小凤的泪水又滚了下来,泪珠落到雪上,结成了冰珠。

又到了一座荒山上,山上有不少的树根,大部分是放倒了的柞树和桦树。生活在林子里的小凤明白,这里有人曾经开过炭窑,她高兴地加快了脚步往前走。走到山顶上,她举目四望,西山比这山高,树木也密,山下是一条从西往东方向的窄窄的沟子。突然,发现沟子下面有烟还有个小房子,并且有人来往。这时天气又开始阴沉下来,看不清前面的景物了。小凤对这突然的发现不知所措,这是自己人的队伍吧? 万一是敌人怎么办呢? 不! 这不会是敌人! 她又看见西山有个人站岗,她从山后坡绕了过去,再从沟塘穿过小树趟,找个隐蔽的地方向小房子摸去。

走到离房子二百多米的地方,小凤发现了有穿铁钉皮鞋的脚印,心里顿时一惊,自己的人没有穿这种鞋的。不! 不一定,说不定是缴获敌人的鞋,部队里也有少数的同志穿过敌人的鞋,她继续往前爬,又发现有好多人大便过的地方,还有软软的白手纸,啊! 肯定是敌人了。她正想着怎么跑,有个穿黄军衣,戴黑口罩的人往前走来,可能是来解手的,嘴里还唱着:"啊尼诺,左拉古呀,奥卡桑……"忽然他问:"搭来噶?"(日语谁?)

糟啦! 怎么办? 小凤灵机一动,不管怎样先吓他一下,暴露了底细就不好办了。于是她端起空枪喊:"别动!"

"红胡子!"

这个敌人边喊边打起枪来,不一会儿小房子里的敌人都出来了,向小凤这边射击。这时,恰巧下起了鹅毛般的大雪,她使出全力跑着,敌人在后面紧追。但这沟塘子树挡的很密,敌人不易发现。铺天盖地的大雪中,小凤跑过了两座山,敌人的枪声听不见了。

经过这一次,小凤更加的软弱无力了,觉得胸部堵的难受,接着咳嗽了两声,吐了一大口血,眼前一阵发黑,瘫软地躺在了树下。

不知过了多久,小凤睁开眼睛,太阳已经斜西了,她手扶着枪坐了起来,如果今晚没火,就是野兽不把她吃掉,也要冻死的。她不甘心,她才十四岁,她不能等死,她得走,一定要在天黑前找到队伍。

走啊,走啊,一根树枝支撑着她艰难地迈着步,走一会停下来喘一会儿气。当走到一个山坡的小沟,她发现在一棵青松下有一个泉眼,冒着白雾。啊! 泉水,救命的水啊!她跪在泉边的岩石上,打碎泉水周围的薄薄的冰层,喝起水来。水是那样的清甜,喝呀,喝呀,心里舒服多了。她的眼光落在泉边的小石子上,忽然想起小时候爸爸给她讲过的故事,他说石头能够打出火来。是啊,自己怎么就没想到这个办法呢?她拣起了两个石子,从棉裤被刮破的地方揪点棉花,用两个石子敲打了起来,石头蹦起了火星,可就是点不着棉花。打了好久,手没劲了,还是没点燃。

爸爸!爸爸你在哪里呀!快来救救你的女儿啊!自从上了山就再也没见过爸爸了。小凤手捧着小石头,又哭了起来。忽然看到泉水里映出了她的面影。

瘦小的一张脸上有被划破的伤痕和血迹,下巴也有因吐血而残留着的血痕,脸上泪痕斑斑,充满了忧愁和绝望,小凤,这是你吗?忽然她发现了肩上的血,这是哪来的血?这是战友小马的血啊!小马,多么好的同志,他牺牲了,自己还活着,为小马,为裴大姐,为所有牺牲的同志她要活着,活着好报仇!

小凤又站了起来,往山坡上走,在阳坡上看见了枯黄了的细软的羊胡子草,草上面盖着一层雪。她想,这细草也可以当作靰鞡草用呀,便坐下来拔草,换下胶鞋内湿透了的包脚布。

就在把包脚布放进背兜里的时候,竟然发现在背兜里还有半盒火柴。小凤欣喜若狂,有了火柴就有了希望啊!她第一个想头就是赶紧把那只死老鼠烤吃了,她弄了一些小树枝和一些枯草,颤抖着手,划了两根火柴点起了一个小火堆,把那只死老鼠用柞树叶包起来,放在火上烤的黑乎乎的,闻着烧焦的糊香味,她已经迫不及待了。不一会儿工夫一只死老鼠就进了肚,连肠子都被吃掉了。

天已渐渐变晴,太阳横在西山上,它的光芒越来越微弱了。只是在松树梢头,还留有一抹寒光,林中灰暗的暮色浓了起来,几只叫作"蓝大胆儿"的山雀,跳跃在树梢头上,叽叽喳喳。

乌鸦也在叫,呱、呱、呱……小凤的心里一阵悸动,她听妈妈说,乌鸦是吃死人的,自己要死了吗?乌鸦,你是来吃我的吗?小凤哭了:"妈妈,妈妈,我要死了吗?"

几只喜鹊飞来了,这吉祥的鸟儿望着她,"喳喳喳"地叫了叫,便向北山飞去了。啊,喜鹊你是来引路的吧?那就跟你走吧,小凤随着喜鹊向北方走去,茫茫的夜幕吞没了她……

小凤往高山爬,希望能看见队伍露营的火光,几次把挂在天边的星星当火光奔去,几次把树枝与树枝的碰击声当作有人喊她,黑夜中的大森林变得越来越狰狞。小凤筋疲力尽了。她对自己说:"不能躺下,不能躺下,躺下你就再也爬不起来了……"忽然望着正前方有个亮,越来越大,仔细一看,原来是月亮爬上了对面的山头。

小凤绝望了,她不经意的向山下望去,山下也有个红亮,这也是星星吗?小凤已经分不清天上地下了,她擦擦眼睛,以为自己的眼睛花了,又向下看去,啊!是火光!她像看见了救星,向着火光扑去,不!是爬去,她已经不会走路了,倒木不断地挡住去路,她就从倒木上爬过去,爬啊,爬啊,离火堆只有三四百米远了,她忽然停下来想,万一又碰到敌人呢?心在剧烈的跳动,自己必须在天亮前探明前方是什么人,她极力小心地爬,唯恐碰得树枝响,但是,身体已经不受她的支配了。爬到离火堆一百多米的时候,她听到有人走到火堆旁说:"报告狄连长,西山坡有动静,但听不大清。"

"同志们,快起队。"有人喊,小凤听到"同志"两个字。一切都明白了,这肯定是自己的队伍啊,她使出最后的力气向火堆扑去,没等到火堆前就不省人事了。

待她醒来时,吴玉光主任、狄连长等人正扶着她的头,喂她水喝,嘴里不住地喊"小李子!小李子!"小凤睁开眼睛,看到同志们紧张而又充满关爱的面孔时,只说了声"同志们……"泪水就夺眶而出,长久地说不出话来。

战争的血与火就这样将李小凤淬炼成了一名坚强的战士,她经历了无数次的战斗,经历了无数次的与死神擦肩而过。

1939年的春节,她知道了父亲牺牲的消息。同时,党组织宣布,她由共青团员转为共产党员。

失去父亲的悲痛和入党的喜悦,同时落在这个十五岁的女兵身上。

1940年的夏天,在交通团长姜立新的带领下,她和战友张景淑、李淑贞等人趴在一个半截木排上一道飘过黑龙江,来到苏联的伯力市。

1942年8月1日,东北抗日联军教导旅正式宣告成立。这是一支特种兵部队,小凤在这里受到正规的、严格的训练。

同年,当西伯利亚的冰雪盖满远东大地之时,一个令人心碎的消息传来,张寿篯政委告诉她,哥哥李云峰在一次执行任务时失踪了。

哥哥是苏方侦察员,他的失踪意味着牺牲。

呼啸的寒风中,小凤站在异国他乡的雪地里放声的大哭:"哥哥,你在哪里?你快回来,你回来……"呼啸的狂风淹没了一切声音,冰雪冻僵了她的眼泪。

父亲牺牲了,如今哥哥也牺牲了,李家只剩下她自己了。

1945年"八一五"东北光复。9月11日,终于盼到了回国的这一天,李小凤从苏联的伯力登上了一架小型军用飞机向着祖国飞去。

这一年,李小凤二十一岁。从十二岁参军算起,这个在部队里长大的孩子,已经有了九年的军龄。

斗转星移,七十年转瞬即逝。

2015年5月9日,俄罗斯阿穆尔州正在举行盛大的纪念反法西斯战争胜利七十周年的活动,作为特邀的二战老兵,阿穆尔州的州长受普京总统的委托将二战胜利纪念章戴在了李小凤(李敏)的胸前。泪水顿时划过了九十二岁老人的脸颊,她动情地说:

"同志们,今天我领的这枚纪念章,是替我牺牲的战友领的,他们都不在了,他们都牺牲了,光荣和荣誉应该永远属于他们!"

地主家的千金　李英根

母亲李桂兰虽然不认识这位叫作李英根的朝鲜族女兵,但是她的第一任丈夫李春满却是引领李氏家族走上抗日道路的革命先行者,而李英根后半生的遭遇也与李桂兰有几分相似之处,她俩都是在战斗中被俘。

被俘的女兵往往生不如死,即使侥幸活了下来,也将背负着许多说不出道不明的历史负担前行,那心灵的创伤,那肉体的伤痕将伴随她们一生。

这位年轻时美丽非凡的女兵,曾经是两位烈士的遗孀。

1931年的延寿县玉河乡永胜朝鲜屯有一户大地主,户主名字叫李文岗,朝鲜族。李文岗膝下只有一女,名叫李英根。

李英根,曾用名张佩珊、张英华。1910年5月20日生于朝鲜,1921年随父搬迁到中国。或许是山好水好,李英根自幼聪颖,性格刚毅,在家乡读了几年书后,更是出落得亭亭玉立。因为是独女,她自然是父母亲的掌上明珠。说李英根是大家闺秀,也不为过。如果没有后来的国土沦陷,这位大小姐应该嫁给一户富豪人家,过着优裕的生活。

1931年九一八的枪声惊醒了这位大小姐的春闺梦。

九一八事变后,紧张的东北局势震撼着李英根那颗年轻的心。此时,在黄埔军校读书的叔父李云健(张世振)来到延寿县哥哥李文岗的家,并向其女儿李英根讲述"中国人不当亡国奴""驱逐日寇,还我河山"的抗日救国大道理。

作为一名知识女性,李英根很快就接受了共产主义的信仰和共产党的抗日主张,并决定脱离家庭。此后,李英根改名为张英华,随叔父李云健、金志刚(崔庸健)投身到了抗日洪流中。她剪去了一头飘逸的长发,把头发梳成男孩子一样短的偏分头,她穿着一身黑色的制服衣衫,身上虽然少了少女的娇柔,却多了几分英气。

李英根是最早来到梧桐河创办松东模范学校、农民讲习所、农民夜校的有志青年之一。

她们深入村屯访贫问苦,问家庭人口,问家中财产,还问孩子有几个上学,没上学的还有几个?最后又挨家挨户动员孩子们都去读书,李英根是这所学校的音乐老师。她教孩子和大人们唱《列宁诞生歌》和由崔庸健写词的《模范学校校歌》。

在李云健、崔庸健等人的努力下,梧桐河的军政干部训练班连续办了两三期,每期两三个月,共培训出了一百七十余名革命干部。崔庸健同志在这些学员中选一批优秀的、较成熟的同志,派往通河、萝北县鸭蛋河、汤原县格节河、富锦县安邦河、哈达密河和桦川县湖南营(今桦南县镇)、勃利县等地开展工作。然后,经常去上述地区视察和指导工作。

后来,学校实际上变成了革命活动的中心。这里经常召开各种会议,村民们也经常到学校参加会议和学习。学校用讲政治课、教文化课和教唱歌曲等形式传播着共产主义思想,特别是讲起苏联的十月革命和工人、农民当家做主的课来,农民们特别爱听。他们看到了前途和希望,非常向往共产主义和社会主义社会早日到来。学校还利用朝鲜族的风俗习惯,在过年过节和生辰集会等场合,积极举办各种文艺演出,公开地传播马列主义。

为了宣传抗日救国,李英根在崔庸健的带领下参加了远征宣传队,先后到汤原县境内的鹤立镇、连江口、太平川、格节河金矿、鹤岗煤矿、萝北县的鸭蛋河、都鲁河和依兰北的农村等地,进行了四十多天的宣传。当宣传队进入佳木斯市时,由中共党员、时任中学老师的张耕野、唐若浦、董仙桥等带领着进步学生赵敬夫、陈雷、姚建中、冷云、马克正、周绍文也加入进来一起宣传抗日救国,这些学生后来都参加了东北抗日联军。

经过宣传发动,在中共汤原中心县委管辖内的萝北、通河、富锦安邦河区等四个县、七个区，建立了反日同盟会，会员达四五千名。周围的汉族农民群众开始了解到朝鲜族强烈的抗日欲望和行动，从而增强了汉、朝民族的感情和团结。那时，在汤原中心县太平川、格节河、黑金河、鹤立岗、鸭蛋河等地的汉族群众中，也开始了建党工作，一大批汉、朝两个民族的群众骨干加入了中国共产党。这些党员和党的组织，在后来的抗联队伍建设中发挥了很重要的作用。

李英根就在这股抗日的洪流中迅速地成长为一名无产阶级革命者。

尽管战争阴云密布，但李英根二十二岁了，她应该谈恋爱了，这世间任什么也阻挡不了爱情的来临。

如果用花来形容李英根，那她应该是高洁的兰花。她的美丽，她的才华吸引了不少优秀青年的目光。然而她却嫁给了貌不出众的中共汤原县委书记李春满。

李春满，又名李宁，朝鲜族。1907年生于朝鲜，中共党员。1931年任中共汤原中心县委书记。1934年秋为创建游击队，在安邦河缴地主枪支时牺牲。

李春满是东北早期优秀的无产阶级革命者，他受苏联十月革命的启发，立志要把十月革命的火种散播在中国东北大地上，他崇拜列宁，所以将自己的名字改为李宁。这是一名激情四射的青年，多少人在他的感召下，走上了救亡之路，他自己也将一腔热血洒在了东北大地上。

李英根一定是受李春满那种壮志豪情的吸引，义无反顾地与他结为连理。李春满是她的初恋，是她崇拜的英雄。

只可惜，这对夫妻只在一起生活了两年，李春满就殉难了，烈士的鲜血染红了抗战的大旗。

李春满的牺牲，激起了李英根对日本侵略者更大的仇恨，她压抑下自己的悲伤，无声地吞掉所有的眼泪。她继承着丈夫的遗志，她以更大的热情投入到抗日救国的工作中。

1935年，李英根在刘忠民、宋乃振的领导下组织了安区的宣传队，当时，正式成员只有十来个，加上临时借用的也总共才有十五六个人。这些人，年纪最大的十五岁，最小的六七岁；文化水平最高的是小学四年级，多数是小学二三年级，还有几个根本没有上过学的孩子。

这个宣传队是以1932年正月在梧桐河成立的抗日救国宣传队为基础的,队里的骨干都是当时的队员,素质是比较高的。他们把父母同意,本人愿意,政审没问题的孩子挑选出来,组织一些临时性宣传活动,经过几次活动考验后,分批接收为宣传队员。

宣传队的主要任务是演出和募捐,用以支援山里的游击队。农民们在接受了抗日救国的宣传后,主动地献出了新收割的稻米和各种干菜。

然而,白色恐怖笼罩着整个下江地区,宣传队被迫逃亡。李英根带着宣传队的孩子们顶风冒雪经过了艰苦的跋涉,走过村庄,借宿百姓家。在佳木斯北门遇险时,她像一只老母鸡,把孩子们藏在自己的翅膀下,为他们遮风避雨,为他们寻找食粮,最后又把他们都送到了安全的地方。

1936年9月,李英根被调入中共北满临时省委机关秘书处工作。

由于李英根有文化,性格开朗,工作勤奋,战斗勇敢,成为抗联女战士中的佼佼者。后经金策介绍,李英根光荣地加入了中国共产党。

同年,经冯仲云介绍,李英根与时任北满省委常委、宣传部长的张兰生结婚。

张兰生,原名包巨魁,满族,1909年6月7日生于黑龙江省呼兰县。1937年6月28日选为中共北满临时省委书记。1939年4月任东北抗联第三军政治部主任、中共北满省委常委。

李英根与张兰生结婚后,夫妻志同道合,伉俪情深,然而他们聚少离多。

1937年8月,李英根怀孕。时任北满临时省委书记的张兰生和省委其他领导人一道正指挥抗联三、六、九、十一军主力向海伦地区远征,他无暇顾及妻子。此时,六军被服厂厂长被调到敌后工作。为了照顾李英根的身体,组织派李英根到铁力接任被服厂党支部书记、厂长的工作。

1938年6月,李英根生下一女婴,寄养在一农户家。新中国成立后,李英根曾托付战友去当地找寻女儿,但始终未果。

1940年9月,李英根又生下一个男孩,这个男孩儿是个梦生,因为他的父亲张兰生已于1940年7月赴德都县五大连池北部朝阳山游击根据地巡视工作时,在19日那天被敌人包围,激战中牺牲。实现了他生前向党发出的"我的头颅,我的热血,是献给民族革命,是献给党的事业"的誓言。

而张兰生的牺牲,远在铁力的李英根并不知晓。

这年冬天,大雪封山,十分寒冷。可比当时天气更严酷的是日寇的"围剿"。从1938年开始,东北战场就进入了最为艰苦的阶段。在抗联活动的游击区,伪满有关省份根据伪民政部训令制定了相应的"集团部落"建设计划,并加速实施。

日伪政权还利用汉奸、走狗"大检举",破坏我地下组织,捕杀我抗日干部。同时,又搞所谓"保甲制度"和"连坐法",建立伪自卫团,监视和限制群众的活动,妄图割裂抗联部队与人民群众的血肉联系。

就在这寒冬的某一天,交通员传来消息,日伪军近日要进山"扫荡",上级通知带小孩的女战士安排好孩子,以免影响战斗。经过一番思想斗争,李英根毅然决定:孩子的父亲张兰生生死未卜,说什么也要为他留下一个后代!可她哪里知道,张兰生已于当年7月在德都县朝阳山的突围战斗中牺牲了。寒冬腊月,在李英根的安排下,被服厂的男同志和没带小孩的女同志下山背粮,只剩李英根和其他四个带孩子的女同志留守。突然,哨兵来报,日伪军正朝被服厂方向搜索。李英根当机立断,组织留守人员迅速转移。

漫天的大雪,呼啸的北风,似乎要把人都撕成碎片,李英根与金玉善、王陈氏、李凤华等五名带着孩子的妇女艰难地在雪中前行。天黑了下来,四野茫茫,一座雪山连着一座雪山,野狼在不远处哀号,风吹树枝"咔咔"作响,五名女兵,头皮簌簌发麻,冷风吹得她们浑身发抖,为了不冻着孩子,她们都把孩子抱在怀里。孩子冷得不住地啼哭,女兵们只能不顾寒冷,解开衣服,用奶头紧紧堵住孩子的嘴。走累了,走不动了,她们背靠着背坐在雪地上互相取暖,害怕睡着了,会被冻死,她们走走停停,不敢打盹。这一夜,寒风冻僵了一切,包括女兵们的眼泪。她们走着走着,可怕的事情发生了,她们麻达山(迷路)了,只好继续在密林中徘徊。到了第二天下午,她们好像又回到原来的地方,而敌人就在附近搜索,李英根等五名带着孩子的抗联女战士全部被俘。

李英根等人被俘以后,被押解到伪三江省宪兵司令部,辗转在绥化、铁力、佳木斯等地看押,在狱中受尽了敌人的酷刑拷打。李英根始终就是一句话:"我是一个有孩子的妇女,我的任务只管做衣服,其他什么也不知道!"她没有背叛信仰,她没有出卖组织。

李英根在佳木斯的日伪监狱里,艰难地熬到了1943年,一千多个日日夜夜啊,被俘时抱在怀里的孩子已经三岁了。

佳木斯监狱朝鲜族宪兵李某多少有点儿民族良心。一位怀孕的妇女生产,难友们求他到集市上买些急用物品,他都给办了,借此机会,李英根给他灌输一些革命道理。终于,李某在狱友的感召下,和佳木斯协和会共同出面担保,将几个带孩子的妇女放出监狱外看管,但有一个前提条件:保释他们的协和会人员如看中她们中某人,这个人就得嫁给他。对于李英根的要求是:必须将孩子送到牡丹江一个开烧锅的人家后,才可获得保释。将自己的亲生骨肉送走,这对李英根来说,简直是挖她的心肝,更何况这孩子还是张兰生同志的骨血,她认可坐牢,也绝对不服从敌人的安排。说来也巧,李英根这时突然得了伤寒病,狱方不得已释放了她们母子。

李英根虽然被保释,但此时她和孩子都重病在身。她发着高烧,嘴唇开裂,头发蓬乱,当她抱着孩子,步履踉跄地迈出监狱大门后,不久就昏倒在南山旅馆门前,孩子也哭不出声了,母子俩危在旦夕。该旅馆老板是个朝鲜族人,收留了她们母子,还花钱为她和孩子治病。李英根病愈之后,为了感恩,就留在旅馆做饭,一来母子二人有碗饭吃,二来可随时打探部队的下落。当旅馆老板得知李英根就是延寿县李文岗的女儿时,便给李家通了风报了信。

她母亲得知消息后,连夜兼程来到佳木斯南山旅馆。自从李英根离家参加革命,她们母女已经有十二年没有见面了,十二年有多少思念,多少牵挂啊!母女连心,她们抱在一起,放声痛哭,连旅店的老板都跟着落泪。

妈妈是带着钱过来的,她托人打通了佳木斯监狱的关节,把李英根母子接回了延寿县玉河乡。李英根的父亲李文岗虽然恨女儿离家出走,但毕竟是骨肉至亲,父女情深,他也不免老泪纵横。为了不让女儿再出去"乱闯",他一面发动族人严加看管,一面张罗给李英根再找个人家。李英根实在拗不过年迈的父母,也不忍心再让父母操心,为了不离开家,就与在其家扛活的赵占东结了婚。婚后,为了保护她与张兰生所生的孩子,她给儿子更名赵德春。

从此以后,这位才华出众的女性过起了脸朝黄土背朝天、打狗喂鸡的生活。没有人知道她的经历,她也不和别人诉说。

她把自己生命里最重要的两个男人深深地埋入心底,任岁月流逝,任光阴蹉跎,没有人知道她内心深处的百转千回。

一天又一天,一年又一年,曾经的知识女性,在风雨的颠簸中渐渐变成了尘满面、鬓如霜的农妇。

是什么让李英根隐姓埋名?是什么让她把那段历史深葬在心底?是曾经的被捕入狱吗?可就是多少年以后发现的敌伪档案里也没有她叛变的影迹,更没有一个人是因为她而被捕。

深埋的种子终于发了芽,1963年11月,沉默多年的李英根在延寿县玉河公社永胜大队说出了自己参加革命的经历。国家和政府给了她部分的生活费。可还不到三年,一场史无前例的"文化大革命"席卷而来,这一切又都化为乌有。

"文革"期间,因被日伪监狱关押过,李英根被戴上了"叛徒"的帽子,监督改造,仅有的一点生活费也停发了。可李英根深信,总有一天,党和政府是会还她公道的。

岁月经不起太久的等待。1976年5月2日,在无奈的等待中李英根去世,她没能等到国家和政府对她的认可。长寿县的长寿山、长寿湖没有带给李英根长寿,这位抗战女兵享年六十六岁,殁于"文革"后期。

"文化大革命"结束后,1984年8月,中共延寿县委组织部终于恢复了这位抗联老人的政治身份。这是一份迟来的证明,唯愿这份证明可以安慰远在天国的英魂。

三个孩子三个爹　金玉坤

2012年9月的沈阳,秋高气爽。湛蓝的天空上,不时有白鸽在飞翔。沈阳八一宾馆的礼堂里,俄罗斯二战老兵和"国际八十八旅"健在的老兵及"国际八十八旅"指战员的后代们济济一堂。

就在纪念九一八事变的前夕,"国际八十八旅研究会"和"俄罗斯老战士协会"共同举办的"八十八旅成立七十周年纪念会"上,上台领取五枚纪念章的赵艳芬惊动了"俄中友协"和"老战士协会"的与会人士。当赵艳芬从瓦西里·伊万诺维奇·伊万诺夫元帅手里接过这五枚纪念章时,会场上顿时掌声雷动。

五枚奖章的得主是八十八旅老战士:金玉坤、赵喜林、聂景全、张玺山、吴玉清。代表他们领取奖章的是金玉坤的二女儿赵艳芬。

这五个人之间有着怎样的关系?为什么赵艳芬能一次领取五枚奖章?这还得先从东北抗联女兵金玉坤说起。

要说金玉坤不能不说老金沟,要写金玉坤不能不写她三个姓氏不同的子女,这句话是老区的人告诉我的。

下面是一张六十年代的老照片,照片中位于前排的那个人就是东北抗联女兵金玉坤,后面的则是她的三个儿女,他们的名字分别是隋杨兰、赵艳芬和聂文波。

三个孩子三个姓。

前排金玉坤，后面是她的三个儿女，左一隋杨兰、左二赵艳芬、左三聂文波

也许你会奇怪地问，金玉坤到底经历了什么？她的孩子怎么是三个姓氏呢？

这得从头说起。金玉坤，1918年11月出生在吉林省榆树县。五岁时随家人逃荒至依兰三道岗镇苇子沟村，十六岁那年，由于家境贫困，父母把她卖给了邻村一户人家做媳妇。金玉坤长得并不漂亮，是一位粗手大脚的农村女孩。她吃苦耐劳，有着山里人豪爽、粗野的个性。金玉坤不满意这门婚事，她反抗过，她哀求父母不要把她卖给人家。可家里穷啊，兄弟姊妹一大帮，总得活命吧。

真是雪上加霜，正在这个时候，日寇的铁蹄又踏进了金玉坤的家乡，村民的生活陷入了更加贫困的境地。

依兰县是抗日老区，活跃在山里的抗日游击队经常下山宣传抗日救国的大道理，各村屯也都成立了"反日同盟会""妇女会""青年团""儿童团""打狗队"等抗日组织。金玉坤终于看到了希望和光明，她毅然离家出走，参加了抗联部队。

到了队伍以后，她被分配到后方第九军被服厂做军服。被服厂里全是女战士，大家都像亲姐妹一样地共同生活和战斗，尽管条件异常艰苦，但是女兵们以苦为荣、以苦为乐，金玉坤嘴里哼着抗联歌曲，手脚一天到晚忙个不停。

二十岁的金玉坤不只是个勤劳能干的女兵，还是个敢爱敢恨的少女。1940

年夏天,经支队长高继贤介绍,金玉坤和大队长隋德胜结婚了。新房是战友们给搭的窝棚,被褥是袭击日本"开拓团"时缴获的战利品。婚礼在深山老林的密营里举行,虽然没有喜酒,男女战友们又唱又跳,也很热闹。

曾被中共北满临时省委书记冯仲云誉为十一军虎将的隋德胜,骁勇善战,英俊挺拔。他有一手好枪法,土墙上并排放着一些冻硬的马粪蛋,隋德胜端着机枪,一梭子下去,全能打下来。

新婚的生活是无比幸福的,金玉坤找到了如意的郎君,而隋德胜团长也喜欢金玉坤的爽直与勤劳。

欢乐的时光总是短暂的,战争年代不允许恋人们卿卿我我。金玉坤和隋德胜结婚后在一起生活仅几天时间,就奔赴各自的战场,只有在军部几个月开一次组织生活会时才能见上一面。

令人可喜的是,金玉坤和隋德胜团长婚后有了爱情的结晶,金玉坤怀孕了,她要做妈妈了。

战争是残酷的,而孩子是人类的希望。战争阻挡不了人类的相爱,同样也阻挡不了人类的繁衍。

金玉坤怀孕后,和正常人一样的工作。冬天到了,敌人调动了大批兵力并派出骑兵和飞机疯狂地向山里根据地进攻,这时,金玉坤已经怀有九个月的身孕。为了牵制敌人的力量,我主力部队与敌人展开了激战,隋德胜团长随着大部队出发了,山里被服厂的女同志和部分伤员在北满省委后勤处长老刘的率领下,同敌人在依兰、铁力一带周旋。

由于敌人多次"清剿",山里被服厂和地方组织失掉了联系,已经好多天没有吃到粮食了,只能靠榆树皮煮的黏汤充饥,饥饿和疲劳使同志们再也没有力量继续前进。这时老刘和大家商量,决定到八十里地外的二道河子白家窑弄些粮食,以解决部队的给养。听说要去搞粮食,同志们都争着抢着要去,金玉坤也要去,老刘忙说:"别人去还可以,你不行,你已经怀孕九个月了,这些日子行军打仗,吃不好、睡不好,腿脚又浮肿,你可千万去不得。"同志们也都说:"玉坤大姐你可不能去呀。"同志们的爱护深深感动着金玉坤,她含着眼泪说:"我是厂长啊,我咋能不去呢,大家放心,我虽然怀孕九个月了,可离生孩子那一天还有些日子,大家放心让我去吧。"看到金玉坤诚恳的请求,老刘终于同意了。

1941年4月13日清晨,天才蒙蒙亮,一支六人组成的队伍上路了,他们是五男一女,带队的是原第三军第三师政治部主任侯启刚,另外几个人是被称为刘铁脖子的后方办事处处长刘善魁,被称为小龙的省委交通员于兰阁,50多岁的董长山和不知名字的老王头,金玉坤是六个人里面唯一的女同志。

人间四月芳菲尽,那说的是江南,在北方大地上,四月有时还会飘雪花。一行人沿着山路踏着薄雪一路小跑,八十里的路程,他们要在天黑前赶到。交通员小龙看见金玉坤吃力地跟在队伍后面,怕她跌倒,特意用树枝给她做了个拐杖。

这是一次不寻常的行动,牵出了后面一串的故事。

关于金玉坤分娩的全过程及以后的遭遇,在沈阳的八一宾馆里,金玉坤的二女儿赵艳芬曾向笔者进行了详细的讲述:

背粮的那天,当日落西山的时候,金玉坤和战友们赶到了白家窑。进村后,老百姓为他们东借西凑了三百来斤粮食,有苞米、高粱米和一盆小米。14日一大早,天还没放亮,害怕暴露目标而连累百姓,大家就离开了白家窑,急三火四地往回赶。回来的路更难走了,金玉坤毕竟是即将临产的孕妇,身上又背上了三十多斤苞米,她那两条腿好像拴上了秤砣,每迈出一步都要花很大的力气,约莫离驻地还有二十多里路的光景,金玉坤开始觉病(产前阵痛)了,她大口大口地呼吸着,汗水湿透了棉衣。这时,大家来到了一条小河边上。四月的河水刚刚解冻,河面上还浮着一层薄冰,这河水并不很深,金玉坤刚把脚伸进水里就猛地打了个寒战,刺骨的冰水扎得她肌肉一阵紧缩,她急忙用力抓住拐杖,才没有跌倒在河水里。小龙和老董看她有些支撑不住的样子就过来夺她肩上的粮袋,她一面抓着粮袋子一面说:"你们男同志每人都背七八十斤米,我这三十来斤不算啥。"见金玉坤紧抓着粮袋子不肯放手,他俩就一边一个地把她扶过了河。

赵艳芬说:母亲刚过了那条河,由于劳累和冰水的刺激,就支持不住掉了队,她走一步,停两步,一直到了老金沟后堵二道河子上游,才看见远处拢起的火堆和返回来接她的同志。这时候天已近中午,金玉坤肚子疼得愈来愈厉害,她脸色煞白,一头的冷汗。同志们接下她身上的粮食和背包,搀着她走到火堆旁。

小小的队伍里,五个大老爷们,他们看着金玉坤的样子,都以为她生病了。就问玉坤:"咋的,病了吗?"玉坤说:"没,就是肚子疼。"刘善魁赶忙从包里掏出一小块大烟,递给她,让她吃了止止疼。金玉坤接过大烟吃了下去,肚子不很疼了,她就张罗着和同志们一起做饭。

那饭刚刚做熟,金玉坤的肚子又开始疼痛难忍,凭着女人的直觉,她知道自己要生孩子了,说了声:"我出去解手。"便急忙穿过一片小树林,来到一棵大松树下边,动手划拉了一些干草落叶铺到身下,头顶着大树旁的一棵倒木,在没有任何人帮助的情况下,经过一阵阵剧烈的分娩阵痛,一个女婴出生了。

当孩子"哇哇"的哭声和"快给我拿把剪子"的喊声传到火堆旁时,这些大老爷们才明白,金玉坤生孩子了。五个男人中最年长的董长山从背包中取出裁衣服的剪刀,隔着老远扔给了金玉坤。金玉坤剪断了脐带,咬了咬牙,把刚出生的孩子放在枯草落叶上,艰难地站起身来,转过脸,径直地朝相反方向的火堆走去,她不想要这个孩子了。

此时金玉坤心里十分明白,这孩子咋养啊?每日里行军打仗,身上背着枪支、弹药、粮食和缝纫机,哪里还能再背上一个孩子?再说吃了上顿没有下顿,整日吃野菜、煮树皮,战士们都强活,孩子吃啥?更为严重的是日本关东军三天两头地进山"讨伐",谁能保证这孩子不哭。

思前想后,金玉坤最后决定,这个孩子不要了,她眼里含着泪水,一步一回头地离开了自己的亲生骨肉。

母子连心啊,身后突然传来的孩子哭声,令她不由自主地又回过身来,她哈腰抱起全身通红,快要冻僵了的女儿,解开衣襟,把孩子紧紧地贴在胸前。那泪水像断线珠子般地洒在孩子的脸上。

听到哭声,火堆旁的战友们跑了过来,围在金玉坤身边,争着观看这个刚刚出生的孩子,当他们听金玉坤说这个孩子不想要了,大伙都急眼了,七嘴八舌地说开了:"这哪能不要,这孩子大难不死,一定好养活。"小龙说:"隋团长还在外面打仗呢,还没见到姑娘,你怎能就不要了呢?"刘铁脖子从金玉坤怀里接过孩子,一面仔细端详,一面说:"这也是咱们抗联的后代,投奔咱们一回,再苦再难,叔叔大爷们也不能眼瞅着把孩子扔了哇!"说着,同志们你拽下一支棉袄袖,他撕下半截裤腿,把孩子包好,送回了妈妈的怀里。

"哎,咱们得给孩子起个名字呀!"战友们看到这个小生命,都高兴地直嚷嚷,这时,抗联三军的才子、被同志们称为"侯大林"的侯启刚说,孩子生在蓝天下,应当成为展翅高飞的凤凰,就叫"凤兰"吧。

凤兰,飞翔在蓝天上的凤凰,女中之凤,这名字真是好听啊!可此时,她的父亲,隋德胜团长正在安邦河的上游打游击呢,他还不知道自己已经做了父亲。

说起这娘俩月子里的事情,金玉坤的二女儿赵艳芬接着说:我妈和我姐真是死里逃生啊。那一年倒春寒妈妈生了孩子,战友们给她搭了一个草窝棚,可是不久,妈妈还是得了产后风,昏迷中,她把孩子踢到了火堆旁,当战友们赶来看她时,发现火堆旁有个着火的包裹,拿着就扔到了外面,外面正下着大雨,大家急忙抢救金玉坤,又是掐人中,又是灌水,等把金玉坤救了过来,才发现孩子不见了,大家这才意识到,孩子被扔外面去了,赶紧又从外边捡回了那个小包裹,尽管包裹淋了个透,孩子还活着。活是活着,让雨这么一淋,孩子抽风了。病中的金玉坤看着小脸憋得青紫的孩子,想起了自己的父亲,一个乡下的土郎中治疗孩子抽风的方法,就是用针扎孩子鼻子两边的风条。她含着眼泪说:"丫头啊,你要是命大,当妈的就能给你扎过来,你要是没命,妈也没法子了,那你就去吧。"说着话,金玉坤找出了做活的大针,在孩子鼻子两侧扎了起来。还真别说,就是这种土办法救了小凤兰的一条命,孩子不抽风了。

小凤兰在一天天地长大,越来越可爱,可这时部队要去苏联进行休整,不能带孩子,必须要送山下老乡家寄养。经侯院长与伪庆城县山林警察队副大队长冯有商量,决定先将孩子送到他家,然后再选个好人家抚养。冯有所带领的伪山林警察队就六个人,驻在山口检查站,任务是护林,禁止滥砍盗伐。抗联不打他们,并通过他们运送粮食。冯有是爱国的伪警察,在暗中支援抗联打日本关东军。

农历八月的一天,冯有派同乐乡王升河村的霍显山和王忠甲两位老乡来接孩子。金玉坤坐在石头上,给孩子吃了最后一次奶,眼泪像断了线的珠子掉在孩子身上,心像刀绞般一样难受。孩子吃饱以后,放在桦皮篓里,身上缝个白布条,上写:"父隋德胜,母金玉坤,1941年4月14日生,小名凤兰。"

两位老乡见金玉坤很难受，便诚恳地安慰说："你的孩子，就是我们的孩子，我们一定把她养大，还给你，咋也不能叫她受委屈，放心吧！"

小凤兰就这样送走了。就在这年的冬天，孩子的父亲，隋德胜团长却在一次突围撤退中，为了掩护同志，在铁力县凌云山一带与另外两名机枪射手一起壮烈牺牲，年仅三十岁。

隋德胜团长于1936年参加东北抗日联军，是位屡立战功、声名显赫的抗日虎将，原任抗联第十一军第一师三旅九团团长。

好好的一家人，丈夫洒血疆场，金玉坤随部队转移去往苏联，孩子寄养于人。

再说小凤兰，自打离开了母亲的怀抱后，她先是被送到庆安县同乐乡东升河村原伪庆城森林警察大队副大队长冯有家，不到一个月又到了一撮毛村杨青林、孙德珍夫妇家。为了保护和养育这个抗联后代，冯杨两家含辛茹苦，历尽艰险，甚至付出了生命的代价。身任伪职，同时暗地里为抗联送粮、送衣的冯有，接凤兰下山的霍显山、王忠甲和王连甲被敌人逮捕杀害；杨春林和孙德珍没满月的儿子被大风雪灌死在为凤兰送奶的路上；杨春林的哥哥被进村搜找凤兰的伪警察抓走，途中逃跑未成被打死；而养母孙德珍前后十几次被敌人抓到伪警察署毒打逼问。后来，孙德珍自己又生有二子三女，因家境贫寒，这些亲生骨肉都未能上学，只有凤兰，养父母供她读完小学。

正是这些普通老百姓的人间大爱，托起了小凤兰生命里的蓝天，这只"小凤凰"终于长大成人。

1945年8月，东北光复了，苦难的日子终于熬出了头，杨青林一家再也不用躲躲藏藏，担惊受怕了。东北光复后，党和政府没有忘记杨家的功劳，为杨家免了公粮，并给杨家送去了布匹和棉花。

一天又一天，一年又一年，小凤兰长成大姑娘了。望着漂亮的养女，孙德珍心里甜滋滋的。她想如果孩子的父母都在，使他们得以骨肉团聚，也算尽了自己最后一番心思。于是，她四次进县城，三次到省城寻访凤兰的亲人。功夫不负有心人，东北抗联第三军的陈雷和爱人第六军的李敏为凤兰接上了中断十七年的母女情丝。

原来,李敏和金玉坤是1945年从苏联整训后同时回国的战友,因为工作需要分赴东北各地,开始互相不知道地址。1957年,李敏到佳木斯检查工作时,见到了抗联老交通员王才,得知凤兰的父亲隋德胜已牺牲,母亲金玉坤在依兰县工作。在回来的列车上李敏分别给凤兰和金玉坤写了信。1957年正月初的一天,孙德珍领着凤兰来到依兰县的金玉坤家,母女在悲喜交加中相见。在母亲金玉坤的提议下,原名杨凤兰的小凤兰改名为隋杨兰,以感激杨青林、孙德珍夫妇的养育之恩。

回头再说金玉坤的第二个孩子赵艳芬。

1941年,金玉坤随东北抗联部队转移到苏联境内休整,在野营里,金玉坤再次在组织的介绍下和后任教导旅排长的赵喜林结为夫妻,虽是二婚,但夫妻俩倒也十分恩爱。在苏联期间,金玉坤和赵喜林的孩子于1944年9月出生,夫妻二人幸福地为孩子取名为赵艳芬,苏联名字叫丽娜。

可是残酷的战争依旧没有放弃拆散这对有情人,1944年9月,经周保中派遣,李永镐、王一平、赵喜林到抚远去取冬装和苞米,在乌苏里江江边,经过杨木林子一道街时遇到日伪军,战斗一小时后赵喜林排长为祖国流尽了最后一滴炎黄子孙的热血。

女兵金玉坤又一次失去了丈夫,小艳芬也失去了父亲。

这第二个叫赵艳芬的孩子,后来嫁给了同在东北抗联教导旅的战士张玺山和吴玉清的儿子。所以,才有本文开头,赵艳芬领了五枚勋章的一幕。

最后再说金玉坤的第三个孩子。

失去丈夫的金玉坤没有被悲痛压倒,她同战友们一起学习,一起训练,准备迎接新中国的黎明。

1945年光复后,失去两任丈夫的金玉坤带着女儿赵艳芬和在东安镇起义后加入教导旅的聂景全结婚。婚后夫妻二人奉命到刁翎地区剿匪,不幸的是,在剿匪战斗中聂景全殉难了。

聂景全牺牲后,金玉坤生下了聂景全烈士的儿子,取名叫聂文波,这个孩子是个梦生。

聂景全的儿子聂文波同笔者说:他的父亲和另外七位烈士当年都被埋在了

一个大坑里，如今当地政府已经重新修了烈士碑，就在林口县的莲花泡镇。

金玉坤一共生了三个孩子，可三个孩子都失去了父亲。三个孩子，三个爹，三个爹都是烈士！是什么让孩子们生下来就没有父亲，是日本侵略者，是战争！

生离与死别，人生之大哀，动荡岁月里那难得的温情被一次次撕扯得粉碎，她的心这一辈子如何能够完整。

古罗马诗人有句名言："所有的母亲都憎恨战争。"

战争留下的是断壁残垣、是支离破碎、是妻离子散、是孤儿寡母，战争永远是人类不能承受之重！

战争终于结束了，不久，金玉坤回到了家乡依兰，见到了因饱受日伪迫害衰老的父母。孝心的金玉坤心痛欲碎，父母的困苦和丧夫之痛让她急火攻心，害起了眼病，在养病期间和组织失去联系。

新中国成立后，金玉坤带着三位烈士的遗孤生活在依兰县城，失去组织关系的金玉坤没有任何待遇，没有工作，但她想到牺牲的隋德胜、赵喜林和聂景全，还有那些朝夕相处的战友，没有向组织提出任何要求，她要靠自己的双手，默默养育这三个孩子。

令人遗憾的是金玉坤可以失去组织关系，但在那场史无前例的"文化大革命"运动中却没有失去"苏修特务"的罪名，并因此而饱受折磨，儿女也遭受牵连。

1976年9月9日，一代伟人毛泽东逝世，全国人民都沉浸在巨大的悲痛之中。没有毛主席，就没有新中国。金玉坤对毛主席的感情，用一句当时的话来说，真是"比山高，比海深"。

这时候的金玉坤也是重病在身，可她无论如何都要去参加在依兰县举办的毛主席追悼会。谁知却被有关部门以"苏修特务"的罪名加以拒绝，这一致命的打击，真的是撂倒了刚强的金玉坤，不久即含冤去世，年仅五十八岁。

金玉坤出灵的那一天，漫天飞雪，老天都在为她披孝，白蝴蝶一样的雪花是她上路的纸钱。依兰县各界人士和普通百姓自发地为她送葬，这在依兰县的历史上尚属首次。

民心不可泯，苍天不可欺。人民记着功臣，记着抗战女兵金玉坤！

抗联"一枝花" 吕庆芳

五月的风吹在花上,朵朵的花儿吐蕊芬芳,假如呀花儿若有知,懂得了人海的沧桑,他也该低下头来,哭断肝肠。

五月的风吹在枝上,枝头的鸟儿尽情歌唱,假如呀鸟儿若有知,他也该低下头来,离开这地方。

这首歌名为《五月的风》。

1943 年,日寇统治下的富锦县,有一天,为了"欢送国兵入伍",有一名男同学演唱了这首歌,可是却被特务和日本人认定唱歌的人具有政治背景,唱歌的学生和该校的刘景新校长,为此受到了迫害与监视。

这首歌确实伤感,在日寇的统治下,连花儿都在哭泣,连鸟儿都想离开,何况是善良的百姓。

但总有不惧强暴,奋起抗争的民族英雄血拼在沙场。在富锦县被誉为"抗联一枝花"的女杰吕庆芳就是其中的一位。抗战胜利后,老区的人们已把她的故事演绎成为一个传奇。

那咱就先说说"一枝花"这个绰号的来历。

1937 年,青纱帐起之时,后半晌的斜阳里,富锦县第七区柳家大林子伪警察分所,拉拉扯扯来了二男一女三个"打花案"(旧社会指男女奸情的官司)的人。说是本夫捉了奸夫,连同奸妇一起到伪警察分所求所长大人公断。

就好像是一出活报剧,这剧中的女主角身材窈窕,眉眼俊俏,一袭白衫白裤,犹如梨花之盛开,俗话说:"男要俏一身皂,女要俏一身孝",该女子的着装就应了这个俏字。而更为惹人注目的是,在她黝黑铮亮的发髻上,竟斜插了一朵红艳艳的花枝。配角则是两个大男人,三十岁上下的年纪,一个长得丑、一个长得俊,想必是俏媳妇看不上丑丈夫,又搭上了一个俊男人。

自古以来审"花案"都吸引人的眼球,更何况伪警察所里有一群像猫儿闻到腥味似的伪警察,这群无聊至极的东西嬉皮笑脸,一个个地跑来凑趣寻开心。

演戏总要有观众,不少百姓们也都跑来看热闹,看热闹的人有的趴窗户偷看,有的在门外偷听,伪警察们只顾看所长怎样审花案,并不把看热闹的人们放在心上。而此时,那个打花案的女子,却是气不长出,面不改色,看看伪警察们都围在她的身边取笑,只见她从发髻上随手摘下了那朵红花儿一晃,来打花案的两个男人都嗖地一下亮出了手枪,枪口对准了嬉皮笑脸的伪警察们。这一下子,警察们傻了眼,外面看热闹的人也都一齐涌进伪警察所挂枪的屋子,迅速地缴了伪警察们的枪械,原来,看热闹的也都是抗联战士。

伪警察所的刘所长,一看手枪顶到了脑门子,竟然"扑通"一下跪倒在吕庆芳的眼前,大喊饶命,一众伪警察也都纷纷跪下求饶。

身穿白衣白裤的吕庆芳说:"饶命可以,必须做到两件事。"

"做到,做到,别说两件事,二十件,二百件也能做到!"

"好!第一件,以后不准欺压老百姓。"

"是,是!"

"第二件,不能替鬼子卖命打抗联。"

"是,是!"

在伪警察的"是,是!"声中,吕庆芳带领抗联战士们扛着缴获的枪支,迅速离开了柳家大林子,回到了抗联驻地。

其实那一年吕庆芳已是三十九岁的中年妇女。从此,"一枝花"的名字,代替了吕庆芳。

接着再说"一枝花"是如何走上这抗日之路。

1933年,作为普通百姓的吕庆芳一家住在富锦城里清江门附近。8月的一天上午,伪保卫团派一个收"保安费"的人来到她家。民不聊生的年代哪有闲钱交什么"保安费"? 吕庆芳就问:"什么叫'保安费'?"那人说:"保护大家安全的钱就叫保安费。"吕庆芳一听,气不打一处来,张口就说:"我不交那玩意儿。"那人问:"凭什么?"吕庆芳说:"我们不安全!"就这样一个要收,一个不交,争执中二人厮打了起来,正所谓官逼民反,情急之下,刚烈的吕庆芳操起了菜刀,那个人吓得破门而出,仓皇逃窜。

晌午,吕庆芳的丈夫李永业和两个儿子都回来了,吕庆芳将此事讲与丈夫和儿子,两个血气方刚的孩子,齐赞妈妈打得好。但丈夫不这样想,他知道伪保卫团日后必来寻仇。惹不起,躲得起,他想到了搬家。可倔强的吕庆芳却说:"不搬,看他们有什么章程!"李永业劝解说:"他们的背后还有保卫团、警察署,我们手无寸铁,好虎抵不住一群狼啊,咱不吃这个眼前亏。"李永业赶忙托人办好了迁移手续,吕庆芳考虑到不能连累丈夫和儿子,满怀愤怒同全家迁徙至抚远,可仇恨的种子种在了吕庆芳的心里,早晚要发芽。

在抚远,李永业这位处事稳重,富有正义感的汉子结识了一些东北抗联的同志,不久即上队,走上了抗日救亡之路。而吕庆芳便成了抗联的耳目,她的家也成了接待站。说起吕庆芳日后成为一名女兵,却源于东北抗联第六军戴鸿宾师长的慧眼识珠,因为他发现吕庆芳是一位不寻常的女人。

父母亲的抗战,为儿子们树立了榜样,十九岁的李兴亚,十六岁的李兴洲,也先后参军上队。这个家,从此成了"抗联之家"。

1897年生人的吕庆芳参加抗联那年三十八岁,比起部队里十几岁、二十几岁的女兵,咋说也是一名"老兵"。但是她不服输、不服"老",下大气力学习骑马、打枪,起五更爬半夜,勤学苦练,多次从马背上摔下来,又忍痛爬起来,再骑上去。功夫不负苦心人,她终于能够骑马挎枪,驰骋疆场。正如戴师长所预料的那样,吕庆芳在参加抗联不久,便成为部队中一位出色的军事指挥员。

据富锦县志记载:

吕庆芳抗日游击队:伪满康德四年(1937年)至伪满康德七年(1940年),在头道林子、南沟里、太平川、日新屯、漂筏河一带活动。队伍最壮时期(1937年8

月至1938年9月)200余人,伪满康德七年(1940年),队伍失散。

其实,"一枝花"这名字听起来有点亦正亦邪,为此引起了一个日寇的注意。接下来再说吕庆芳智斗渡边。

日本关东军在富锦有个由日本人组成的游击马队,是专门对付抗日联军的,队长叫渡边。此人上过军官学校,会柔道、会剑术,是个狂妄自大的家伙。他依仗着他的马队行动灵活、迅速的特点,多次突然袭击抗日联军,其部下也都是崇尚"武士道精神"的精锐。渡边的游击马队是富锦抗联的劲敌和一大障碍。渡边听说抗联"一枝花"的枪法好,双手会打枪,他心中不服,便要两军对垒,摆开战场斗斗枪法。

一天,渡边派人到对锦山下的日新屯给"一枝花"下"战表",要求决一高下。吕庆芳没出面,由一名战士接下了战表。有勇有谋的吕庆芳深思熟虑后,答复某日某时在西安村的北下坎决战。

渡边真是低估了"一枝花",吕庆芳不是一般女流,也绝非草莽英雄,此时已是一名胸有韬略的指挥员。她知道,她所面对的是我们整个民族的敌人,这场战斗不是个人格斗,不是比武打擂,她不能顺从敌意,更不能中渡边的诡计,她要掌握主动权,避其锋芒,不硬打硬拼,她要牵着敌人的鼻子走。吕庆芳还知道渡边是个傲气十足的家伙,因为没有人真正地教训过他。吕庆芳准备利用这一点,激怒他,使他失去理智,寻找战机,选择对我有利的地形地势,出其不意、攻其不备的消灭他。

到了吕庆芳约定的那天,渡边果然按时赶到了北下坎,可是未见到"一枝花"的队伍,却接到从万宝屯转来的"一枝花"的一封信,内称,因故改为某日某时在李花马屯南决战。到了第二次约定的时间,渡边又赶到李花马屯南,可是仍不见"一枝花"的队伍,又接到由李花马屯转来的"一枝花"的一封信,说是因为某种原因,改为某日某时在头道林子屯决战。一而再,再而三,此时,渡边已完全被激怒了,恨不得一把扯碎了这"一枝花"。当他难压怒火策马领兵赶往头道林子屯的时候,在中途转心湖畔沼泽地带却遭到了吕庆芳队伍的伏击。

这才是真正的决战,吕庆芳稳稳地开了第一枪,这一枪就把渡边的战马打倒,跌下马的渡边气急败坏地几次组织冲锋,都被吕庆芳和游击队员们击退了,到头来,渡边以他的一匹爱马和部下数条性命的代价结束了这场战斗。吕庆芳不愧为女中豪杰,她打出了智慧,打出了军威。

渡边,别忘了,这是在中国的土地上,岂容你侵略者下战表。

时间来到了1938年,抗日战争进入到了艰苦的年份。日本侵略者在富锦搞"归屯并户"用居住证明限制老百姓的行动,企图把东北抗联和人民群众隔离开来,然后一举歼灭之。在这种情况下,抗联部队陷入了缺衣少食,饥寒交迫之中。

环境的艰苦超出人们的想象,吕庆芳心疼她的兵,可又有什么办法,她和战士们说:"咱现在吃苦是光荣的,只要咱能挺得住,早晚是要把小日本赶跑的。"

而此时,牺牲也接踵而来。

吕庆芳的丈夫李永业在勃利的一次战斗中被俘,他宁死不屈,最后被敌人推到"万人坑"活埋了。

就在丈夫李永业就义的第二年,吕庆芳年仅二十二岁的长子李兴亚在漂筏河的一次战斗中牺牲。

1940年夏,上级为了培养吕庆芳的小儿子李兴洲,送他去苏联学习,路经黑龙江畔被特务发现,不幸遇难,这一年他才二十岁,是一个刚刚长成的后生。

儿子是娘的心头肉啊,当噩耗传来时,吕庆芳的心得痛成啥样?

三年,一年走一个亲人,谁人能承受如此沉重的打击,作为母亲,怕是不死也得疯,可"一枝花"硬生生地把这巨大的灾难扛了。因为她知道,从今往后,她是为丈夫而活,是为儿子而活,一家子人打鬼子的担子今后就落在她一个人的肩上了!

1940年,组织上安排她留在富锦做地下工作,主要任务是宣传抗日救国的道理,等待时机配合大部队解放全东北。

从此,在太平川、头道林子、对锦山、杨家围子一带的乡间土路上,在农家的炕头上,常有一个穿着大布衫手中攥着二尺长大烟袋的老太太,乡亲们亲切的称呼是"大姑""姨母""舅妈",或者干脆就是"李老太太"。

就这样,"一枝花"吕庆芳若隐若现地坚持到了1945年。

1945年8月12日富锦县光复,"一枝花"终于公开露面,那呼啦啦一下子组织起来的二百来人的队伍,迅速消灭了负隅顽抗的残存日本兵。

"一枝花"——吕庆芳,在黑土地上,把抗战的大旗打到了最后!

在光复后的东北大地上,吕庆芳带领抗联战士到当地的土豪家收缴武器,还把自己家仅有的一点浮产卖掉,购买枪支,组建起一支四十余人的武装队伍,用来保卫新生的红色政权。就是这支队伍,后来扩大成有四个连队的"富锦县人民自治军",吕庆芳再披戎装任四连连长。

1946年3月24日,吕庆芳身穿黑色长衫,走进了"富锦县第一届人民代表大会"的会场,此时她感觉到牺牲了的丈夫就站在她的身旁,两个儿子依偎在她的怀中。亲人啊,日本子赶跑了,你们知道吗?

同年,吕庆芳在三月的早春中走马上任担任太平川区(一区)的区长。

1947年2月,吕庆芳奉命调到富锦镇任改造院院长。她要去铲除旧中国的毒瘤,改造那些沦落烟花巷中的妓女和吸毒成瘾的烟客。

1956年,吕庆芳以慈母的情怀,开始收留十多个无依无靠的抗联战士和烈士的遗孤。

如果说吕庆芳的前半生是一部传奇,那她的后半生留下的就是一步一个的脚印。

1959年,积劳成疾的吕庆芳离别了人世。

那艳艳的一枝花凋落了,化为一瓣落红去与她的丈夫和儿子团聚了。

伪满监狱里的女囚 李桂兰

在幸存的女兵里,李桂兰是我的母亲,小名叫大丫。顾名思义,大丫是家里的长女。

说是长女,其实她上面还有三位长兄,家中九个孩子,她是女孩子中的老大,不论男女,既然是老大注定要承担过多的负重。

李桂兰生于1918年辽宁省的西丰县,那块贫瘠的土地,养活不了一家十口人。李桂兰在八岁起就开始上山放蚕,以微薄的收入补贴家用。贫穷的生活养成了她吃苦耐劳、朴实善良的品格。十岁那年,李桂兰随她的舅父宋殿双、长兄李凤林一路风餐露宿,来到了北大荒,定居于萝北县鸭蛋河区(今萝北凤翔)。

七户逃荒的人家盖起了七个马架子房,后来形成了一个小村落,村名就叫七马架,这名字一直延续至今。

"棒打狍子瓢舀鱼,野鸡飞到饭锅里。"这句民谚说的是北大荒当年的富庶与荒凉。这里是逃难者的家园,也是穷人的天堂。

在父兄们辛勤的劳作下,三年的汗水换来了成片的良田和肥猪满圈、鸡鸭成群。

李家人终于可以享受农家院里的幸福与欢欣了,然而九一八事变的枪声震碎了多少中国人的梦,不甘国破家亡,一家人在两位闯关东的好汉宋殿双和李凤林的带领下,毁家纾难走上了抗日救亡之路。

李桂兰没有文化,没能上学读书是她一生最大的憾事,但她在共产党的引导下，懂得了要爱国爱家，不当亡国奴的道理。在抗日救亡的路上她曾担任过儿童团长、妇救会长、第六军第四师被服厂主任。

她曾动员乡亲们送自己的亲人上队参军去打鬼子；她曾带领妇女们做军鞋、做军装支援前线；她曾领着妇救会员们搞侦察、撒传单与敌人斗争。

1936年春节刚过，李桂兰因身份暴露，被敌人通缉而离家上队，经过了四天三夜的奔波，在被尊称为"抗联之父"的交通员李铁腿（李升）带领下，来到了依兰县帽儿山四块石第六军第四师被服厂，成为一名抗联女兵。不久即加入中国共产党，并被提升为主任。

李桂兰在山里被服厂工作两年，她忍饥挨饿为前方的战士精心缝制军装；她像母亲和姐妹一样照顾着负伤的抗联指战员。

1938年3月15日，是李桂兰半世噩梦的一个开始。由于交通员赵老七（赵洪生）的叛变，日本关东军驻舒乐镇的守备队在拂晓时分包围了山里被服厂。

那真是一场惨烈的战斗。当被服厂厂长裴成春带领伤员们冲出了敌人的包围圈时，夏云杰军长的夫人夏嫂、裁剪工人张师傅、战士李师傅、韩姐等人，倒在了血泊之中壮烈牺牲。李桂兰为掩护战友和救助夏军长唯一的女儿夏志清而被俘。那一年她还未满二十岁。

被俘后李桂兰首先遇到的考验是伪汤原县舒乐镇李镇长和叛徒、特务周兴武的劝降和逼婚。当她断然地拒绝了嫁人和享受荣华富贵的利诱后，即被带进汤原县日本宪兵队，关进伪县公署的监狱中。

这是一个"活人进来扒层皮，死人进来要开口"的魔窟。

那墙壁上挂着的刑具，那带血的皮鞭，那捆人的条凳，那给犯人上大挂的横梁，那燃烧的炭火盆，每一件刑具都像野兽一样，露着狰狞的寒光，哪怕你就是铁嘴钢牙的英雄好汉，只要被押进来一看，也会毛骨悚然。李桂兰将孑然一身，以弱女子之力去与日本的杀人机关相抗衡。

当审讯开始后，李桂兰拒不回答日本人的问讯，一个打手拎着早已准备好的大铁壶走了过来。他们用铁筷子撬开了她的牙，并用手捏紧了她的鼻子，一大壶掺着汽油和小米的辣椒水就被咕咚咕咚地灌了下去。

哪个人都是血肉之躯，桂兰的肚子里顿时翻江倒海，好像就要爆炸，这时，一个打手猛然地抬起脚向她的胸部和腹部踹去。立时,鲜血和小米、汽油、辣椒水一起从鼻子、耳朵里喷了出来,桂兰说:"就像是有一桶滚烫的热油泼进了脑袋,头要炸裂开,眼睛要冒出来,耳朵嗡嗡的在响,一团火烤得我喘不上气来,眼前变得模糊……"

哗——一桶凉水泼了下来,敌人不会让她昏过去。

"说不说！不说接着灌！"

又一壶辣椒水灌下去后,李桂兰昏死了过去。

等再次被凉水泼醒时,敌人已经解开了她的绑绳,她正躺在地上,脑袋木了,鼻子木了,嘴木了,一口、一口的辣椒水从嘴里、鼻子里冒出,最后冒出的是血水。她挣扎了几次,终于坐了起来,眼前无数的金星在飞舞。

打手们也知道李桂兰再也经不住重刑了,就又换上了软刑。

软刑,杀人不用刀的软刑。

打手们把她的双手都夹上了四棱的铅笔,缠上了绳子,当绳子收紧时,一阵阵钻心刻骨的疼痛,令她浑身颤抖不止,她觉得自己的手指骨好像一截截的在折断。她只想大声地喊,只想大声地叫。

喊也好,叫也罢,让她叛变办不到。

这次刑讯终以敌人的失败而告终,拖回监牢的李桂兰遍体鳞伤,双手十个手指肿胀着,生活完全不能自理,每顿饭都是夏志清一口一口地喂她。

当李桂兰的刑伤略见好转之时,一场更严酷的刑讯又开始了。

"吊起来"随着这一声喊叫,桂兰又被吊到了那个横梁上,全身的负重都在两只手腕上,她感觉浑身好像脱了节,麻绳勒进皮肉里,手腕折了一般疼痛难忍。

皮鞭子呼呼地响了起来,新伤痕加在旧伤痕上,一会就被抽得皮开肉绽,疼啊,挺不住的疼,疼在骨头疼在肉,疼在五脏六腑……

牙快咬碎了,嘴唇咬出了血,血水顺着嘴角流了下来……

几回昏死过去,又被用一桶桶的凉水泼醒过来。

上大挂没起作用,鬼子又换了刑法,两个打手拽着她的胳膊,按着她跪在了砸碎的碗碴子上,鲜血顿时染红了脚下的土地,碗碴子穿透了皮肉,直刺进了她的膝盖骨,钻心的疼痛,令她眼前直冒金星。

战栗,不停地战栗,心疼得在抖,这软刑更难挨。

挺住啊,挺住,挺不住也得挺,牙快咬碎了,桂兰疼得眼前模糊,汗水湿透了她的头发。

一分钟,两分钟,五分钟,十分钟……碗碴子完全嵌进了她的膝盖,她慢慢地麻木了。

跪碗碴子又没起作用,鬼子终于动用了他们的撒手锏。

一个打手死死地攥住了桂兰的手指,另一个打手举起了铁锤,他们要给桂兰钉铁签子了。

这时鬼子军官说话了:"李桂兰,你的挺不了这个刑,还是为我们工作吧,你要什么,我们给你什么。"

李桂兰浑身在战栗,她从牙缝里挤出了一个字:"不!"

"钉,给我钉!"

血水飞溅,锋利的铁钎子从桂兰的指甲缝里钉了进去,那是怎样的一种痛啊,一直痛到心里,痛到每一根神经,痛到无法用语言来形容。桂兰终于忍不住了,她大声地惨叫着。

那惨叫的声音像哭,像喊,像嚎,让人没法听。

"停——"

鬼子军官发话了,听了桂兰的惨声,他以为桂兰可能要投降了。

"怎么样?李桂兰,你地同意为我们工作了吗?"

李桂兰低声地呜咽着、喘息着、颤抖着不回答他的话。

"钉,给我接着钉!"

又一根铁钎子钉了进去,李桂兰昏死了过去……

在伪汤原县的日本宪兵队里,李桂兰知道了什么是人间地狱,什么叫生不如死。她说:上刑那会儿,她想到了死,她愿意去死,死要比活着容易。

而刑讯过后,当被敌人像一具尸体一样扔回牢房以后,所要忍受的将是无休止的、不间断的刑伤折磨,每一根神经、每一块肌肤的疼痛都让人不停地战栗,这个时候是生不如死。

李桂兰终于挺过了日本宪兵队的三堂大刑,敌人说她中毒太深,已经无可救药。魔鬼们也有疲倦的时候,李桂兰说:"三堂大刑过后,敌人不审我了,我就等着挨枪子儿了。"

对于所受的酷刑,所挺的刑伤,李桂兰在劫后余生的日子里,不愿意说,不愿意讲,电视里演日本人审讯抗日志士的镜头,她也从来都不看。她后半生闻不得一点汽油的味道,她再不能吃小米饭,因灌辣椒水被敌人用铁钎子撬牙,三十岁时,她的一口牙就全部掉光,一双上过大挂和被钉铁钎子的手,严重地扭曲变形。谁看了,都觉得辛痛。

宁死不肯屈服的李桂兰,当年是被伪汤原县宪兵队以"处以死刑"的判决而解送哈尔滨。当年的《解送书》现保存在黑龙江省档案馆。

这是一份尘封了七十余年的敌伪档案——《伪汤原县宪兵分队1938年7月30日的解送书》,经专家全文翻译如下:

关于违反暂行惩治叛徒法嫌疑事件移交事宜的通报

李桂兰

别名:李奉兰

原籍:奉天省海城县城内,居无定所。违反暂行惩治叛徒法。东北抗日联军第六军第四师政治主任吴一(玉)光妻子。东北抗日联军第六军被服厂员工(党员)。

嫌犯李桂兰,于当地约学习六个月汉文,二十岁时移居三江省萝北县鸭蛋河宋太梨及依兰县宏克力南沟等地,务农。昭和十年三月前后,经反日会青年高吉良劝诱,加入汤原县太平川反日会,向妇女宣传反日思想,为了进行妇女反日会组织的活动,加入中国共产党,任汤原县洼区委妇女部干事、依兰县委(或区委)妇女部负责人,开展妇女工作。昭和十一年十二月,由于与党员小周的恋爱关系,被撤下来,转至东北抗日联军第六军被服厂,从事抗日军服的制作、缝补、洗涤等工作。昭和十二年五月二十九日与东北抗日联军第六军第四师政治主任吴一(玉)光结婚后,屡受共产党教育,抗日意识愈发强烈,审讯中,虽为妇女,却严守党规,顽固拒不交代,性格狡猾阴险,毫无悔改之意,无同情余地。

…… ……

这份档案的分量自不待言，一句"顽固拒不交代"，就能知道当年的日寇究竟用了多少酷刑，而"虽为妇女却严守党规"一句，却也看出了日本人对一个中国妇女的佩服。

这份档案是一份铁证，它证明了一名女兵对信仰的坚持和对党的忠诚。

1938年，七月流火之际，李桂兰被日本宪兵押解到汤原县南桦子场的码头，而后上了一艘小汽船前往哈尔滨。此时她认定自己必死无疑，她说："不就是个死吗，没啥了不起！"

到了哈尔滨的日伪高等法院，伪法官"判处李桂兰反满抗日叛国罪有期徒刑十年"，后投入哈市道里模范监狱。时间是1938年8月10日。

另一种苦难又接踵而来，这将是一场漫长的折磨。道里监狱中的生活条件异常的恶劣，二十几个人挤在一间十多平方米的小屋里，空气混浊，阴暗潮湿，常年见不到阳光。

睡的是地铺，每人只有半片褥子的地方，夜间躺下时，需侧着身子，一个紧靠着一个，几乎不能翻身。每个人的身上都有不少的虱子，到了夜晚跳蚤出动，咬得她们整夜不得安宁。

一日三餐吃的全是高粱米饭加咸菜，汤是盐水清汤，见不到荤腥和蔬菜。狱中的难友最害怕的是生病，如果生了病，那就惨了，根本没人理，只能靠狱友互相照顾。桂兰刚入狱时，有一个难友生了病，由于得不到及时的治疗，病情越来越重，头天晚上还躺在那里能说话，可天亮睡醒一看，不知她在什么时候已气绝身亡，连遗体都僵硬了。

关于"道里监狱女监"，当时的看守韩玉洁是这样记述的：

当时道里监狱是在中央大街北头，号称"模范监狱"。这个监狱里押有男女犯人二千人左右，案件除反满抗日的政治犯以外，也有一般刑事犯，五花八门的什么案件都有。犯人中大部分是中国人，也拘有日本、朝鲜、俄国等外国犯人。人数不多，住的监号有区别。

每日三餐也有区别，日本犯人吃大米饭；朝鲜犯人借光也吃大米饭；俄国犯人吃黑面包，有菜；中国犯人每人一铝碗很红的高粱米饭和咸菜，吃不饱，一点油水也没有,得病的人很多。

犯人触犯狱规必须跪下讲话,不许站着。看守人员随便踢几脚、打几个嘴巴子是小意思。日本鬼子咬牙切齿地打,凶得叫人见了胆战心凉。

监狱里也有接见室,当中隔一层铁网,家属探监有规定的日期,探监的时间铁网内黑外面亮,大家称之为"望乡台"。

一天又一天,一年又一年,天天咽着那碗煮不烂的高粱米饭,喝着盐水清汤,受着非人的折磨,人的意志经受着巨大的考验。桂兰多想再见一眼自己朝夕相处、生死与共的战友,多想再听妈妈喊她一声大丫。

1944年6月的一天,李桂兰在哈尔滨的日伪监狱里,终于熬出了头。由于伪满洲国皇帝康德访问日本一路平安;由于日本女人嵯峨浩子生了一个小女孩,伪满洲国两次特赦国事犯,减刑三年多,李桂兰在狱中共蹲了6年7个月零17天。两千四百多个日日夜夜啊,入狱时刚满二十岁,出狱时二十七岁。

二十岁正是人生中最璀璨的年华。十九岁那年她做了一天幸福的新娘,她像一朵美丽的花,刚刚开放,就被这场罪恶的战争所摧毁。战争不仅夺去了她的丈夫,也夺去了她的青春与健康。

尽管历经磨难,李桂兰还是幸存了下来,但幸存下来的女兵不一定幸运。能够侥幸留存于人世的女兵们,在历次运动中都备受怀疑,她们的心理也变得残缺,因为她们还活着,而她们的战友已牺牲,所以就有了一种莫名的愧疚。这是战争难以愈合的又一个伤口,这是战争留下的后遗症。

东北抗联第七军的女兵庄凤曾经说过,这女兵最怕的是来例假和生孩子。其实应该还有一怕,那就是被敌人俘虏,被俘的女兵,敌人首先要摧毁的是你的意志,他们劝你嫁人,而且嫁的是特务和汉奸,这叫劝降,劝降不成,那就大刑伺候了。若说挺刑和熬刑,女人的韧性不输男人。可熬到最后,侥幸能活着出狱,对于女兵来说,也不是噩梦的结束。

出狱后的李桂兰、李英根、田仲樵、夏志清等人就曾经过得极为艰难,她们好似离群的孤雁与组织失去了联系,她们为生活所迫,再次嫁人……

可是幸存的女兵们都有一个共同的特点,那就是,她们把曾经的炼狱埋入心底,把青春定格在那场绵延十四年的战争中,把那段历史留存于各自的记忆里。她们不争名利、无怨无悔,宁愿淡泊一生。

但她们的信念却一直未曾改变,李桂兰说:"我这一生啊,就信共产党。这一辈子净挨饿了,在老家挨饿,要不哪能来到这天寒地冻的北大荒,到了部队挨饿,三根肠子,闲了两根半,出了监狱还是挨饿,因为小日本还没打跑,东北还没光复。只有到了共产党的天下,老百姓才能吃饱饭。"

李桂兰一家先后有三位亲人殉难于那场为捍卫民族独立的战争中,他们是舅父宋殿双、长兄李凤林、丈夫吴玉光,如今三位不朽的英灵都静静地安卧在汤原县的烈士陵园内。

她总是拿自己和牺牲的亲人、战友相比,她说:"死了的都没福啊,他们的福都让我享了。"她觉得自己能活着就该知足。

李桂兰用她最朴素的语言,说出了对共产党的感激,说出了对新生活的热爱。她要做的是一个堂堂正正的中国人,绝不是亡国奴,她用信仰支撑了自己一生。

但她并不懂,她所坚守的是信仰,她不会说这两个字。其实,选择信仰很艰难,坚守信仰更难。在坚守信仰的路上,铺满了荆棘,多少抗联女兵就为这两个字付出鲜血和生命。

"高高举起啊!血红旗帜,誓不战胜终不放手!"这是《红旗歌》里最后的几句歌词,女兵们都会唱。

东北抗联女兵的故事就在母亲李桂兰这里结束吧,我知道还有好多无名无碑的女兵,或流落于民间,或长眠于大山,她们已宛如一缕青烟消泯在历史风云深处,我无论如何也写不全。

我们不能忘,我们不敢忘。这种生的坚强,死的挣扎。

"战争睡过去了,但是永远睁开你们的双眼。"这是二战纪录片《夜与雾》里面的一句话,这是警钟。

面对着女兵们远去的背影,我们唯有向她们致敬,永远,永远……

因为这是不能忘却的记忆!

结语　从宜宾到依兰

这部《东北抗联女兵》已经酝酿了多年,时紧时慢地收集着资料。

有的资料,梦里寻她千百度,有的资料却在那蓦然回首处。寻寻觅觅中我自己觉得差不多了。

不敢说这是一部信史,因为同一个故事有时就有好几个版本,为此也曾十分的纠结。但终究还是想明白了,岁月总有模糊的地方,我所要记述的是女兵们不畏强暴,为国为民献身的那种精神。而过程、时间和地点还可留待日后慢慢考证。

1931年的九一八事变,是我们中华民族永远也不能遗忘的国殇。短短四个多月内,一百二十八万平方公里的东北全部沦陷,三千多万东北父老乡亲置于日寇的铁蹄之下。九一八事变揭开了日本对中国进而对亚洲及太平洋地区全面武装侵略的序幕。而罪恶之门一经开启,一霎时"伏尸百万,流血漂卤",无辜的民众陷入了空前的灾难。

时光荏苒,如今那场战争离开我们已七十年。

七十年,那么远,又这么近。

远的是,20世纪的一切都仿佛如一幅褪色的老照片,还有多少人能够想到那些抗战中的女兵？近的是,当我们穿越历史的烟云,去回望女兵们在战火中的身影,仍能听到她们的呐喊,她们的呼吸。

写作的过程中,也曾多次搁笔写不下去。我的脑海里时常幻化着,那血流成的河,那血染红的草地,那血泅湿的白雪,那被野狼啃噬的白骨……

太多的青春、太多的美丽、太多的生命和太多的残酷,都交错在 20 世纪那场巨大的悲伤之中,怎能不令人仰天叹息,长歌当哭。我为山河破碎而哭,为抗联女兵用血写成的历史而哭。当一朵美丽的花,被一双罪恶的大手揉碎的时候,能不说成是悲剧?而制造悲剧的正是日本的侵略者发动的战争。

如何谴责战争对青春的毁灭?如何控诉战争对女性的伤害?如何祭奠战火中消失的英灵?这一问题多年来困扰着我,挥之不去。

战争、炮火、炼狱、酷刑本不应该与女人和孩子放在一起,可战争中最无助的正是她们。当孩子和女人都拿起了武器,那胜利必将属于正义。

或许因为我本身就是抗联女兵的女儿,从骨子里就带有某种情结,总是想把前辈们讲给我的告诉给世人。

为写这部《东北抗联女兵》,我从大东北跑到四川的宜宾,就为去看看赵一曼的家乡。她的美丽、她的魅力一直萦绕在我的心头,从少年到晚年。

当我站在赵一曼烈士纪念馆前,看到广场上健身的市民和奔跑的儿童,我想赵一曼女士如果魂兮归来,将会是怎样的欣慰。

当我来到三江口,那一天亦是雨雾蒙蒙,看岷江、金沙江一起汇入长江,眼前不禁浮现出当年赵一曼抵制"仇油"的情景,那白衫黑裙的倩影,依稀还在雨中。

2014 年初,我又一次去往北京,去看李在德妈妈,她是我母亲最亲密的战友,曾同一天在大山里面举行过集体婚礼。

在德妈妈今年变得爱哭了,看到我哭了,提起母亲李桂兰,更是老泪纵横。

所有健在的女兵,我都喊妈妈,妈妈们也都拿我当女儿。

在北京我拜访了李兆麟将军和金伯文阿姨的女儿张卓娅,卓娅大姐告诉我,她出生在前苏联的哈巴罗夫斯克,据为她接生的苏联军医说,她是当年在哈巴罗夫斯克出生的第二百个婴儿。

这次北京之行,王效明将军的后代王民大哥还告诉我"八女投江"中的李凤善烈士曾经是他的父亲王效明将军的初恋。

如此马不停蹄地奔跑,是因为我怕来不及。我今年已六十有余,妈妈们也都九十多岁的高龄,她们是那场战争剩余不多的亲历者,我怕她们不打招呼就走了。

果不其然，我的担心变成了现实，2014年4月11日，九十二岁的吴玉清妈妈真的走了。

吴玉清妈妈家住依兰，从认识吴妈妈那年起，就每年都去看她一次。第一年去看吴妈妈时，依兰县"五国城"门前的小桃红正开得如云似锦，而吴妈妈的笑脸比花儿还要灿烂。

第二次去看吴妈妈巧遇北京雷禾文化传媒有限公司的摄制组，摄制组的工作人员正在赶拍《青春致敬青春》。镜头前的吴妈妈，虽年过九旬，但精神矍铄，饱经风霜的双眼炯炯有神，朴素的上衣上缀满了中俄两国颁发奖章和纪念章。

第三次去看吴妈妈是朋友打来电话，说吴妈妈病重，正在佳木斯二院抢救。我怎么都不愿意相信，去年的她是那么硬朗，讲述往事时，声音是那样的掷地有声、铿锵有力，吴妈妈怎么就病了呢？

圣达菲大吉普车奔驰在高速公路上，驾车的是东北抗联第三军第三师张凤岐团长之子张平。望着路两边若有若无的春色，我心中在暗暗地祈祷，吴妈妈挺住啊，那么多年的枪林弹雨你都过来了，这一次你也一定能挺过来。

等赶到吴妈妈的病榻前，看到弱小的妈妈已经不能说话了，唯有一双眼睛仍旧清澈得像个婴儿。虽是弥留之际，妈妈还认识我，她用眼神在问："你，又来了？"

一霎时，我的眼泪仿佛决堤，我不敢站在她的床前，跑到走廊哭个够。

我为吴妈妈而哭，为一代女兵所剩无几而哭。

第二天，早上七点二十分，吴妈妈走了，她带走了又一部女兵的历史。

如今，那场战争中剩下的女兵更是寥寥。据传还有一位当年掉队的女兵也在依兰，但愿我能找到她。

当这部《东北抗联女兵》定稿时，我在想，明天无论如何要去看看申连玉妈妈，一年，又是一年没有见到她了……

历史在更迭，今天我们可爱的祖国终于独立而富强，在纪念中国人民抗日战争暨世界反法西斯战争胜利七十周年的前夕，唯愿此书能化为一滴清泪，一捧素洁的康乃馨，祭，永远的东北抗联女兵！

参考文献及资料来源

[1]中央档案馆、辽宁省档案馆、吉林省档案馆、黑龙江省档案馆编:《东北地区革命历史文件汇集》甲1~62册,内部印行。

[2]吉林省档案馆、中共吉林省委党史研究室编:《周保中抗日救国文集》,吉林大学出版社,1996年10月版。

[3]周保中:《东北抗战游击日记》,人民出版社,1991年7月版。

[4]马彦文:《东北抗日联军名录》,中共黑龙江党史研究室内部印刷,2005年9月版。

[5]霍辽原编著:《东北抗日联军第一军》,黑龙江人民出版社,2005年5月版。

[6]霍辽原编著:《东北抗日联军第二军》,黑龙江人民出版社,2005年5月版。

[7]刘枫、胡凤斌、刘强敏编著:《东北抗日联军第三军》,黑龙江人民出版社,2005年5月版。

[8]龚惠、马彦文编著:《东北抗日联军第四军》,黑龙江人民出版社,2005年5月版。

[9]刘文新编著:《东北抗日联军第五军》,黑龙江人民出版社,2005年5月版。

[10]元仁山编著:《东北抗日联军第七军》,黑龙江人民出版社,2005年5月版。

[11]叶忠辉、李云桥、温野等编著:《东北抗日联军第八——十一军》,黑龙江人民出版社,2005年5月版。

[12]中共黑龙江省委党史研究室编:《黑龙江抗日烽火》,吉林大学出版社,1995年8月版。

[13]《东北抗日烈士传》,黑龙江人民出版社,1981年版。

[14]杨玉林、辛培林、习乃莉:《日本关东军宪兵队"特别输送"追踪—日本细菌战人体试验罪证调查》,社会科学文献出版社,2004年9月版。

[15]赵瑞军主编:《黑土军魂——东北抗日联军军史陈列研究》,吉林人民出版社,2013年10月版。

[16]李云桥:《赵一曼传》,黑龙江人民出版社,2005年版。

[17]李敏:《风雪征程》,黑龙江人民出版社,2013年版。

[18]李在德:《松山风雪情》,民族出版社,2013年版。

[19]薛雯:《白发回首》,中信出版社,2013年版。

[20]李长德、李冬英:《我的姥姥—回忆抗联吕老妈妈》,中国文化出版社,2013年11月版。

[21]徐云卿:《英雄的姐妹》,吉林人民出版社,2005年7月版。

[22]李伟、丛树春:《征途坎坷立铁石》,长春出版社,1992年5月版。

[23]刘贤:《抗联一路军在濛江》,吉林大学出版社,1990年10月版。

[24]李延禄口述,骆宾基整理:《过去的年代》,黑龙江人民出版社,1979年版。

[25]彭施鲁:《我在抗日联军十年》,吉林教育出版社,1992年8月版。

[26]梁玉多:《谢文东传》,黑龙江人民出版社,2006年12月版。

[27]中共汤原县委、汤原县人民政府编:《松江烽火,抗联摇篮》。

[28]《金伯文回忆录》。

[29]刘春方:《八女颂》。

[30]庄凤:《峥嵘岁月 钢铁意志》。

[31]刑德范:《抗联,我成长的摇篮》。

[32]张海明主编:《虎林抗日烽火》。

[33]富锦市志办公室编著:《富锦沧桑》。

[34]中共德都县委党史工作办公室编:《德都党史资料第二辑》。

[35]《中共牡丹江党史资料》第二辑。

[36]宫文昌:《泉眼河烽火》。

[37]包武雄回忆文章:《我的父亲母亲》,载《延寿文史资料》第十辑。

[38]邹本栋、曹阳、李云桥:《铁力抗日斗争遗址考察纪实》。

[39]刘德全、刘德娜、刘德丽等:《鄂伦春人——赵凤兰回忆录》,黑龙江朝鲜民族出版社,2003年8月版。

[40]黑龙江省富锦市地方志办公室编:《富锦县志》,中国三环出版社,1991年10月版。

[41]《黑龙江党史资料与研究》第一辑。

[42]刘晓明:《族魂》,黑龙江人民出版社,2014年2月版。

致谢

是众多的鼓励与支持著就本书，特此致谢：

感谢中共黑龙江省委宣传部、中共鹤岗市委宣传部对我创作的大力支持、指导与信任，那是我一路前行的动力源泉；感谢黑龙江省委常委、宣传部长张效廉同志于百忙之中为本书撰写序言。

感谢中国作协、黑龙江省作协、哈尔滨市社科联、黑龙江省新闻出版广电局对本书出版发行给予大力支持。

感谢中共黑龙江省委党史研究室赵俊清研究员，对本书稿提出修改意见；副主任陈玫研究员全文审定本书稿。

感谢众多的东北抗联女兵及其家属，是她们为我讲述久已远去的历史，使我获得可贵的第一手材料。

感谢我的挚友沈娟女士的一路陪伴与直言督促，感谢家人的理解与支持。

感谢黑龙江人民出版社对本书的倾力打磨，提升锻造。

最后还是要写一句并非客套的话，因史料收集不全，加之笔者才疏学浅，遗漏失误之处在所难免，敬请读者、专家批评指正，不胜感激！

刘 颖

2015 年 5 月于哈尔滨